KNAUR

Von Michaela Grünig sind bereits folgende Titel erschienen:

Ohne Ziel ist der Weg auch egal

Frisch entführt ist halb gewonnen (nur als E-Book erhältlich)
Nie wieder Blondinen (nur als E-Book erhältlich)

Über die Autorin:
Was wäre, wenn … frau anstatt das sichere Studium durchzuziehen, doch lieber als Partygirl auf Ibiza angeheuert hätte? Mit dem heißen argentinischen Polospieler durchgebrannt wäre, anstatt den ehetauglicheren Steuerberater zu wählen? Oder »einfach mal so« ein One-way-Ticket nach L. A. gelöst hätte? Würde besagte Frau dann jetzt als George Clooneys Freundin zur Oscar-Verleihung marschieren? Oder als neurotische Schnapsdrossel auf dem Highway to Hell? Solche Gedankenspiele beschäftigen mich in meinen Tagträumen. Und da ich leider – wie übrigens die meisten Menschen – nur ein Leben zur Verfügung habe, lasse ich meine Romanfiguren all diese verrückten Dinge für mich ausprobieren! Um die Sache zu vereinfachen, teilen die meisten von ihnen meine Charaktereigenschaften, und zwar die guten wie die miesen! Die besten Ideen dafür kommen mir immer, wenn ich mit meinen drei Hunden durch den Wald ziehe.

MICHAELA GRÜNIG

ZWEI FAST PERFEKTE SCHWESTERN

Roman

KNAUR

Besuchen Sie uns im Internet:
www.knaur.de

Originalausgabe August 2017
Knaur Taschenbuch

Ein Imprint der Verlagsgruppe
Droemer Knaur GmbH & Co. KG, München

Redaktion: Eva Philippon
Covergestaltung: ZERO Werbeagentur, München
Coverabbildung: FinePic®, München/shutterstock
Abbildungen im Innenteil: LenLis/shutterstock.com
Satz: Adobe InDesign im Verlag
Druck und Bindung: CPI books GmbH, Leck
ISBN 978-3-426-51836-6

2 4 5 3

Für meine Schwester, die beste aller Schwestern,
und für meine Anabel, die beste aller Töchter!

1.

Der Werbespot wurde jeden Abend gesendet. Mehrfach. Für den Rest meiner Familie hatte er bald den Glanz des Neuen verloren. Aber ich saß allabendlich mit einer Tüte Chips vor meinem winzigen Fernseher und wartete darauf. Auf die langen, schlanken Beine, die immer als Erstes über die Mattscheibe flimmerten. Langsam fuhr die Kamera daran hoch. Zart gebräunt und glatt, von den zierlichen Fesseln bis zu den schmalen Schenkeln. Musik ertönte, und eine rauchige Frauenstimme fragte provokant: »Haben Sie heute schon die Göttin in sich erweckt?«

Ein Nassrasierer glitt über die gleichen, nun schaumbedeckten Beine, während die Frauenstimme den Produktnamen nannte und wortreich die Vorzüge des Geräts lobte. Schließlich wurde die »Göttin« in Großaufnahme gezeigt. Sie saß in einem schneeweißen Badeanzug am Schwimmbadrand und planschte mit den frisch rasierten Endlosbeinen im Wasser. Ihre blonden Haare schimmerten. Ein verführerisches Lächeln umspielte ihren Mund. Sie war hinreißend. Cool. Erstrebenswert sexy. Die Wasserfluten teilten sich, und ein auftauchender Adonis hauchte einen Kuss auf die perfekten Schenkel der Göttin, während seine Augen verheißungsvoll die ihren suchten …

Ich wusste nicht, warum ich mich damals so quälte. Jedes Mal, wenn ich den Spot gesehen hatte, fühlte ich mich in der einsamen Dunkelheit meines Studentenwohnheim-Zimmers noch ein wenig unscheinbarer. Reizloser. Während meine Schwester als blonde hochbezahlte »Göttin« im Fernsehen auftrat, trug ich mit neunzehn Jahren noch eine Zahnspange. Und eine ziemlich klobige Brille. Von der Bekanntschaft eines Adonis konnte ich nur träumen, denn selbst die eher durchschnittlich aussehenden Jungs an der Uni beachteten mich nicht. Ich war das Mauerblümchen auf jeder Studentenfete. Egal, wie virtuos ich meine Beine rasierte. Und selbst Lilys Aufmunterung, dass der Werbe-Beau sich nicht für sie, sondern nur für ebenso schöne Männer interessierte, konnte mich nicht trösten.

Inzwischen lag das Germanistikstudium einige Jahre hinter mir. Die Zahnspange war Geschichte, und meine Brille hatte ich gegen Kontaktlinsen getauscht, aber das Gefühl der Unzulänglichkeit war geblieben. Bis heute. Ob die Schwestern anderer begehrenswerter Frauen – mir fiel auf Anhieb Mila Kunis ein – auch heimlich im überlebensgroßen Schatten ihrer schönen Anverwandten litten? Ich hatte keine Ahnung. Ich jedenfalls fühlte mich mies. Denn ich war gefangen in diesem Gefühlsspagat zwischen Liebe, familiärem Stolz und … dem Tabuthema Neid. Blankem Neid! Und Wut. Wut über diese unglaubliche Ungerechtigkeit, dass die gleiche elterliche »Gen-Suppe« beim ersten Mal einen langbeinigen aparten Lottosechser produziert hatte und beim zweiten Mal nur fehlerbehaftete Mangelware!

Meine »große« Schwester Lily und mich trennten gerade mal dreieinhalb Jahre, aber sowohl optisch als auch charakterlich hätten wir kaum unterschiedlicher sein können: Lily war selbstbewusst, beliebt und unglaublich schlagfertig. Sie maß gertenschlanke fast einen Meter achtzig, verfügte über eine naturblonde Löwenmähne und ein äußerst attraktives Lächeln. Dagegen war ich so eine Art kleines, dunkelhaariges Aschenputtel. Nur dass ich auch in »prinzentauglichen« Klamotten immer ein wenig schlicht und blass ausschaute und in der Regel gern mal übersehen wurde. Neben Lily sowieso. Aber auch sonst. Der Bäcker meines Vertrauens, bei dem ich seit fünf Jahren täglich meine Brötchen kaufte, schaute mich jedenfalls immer noch völlig irritiert an, wenn ich ihn um »das Gleiche wie immer« bat.

Außerdem war ich fast pathologisch schüchtern. Gewisse Situationen überforderten mich einfach: Wenn der Fahrer eines Taxis Sebastian-Vettel-mäßig durch den Berufsverkehr fegte und ich mich – kalkweiß vor Angst – an den Vordersitz klammerte, würde ich es zum Beispiel bevorzugen, still und leise in meine eigene Handtasche zu reihern, als ihn mit fester Stimme aufzufordern, sein halsbrecherisches Tempo zu drosseln. Bei meinem Frisör war ich das klassische willfährige Opfer, dem man ungeschoren sämtlichen noch so überteuerten Mist aufschwatzen konnte. Jedes Mal schleppte ich tütenweise die ultimative »Haarpflege für dünnes, gesplisstes Haar« nach Hause, wo ich sie unbenutzt in den Abfalleimer schmiss, da ich auf das Zeug allergisch reagierte. Aber ich schaffte es einfach nicht, das Wort »Nein« über die Lippen zu bringen. Es grenzte da wirklich an ein Wunder, dass ich mir trotzdem ein sicheres berufliches Standbein aufgebaut ha… Oh verdammt! Jonas! Wie konnte ich hier nur so ein wirres Durcheinander denken, während Jonas, der mir still gegenübersaß, immer noch auf eine Antwort wartete!

Lily würde zweifellos wissen, was in so einer total vergeigten Situation, wie der meinigen, zu tun beziehungsweise zu sagen wäre! Mein Schwesterherz würde hundertprozentig die richtigen Worte finden, um sich geschickt und charmant aus dieser misslichen Lage zu manövrieren, ohne dass eine der beteiligten Parteien zu Schaden käme! Aber ich war nun mal nicht Lily. Und so saß ich hier mit hochrotem Kopf und zugeschnürter Kehle und starrte stumm auf meinen erst halb verzehrten Seehecht an grünem Spargel-Risotto, auf dem sich bereits eine unschöne Haut bildete.

Aber ich sollte wohl besser noch einmal beim Anfang anfangen, denn der heutige Tag war eigentlich echt ganz gut losgegangen: Jonas Kellermann, der Programmleiter »Belletristik« bei dem großen deutschen Verlag, für den ich seit ein paar Jahren als freie Lektorin und Übersetzerin arbeitete, hatte in aller Frühe angerufen, um mich zum Abendessen einzuladen. Und zwar in eines der besten Restaurants Münchens. Und natürlich hatte ich sofort gewusst, dass dies nur eines bedeuten konnte: Man würde mir endlich, endlich einen festen Vertrag anbieten! Das bedeutete Karriereleiter, Pensionsanspruch und Krankenversicherung in Reichweite. Auch ein eigenes Büro stünde mir dann bestimmt zur Verfügung, Kollegen zum Quatschen und die eigentlich erfreuliche Verpflichtung, nie mehr im Pyjama arbeiten zu dürfen.

Herr Kellermann und ich waren seit Jahren ein gut eingespieltes Team: Er hatte mir damals – als er noch selbst als Lektor arbeitete – das allererste Manuskript anvertraut. Nach dieser ersten, für beide Seiten zufriedenstellenden und ausschließlich telefonischen Zusammenarbeit hatten wir uns auf der Frankfurter Buchmesse getroffen, und seitdem wanderte ein nicht versiegender Strom an Manuskripten von seinem auf meinen Schreibtisch. Dann war Herr Kellermann vor zwei Jahren befördert worden, und ich hatte schon mit dem Schlimmsten gerechnet … Aber offenbar vertraute er auch weiterhin auf meine Arbeit, denn er betreute sogar einige der wichtigeren Projekte, die ich für den Verlag lektorierte, immer noch selbst. Dabei waren wir im Großen und Ganzen fast immer einer Meinung, und die wenigen Male, die er wirklich etwas zu monieren hatte, musste ich ihm nachträglich recht geben. Kurz gesagt, ich würde mich auf die Zusammenarbeit mit ihm freuen und dafür sogar einen Umzug nach München in Kauf nehmen und mein ruhiges Landleben aufgeben.

Ursprünglich hatte Herr Kellermann angeboten, mich um halb acht mit seinem Auto abzuholen – was ihn hin und zurück bestimmt zwei Stunden extra gekostet hätte –, aber ich fand es sowieso professioneller, sich direkt im Restaurant zu treffen. Außerdem hoffte ich – schüchtern, wie ich nun mal war –, auf diese Weise den Fallstricken und Tücken des zwischenmenschlichen Smalltalks weitestgehend entwischen zu können. Aber da hatte ich offensichtlich die Rechnung ohne meinen alten und eventuell bald neuen Boss gemacht!

Als ich ins Restaurant kam, war Herr Kellermann bereits da und saß wartend am vorbestellten Tisch. Während ich in einer dunklen Nische noch ein letztes Mal Luft holte und all meinen Mut zusammennahm, beobachtete ich ihn. Er war groß und sehr dünn. Fast knochig. Auf seiner Nase saß eine braune Hornbrille, die ihm eigentlich gar nicht schlecht stand. Von unseren früheren Treffen wusste ich, dass er freundliche, ebenfalls braune Augen hatte, mit denen er sein Gegenüber aufmerksam und intelligent musterte. Aber

Kellermanns blonde Haare sahen wie immer irgendwie ungekämmt aus, und sein Cordhosen-Karohemd-Ensemble war schlichtweg indiskutabel. Lily würde ihn bestimmt als »hoffnungslosen Nerd« abstempeln. Und ich musste ihr recht geben, ein »Mark Darcy« war nicht gerade an Kellermann verlorengegangen!

»Frau Lenz!«, rief Kellermann, als er meiner ansichtig wurde, und erhob sich höflich, während der Ober mir den Stuhl zurechtrückte.

»Hallo, Herr Kellermann«, sagte ich mit fester Stimme und zwang mich, ihm in die Augen zu blicken. Das war laut *Bewerbungsgespräche für Dummies* angeblich eine unabdingbare Voraussetzung für den Einstellungserfolg.

»Ach, nennen Sie mich doch bitte Jonas.« Er hob sein Wasserglas und schlug es kurz, aber heftig gegen meines. Zu heftig. Denn glücklicherweise fiel es dabei um, und das Wasserrinnsal, der herbeieilende Kellner und die anstehenden Trocknungsarbeiten gaben mir ausreichend Zeit, mich auf die geänderte Namenssituation einzustellen.

»Stephanie«, murmelte ich dann verlegen.

»Ein schöner Name«, sagte Jonas und lächelte mich über seine tief auf der Nase sitzenden Brillengläser an. Glücklicherweise reichte uns der Ober genau in diesem Moment die Speisekarte, und ich versenkte, so schnell wie möglich, mein Gesicht in den Seiten derselbigen.

Als Vorspeise bestellte ich Melone mit Serrano-Schinken, aber nicht etwa, weil mich das Gericht kulinarisch wahnsinnig ansprach, sondern weil es so unkompliziert mit Messer und Gabel zu bewältigen war. Suppe tropfte, Salat war schwer in den Mund zu bugsieren, und schwarze Sesamkörner hinterließen scheußlich anzusehende »Andenken« in den Zähnen. Und ich war eben nicht nur extrem schüchtern, sondern litt auch noch an einem anderen Defekt: Mir war immer »alles« ganz schrecklich peinlich!

Deshalb hatte ich mir sicherheitshalber auch vorher ein paar Stichpunkte für unsere Unterhaltung zurechtgelegt, die wir aber merkwürdigerweise gar nicht benötigten. Das Gespräch nahm auch so rasant an Fahrt auf, denn wir redeten über sein und mein Lieblingsthema: Bücher. Und Bücher waren einfach meine Welt. Schon als ganz kleines Kind hatte es mich nur im Doppelpack mit meinem gerade aktuellen Lieblingswälzer gegeben. Während Lily Sport trieb, mit Freunden ausging, Abitur machte, für ein Jahr nach Amerika reiste und kurz nach ihrer Rückkehr »entdeckt« wurde, hatte ich gelesen. Nein, ich war in einer anderen Welt versunken, nämlich in der meines jeweiligen Buches, die für mich oft viel realer war als der eher graue Schulalltag. Ich hatte mutig Verbrechen mit den *Fünf Freunden* aufgeklärt, an der Seite von *Robinson Crusoe* den unfreiwilligen Aufenthalt auf einer exotischen Insel überlebt und war auf dem gleichen Piratendampfer wie *Pippi Langstrumpf* in See gestochen. Später hatte ich dann die wahre Liebe mit Elizabeth Bennet erlebt, Tara an Rhett Butler verloren und mit Cathy und Heathcliff gelitten … Ach, die Liste meiner papiernen Idole war endlos. Starke Frauenfiguren hatten dabei auch mich stärker werden lassen! Na ja, zumindest, solange das Buch vorhielt. Jedenfalls war es kein Wunder, dass ich das Lesen zu meinem Beruf gemacht hatte.

Jonas und ich waren beim schon erwähnten Hauptgang, als er unser Gespräch über die Neuerscheinungen in seinem Programmbereich unterbrach und mich intensiv anblickte.

»Stephanie, ich würde da noch gerne etwas anderes mit Ihnen besprechen«, fing er an, und ich setzte mich in Positur. Jetzt machte er mir das Jobangebot!

»Ja?«, fragte ich und frischte mental meine vorbereitete Dankesrede auf.

»Ich habe mich in Sie verliebt.«

»Diese Herausforderung nehme ich mit Freuden an«, lag mir bereits auf der Zunge, aber glücklicherweise konnte ich die einstudierte Formulierung gerade noch zurückhalten. Wie bitte? Was sollte das denn heißen?

Herr Kellermann nahm vorsichtig meine Hand in seine, doch ein Blick auf meinen offenstehenden Mund und den geschockten Ausdruck in meinem Gesicht schien ihn eines Besseren zu belehren: Er gab meine Hand ungefragt wieder frei.

»Stephanie, ich weiß, das kommt etwas plötzlich, aber ich versichere Ihnen … dir …, dass ich mich schon bei unserem allerersten Treffen vor drei Jahren zu dir hingezogen gefühlt habe. Wir haben die gleichen Interessen, die gleichen Werte. Ich bewundere deine Arbeit und …« Oje, ihm gingen die Worte aus! Musste ich mich nun zu diesem delikaten Thema äußern? Himmel! »… und ich finde dich einfach wunderschön.«

Irgendwie gab mir diese eklatante Lüge den Mut, kurz aufzuschauen und spöttisch meinen Mund zu verziehen. Ich war nicht schön. Und schon dreimal nicht »wunderschön«.

Eigentlich wusste ich nicht, warum mich Jonas' Worte dermaßen aus der Bahn warfen. So unattraktiv fand ich ihn gar nicht, und mit meinen fast vierunddreißig Jahren war ich weiß Gott auch keine weltfremde, altjüngferliche Maid mehr! Selbstverständlich hatte ich in der Sparte »Beziehungen« auch so meine Erfahrungen gesammelt. Die hatten zwar allesamt traurig bis katastrophal auf meiner persönlichen nach oben hin offenen Herzschmerzskala geendet, aber Erfahrungen waren es allemal: Dirk, ein gutaussehender Architekt, hatte mich – von mir unbemerkt – monatelang parallel zu seiner »festen« Freundin mitlaufen lassen. Markus, Controller am Flughafen München, war die Anfahrt zu meiner ländlich gelegenen Wohnung »auf Dauer« zu umständlich geworden … Na ja und so einige andere Geschichten, über die ich jetzt wirklich nicht nachdenken wollte.

Jonas Kellermann musterte mich eindringlich, und ich wurde noch ein paar Schattierungen röter. Aber plötzlich wusste ich, warum ich mich auf gar keinen Fall auf eine engere Verbindung mit ihm einlassen durfte. Denn das Einzige, was mir während all dieser deprimierenden Liebesmiseren immer Halt und Linderung beschert hatte, war meine Arbeit. Gerade auch die Zusammenarbeit mit ihm. Und diesen rettenden Anker konnte ich nicht aufs Spiel setzen. Außerdem dürfte er mir als »seine Freundin« schlecht einen festen Vertrag anbieten. Das wäre ja dann irgendwie Vetternwirtschaft. Oder Unzucht mit Untergebenen. Oder was auch immer! Jedenfalls nichts Erstrebenswertes.

Ich öffnete also gerade meine Lippen, um ihm zu erklären, dass ich leider von einer Beziehung zu ihm absehen musste, als mir ein weiterer Gedankenblitz wie ein riesiges rotes Stoppschild durch den Kopf sauste. Und auf diesem Schild stand in Leuchtbuchstaben: »Männer haben auch ihren Stolz«. Oh ja. Man sagte zwar gemeinhin, dass Frauen auf Liebesabsagen wie Furien reagierten. Aber meine sehr begrenzten Erfahrungen mit diesem Sujet zeigten, dass Männer so etwas um einiges schwerer wegsteckten als wir östrogengesteuerten Wesen. Und wenn Kerle so eine weibliche Abfuhr abschließend verarbeiteten, bedeutete das meistens das Ende jeglicher diplomatischer Beziehungen. Verdammt! Anscheinend war ich meinen Job so oder so los!

Oder gab es vielleicht doch eine smarte Redewendung oder Erklärung, die es mir ermöglichen würde, meinen Kopf aus der Schlinge zu ziehen? Frei nach dem Motto: »Es liegt definitiv an mir und keinesfalls an dir«! Hm. So eine abgedroschene Phrase glaubte er mir niemals. Dazu war Jonas zu intelligent. Und zu feinfühlig. »Ich will mich auf meine Arbeit konzentrieren«, funktionierte leider auch nicht. Er war ja quasi meine Arbeit! Ach, warum konnte ich nicht vom Tisch aufstehen und mich ausgiebig von Lily beraten lassen? Wie gesagt, sie wüsste hundertprozentig, wie man das Ding hier am besten schaukeln würde.

Jonas räusperte sich. Ich sah, wie sein Blick traurig wurde. Oh nein! Jetzt musste es schnell gehen. Höchste Eisenbahn, dass mir etwas Passendes einfiel!

»Stephanie, es tut mir wahnsinnig leid, wenn ich dich durch mein Geständnis in Verlegenheit bringe. Ich wollte dich nur wissen lassen, wie ich fühle. Und ich dachte, du würdest diese Gefühle vielleicht erwidern, aber …«

In diesem hochdramatischen Moment, in dem mir das Herz bis zum Hals schlug und mein Puls raste, kam mir zum aller-allerersten Mal in meinem Leben zur rechten Zeit eine *wirklich brauchbare* Antwort in den Sinn! Ha! Vielleicht ging mir doch weniger von Lilys Erbgut ab als vermutet!

Ich legte tröstend meine Hand auf seinen Arm und sagte mit vor Erregung heiserer Stimme: »Jonas, es liegt wirklich nicht an dir … Ich mag dich … ehrlich! Aber ich stehe nun mal ausschließlich auf Frauen!«

2.

Lily Werdenfels wartete gerade an einer roten Ampel, als ein leises »Ping« eine eingegangene SMS ankündigte. Sie zog ihr iPhone aus der Handtasche und öffnete die Nachricht mit einem Stirnrunzeln. Warum verschickte Steffi ausgerechnet jetzt eine SMS? War sie nicht bei diesem wichtigen Abendessen? Dann musste Lily unwillkürlich grinsen, denn die Nachricht lautete: »Kein fester Job, dafür ab heute lesbisch. Hilfe! Wir reden morgen. Kuss, Steffi«

Die Ampel sprang auf Grün, und Lily gab ordentlich Gas. Eigentlich waren sie für heute verabredet gewesen. Doch Steffi hatte den monatlichen »Schwesternabend« kurzfristig abgesagt. Stattdessen war Lily mit Hitchcock, ihrem schwarz-weißen Cockerspaniel, an die Isarauen zu einem ausgedehnten Spaziergang gefahren; sie hatte keine Lust gehabt, schon wieder einen ganzen Abend allein zu Hause rumzusitzen. Denn Jörg arbeitete leider seit einigen Wochen an einem neuen Projekt und kam immer erst kurz vor Mitternacht heim.

Ach, hör doch auf zu heulen, dachte Lily unwirsch. Sie hasste es zu jammern. Schließlich fehlte es ihr an nichts. Sie lebte in einem schönen, großen Haus im besten Viertel Münchens. Ihr Mann war ein erfolgreicher und gut beschäftigter Regisseur, und sie waren mit vielen talentierten, berühmten Menschen befreundet. Genau. Vielleicht sollte sie noch einmal die Planung für Samstag durchgehen. Ein Fest für fast hundert Leute organisierte sich schließlich nicht von selbst, auch wenn das Büfett von Feinkost Käfer geliefert werden würde und die Live-Band bereits geordert war! Als Erstes würde der Champagner gereicht werden. Und diese kleinen vegetarischen »Amuse-Bouches«. Was hatte sie da ausgewählt? Mini-Kürbistarte oder Pesto-Ravioli »on the stick«? Sie konnte sich nicht mehr erinnern. Aber ein Fotograf würde am Eingang von allen eintreffenden Gästen ein Erinnerungsfoto mit Jörg schießen. Das daraus resultierende Album, versehen mit Auszügen des Gästebuchs, sollte ihr Geschenk an Jörg sein. Zu seinem fünfzigsten Geburtstag.

Mein Gott, fünfzig Jahre! Ein halbes Jahrhundert. Wie unglaublich alt das klang. Dabei sah man Jörg sein fortgeschrittenes Alter kaum an. Obwohl ... eigentlich stimmte das so nicht. Er hatte schon ein paar Falten mehr, und auch seine Haare färbten sich langsam, aber sicher grau. Doch das tat seiner Attraktivität keinen Abbruch. Er wirkte noch immer sportlich und durchtrainiert. Ob ihm sein Alter etwas ausmachte? Lily hätte es nicht sagen können, denn Jörg äußerte sich nie zu solchen Themen.

Was man von ihren Freundinnen leider nicht behaupten konnte. Da ging es bereits seit einigen Jahren – sie war mit ihren siebenunddreißig die Jüngste in diesem Kreis – viel zu oft um die Vor- und Nachteile von blutigen und weniger blutigen Eingriffen der plastischen Chirurgie. Dieses hohle Beauty-Gelaber nervte zunehmend, und sie sehnte sich manchmal nach einer »richtigen« Aufgabe. Nach einem Beruf. Dann tat es ihr leid, dass sie damals, als sie Jörg kennenlernte, ihre Karriere als erfolgreiches Fotomodell so sang- und klanglos aufgegeben hatte. Vielleicht hätte sie sich ansonsten weiterentwickelt und stünde nun selbst hinter der Kamera. Eventuell wäre sie dann sogar auch beim Film gelandet und hätte mit Jörg zusammenarbeiten können.

Hm. Ab und zu fragte sie sich, ob ihre Schwester nicht doch das bessere Leben gewählt hatte. Ohne Mann, aber unabhängig und mit einem interessanten Job, der sie ausfüllte und ernährte. Auf der anderen Seite war es wahrscheinlich normal, wenn man nach dreizehn Jahren Ehe eine kleine Sinnkrise bekam und einige Dinge in Frage stellte. Irgendwie wusste sie gar nicht mehr, »wer« sie eigentlich war: nur noch Jörgs attraktive Ehefrau? Sein hübsches, aber unbedeutendes Anhängsel?

Dabei hatte sie durchaus Sinnvolles zu tun. Schließlich engagierte sie sich im großen Stile für wohltätige Zwecke, saß ehrenamtlich im Vorstand mehrerer Stiftungen und unterstützte Jörgs Karriere durch ihre rege Teilnahme am Münchner Promileben. Das war im Grunde genommen besser, als für schnödes Geld zu arbeiten. Oder?

Lily bog schwungvoll in die stille Sackgasse ein, an deren Ende ihr weitläufiges, von einem gepflegten Garten umgebenes Haus lag. Warum war sie ausgerechnet heute so mies drauf! Änderte sich das Wetter? Färbte der berühmt-berüchtigte Föhn ihre Gedanken so schwarz? Oder hatte sie heute zu viel Zeit allein verbracht? Hm. Ob ihr Leben mit eigenen Kindern erfüllter wäre? Sie wagte, es zu bezweifeln. Jörg, der bereits zwei erwachsene Söhne aus erster Ehe hatte, weigerte sich sowieso standhaft, zusätzlichen Nachwuchs ins Leben zu rufen. Er hasste Kindergeplärre und …

Unwillkürlich nahm Lily den Fuß vom Gas und rollte in ihre durch dicke immergrüne Büsche geschützte, nicht von außen einsehbare Einfahrt. Hoppla! Vor Überraschung trat sie viel zu fest auf die Bremse und wurde hart gegen den Sicherheitsgurt gepresst. Hitchcock jaulte empört auf, als er von der Rückbank fiel, aber … vor ihrem Haus parkte bereits Jörgs Cabrio. Er war schon zu Hause, und sie wäre ihm versehentlich fast in den Kofferraum gerauscht!

Erleichtert, dass nichts Schlimmes passiert war, ergriff Lily ihre Handtasche, ließ den Hund rausspringen und ging eilig zur Haustür, die Jörg natürlich wie immer nicht abgesperrt hatte. Im Haus dröhnte Musik. Marvin Gaye, einer von Jörgs Lieblingssängern, röhrte mit voller Lautstärke. Jörg musste extrem gut gelaunt sein. Ob die Filmförderung endlich seinen Antrag bewilligt hatte? Oder stand der erste Entwurf des neuen Drehbuchs endlich?

Sie öffnete die Tür zur Küche. Manchmal schenkte sich Jörg noch ein eiskaltes Glas Grauburgunder ein, bevor er unter die Dusche sprang. Aber heute war die große, gemütlich eingerichtete Küche, in deren Mitte ein meterlanger massiver Pinienholztisch stand, leer. Lily stellte ihre Tasche auf dem Sideboard ab und bemerkte in diesem Augenblick die zweite Damenhandtasche, die dort stand. Es war eine recht auffällige von Louis Vuitton und damit ganz sicher nicht ihre; sie verabscheute dieses überteuerte, gleichmachende Markenzeugs.

Jörg hatte also Besuch! Und während sie diesen Satz zu Ende dachte, ergaben die verschiedenen Puzzleteile plötzlich einen Sinn: sein frühes Nachhausekommen, obwohl sie eigentlich bei ihrer Schwester sein sollte, die fremde Tasche … Das alles ließ eigentlich nur eine Schlussfolgerung zu, und die war einfach unfassbar: Sie wurde betrogen. Jörg schlief mit einer anderen Frau!

Ihre Hände zitterten leicht, als sie die Weinflasche aus dem Kühlschrank nahm und sich ein extragroßes Glas eingoss. Damit setzte sie sich an den Küchentisch. Hitchcock, der unglaublich feinfühlig sein konnte, presste tröstend seine Nase gegen ihr Bein. Abwesend streichelte sie seinen schmalen Kopf. Was machte man in so einer Situation? Sie nippte an ihrem Wein. Sollte sie nach oben ins Schlafzimmer gehen und die beiden in flagranti … hm … Mit welcher Dame hatte sie es eigentlich zu tun?

Lily griff sich die hässliche Tasche und fischte nach einem Portemonnaie. Nach kurzem Wühlen hielt sie es in der Hand. Es war natürlich auch von Louis Vuitton. Klassisch fantasielos. Ohne mit der Wimper zu zucken, zog sie die Kreditkarte ihrer Rivalin hervor. Der Name von Jörgs Flamme lautete also Leonie von Schwalbach. Lily lachte höhnisch auf, obwohl sie verletzt war: Leonie war die aktuelle Freundin von einem von Jörgs Mitarbeitern und bestimmt noch keine achtundzwanzig. Jörg vermisste offensichtlich »Frischfleisch« im Bett. Mein Gott, was für ein Klischee! Alter Hengst sucht junge Stute zum Vögeln! Da konnte einem ja schlecht werden.

Lily nahm noch einen Schluck Wein. In ihrem Magen rumorte es, und irgendwie fühlte sie sich ganz leicht im Kopf. Jörg – ihr Jörg – hatte eine Affäre! Ob es eindeutige Anzeichen dafür gegeben hatte? Nein, eigentlich war doch alles wie immer gewesen. Jörg hatte viel gearbeitet und … Plötzlich schlug sie mit der flachen Hand auf den Küchentisch. Nein! Jörg und seine Geliebte waren es definitiv nicht wert, dass sie sich jetzt dazu hinreißen ließ, ihnen eine Szene zu machen. Sie würde stattdessen hocherhobenen Hauptes aus dem Haus marschieren und morgen einen Anwalt anrufen. Genau. Sie würde cool bleiben! Niveauvoll! Sich keine Blöße geben. Sie nahm Hitchcocks Hundenapf und eine Dose Futter aus dem Regal. Den Rest würde ihr bestimmt Steffi leihen.

Der Hund folgte ihr auf dem Fuß, als sie – leicht beschwipst durch den Alkohol auf leeren Magen – aus dem Haus ging. Lily saß bereits in ihrem BMW und setzte gerade zurück, als ihr Blick auf den goldenen Aufkleber fiel, der neben dem Eingang am Tor pappte. »Securitas« stand da in dicken schwarzen Buchstaben. Das war der Name des Sicherheitsdienstes, der sich um ihr Haus kümmerte und auch für die Alarmanlage zuständig war.

Unwillkürlich hielt Lily an. Dann lächelte sie maliziös. Jörg und seine Angebetete würden doch nicht ganz ungeschoren davonkommen. Schließlich war ein kleiner Denkzettel äußerst lehrreich für die beiden. Sie zog ihr iPhone aus der Tasche und suchte in den Kontaktdaten. Richtig. Ein Knopfdruck und schon …

»Securitas – wir sorgen für Ihre Sicherheit. Was kann ich für Sie tun?«, fragte die freundliche Dame am anderen Ende der Leitung.

3.

Das war typisch. Am gleichen Tag, an dem mein Leben durch einen nicht provozierten amourösen Super-GAU völlig aus dem Ruder zu laufen drohte, meine weitere berufliche Karriere in den Sternen stand und ich unfreiwillig, quasi durch einen Akt höherer Gewalt, lesbisch werden musste, passierte Lily so etwas! Sie übertrumpfte mich selbst in der Drama-Abteilung. Sogar in Krisensituationen ging es bei ihr ein kleines bisschen grandioser zu als bei mir! Und während ich – um ein Uhr nachts – ihrer Betrugsgeschichte lauschte, dem untreuen Jörg die Krätze an den Hals wünschte und mir Sorgen um die ungewisse Zukunft meiner großen Schwester machte, saß sie auf meinem wackeligen Küchenstuhl und … lachte sich schief!

»Steffi, da hättest du einfach dabei sein müssen. Es war wie im Kino! Slapstickmäßig! Die beiden Sicherheitsgorillas ganz in Schwarz und Jörg nur mit einem Handtuch …« Sie wurde schon wieder von einem unkontrollierten Lachanfall geschüttelt. »Und diese zeternde dralle Aristo-Trulla im Schlepptau!«

Lily beschrieb die ganze Situation so köstlich, dass ich mich – gegen meinen Willen – unterprivilegiert fühlte, weil ich dieses spaßige Schauspiel verpasst hatte. Ein mir wohlbekanntes Gefühl, denn das ging mir eigentlich immer so, wenn Lily aus ihrem XXL-Leben auf der Überholspur erzählte. Und warum sollte das ausgerechnet heute anders sein! Fremdgehen hin oder her! Lilys Leben war einfach immer glamouröser als meins.

»Aber wieso hat Jörg den Sicherheitsleuten nicht einfach gesagt, wer er ist?«, erkundigte ich mich ratlos.

»Das hat er ja. Andauernd. Aber er sollte sich ausweisen. Und du weißt doch, dass Jörg seinen Personalausweis, seitdem er einmal bei einer Verkehrskontrolle ›ohne‹ erwischt wurde, immer zusammen mit den Autopapieren im Handschuhfach seines Cabrios einschließt! Da musste er dann wohl oder übel seinen nackten Hintern aus dem warmen Lotterbett ins Freie befördern!«, kicherte Lily.

»Aha«, sagte ich. »Und der Sicherheitsdienst ist einfach so angerückt?«

»Klar. Ich hab denen am Telefon vorgejammert, dass mein Mann heute verreist sei und ich beim Nachhausekommen verdächtige Geräusche aus dem Schlafzimmer wahrgenommen hätte! Das hat gereicht! Die standen in weniger als fünfzehn Minuten auf der Matte und sind dann mit gezückter Waffe ins Haus gestürmt!«

Ich nickte. Mit gezückter Waffe ... Aber ich verkniff mir einen kritischen Kommentar. Es war ja glücklicherweise niemand zu Schaden gekommen. »Und hat Jörg gesehen, dass du von der Gartenlaube aus alles beobachtet hast?«, fragte ich stattdessen.

Lily schüttelte den Kopf. »Nein, dazu hat ihm seine kreischende Leonie keine Zeit gelassen. Die hat all seine Aufmerksamkeit beansprucht, so stinkesauer, wie die war! Die hätte sich am liebsten auf die Sicherheitsleute gestürzt und ihnen die Augen ausgekratzt!«

Genüsslich nahm Lily noch einen Schluck Prosecco. Ich hatte den Pikkolo in freudiger Erwartung kalt gestellt, um auf meine Festanstellung anzustoßen. Doch nun wurde das Gesöff zweckentfremdet und als Racheumtrunk genutzt.

»Und wie soll es jetzt weitergehen?«, fragte ich, als sich Lily wieder einigermaßen beruhigt hatte und sich nur noch die Lachtränen aus den Augen wischte.

»Wie meinst du das?«

»Na, ihr müsst euch doch jetzt irgendwie aussprechen. Schließlich seid ihr verheiratet! Vielleicht war diese Geschichte ja auch nur ein einmaliges Abenteuer?«, brachte ich vorsichtig an und überlegte, wie Lily es nur schaffte, in Jeans und einem einfachen beigen T-Shirt so elegant und cool auszusehen, direkt wie aus einem dieser *Vogue*-Artikel über »smarte Weekend-Looks reloaded«. Obwohl ... bei ihren Modelmaßen würden wahrscheinlich auch zwei strategisch drapierte Aldi-Plastiktüten schick aussehen.

»Du glaubst doch nicht etwa, dass ich diesem verlogenen Betrüger noch eine einzige Chance gebe?«, erwiderte Lily und wirkte dabei völlig tiefenentspannt und emotional ausgeglichen. Beneidenswert eben.

»Liebst du Jörg nicht mehr? Willst du gar nicht um ihn kämpfen?« Ich war fassungslos. Jörg und Lily hatten so harmonisch gewirkt. So vertraut. Wie eine absolute Einheit. Jedes Mal, wenn ich eine schön fotografierte Hochglanz-Weihnachtskarte von ihnen bekommen hatte, waren mir vor Selbstmitleid fast die Tränen gekommen. Voller Sehnsucht hatte ich mir das gleiche Glück gewünscht. Attraktives Hochglanz-Glück. Und es wollte mir nicht in den Kopf, dass Lily all das praktisch über Nacht aufgeben wollte.

Lily blieb mir eine Antwort schuldig. »Zeit, ins Bett zu gehen!«, sagte sie stattdessen. »Danke, Steffi, dass ich dir für ein paar Tage auf die Pelle rücken darf. Du bist ein Schatz!« Damit verzog sie sich samt Hund, der ihr genauso zu Füßen lag wie die gesamte Männerwelt, ins Badezimmer.

Als ich ihr eine halbe Stunde später noch eine heiße Tasse Gute-Nacht-Tee ans provisorische Gästebett in meinem winzigen Wohnzimmer bringen wollte, schlief Lily tief und fest. Hitchcock, der zusammengekringelt auf dem Boden lag, bewachte mit einem vorwurfsvollen Blick ihre Nachtruhe.

Vielleicht stand sie einfach unter Schock, überlegte ich, als ich unter meine rosa Patchwork-Decke kletterte und meine Nachttischlampe ausknipste. Das war doch einfach keine angemessene Reaktion auf das erwiesene Fremdgehen ihres Ehemanns! Während ich schlaflos in die Dunkelheit starrte, versuchte ich, mir vorzustellen, wie ich auf den Verlust des perfekten Ehemanns reagiert hätte … Obwohl dieser Gedanke wirklich rein hypothetisch war, denn ich war noch nie länger als einen Abend mit einem Mann ausgegangen, der dem kritischen Urteil meiner Schwester und meiner Eltern standgehalten hätte und der wie Jörg mit offenen Armen in unserer Familie aufgenommen worden wäre. Nein, meine festen Freunde waren allesamt zu »ungebildet« und/oder zu »mittellos«, um das gleiche familiäre Wohlwollen zu erregen. Trotzdem hatten sie mir ausnahmslos das Herz gebrochen. Und daher konnte ich sehr wohl ermessen, was ich an Lilys Stelle getan hätte.

Ich hätte mich in mein Schneckenhaus verkrochen und mich gefragt, was ich *diesmal* bloß wieder falsch gemacht hatte. Mir die Augen ausgeheult! Ich hätte aus Frust zwei Einliterpackungen »Ben & Jerry's Cookie Dough«-Eis ausgelöffelt und direkt danach eine Nulldiät begonnen. In einem unbedachten Moment wäre ich bestimmt der schwachsinnigen Idee verfallen, mitten in der Nacht zu seiner Wohnung zu fahren, um zu schauen, ob bei ihm noch Licht brannte. Und dann, um alles auf die Spitze zu treiben, hätte ich mir vorgestellt, wie er – mit oder ohne Beleuchtung –

gerade diese andere, garantiert viel attraktivere Frau küsste, die selbstverständlich zehnmal besser im Bett war als ich. Schließlich hätte ich mein persönliches Liebeskummer-Allheilmittel angewendet und mir dreimal hintereinander die sowieso schon ellenlange Verfilmung von Nicholas Sparks *Wie ein einziger Tag* reingezogen, bis ich – wie immer unsterblich in Ryan Gosling verliebt – mir klargemacht hätte, dass ich Ryan ebenso wenig wie meinen Ex hätte halten können, weil ich einfach eine granatenmäßige Niete war!

An diesem Punkt wäre aus reiner Gewohnheit Lily eingeschritten und hätte mich mit ihren gutgemeinten Ratschlägen aufgepäppelt. Die fingen alle mit »Du musst …« oder »Du darfst nicht …« an, und manchmal fragte ich mich, ob sich das Wort »Ratschlag« nicht doch vom Verb »schlagen« ableitete. Als da wären, in absteigender Ordnung der Häufigkeit, mit der sie mir diese Leitlinien um die Ohren schlug: »Du musst von Tag zu Tag leben und versuchen, aus jedem einzelnen das Beste zu machen!«, »Du darfst nicht immer nur das Schlechte sehen!«, »Du musst selbstbewusster werden!« und »Man sollte sich neuen Herausforderungen stellen und nicht den Kopf im Sand vergraben«.

Ehrlich gesagt, hatte ich mich insgeheim immer damit getröstet, dass es ziemlich einfach für die in jeder Hinsicht vollkommene Lily war, solche wohlklingenden Gemeinplätze aufzusagen, denn sie hatte ja alles, was frau sich nur wünschen konnte. Aber nun schien sich ihr Leben auf einen Schlag doch grundsätzlich verändert zu haben, und es sah fast so aus, als ob sie tatsächlich auf ein Dasein ohne Jörg zusteuerte … verdammt! Ob uns eventuell sogar eine Scheidung ins Haus stand?

Mir brach der kalte Schweiß aus, und plötzlich konnte ich nicht länger ruhig im Bett liegen bleiben. Rastlos tigerte ich durch meine Wohnung. Lily hatte doch bei ihrer Hochzeit so einen blöden Ehevertrag unterschrieben … Verzichtete sie darin nicht auf alle Ansprüche im Falle einer Trennung? Meine Schwester, der es bisher an nichts gefehlt hatte … ohne Mann und ohne Geld?! Ohne ihre bestimmt sehr liebgewonnenen Gewohnheiten, wie der regelmäßige Besuch beim Star-Friseur, der persönliche Pilates-Trainer, der sogar zu ihr nach Hause kam, die kleinen Spontan-Trips nach Ibiza oder an die Côte d'Azur, die sie sich noch zusätzlich zum wochenlangen Jahresurlaub mit Jörg gönnte. Und … womit sollte sie jetzt überhaupt Geld verdienen? Mit Modeln? Gab es überhaupt noch Jobs für Models über dreißig? Vor meinem – zugegebenermaßen sehr fantasievollen – geistigen Auge sah ich Lily bereits in der Gosse: Hitchcock neben sich, streckte sie mit strähnigen Haaren und zerrissenen Klamotten Passanten einen Plastikbecher entgegen und flüsterte verzweifelt: »Haste mal 'nen Euro?«

Ich schüttelte energisch den Kopf, um mich von diesem dystopischen Kopfkino zu befreien, aber die Sorge um Lilys Wohlergehen blieb. Bevor ich michs versah, saß ich an meinem Computer und googelte Partnerschaftsagenturen. Genau. Falls Jörg tatsächlich ausfiel, musste Ersatz her. Lily brauchte einen neuen Mann!

Als ich das nächste Mal auf die Uhr sah, war es fast vier Uhr früh. Ich hatte Lily unter meinem Namen, aber mit ihren Charaktereigenschaften ein »persönliches Profil« bei insgesamt fünf verschiedenen Agenturen eingerichtet. Was leider nicht ganz billig gewesen war, aber das sollte es mir wert sein. Denn obwohl ich noch kein Foto von ihr gepostet hatte, spuckte der Computer bereits die ersten »Matches« aus. Diese passten auf einer Skala von 0 bis maximal 100 Prozent durchschnittlich unglaubliche 85 Prozent zu Lily!

Neugierig klickte ich den ersten der vorgeschlagenen Männer an. Es handelte sich um einen Malermeister »im besten Alter«, mit »viel Herzenswärme«, aber etwas wenig Haaren. Hm. Der Zweite sah ziemlich schick aus, hatte aber vier minderjährige Kinder und betonte, dass er sich mit seiner Ex-Frau noch immer »absolut bestens« verstehen würde. Dieses kleine, unscheinbare »absolut bestens« müsste man wahrscheinlich für den Fall der Fälle genauer definieren. Nicht dass diese Formulierung auch den gelegentlichen Beischlaf mit der Ex inkludierte! Dafür war der dritte Mann in einem Alter von fünfundvierzig Jahren noch immer »unverheiratet« und »supersportlich«. Er verfügte sogar über ein – auf dem Bewerbungsbild demonstriertes – »Sixpack«. Tja, Qual der Wahl. Vielleicht müsste sich Lily da doch selber einmal durchklicken und eine Vorauswahl … Mann, war ich müde. Allmählich musste ich echt in die Federn. Nur noch schnell meine E-Mails gecheckt und dann husch, husch … oh nein!!!

In meiner »Inbox« befand sich eine Nachricht von Jonas, die offenbar erst vor fünf Minuten abgeschickt worden war! Es schien so, als ob da noch jemand eine schlaflose Nacht verbrachte! Ich zögerte. Sollte ich mir das jetzt – um diese Uhrzeit – wirklich noch antun? Aber dann siegte die Neugier. Ein Doppelklick … und schon las ich mit vor innerer Anspannung zusammengekniffenen Augen seine Worte:

Liebe Stephanie,
ich hoffe, ich darf dich immer noch so nennen, auch wenn der heutige Abend ein einziges Fiasko war und das ganz allein meine Schuld ist! Bitte vergib mir. Ich werde nie wieder ein Wort über meine Gefühle verlieren und von nun an nur noch rein geschäftliche Themen mit dir besprechen! Aber genau deshalb muss ich dich

heute leider noch mal belästigen, auch wenn mir das jetzt sehr schwerfällt. Ich würde dir gerne ein Angebot unterbreiten – wahrscheinlich kannst du dir schon denken, worum es dabei geht –, aber dazu müsste ich dich in mein Büro bitten. Würde dir morgen früh um 11.00 Uhr passen?
Mit freundlichen Grüßen, Jonas.

Na bravo. An Schlaf war jetzt natürlich nicht mehr zu denken.

4.

Lily! Liebes!« Katja, die Dame des Hauses, hauchte ihr mit spitzen Lippen hektisch einen Kuss auf beide Wangen und schwebte dann – auf 15-Zentimeter-Absätzen – mit einem gehetzten Gesichtsausdruck an ihr vorbei. »Bin gleich wieder da! Ich muss nur noch …« Den Rest des Satzes verschluckte die sich hinter ihr schließende Küchentür.

Aber Lily, Hitchcock im Schlepptau, fand auch von ganz allein den Weg ins Wohnzimmer, wo am heutigen Morgen das Komitee des »Flying Eagle Golf Cups – united we are strong« tagte. Die anwesenden Society-Ladys diskutierten schon fleißig, und Lily, die sich durch den weiten Weg von Steffis Wohnung nach Starnberg leicht verspätet hatte, setzte sich mit einem entschuldigenden Lächeln auf den letzten freien Platz.

»Also, ich bin dafür, dass jeder Teilnehmer eine Medaille fürs Mitmachen bekommt«, erklärte Ann-Kathrin, eine brünette Mittvierzigerin mit verdächtig glattem Madonnengesicht kämpferisch. Allen Anwesenden war hinreichend bekannt, dass Ann-Kathrins Mann Egon ein guter, aber ziemlich cholerischer Golfspieler war, der sich so gar nicht »sportsman-like« verhielt, wenn er einen Platz auf dem Siegertreppchen verpasste. Wahrscheinlich wollte sie ihn durch diese Jedermanns-Medaille schon vorab besänftigen.

»Das kommt überhaupt nicht in Frage!«, beschied Petra, die für die finanzielle Planung des Events verantwortlich zeichnete. »So ein Gelump ist viel zu teuer.« Sie kniff ihre dezent mit Kollagen aufgespritzten Lippen zusammen und schüttelte den perfekt geföhnten silberblonden Bob missbilligend. Niemand traute sich, ihr zu widersprechen.

Lily räusperte sich. »Eventuell könnte man ja die ersten zehn Plätze auszeichnen statt nur die ersten drei.« Auf diese Weise würde Ann-Kathrins Mann hoffentlich noch eine friedensstiftende Medaille abstauben. Lily mochte die in ihren Augen ziemlich unter der Fuchtel stehende Ann-Kathrin gern, manchmal hatte sie sogar regelrecht Mitleid mit ihr. Außerdem nervte Petra mit ihren dominanten Rambo-Manieren. Bloß weil ihr Mann Arndt der Präsident des Starnberger Golfklubs war, brauchte sie sich nicht so aufzuspielen!

»Bravo!« Irina, die hochelegante Russin, die erst vor kurzem im Organisations-Komitee aufgenommen worden war, klatschte Beifall. »Gute Idee! Ansonsten kann Yuri die zusätzlichen Medaillen bezahlen«, ergänzte sie in ihrem perfekten, aber ziemlich hart ausgesprochenen Deutsch. Ihr Mann war legendär vermögend. Keiner wusste so genau, womit er sein Geld verdiente, aber sie schwammen geradezu im Reichtum. Goldene Wasserhähne und Klobürstengriffe inklusive, wie Lily bei einem Besuch von Irinas Starnberger »Palast« amüsiert festgestellt hatte.

Petra nickte indigniert und kritzelte etwas in ihren aufgeschlagenen Notizkalender. Mehr Zustimmung würde es von ihr nicht geben. Aber immerhin.

»Na, wer möchte ein Gläschen?« Eine bereits geöffnete Magnum-Champagnerflasche in der Hand, stakste Katja – dicht gefolgt von ihrer adretten kolumbianischen Haushälterin, die ein volles Tablett mit Gläsern heranschleppte – auf dünnen Streichholzbeinchen in das weitläufige Wohnzimmer, dessen bodentiefe Fensterfront einen wunderbaren

Panoramablick auf den See ermöglichte. Udo, Katjas Mann, war ein erfolgreicher Architekt, der sich hier sein »Aushängeschild« mit viel Glas und Stahl erbaut hatte. Und das zahlte sich aus: Jede Menge Damen aus Katjas Bekanntenkreis hatten, nach einem kurzen Besuch, ihren Angetrauten davon überzeugt, dass man unbedingt Udo für den Um- oder Ausbau des schmucken Eigenheims anheuern musste. Schließlich war Udo in und ein von ihm verschönertes Haus ein absolutes Must-have.

»Champagner um elf Uhr morgens!!« Die meisten der anwesenden Ladys zierten sich für einen winzigen Moment, aber schließlich stand vor jeder ein Kelch mit prickelndem Inhalt. Die Stimmung hellte sich augenblicklich auf, und der nächste Diskussionspunkt, »Gesetztes Abendessen versus Büfett«, konnte in Angriff genommen werden.

Lilys Gedanken drifteten unwillkürlich ab, als sie an ihrem Champagner nippte. Sie hatte sich gestern Abend schlafend gestellt, als Steffi ihr noch eine Tasse Tee bringen wollte. Denn da war ihr die ganze Sache mit Jörg noch einmal so richtig bewusst geworden, und sie stand solche traurigen Augenblicke lieber stillschweigend und vor allem alleine durch. Ihre kleine Schwester wollte sie schon dreimal nicht damit belasten. Doch wie sollte sie sich jetzt nur Jörg gegenüber verhalten? Steffi hatte ja recht: Sie musste sich irgendwie mit ihm aussprechen und ihm die Trennung vorschlagen. Denn dass sie sich von ihm trennen würde, stand für sie fest. Es war ihr unmöglich, ihm noch einmal zu vertrauen. Nicht nach diesen Bildern von ihm und dieser Tussi, die sich tief in ihrer Netzhaut eingebrannt hatten. Wenn sie es nur nicht von Angesicht zu Angesicht machen müsste. Aber sie konnte ihm ja schlecht telefonisch die Scheidung vorschlagen. Oder? Sie hatte die ganze Nacht gegrübelt.

Um sechs Uhr dreißig war sie dann aufgestanden, hatte sich auf Zehenspitzen ein paar Klamotten von Steffi geliehen, die noch tief und fest schlief, und eine ausgiebige Joggingrunde mit dem fröhlich kläffenden Hitchcock gedreht. Danach ging es ihr besser, und ihr Kopf war wieder klar. Warum sollte ausgerechnet sie den ersten Schritt machen? Das sollte Jörg lieber selbst tun. Schließlich war er aus dieser Ehe ausgebrochen und nicht sie! Außerdem wäre es interessant, herauszufinden, wann es ihm auffiel, dass sie ausgezogen war. Sie würde auf jeden Fall fürs Erste bei Steffi wohnen bleiben und dann …

»Lily! Träumst du?« Katja stupste sie an. »Ich habe dich jetzt dreimal gefragt, was du zu Jörgs Geburtstagsfete anziehst? Ich will nicht aus Versehen wieder im selben Fummel wie du dort aufkreuzen!«

»Ich gehe nicht auf Jörgs Party.« Der Satz war Lily einfach so rausgerutscht. Sie hatte eigentlich gar nichts von ihren Problemen erzählen wollen. Verdammt!

Katja starrte sie entgeistert an. »Wie meinst du das?«

»Ach, es geht sich halt nicht aus«, versuchte Lily abzuwiegeln.

»Es geht sich nicht aus … dass du zum fünfzigsten Geburtstagsfest deines eigenen Mannes gehst?«, quietschte Katja empört. »Lily-Maus! Was ist passiert?« Und natürlich hatte sie umgehend die ungeteilte Aufmerksamkeit der anderen zwölf Damen.

»Ich möchte nicht drüber reden. Das ist noch alles ziemlich frisch«, sagte Lily mit einem kleinen, gezwungenen Lächeln.

»Aber uns, deinen besten Freundinnen, kannst du es doch erzählen!«, gurrte Petra.

»Findet die Party denn ohne dich überhaupt noch statt?«, wollte die bisher eher stille Eva wissen.

Lily zuckte mit den Schultern.

»Jetzt sag halt, was los ist«, forderte Ann-Kathrin streng. Und dieser Schlange hatte sie eben noch zur Seite gestanden! Aber irgendwie würde die ganze Sache ja so oder so rauskommen, also konnte sie auch jetzt ...

»Jörg hat mich betrogen«, flüsterte Lily leise.

Die Reaktionen auf diese Eröffnung hätten nicht aufgeregter sein können. Alle Ladys schrien wild durcheinander. Eine Welle von Fragen und Solidarisierungsbekundungen brach über Lily herein.

»Mein Gott, mit wem?«

»Dieser Drecksack!«

»Wenn du dich mal ausheulen musst, kannst du jederzeit bei mir vorbeikommen!«

»Männer sind alles Schweine!«

»Deinem Jörg hätte ich das nun wirklich nicht zugetraut ...«

»Wenn das jemandem mit einer Top-Figur wie dir passiert, also was soll ich dann erst ...«

Lily versuchte erst gar nicht, ihren Freundinnen zu antworten. Sie kämpfte mit den Tränen. Am liebsten wäre sie aufgesprungen und weggerannt, aber das ging natürlich nicht. Sie war eine erwachsene Frau.

»Jetzt lasst sie doch erst einmal zur Ruhe kommen!«, befahl Petra schließlich. »Ihr tut ja gerade so, als ob ihr keine Midlife-Crisis-gebeutelten Männer zu Hause hättet!«

Fast augenblicklich kehrte Stille ein.

Lily war Petra unendlich dankbar. Aber was meinte sie mit »Midlife-Crisis-gebeutelten Männern«?

»Egon hat erst gestern wieder mit dieser Schlampe gemailt«, sagte Ann-Kathrin plötzlich mit zittriger Stimme. »Sie wollen zusammen in den Urlaub fahren!«

»Du Arme«, sagte Eva mitfühlend. »Aber das ist noch gar nichts. Hermann hat letzte Woche eine Wohnung für seine Sprechstundenhilfe gemietet! So ein verdammtes Liebesnest – direkt neben der Praxis. Mit *meinem* Geld!«

Überrascht blickte Lily auf. Das war ihr alles neu. Hatten sich die anderen etwa ohne sie über diese Themen ausgelassen? »Eure Männer betrügen euch?«, fragte sie fassungslos.

Petra musterte sie schweigend für einen kleinen Augenblick – so als überlegte sie noch, ob man Lily die bittere Wahrheit wirklich zumuten konnte – und legte ihr dann vertraulich die Hand auf den Arm. »Willkommen im Klub, meine Liebe!«

Die anderen Damen lächelten. Ziemlich gequält – wie Lily fand.

»Weißt du, die Midlife-Crisis ist für Männer das, was für uns die Menopause ist!«, piepste Katja. »Nur schlimmer!«

»Die kriegen alle so einen Rappel, müssen beweisen, dass das fortgeschrittene Alter ihrer Manneskraft nichts anhaben kann«, bestätigte Petra. »Das geht auch wieder vorbei!«

»Das sagst du immer!«, echauffierte sich Eva. »Aber dein Arndt poppt immer noch jedes weibliche Golfklubmitglied, das nicht bei Drei auf den Bäumen ist!«

Petras Wangen verfärbten sich – trotz sorgfältig aufgetragenem Rouge – etwas ins Gräuliche. Aber ansonsten sah man ihr keine weitere Gemütsregung an, als sie beschwörend murmelte: »Glaub mir, spätestens mit siebzig geht denen die Potenz flöten … und dann kommen sie sowieso alle wieder angekrochen!«

Tolle Aussichten, dachte Lily. Aber sie wagte nicht, das laut auszusprechen. Stattdessen wiederholte sie perplex: »Und wirklich … alle eure Männer betrügen euch mit anderen Frauen?«

»Nein«, sagte Irina bitter. »Meiner bescheißt mich mit schwulen Jüngelchen!«

»Oh«, entfuhr es Lily. In ihrem Kopf wirbelte alles durcheinander. Wie konnten ihre Freundinnen nur den Schein wahren? Erst letzten Monat hatten Jörg und sie ein Grillfest veranstaltet, da waren doch alle ganz harmonisch mit ihren Göttergatten aufgetaucht! Was war das für eine Scharade? Warum spielten sie da alle mit!?

»Ich werde Jörg jedenfalls verlassen«, verkündete Lily aufmüpfig. Was die anderen Frauen so mit ihren Männern trieben, ging sie nichts an. Aber sie würde so eine Farce nicht mitmachen!

Während Lily vorhin wegen der lautstarken Entrüstung ihrer Freundinnen am liebsten geflüchtet wäre, so war sie nun ernsthaft geschockt über das fast greifbare, stille Entsetzen, das sich nach ihrer Kundgebung unter den Anwesenden breitmachte.

»Hat Jörg dich rausgeschmissen?«, fasste Ann-Kathrin sich als Erste wieder ein Herz.

»Nein, natürlich nicht«, antwortete Lily verblüfft.

»Will er diese betrügerische Natter heiraten?«, erkundigte sich Eva mit hochgezogenen Augenbrauen.

Lily schüttelte den Kopf. »Das weiß ich nicht. Er hat ja bisher alles gut vor mir versteckt …«

»Aber warum, in drei Gottes Namen, willst du ihn dann verlassen?«, fragte Petra sichtlich entsetzt.

Lily atmete einmal tief durch. »Ich glaube, ihr habt nicht zugehört … Jörg hat mich betrogen! Wie soll ich ihm da jemals wieder vertrauen?!«, erwiderte sie aufgebracht. Was war daran so schwer zu verstehen?

»Vertrauen«, flötete Katja, »wird sowieso total überbewertet!«

»Genau! Du kannst dir doch nicht einfach so die Butter vom Brot nehmen lassen!«, fauchte Irina aufgebracht.

»Wie meinst du das?«, fragte Lily verunsichert.

»Na, da hast du es – zwanzig Jahre? – neben Jörg ausgehalten und nun ...«

»Dreizehn«, warf Lily ein.

»Na, von mir aus. Jedenfalls hast du verdammt lang neben ihm durchgehalten, und jetzt soll eine andere Frau euren hart erarbeiteten Luxus an seiner Seite genießen? Das kommt doch gar nicht in die Tüte!«

»Ähm, Jörg war eigentlich schon vor unserer Ehe nicht unvermögend.«

»Ach, papperlapapp. Das sind doch Wortklaubereien. Du hast dir euren Wohlstand rechtmäßig *ersessen!* Und das darfst du nicht kampflos aufgeben!«, erklärte Petra besserwisserisch.

Lily blieb der Mund offen stehen. Und in diese neugewonnene Stille hinein klingelte ein Handy. Überrascht merkte sie, dass es ihr eigenes war. Sie zog es mit ungeschickten Fingern aus ihrer Tasche und drückte auf den Annahmeknopf; leider versehentlich auch auf die Lautsprechertaste.

Daher tönte Jörgs sonore Stimme durch das ganze Zimmer, als er in den Hörer säuselte: »Hey, Schatz! Bleibst du noch lange bei deiner Schwester? Ich habe gerade frischen Fisch für heute Abend eingekauft. Dann kannst du uns wieder deine berühmten Sushis machen! Außerdem ... ich kann meine weißen Sportsocken nicht finden. Hast du vielleicht eine Ahnung, wo die stecken können? Ich spiel doch heute Mittag Tennis ...«

Ohne ein einziges Wort drückte Lily auf den Ausknopf. Und dann brach sie zum ersten Mal seit siebzehn Jahren in Anwesenheit Dritter in Tränen aus.

5.

Natürlich fand ich ausgerechnet heute einen Parkplatz direkt vor dem Verlagshaus. So ging mir das immer, wenn ich eigentlich noch dringend fünf ruhige Minuten im Verkehrsgetümmel benötigen würde. Mist. Gottergeben packte ich meine Handtasche am Henkel und schwang meine plötzlich bleischweren Beine aus dem Auto und auf den Bürgersteig. Auf dem Weg zum Empfang überlegte ich hektisch, ob ich Jonas nicht doch noch reinen Wein über meinen eigentlich heterosexuellen Status einschenken sollte. Lily hatte sich nämlich heute Morgen beim gemeinsamen Frühstück prächtig über meine Lesben-Ausrede amüsiert. Und als ich sie quizzte, was sie an meiner Stelle gesagt hätte, hatte sie nur lapidar gemeint: »Na, die Wahrheit. Was sonst? Du willst den Job, aber nicht den Kerl. Oder?« Tja, für sie war das einfach.

»Lenz. Ich habe ein Meeting mit Herrn Jonas Ke… mit Herrn Kellermann«, stotterte ich ungeschickt, aber die blonde Empfangsdame ging großzügig darüber hinweg.

»Sie werden erwartet. Dritter Stock. Zimmer 318«, lächelte sie professionell mit ihrem Zahnpasta-Reklame-tauglichen Lächeln und übergab mir einen abgenutzten Besucherausweis.

Im Fahrstuhl drückte ich auf den richtigen Knopf und versuchte, mir ein paar einfühlsame Worte auszudenken, denn Lily hatte mir geraten, die Zusammenarbeit mit Jonas nicht durch eine Lüge zu belasten. Vielleicht bot er mir ja tatsächlich doch noch einen Job an. Also gut: »Lieber Jonas, du hast mich gestern Abend ein bisschen überrascht und deshalb …«

Mit einem melodischen »Bing« öffnete sich die Fahrstuhltür, und schon war ich in der dritten Etage. Verdammt! Das ging mir alles viel zu schnell. Ob ich noch mal kurz auf die Toilette verschwinden sollte? Um mir zur Beruhigung kaltes Wasser über die Handgelenke laufen zu lassen? Das konnte doch wirklich nicht schad…

»Ach, Stephanie! Da bist du ja schon. Komm doch bitte rein.«

Jonas stand im Türrahmen seines Büros und hielt bereits nach mir Ausschau: Jonas Kellermann, der am heutigen Morgen genauso verlegen aussah, wie ich mich fühlte. Und mich wahrscheinlich auch deswegen ungefragt duzte.

Ich nickte steif mit einem kleinen festgefrorenen Lächeln und ging dann wie ferngesteuert, mit kurzen, abgehackten Schritten auf ihn zu. Doch als ich an Jonas vorbei in sein Büro wankte, erwartete mich eine neuerliche Überraschung: Wir waren nicht allein. Vor seinem Schreibtisch saß eine attraktive rothaarige Frau, die sich gerade den Kopf verrenkte, um in meine Richtung zu schauen.

»Frau Lenz?«, fragte besagte Dame. Dann sprang sie energisch von ihrem Sitz auf und schüttelte meine eiskalte Hand.

»Ähm. Hallo!«, sagte ich, irgendwie sehr erleichtert über den Umstand, dass ich nicht mit Jonas allein sein musste. Andererseits konnte ich ja nun unmöglich mit dieser verdammten Lesben-Sache anfangen! Hm. Dann würde ich das eben beim nächsten Mal aufklären.

»Stephanie …, darf ich vorstellen, … das ist Frau Angela Reiser«, erläuterte Jonas. »Sie leitet die E-Book-Sparte bei uns und …«

»Eigentlich hätten Sie in meiner Abteilung anfangen sollen, aber nun will Jonas Sie offenbar doch lieber selbst behalten«, bemerkte Frau Reiser mit einem ärgerlichen Seitenblick auf Jonas. »Dabei hatte ich Sie fest eingeplant!«

Hä? Ich verstand nur noch Bahnhof, nahm aber trotzdem auf dem von Jonas zurechtgerückten Stuhl Platz.

»Angela … jetzt fall doch nicht gleich mit der Tür ins Haus!«, murmelte Jonas, und ich bemerkte erstaunt, dass sein Gesicht unter den heute noch verstrubbelter aussehenden Haaren die Farbe von überreifen Tomaten angenommen hatte. War ihm dieses Treffen wirklich genauso peinlich wie mir? Und von was für einer Tür redete er da gerade?

»Dann setz uns doch bitte mal dezidiert auseinander, was das eine mit dem anderen zu tun hat!«, zischte Frau Reiser unwirsch und verschränkte kampflustig die Arme vor ihrer Brust.

Ich blickte Jonas erwartungsvoll an. Hatte ich richtig verstanden? Er wollte mir einen Job geben? Eventuell sogar in seinem Bereich?

Bevor Jonas der Aufforderung seiner Kollegin nachkam, ging er umständlich um seinen Schreibtisch herum und setzte sich auf seinen ergonomisch korrekten Bürostuhl. Dann schichtete er mit ernster Miene ein verloren wirkendes Häuflein Büroklammern zu einem ordentlichen Stapel.

Frau Reiser schien kurz vor der Implosion zu stehen. Und auch ich wippte ungeduldig mit den Füßen.

Dann – endlich – räusperte sich Jonas. »Also … Stephanie, wie ich dir gestern bereits gesagt habe, … schätze ich deine Arbeit über alle Maßen und würde dich gerne als festangestellte Lektorin für unseren Verlag gewinnen.«

Am liebsten hätte ich laut »Hurra!« geschrien, aber ich nickte nur und murmelte: »Das wäre schön.«

Jonas' Gesicht hellte sich für einen winzigen Moment auf. »Bis gestern gab es nun gewisse Umstände, die es mir …«, er stockte für einen Moment, schien kurzfristig den Faden verloren zu haben, fing sich dann aber wieder, »… die es mir ratsam erscheinen ließen, dass du erst einmal in Angelas Sparte anfängst. Aber diese … ähm … Umstände sind ja nun ausgeräumt, und ich würde mich sehr freuen, wenn du dich nun doch für meine Abteilung entscheiden würdest.«

Wow, dreimal »nun« in ebenso vielen Sätzen! Man sollte nicht glauben, dass Jonas tatsächlich mit der korrekten Anwendung der deutschen Sprache seine Brötchen verdiente, aber … Dann ging mir plötzlich ein Licht auf. Er hätte mir in jedem Fall einen Job angeboten! Sogar, wenn ich seinen amourösen Antrag angenommen hätte! Er hatte tatsächlich alle Eventualitäten berücksichtigt und mir eine Stelle bei seiner Kollegin klargemacht! Und auf einmal war ich sehr gerührt. Das war schon verdammt lieb von ihm! Ob er vielleicht tatsächlich etwas für mich empfand? Bis gerade eben hatte ich eher vermutet, dass sein Liebesgeständnis so eine Art emotionale Kurzschlusshandlung gewesen war. Dass ihn gestern vielleicht seine Freundin verlassen hatte und er sich sehr allein fühl…

»Also, was jetzt?«, unterbrach Frau Reiser meine selbstverlorenen Gedanken. »Für welchen Posten entscheiden Sie sich denn, Frau …?«

»Jetzt gib ihr doch etwas Zeit.« Jonas' Gesicht wies wieder einen normalen Farbton auf, aber er klang ziemlich brummig. Erst jetzt fiel mir ein, dass ich den Namen »Angela« schon öfter mal gehört hatte. Jonas hatte mir von seiner sehr erfolgreichen, aber manchmal etwas anstrengenden Kollegin bereits erzählt. Augenscheinlich verband die beiden eine äußerst intensive, kollegiale »Hassliebe«.

»Es kann doch in ihrem Fall keinen Zweifel darüber geben, dass sie lieber mit einer Frau zusammenarbeiten will!«, rief Frau Reiser irritiert.

Plötzlich zuckte ich zusammen. Frau Reiser hatte das Wort »Frau« so merkwürdig betont. So, als ob ... Ich warf Jonas einen verzweifelten Blick zu, und er lief prompt wieder rot an. Also hatte er Frau Reiser tatsächlich von meiner Ausrede erzählt!

»Stephanie, bitte entschuldige, es ist mir einfach so rausgerutscht, als ich mit Angela über deine Stelle ...«, stammelte Jonas verlegen.

»Aber das ist doch heutzutage nichts Schlimmes! Da braucht man doch kein großes Geheimnis drum zu machen!«, verteidigte Frau Reiser ihre Indiskretion.

Jetzt! Genau jetzt wäre der geeignete Moment, um den beiden zu gestehen, dass ich doch nicht lesbisch war. Dass ich im Grunde genommen sogar streng »hetero« tickte! Und unter diesen Umständen einem Flirt mit Jonas gar nicht so abneigend gegenüberstehen würde. Aber ... die Worte wollten mir einfach nicht über die Lippen. Stattdessen nickte ich und ergab mich fatalistisch in mein lesbisches Schicksal.

»Und da wir sowieso gerade davon sprechen ...«, sagte Frau Reiser, ganz offensichtlich durch mein Nicken bestärkt. »Haben Sie eigentlich eine feste Partnerin?«

Himmel, war diese Frau penetrant! Sie ließ wohl wirklich erst von mir ab, wenn keins meiner Moleküle mehr am anderen hing! War das eigentlich statthaft in einem Bewerbungsgespräch? Aber solche Fragen schienen hier keinen weiter zu irritieren ...

Jonas musterte mich mit einem gequälten Gesichtsausdruck. Man sah ihm an, dass er mit mir litt. Aber auch, dass ihm leider ebenfalls nichts Gescheites einfiel, um Frau Reisers Inquisition zu beenden. Was sollte ich ihr nur antworten? Traute ich mich, dieser ganzen Lügerei doch noch den Garaus zu machen? In diesem delikaten Moment dröhnte die Stimme meines Vaters durch meinen Kopf: »Wer A sagt, muss auch B sagen!« Genau. Also riss ich mich zusammen und erwiderte leise: »Ja. Ich habe seit zwei Jahren eine feste Partnerin.«

Puh, jetzt war es raus. Unsicher blickte ich meine Gesprächspartner an: Jonas sah aus, als ob er vor lauter Peinlichkeit einen Herzinfarkt erleiden würde, doch Frau Reiser strahlte übers ganze Gesicht.

»Aber das ist ja ganz her-vor-ragend!«, krähte sie. »Dann müssen Sie Ihre Partnerin aber unbedingt zu unserem Sommerfest mitbringen! Darauf bestehe ich!«

»Frau Lenz hat sich doch noch gar nicht entschieden, ob und welches Jobangebot sie annehmen will«, versuchte Jonas, mich zu retten.

»Ach, Quatsch. Das ist doch nur noch eine reine Formsache, nicht wahr? Ich schicke Ihnen eine Einladung, und dann sehen wir uns nächsten Samstag …«

»Ich muss erst mal schauen, ob uns das passt«, flüsterte ich.

Frau Reiser musterte mich argwöhnisch. »Sie haben Angst, dass jemand von den Kollegen Ihre Beziehung in den falschen Hals bekommen könnte? Das lassen Sie nur mal meine Sorge sein!« Sie sprang auf und ging zur Tür. »Ich muss jetzt leider zu einer Konferenz, aber das mit der Party, das ist keine Option, sondern eine Bedingung, an die ich Ihre Einstellung knüpfe. Wir werden die ehrenwerten Kollegen mal ein bisschen aufmischen! Schließlich bin ich hier die Frauenbeauftragte! Und das wäre doch gelacht, wenn sich da jemand trauen würde, Sie aufgrund Ihrer sexuellen Gesinnung auszugrenzen!« Sie blinzelte mir verschwörerisch zu. »Wir Schwestern müssen doch zusammenhalten! Oder nicht? Und Jonas ... du erzählst mir später, wie Frau Lenz sich entschieden hat. Bei mir wäre sie herzlich willkommen. Cheerio!«

Damit schritt die Naturgewalt, die sich Reiser nannte, aus dem Zimmer. Und es war gut, dass ich saß, denn sonst wäre ich stehend in die Knie gegangen. Woher sollte ich jetzt nur, um Himmels willen, eine feste Partnerin nehmen?!

6.

Lily lag neben dem leise schnarchenden Jörg im Bett. Sie hatte noch immer kein Wort über sein »Auswärtsspiel« verloren. Nach seinem Anruf hatten ihre Freundinnen beschwörend auf sie eingeredet und ihr geraten, so zu tun, als ob alles in bester Ordnung wäre. Die vorherrschenden Meinungen lauteten: »Was ist schon eine kleine Affäre nach dreizehn Jahren Ehe!«, »Er ist halt ein ganz normaler Mann, die brauchen manchmal Selbstbestätigung von außen!« und »Jörg liebt dich, sonst hätte er reinen Tisch gemacht«.

Selbst Steffi hatte ihr geraten, abzuwarten und sich über ihre Gefühle klarzuwerden. »Es geht schließlich um mehr als um die Entscheidung für oder gegen ein weiteres Paar überteuerter Schuhe«, hatte sie vorwurfsvoll gesagt. »Mit Jörg Schluss zu machen, würde dein ganzes Leben verändern!«

Ach nein, da wäre sie jetzt niemals von allein draufgekommen! Und schwang in Steffis Worten nicht auch die Kritik mit, dass sie, Lily, in ihrem bisherigen Leben nichts Wichtigeres zu klären hatte als die Frage, ob sie sich neue Schuhe kaufen sollte? Manchmal saß ihre kleine Schwester schon auf einem verdammt hohen Ross! Außerdem ging ihr Steffis übertriebenes Sorgenmachen ganz gehörig auf den Keks. Hm. Was eventuell auch daran lag, dass zum ersten Mal die Rollen des Ratgebers und des Ratsuchenden vertauscht waren und sie sich die Weisheiten ihrer jüngeren Schwester anhören musste.

Das Ganze war jetzt drei Tage her, aber ehrlich gesagt, wusste sie immer noch nicht, wie sie zu Jörgs Betrug stand. Sollte sie tatsächlich großmütig darüber hinwegsehen oder doch besser die Scheidung einreichen? Nachdem der erste Schock überwunden war, fühlte sie sich einfach nur durcheinander und verwirrt. Es geisterten zu viele offene Fragen durch ihren Kopf: Weshalb war Jörg fremdgegangen? Was vermisste er an ihr? War Leonie tatsächlich seine erste außereheliche Affäre oder nur die Spitze des Eisbergs? Liebte er diese Frau? Und selbst wenn er das nicht tat, würde sie, Lily, ihm jemals wieder über den Weg trauen?

Gestern Nachmittag war sie derart verunsichert gewesen, dass sie sich sogar einen dicken psychologischen Beziehungsratgeber aus der Buchhandlung besorgt hatte. Sie hatte den Wälzer mit großem Interesse überflogen und war bei den möglichen »Warnzeichen« der Paarexperten hängengeblieben. Diese war sie der Reihe nach durchgegangen. Aber selbst das hatte ihr nicht weitergeholfen, denn sämtliche Alarmsignale trafen nicht auf Jörgs und ihre Beziehung zu: Weder kritisierten sie sich vor Dritten, noch hatte sich eine gewisse »Respektlosigkeit« in ihre Kommunikation eingeschlichen. Es gab auch keinen »Streit aus nichtigen Anlässen«. Jörg und sie stritten sich praktisch nie. Sie hätte auch gar nicht gewusst, weswegen sie sich bekriegen sollten … Irgendwie waren sie beide über nicht zugedrehte Zahnpasta-Tuben oder ähnlichen Kleinkram erhaben.

Gut. Ihr Sexleben lag vielleicht in den letzten Jahren etwas brach. Meist ging es kurz vor dem Einschlafen und sehr »zweckgerichtet« zur Sache, was besonders für sie nicht so wahnsinnig erfüllend war. Aber andererseits hatte sich Jörg nie darüber beschwert, und für Lily hatte dieser Aspekt ihrer Beziehung von Anfang an nicht im Vordergrund gestanden. Sie hatte eine »erwachsene« Beziehung gewollt und keinesfalls die berauschende, überschwengliche Liebe, die sie mit neunzehn erlebt hatte. Deshalb hatte sie sich auch für den zwölf Jahre älteren Jörg entschieden. Geborgenheit, das war ihr wichtig gewesen. Ihr gemeinsames Glück entsprang nicht dieser Art von Zuneigung, bei der einem das Herz zitterte und die Knie weich wurden. Zumindest nicht von ihrer Seite aus. Aber letztendlich hatte sie geglaubt, dass solche wohltemperierten Empfindungen länger hielten und die Chancen auf eine dauerhaft glückliche Ehe erhöhten. Und jetzt hatte Jörg sie aus dem Blauen heraus, einfach so, betrogen.

Was sie jedoch noch mehr erschreckte, war, wie wenig ihr Jörgs Affäre emotional ausmachte. Gut, sie war irgendwie sauer auf ihn. Ihr Stolz war verletzt, und sie empfand Scham darüber, dass er sie auf diese Weise gedemütigt hatte. Aber sie war keinesfalls eifersüchtig. Jörgs Sex mit dieser »Aristo-Leonie« ließ sie kalt. Es war fast so, als ob sie das Leben einer völlig anderen Person von außen betrachtete, statt ihrem eigenen beim Entgleisen zuzusehen. Und auch die nachträglich etwas peinlichen Tränen bei Katja führte sie mehr auf Jörgs banale Worte in dieser außergewöhnlichen Situation zurück als auf ernsthaften Liebeskummer. Nein, sie hatte nicht das Gefühl, ohne Jörg nicht weiterleben zu können. Der Schmerz nahm ihr nicht die Luft zum Atmen. Sie hatte keinerlei Probleme damit, ein- oder durchzuschlafen. Und sie aß mit gutem Appetit. Irgendwie ging das Leben in all seiner Normalität weiter.

Am nächsten Morgen traf sie sich mit Katja zum Geschenke-Shoppen. Der Geburtstag ihrer Freundin Ann-Kathrin stand an.

»An was hast du denn gedacht?«, erkundigte sich Lily, als Katja auf dem Beifahrersitz Platz nahm. Ihre Storchenbeine steckten heute in beigen Lederleggins. Darüber trug sie einen flauschigen Maxi-Pulli im gleichen Farbton. Auch ihr Gesicht und ihre Haare waren kunstvoll zurechtgemacht. Aber bei Lily mussten heute eine Jeans und ein einfacher blauer Pullover reichen. Sie hatte keine Lust, sich »aufzubrezeln«.

»Was hältst du davon, wenn wir uns mal in einem Sexshop umsehen?«, sagte Katja ungewohnt unternehmungslustig.

»In einem Sexshop?«, echote Lily überrascht, während sie den Wagen in Richtung Innenstadt lenkte. Sie hatte so einen Laden in ihrem ganzen Leben noch nie betreten.

»Warum nicht? Da gibt's nun mal die heißesten Dessous! Mein Udo fährt zum Beispiel total auf Lack und Leder ab.«

Lily rollte innerlich die Augen. Ein Besuch im Sexshop hatte ihr gerade noch gefehlt. »Meinst du wirklich, dass Ann-Kathrin so etwas trägt?« Irgendwie mochte sie sich Ann-Kathrins nach vier Geburten etwas ausladende Hüften nicht in Latex gequetscht vorstellen. Doch die Geschmäcker waren ja bekanntermaßen verschieden.

»Aber selbstverständlich!«, antwortete Katja im Brustton der Überzeugung und dirigierte sie nach Schwabing, weil es dort angeblich einen ganz besonderen Sexshop gab.

Kurze Zeit später standen sie vor den Milchglas-Schaufenstern des »Ladies Paradise«.

»Du, ich habe gelesen, dass das Ambiente hier ganz toll sein soll. Es dürfen nämlich nur Frauen in den Laden, und man kann sich ausführlich beraten lassen, wie man seinen … seinen Spaß am Sex steigern kann!« Katja presste ihre ultra-exklusive »Birkin Bag« haltsuchend an ihre eher überschaubare Oberweite.

»Okay«, murmelte Lily. »Dann lass uns reingehen.«

»Ähm, geh du doch schon mal vor. Ich muss noch kurz … ähm … zum Geldautomaten«, stammelte Katja und machte einen Schritt nach hinten.

»Brauchst du nicht. Ich habe genug Bares dabei«, erwiderte Lily.

»Nein, nein. Geh nur schon mal rein!«

Lily zog die Augenbrauen hoch. »Was soll das? Ich hab keine Lust, ohne dich da reinzugehen! Entweder kommst du mit, oder wir gehen beide später.«

Katjas schmale Wangen färbten sich plötzlich knallrot. »Aber …«

»Aber, was?«, hakte Lily nach.

»Ähm, wir … also die Golf-Damen denken, dass bei Jörg und dir wahrscheinlich nur ein bisschen … frischer Wind im Schlafzimmer fehlt! Du weißt schon …, wie Männer so sind …, und da haben wir uns gedacht …«

»… dass ich mich beraten lassen soll«, vollendete Lily Katjas Satz.

Katja nickte eifrig. »Genau.«

»Und Ann-Kathrins Geschenk?«

Katja winkte hastig ab. »Wir machen ein Gemeinschaftsgeschenk. Sie wünscht sich eine neue Rosenthal-Vase.«

Lily fehlten die Worte. Ihre Freundinnen hielten sie also für sexuell einfallslos und hatten beschlossen, sie zu einem Erotikshop zu karren, um ihr in dieser Hinsicht auf die Sprünge zu helfen?

Im nächsten Moment schob Katja sie zum Eingang. »Ruf mich an, wenn du fertig bist«, sagte sie und stiefelte eilig davon.

Fassungslos blickte Lily ihrer Freundin nach. Dann öffnete sie die Tür. Schließlich war sie weder ängstlich noch prüde. Und wenn sie schon einmal hier war, konnte sie auch genauso gut einen Blick auf das sündige Sortiment des »Ladies Paradise« werfen. Eventuell würde sie ja tatsächlich etwas finden, das sie an Jörg ausprobieren konnte. Wie wäre es denn mit besonders schmerzhaften Brustklemmen oder XXL-Analstöpseln? Allein der Gedanke munterte sie auf. Außerdem gehörte dank *Fifty Shades of Grey* so etwas bestimmt schon zur Standardausrüstung deutscher Schlafzimmer.

Doch als Lily das Ladenlokal betrat, fiel ihr erster Blick auf etwas völlig anderes. Hatte Katja nicht gesagt, dass dieser Sexshop nur für Frauen wäre? Was machte dann dieser Mann hier, der unübersehbar und lässig an der Ladentheke lehnte und sich intensiv mit der Verkäuferin unterhielt? In diesem Moment drehte er sich zu ihr um, und Lily stockte der Atem. Der Typ sah auffallend gut aus. Er war extrem groß und hatte den Körperbau eines Leistungsschwimmers: breite Schultern und schmale Hüften. Obwohl Lily normalerweise keine langhaarigen Männer mochte, musste sie zugeben, dass seine braune schulterlange Lockenpracht irgendwie zu ihm passte. Genau wie der dunkle Dreitagebart. Doch vor allem hatte er eine unglaubliche Ausstrahlung. Sehr maskulin. Dabei schien er noch recht jung zu sein. So Mitte zwanzig vielleicht? Lily konnte die Augen nicht von ihm abwenden. Erst als sich ihre Blicke trafen, sah sie beschämt zu Boden. Das war ihr lange nicht mehr passiert. Und jetzt ausgerechnet bei so einem jungen Jesus-Verschnitt. Peinlich.

»Entschuldigen Sie, bitte. Ich bin sofort bei Ihnen«, sagte die Verkäuferin, die bereits im fortgeschrittenen Alter war und gar nicht recht in dieses schlüpfrige Ambiente passen wollte. Dann wandte sie sich an ihren Gesprächspartner. »Niklas, du musst jetzt gehen.«

Es war offensichtlich, dass »Niklas« über diesen Rausschmiss nicht gerade erfreut war. Trotzdem drehte er sich gehorsam um und verschwand mit einem gemurmelten »Bis bald«. Im Vorbeigehen musterte er Lily durchdringend, als wolle er abschätzen, wie verzweifelt und sexuell frustriert sie sein musste, dass sie bereits um diese morgendliche Uhrzeit einen Erotikshop aufsuchte. Gegen ihren Willen errötete Lily.

»Kann ich Ihnen helfen?«, fragte die Verkäuferin freundlich.

»Ähm, nein. Ich wollte mich nur umschauen.«

»Sehr gerne. Bitte lassen Sie es mich wissen, wenn Sie Fragen haben.«

Lily nickte. Dann ging sie in die entlegenste Ecke des Ladens. Irgendwie musste sie sich erst wieder sammeln. Niklas' wertender Blick hatte sie völlig aus der Bahn geworfen. Dabei kannte sie diesen Typen gar nicht. Was er über sie dachte, konnte ihr absolut egal sein. Wieso reagierte sie trotzdem so empfindlich? Machten sich ihre Probleme mit Jörg auf diese Weise bemerkbar?

Langsam nahm sie ihr Umfeld wieder wahr. Sie stand vor einer Wand mit Vibratoren. Es gab sie in allen Farben, Größen und Formen. Dildos, soweit das Auge reichte. Ob ausgerechnet so ein Silikonteil ihre Ehe mit Jörg retten konnte? Da war sie eher skeptisch. Ehrlich gesagt, hatte sie momentan sowieso nicht die geringste Lust, mit ihm zu schlafen. Mit oder ohne elektronische Hilfsmittel.

Nachdenklich ging Lily an den Ständen mit Pornofilmen vorbei und blieb in der Reizwäscheabteilung stehen. An einer Kleiderstange – ordentlich auf Bügel drapiert und nach Farben sortiert – hingen sündige Lack- und Lederfummel. Manche waren eindeutig zu winzig, um alle strategisch wichtigen Körperteile vollständig zu bedecken, andere waren an ebenjenen Stellen ausgeschnitten. Hm. Statt an sündigen Sex ließen diese schrittfreien Kleidungsstücke sie eher an schmerzhafte Blasenentzündungen denken.

Lily ging ein Regal weiter. Mit spitzen Fingern zog sie ein hellrosa Latexkleid hervor. Darunter musste man doch entsetzlich schwitzen. Irgendwie erinnerte sie diese Farbe an die Fleischtheke im Supermarkt. Nein, das konnte es auch nicht sein. Hier war sie genauso an der falschen Adresse wie in der Buchhandlung. Hier würde sie ganz bestimmt nicht die Lösung finden. Außerdem schien sie momentan etwas neben der Spur zu laufen, denn das Einzige, was sie in diesem Laden wirklich sexy gefunden hatte, war dieser Niklas.

7.

Ich hatte mit Lily einen Deal gemacht. Sie würde mich am Nachmittag als meine lesbische Freundin auf das Verlagsfest begleiten, und dafür würde ich ihr am Abend bei Jörgs Geburtstagsfete zur Seite stehen. Glücklicherweise fanden die Veranstaltungen zeitlich versetzt statt.

Die letzte Woche hatte ich hauptsächlich mit Recherchen zugebracht. Schließlich wollte ich die homosexuellen Frauen in meinem Umfeld möglichst angemessen repräsentieren.

Wegen meiner vorgetäuschten Identität hatte ich sowieso schon ein schlechtes Gewissen. Da durfte ich nicht auch noch die real existierenden Probleme lesbischer Frauen banalisieren. Weshalb ich mich im Internet ausführlich mit deren Kultur und Leben auseinandergesetzt hatte. Hoffentlich würde das reichen.

Doch als Lily mich am Samstagmorgen anrief, brachte sie mich schon mit ihrer ersten Frage ins Schwitzen. »Was soll ich eigentlich zu dieser Party anziehen?«

»Ähm … ganz normal?«, stotterte ich.

»Sicher? Kein Partnerlook, oder so?«, erkundigte sie sich amüsiert.

Während ich verzweifelt und erfolglos unter dem Stichwort »lesbische Mode« googelte, fragte ich Lily, wie die Vorbereitungen zu ihrem Fest liefen.

»Alles unter Kontrolle«, erwiderte sie. »Die Caterer bauen gerade auf. Ich störe da bloß. Jörg spielt Tennis.«

»Ist er sauer, dass du etwas verspätet zu seinem Geburtstag kommst?«

»Nö, er denkt wahrscheinlich, dass ich in dieser Zeit noch eine Überraschung für ihn vorbereite. Aber da irrt mein lieber Ehemann.«

Inzwischen war ich mit meiner Internetrecherche bei lesbischen Promi-Frauen angekommen, die von Beth Ditto bis zu Ellen DeGeneres reichten. Klamottentechnisch deckte dieses Spektrum jede nur erdenkliche Stilrichtung ab. Erleichtert seufzte ich auf. »Du kannst wirklich anziehen, was du willst, Lily!«

Gegen sechzehn Uhr trafen wir auf dem Sommerfest des Verlags ein, das im weiß geschmückten Palmenhaus des Münchner Botanikums stattfand. Sogar an einer Live-Band hatte man nicht gespart. Da die Party bereits seit einer Stunde im Gang war, waren viele der Stehtische und lauschigen Sofas besetzt. Auch auf der kleinen Tanzfläche tummelten sich längst die ersten Furchtlosen. Genau darauf hatte ich spekuliert. Bloß nicht auffallen. Doch dabei hatte ich leider den »Lily-Effekt« außer Acht gelassen. Meine Schwester, die in ihrem bunten Sommerkleid absolut hinreißend aussah, zog die Blicke aller männlichen Verlagsmitarbeiter wie ein Magnet an.

»Soll ich uns etwas zu trinken besorgen?«, fragte sie mich gerade.

»Wenn du mich jetzt allein lässt, bringe ich dich um«, zischte ich leise, denn aus dem Augenwinkel sah ich schon Angela Reiser und Jonas auf uns zusteuern.

»Frau Lenz! Wie schön, Sie zu sehen. Ich dachte schon, Sie kneifen«, säuselte Frau Reiser und musterte Lily interessiert. »Und Sie sind Frau Lenz' Lebenspartnerin?«

Lily reichte ihr höflich die Hand. »Lily Werdenfels. Danke für die Einladung.«

Frau Reiser lächelte zufrieden. »Wir sind ja so froh, dass Sie Frau Lenz begleiten. Ich, als Frauenbeauftragte, habe es mir auf die Fahne geschrieben, quasi auf die Regenbogenfahne ...«, sie hüstelte spitzbübisch ob ihres fantastischen Wortwitzes, »... dass wir die Diskriminierung von gleichgeschlechtlichen ...«

»Angela, meinst du nicht, dass Stephanie und Frau Werdenfels erst einmal einen Drink vertragen könnten, bevor du sie dermaßen zutextest?«, unterbrach Jonas seine Kollegin. Dann reichte auch er Lily die Hand. »Angenehm. Jonas Kellermann.«

Während Frau Reiser loszog, um uns etwas zu trinken zu besorgen, beobachtete ich das Geschehen vor mir. Lily unterhielt sich mit Jonas, als würde sie ihn seit ewigen Zeiten kennen. Und er hing geradezu an ihren Lippen. Ich wusste nicht, wieso, aber plötzlich gab es mir einen Stich ins Herz, dass selbst Jonas meine Schwester beäugte, als ob sie das letzte Exemplar einer seltenen Gazellenart wäre. Ihm stand regelrecht der Mund offen. Also war er ein Mann wie jeder andere: Kaum betrat Lily die Bühne, war ich abgeschrieben. Und zwar selbst dann, wenn sie offiziell als lesbisch galt.

Da nützte es auch nichts, dass Jonas gerade ausführte, wie sehr er sich darüber freue, dass ich am nächsten Ersten in seiner Abteilung anfangen würde. Ich war leider nur eins von vielen Smalltalk-Themen, die seine Unterhaltung mit der schönen Lily in Gang halten würden.

»Frau Lenz? Darf ich Ihnen unseren Vertriebsleiter Dr. Bartels vorstellen?« Frau Reiser steuerte mit zwei gefüllten Champagnergläsern auf uns zu. Im Schlepptau folgte ein Anzugträger mit gepflegtem Schnauzbart, der mit seiner feuchten Hand umgehend nach meiner griff.

»Also, Sie sind Frau Lenz? Ich habe schon viel von Ihnen gehört. Aber Sie sehen gar nicht aus wie eine Lesbe.«

Ich merkte, wie Frau Reiser und Jonas neben mir erstarrten.

Lily lächelte charmant. »Wie sieht denn Ihrer Meinung nach eine lesbische Frau aus? Denken Sie, wir haben alle das Venussymbol auf die Stirn tätowiert?«

Dem Himmel sei Dank für Lilys Schlagfertigkeit. Ohne sie wäre ich vor Scham in den Boden versunken.

Dr. Bartels rieb sich skeptisch das Kinn. Wahrscheinlich war er keine Widerworte gewohnt. »Das vielleicht nicht. Aber ihr tragt ja beide Kleider. Wer von euch ist denn dann eigentlich der Kerl?«

»Das reicht jetzt, Arnold«, sagte Jonas aufgebracht. »In welchem Jahrhundert lebst du eigentlich?«

»Genau!«, zeterte Frau Reiser. »Man kann doch heutzutage ein bisschen mehr Fingerspitzengefühl in solchen Dingen erwarten. Hier im Verlag wird nämlich Toleranz ganz großgeschrieben. Akzeptanz auch. Also quasi Akzeptanz-Toleranz …« Sie hielt inne und blinzelte verwirrt. Anscheinend hatte sie für einen Moment den Faden verloren.

Wir waren inzwischen von einer ganzen Gruppe meiner neuen Kollegen umgeben. Und Dr. Bartels wollte sich offenbar nicht so einfach von Jonas und Frau Reiser abbügeln lassen. »Also Frau Lenz wird doch wohl ein bisschen Spaß verstehen, oder? Ich kenne da auch einen schönen Witz.«

Jonas sah ihn wütend an. »Halt die Klappe.«

»Der ist aber echt lustig. Hört mal: Drei schwule Männer überfallen eine Lesbe. Was tun sie?«

Er blickte frohgestimmt in die etwas ratlose Runde. »Na, zwei halten sie fest, und der Dritte macht ihr die Haare. Haha, ist der nicht gut?«

»Du gehst jetzt besser, Arnold. Sonst vergesse ich mich!«

Verblüfft blickte ich zu Jonas. Er war kalkweiß im Gesicht und wirkte extrem aufgebracht. Unsere Zuschauer verkrümelten sich. Wenn ich nicht gewusst hätte, was für ein herzensguter, friedfertiger Mensch er ist, hätte selbst ich vermutet, dass er sich gleich mit Fäusten auf Dr. Bartels stürzt.

Frau Reiser war wohl derselben Ansicht, denn sie packte den Vertriebsleiter am Ärmel und zog ihn resolut in Richtung Büfett.

»Bitte entschuldigen Sie diesen Totalausfall meines Kollegen«, sagte Jonas mit rauher Stimme. Die Sache schien ihm echt nahezugehen, denn so grimmig hatte ich ihn in all den Jahren nicht erlebt.

»Kein Problem«, schäkerte Lily. »Steffi und ich sind Kummer dieser Art gewohnt.«

»Aber Steffi sollte diesen Kummer nicht ausgerechnet an ihrem neuen Arbeitsplatz erleben«, wandte Jonas ein. Er klang bitter. Sorgte er sich wirklich um mich, oder wollte er nur bei Lily Schönwetter machen?

In diesem Moment stieß Frau Reiser wieder zu uns. Auch sie entschuldigte sich wortreich und so ausgiebig, dass es Lily wohl zu viel wurde. Mit einem Lächeln wandte sie sich an Jonas: »Haben Sie Lust, zu tanzen?«

Und im nächsten Moment strebten mein Boss und meine Schwester der Tanzfläche zu. Irgendwie hätte ich Jonas gar nicht so locker eingeschätzt. Auch das musste an Lilys unwiderstehlichen Reizen liegen.

»Frau Lenz, könnten wir uns in eine ruhige Ecke verziehen? Ich würde Ihnen gerne ein paar Fragen stellen. Ich schreibe nämlich gerade an einem Handbuch über den Umgang mit gleichgeschlechtlichen …«

»Gerne«, unterbrach ich ihren Redefluss. Wenn ich das Wort »gleichgeschlechtlich« noch einmal hören musste, würde ich mich auf der Stelle in die liebevoll mit Rosen bepflanzten Beete übergeben.

Kurze Zeit später hielt ich mich an meinem leeren Champagnerglas fest, während Frau Reiser mich löcherte. »Wie hat Ihre Familie auf Ihr Coming-out reagiert?«, wollte sie gerade wissen.

Mein schlechtes Gewissen steigerte sich von einem Augenblick zum nächsten ins Unendliche. Ehrlich gesagt, würde ich lieber sterben, als meinen erzkonservativen Eltern meine fiktive Homosexualität zu beichten. Ich bewunderte jede Frau, die sich da mutig zeigte, denn ich selbst war ein verdammter Angsthase. Hm. Vielleicht sollte ich Frau Reiser an den Ergebnissen meiner Recherche teilhaben lassen? Dann würde ich wenigstens eine zusätzliche Person für diese Thematik sensibilisieren.

»Ich hatte großes Glück, meine Eltern haben verständnisvoll reagiert«, setzte ich vorsichtig an. »Aber Familienfeiern sind natürlich recht schwierig.«

»Weshalb?«

»Verwandte tun sich oft schwer mit einer lesbischen Beziehung«, zitierte ich aus dem Erfahrungsbericht, den ich kürzlich gelesen hatte. »Einladungen werden zum Beispiel nur an eine Person adressiert anstatt an das Paar. Man stellt die Freundin als ›Mitbewohnerin‹ vor oder setzt sie an den Katzentisch mit irgendwelchen Fremden. Das Ganze läuft dann unter dem Motto: ›Sag's bloß nicht der Oma‹. Wie problematisch ganz normale Unterhaltungen sein können, haben Sie ja gerade an Dr. Bartels gesehen.«

Frau Reiser notierte sich jedes meiner Worte akribisch, und ich ließ meinen Blick schweifen. Jonas tanzte immer noch mit Lily. Sie machten eine gute Figur, und ich wünschte plötzlich, dass ich an Lilys Stelle wäre. Himmel! Das war doch verrückt. Schließlich saß ich nur deswegen hier als Lesbe, weil ich Jonas verschmäht hatte. Und nun war ich eifersüchtig? Wurde ich denn nie erwachsen? War ich immer noch das kleine Mädchen, das sich an Weihnachten die Augen ausgeheult hatte, weil es nicht das gleiche rote Fahrrad wie Lily bekam, sondern nur ein blaues mit Stützrädern? Und setzte ich wirklich gerade Jonas mit einem roten Fahrrad gleich?

Schließlich kamen Lily und Jonas doch noch von der Tanzfläche zurück und erlösten mich von weiteren Kommunikationsanstrengungen mit Frau Reiser. Stattdessen stellte Jonas uns weitere Verlagsmitarbeiter vor, mit denen zumindest Lily gut ins Gespräch kam.

»Soll ich weiter Stephanie sagen, oder ist Steffi auch okay?«

Ich blickte mich um und sah Jonas direkt hinter mir stehen. Er lächelte. Offenbar hatte das Tanzen mit Lily ihn von seiner schlechten Laune kuriert.

»Du kannst gerne Steffi zu mir sagen.«

»Schön. Ich bin wirklich froh, dass du mir mein Geständnis von neulich Abend nicht mehr verübelst.« Jonas blickte mich unverwandt an.

Ich wurde rot. »Natürlich nicht.«

Er fuhr sich mit einer Hand durch die blonden Haare, was sie umgehend noch verstrubbelter machte. Trotzdem sah er heute irgendwie richtig gut aus. »Hat Angela schon erwähnt, dass ich dir eine ganz besondere Aufgabe geben will?«, fragte er mich.

»Nein«, antwortete ich wahrheitsgemäß. »Was denn?«

»Kennst du Bernhard Otto?«

»Den Bestsellerautor?«, erkundigte ich mich überrascht.

»Den ehemaligen Bestsellerautor, ja«, korrigierte Jonas. »Er hat seit dem mysteriösen Tod seiner Frau vor zehn Jahren kein einziges Buch mehr geschrieben.«

»Selbstverständlich habe ich seine Romane gelesen«, versicherte ich nachdrücklich. Bernhard Otto war einer der wenigen international erfolgreichen Autoren in Deutschland. Ich hatte jeden einzelnen seiner fantastisch konstruierten Psychothriller verschlungen, obwohl mich dieses Genre sonst weniger ansprach.

»Das ist gut«, lächelte Jonas.

»Wieso?«

»Weil du mit ihm arbeiten wirst.«

»Mit Bernhard Otto?«, echote ich ungläubig. »Aber warum gibst du ausgerechnet mir diesen Superstar-Autor? Das habe ich doch gar nicht verdient. Ich fange doch gerade erst im Verlag an, und meine Kollegen ...«

Jonas' Gesicht verfinsterte sich. »Zweifelst du bereits meine allerersten Entscheidung an? Das kann ja heiter werden.«

»Nein, natürlich nicht«, beeilte ich mich zu sagen. »Ich meine doch nur ...«

»Steffi«, unterbrach er mich, »Bernhard Otto ist ein sehr schwieriger Mann, wie ich aus eigener Erfahrung weiß. Ein geradezu fanatischer Perfektionist, und er nimmt kein Blatt vor den Mund. Er hat mit jedem Buch den Lektor gewechselt, und die meisten dieser Lektoren würden sich lieber die Zunge abbeißen, als jemals wieder ein Wort mit ihm zu wechseln. Die zehnjährige Pause hat ihn da bestimmt nicht milder gestimmt. Verstehst du? Niemand *will* mit ihm zusammenarbeiten.«

»Oh«, sagte ich überrascht. »Und du meinst, dass ausgerechnet ich mit ihm fertigwerde?«

»Ja, absolut.« Jonas' Blick wurde plötzlich ganz weich. »Du hast eine besonders liebenswerte Art, mit Menschen umzugehen, und bist mindestens ebenso perfektionistisch veranlagt wie Otto. Wenn er mit dir nicht klarkommt, dann ist ihm nicht zu helfen.«

»Ähm ... danke«, murmelte ich schüchtern. Ich konnte schon immer schlecht mit Komplimenten umgehen. Um meine Nervosität zu überspielen, fragte ich: »Worum geht es in Bernhard Ottos neuem Buch?«

Jonas zuckte mit den Schultern. »Keine Ahnung.«

»Hat der Verlag das Buch noch nicht gekauft?«

»Doch. Aber der Verlagsleiter hat quasi blind unterschrieben. Ich bin mir nicht sicher, ob ein entsprechendes Exposé überhaupt schon existiert. Bernhard Otto bewirkt solche Wunder. Verlagsintern geht man davon aus, dass sich jedes Buch millionenfach verkaufen lässt, solange nur sein Name draufsteht.«

»Verstehe«, nuschelte ich, aber eigentlich verstand ich gar nichts. Der Verlag hatte tatsächlich ein Buch gekauft, ohne zu wissen, worum es darin ging? Das war doch verrückt. Was, wenn Herr Otto auf einmal romantische Gedichte veröffentlichen wollte? »Gibt es denn eine Abgabefrist oder einen Zeitplan?«

»Ja, das gibt es beides«, stöhnte Jonas. »Nur dass sich Herr Otto nicht an diese in seinen Augen *kleinlichen* Vereinbarungen hält. Du wirst ihn wohl oder übel direkt an deinem ersten Arbeitstag anrufen müssen.«

Ich nickte. »Kein Problem.«

Frau Reiser trat zu uns. »Besprecht ihr etwa Geschäftliches? Das hier ist ein Sommerfest, Jonas! Und Frau Lenz hat noch nicht einmal mit ihrer Lebensgefährtin getanzt!«

Zwei Stunden später saßen Lily und ich wieder im Auto und fuhren zu Jörgs Geburtstagsparty.

»Das hat Spaß gemacht«, sagte meine Schwester und öffnete das Fenster einen Spalt, um ihre vom Tanzen erhitzten Wangen zu kühlen.

»Hm«, grummelte ich. Lily hatte mich die ganze restliche Zeit auf der Tanzfläche rumgeschwenkt. Ich war völlig außer Puste.

»Und dein Chef ist ein echter Traumtyp.«

Um ein Haar hätte ich das Lenkrad rumgerissen und das Auto in einen Graben gefahren. »Findest du?«, brachte ich mühsam hervor. »Ist er dir nicht zu nerdig?«

»Du meinst wegen der Brille? Klar sieht er intellektuell aus, aber auch irgendwie heiß. Wie der junge Jeff Bridges.«

Ich schluckte. Jeff Bridges war einer meiner absoluten Lieblingsschauspieler.

»Schade, dass du nicht auf ihn abfährst. Ihr zwei wärt doch echt wie füreinander gemacht«, sagte Lily gähnend.

Nur dass die eine Hälfte des Traumpaars jetzt dachte, dass ich lesbisch bin. Denn aus dieser Nummer würde ich nach der heutigen Party sowieso nie wieder rauskommen. Auf einmal kämpfte ich mit den Tränen. Aber diese Blöße wollte ich mir nicht vor der nichtsahnenden Lily geben. Außerdem war es langfristig besser, wenn Jonas und ich platonische Arbeitskollegen blieben. Doch, ganz bestimmt.

Vor Lilys Haus herrschte das reinste Chaos. Überall parkten Autos. Wie viele Gäste hatte sie nur eingeladen? Schließlich fanden wir doch noch ein Plätzchen, um meinen winzigen Mini Cooper abzustellen.

Während wir uns einen Weg durch die Menschenmassen im Hausinneren bahnten, um in den Garten zu gelangen, wurde Lily unentwegt angehalten, geküsst und umarmt. Sie war sehr beliebt. Mich hingegen ignorierten die meisten ihrer Freunde. Was mir absolut nichts ausmachte. Ich hatte noch nie etwas mit Lilys Bekannten anfangen können. Die meisten jagten mir mit ihrem ultracoolen High-Society-Gehabe eine Heidenangst ein. Allein wie die alle angezogen waren! Nicht besonders geschmackvoll, aber sauteuer sahen diese Klamotten aus. Das war bestimmt der letzte Schrei von Prada und Co.

Endlich kamen wir im Garten an. Die Atmosphäre war einzigartig. Brennende Fackeln tauchten alles in ein warmes Licht. Weißgekleidete Kellner zirkulierten mit Getränken, zusätzlich konnte man an einer Cocktailbar seine Wünsche äußern. An dem langen, mit exquisiten Speisen bestückten Büfett herrschte reger Andrang. Weiter hinten gab es eine Tanzfläche, neben der ein hipper DJ coole Club-Dance-Musik auflegte. Dagegen war das Verlagsfest geradezu popelig gewesen, wie Wurstbrot im Vergleich zu Kaviarhäppchen.

Meine Schwester drehte sich zu mir um. »Hast du Jörg gesehen?«

Ich schüttelte den Kopf. »Nein. Soll ich mal hinten am Büfett nachschauen?«

Lily warf einen Blick auf ihre Armbanduhr. »Das wäre lieb. Es ist schon fast einundzwanzig Uhr, und eigentlich wollten Jörg und ich jetzt eine kleine Ansprache halten.«

Glücklich trottete ich von dannen. Alles war besser, als mich mit diesen gutaussehenden, aber irgendwie unnahbaren Leuten zu unterhalten. Wo mein Schwager nur stecken mochte? Am Büfett stand er jedenfalls nicht. Suchend blickte ich mich um.

»Aua.« Mit schmerzverzerrtem Gesicht hüpfte ich auf einem Bein.

Eine Frau war mir mit ihrem Pumps mitten auf den Fuß getreten, stöckelte aber ohne ein Wort der Entschuldigung an mir vorbei. Alle Anwesenden mochten vielleicht zur High Society gehören, Manieren hatten sie trotzdem keine. Und irgendwie hatte ich gerade die Schnauze gestrichen voll davon. Erst die Sache mit Jonas und nun diese Horrorparty!

Ohne nachzudenken, lief ich tiefer in den Garten hinein. Jörg würde schon wieder von alleine auftauchen. Ich brauchte erst einmal etwas Ruhe. Bernhard Otto schwirrte mir durch den Kopf. Ob ich wirklich mit ihm auskommen würde? Allein bei dem Gedanken, dass ich die verantwortliche Lektorin für eins seiner großartigen Bücher sein sollte, klopfte mir das Herz bis zum Hals. Wie alt er jetzt wohl sein musste? Mitte fünfzig? Es war lange her, dass ich ein Bild von ihm gesehen hatte. Aber wenn ich mich recht erinnerte, sah er sogar ziemlich gut aus. Und an den Tod seiner Frau, der in der Presse unangenehm breitgetreten worden war, konnte ich mich auch noch entsinnen. Hatte sie nicht Selbstmord begangen? Oder war sie ermordet worden? Das musste ich unbedingt noch einmal nachlesen.

Ich steuerte auf das kleine Poolhaus zu, in dem ich schon oft Zuflucht vor Lilys angsteinflößenden Partygästen gesucht hatte. Glücklicherweise war die Tür auch diesmal nur angelehnt. Als ich eintrat, hörte ich ein Rascheln. Dann ein ersticktes Stöhnen. Oh, nein. Ich war nicht allein!

Und plötzlich sah ich die beiden. Mein Schwager stand mit geschlossenen Augen und runtergelassener Hose an die Wand gelehnt. Vor ihm kniete eine mollige Blondine und lutschte hingebungsvoll an seinem … ähm … Penis. Verdammt. So ein Schwein! Was für ein widerlicher Arsch!

Vorsichtig legte ich den Rückwärtsgang ein. Selbstverständlich würde ich Lily hiervon berichten, aber ich hatte absolut keine Lust, als Entdeckerin dieser Sexszene in das Drama verwickelt zu werden.

Doch genau in diesem Moment öffnete Jörg die Augen. »Steffi?«, keuchte er, während die Mollige weiterhin sein bestes Stück bearbeitete. »Das ist nicht, … wonach es aussieht!«

8.

Und wie ging es dann weiter?«, fragte der Rechtsanwalt mitfühlend. Er war groß und ziemlich kräftig gebaut. Doch er kaschierte seine überflüssigen Kilos mit einem gut geschnittenen Anzug. Und was noch viel wichtiger war, er wirkte absolut vertrauenswürdig. Trotzdem wollten Lily die Worte nicht so recht über die Lippen. Die Erinnerung tat einfach zu weh.

»Du musst Carsten alles erzählen, sonst kann er dir nicht helfen«, versuchte Ann-Kathrin, sie zum Reden zu ermuntern.

Der Besuch in der Kanzlei »Dr. Carsten Wackernagel« war ihre Idee gewesen. Angeblich hatte er schon ganz vielen Freundinnen von Ann-Kathrin bei deren Scheidungen geholfen und war so etwas wie eine Koryphäe auf diesem Gebiet. Ein Abzocker. Einer, der den untreuen Ehemännern wieder Anstand und Manieren beibrachte. Der absolut Richtige, um mit Jörg fertigzuwerden.

»Können Sie nicht einfach so das Scheidungsverfahren einleiten?«, erkundigte sich Lily trotzig. »Warum müssen wir das alles noch einmal aufwärmen?«

Dr. Wackernagel nahm seine Brille von der Nase und putzte sie umständlich, bevor er sie wieder aufsetzte. »Eine Ehe kann nur geschieden werden, wenn sie gescheitert ist. Der Gesetzgeber vermutet dieses Scheitern, wenn die Eheleute ein Jahr getrennt leben und beide einen Scheidungsantrag stellen, aber in Ihrem Fall …«

»Ich kann auf keinen Fall ein ganzes Jahr warten«, trompetete Lily.

Der Rechtsanwalt nickte. »Deshalb müssen Sie mir alles erzählen, damit wir herausfinden können, ob bei Ihnen nicht die sogenannte ›unzumutbare Härte‹ greift. Dann könnten Sie schneller und vor allem ohne die Einwilligung Ihres Gatten geschieden werden.«

Lily atmete tief durch. »Also gut. Was wollen Sie wissen?«

»Wie hat Ihr Mann reagiert, als Sie ihm den von Ihrer Schwester beobachteten Ehebruch vorgeworfen haben?«

Lily blickte zu Boden. Dann versuchte sie, das hässliche Gespräch mit Jörg so knapp wie möglich zusammenzufassen. »Er hat gesagt, das Ganze wäre allein meine Schuld.«

Dr. Wackernagel zog interessiert die Augenbrauen hoch. »Wie das?«

»Ich hätte ihm das Gefühl gegeben … alt zu sein. Deshalb hätte er sich bei einer jüngeren Frau Bestätigung holen müssen.«

Ann-Kathrin schnappte laut hörbar nach Luft.

»Und wie stellt sich Ihr Mann die Zukunft vor?«

Lily fühlte wieder diesen Kloß im Hals, der sich dort seit letzter Woche eingenistet zu haben schien. Ein schreckliches Gefühl. Als ob sie nicht genügend Luft bekäme. »Mein Mann hat mich davon unterrichtet, dass er sein Verhältnis mit dieser Frau beibehalten möchte, aber gleichzeitig auch unsere Ehe nicht auflösen will.«

»Oha! Er wünscht sich also eine ›Ménage à trois‹?«, konstatierte der Anwalt.

Lily nickte müde.

»Na, dann dürfte es kein Problem sein, diese Ehe sofort zu scheiden.« Dr. Wackernagel notierte sich etwas in seinen

Unterlagen. Das war also alles, was noch von ihrem Bund fürs Leben mit Jörg übrig blieb: eine Akte.

»Haben Sie mir, wie vereinbart, die letzte gemeinsam unterschriebene Steuererklärung mitgebracht?«, erkundigte sich ihr Gegenüber. »Dann können wir anhand dieser Angaben schon mal überschlägig nachrechnen, in welcher Höhe Ihnen Alimente zustehen. Obwohl Sie wissen, dass diese Zahlungsverpflichtungen seit Inkrafttreten des neuen Scheidungsgesetzes sehr reduziert worden sind.«

»Ja, ich weiß. Aber da ist noch etwas anderes, was ich Ihnen vorher zeigen sollte.« Lily zog den Ehevertrag aus ihrer Handtasche und reichte ihn Dr. Wackernagel.

Während der Rechtsanwalt das Dokument studierte, verfinsterte sich seine Miene zusehends. »Wer hat Sie bei der Unterzeichnung dieses Vertrags beraten?«

»Niemand«, antwortete Lily zögernd. »Jörg meinte, das sei alles Standard.«

Der Anwalt schüttelte sichtlich pikiert den Kopf. »Haben Sie einen Beruf?«, fragte er, statt auf ihren Einwand einzugehen.

Lily zuckte mit den Schultern. »Vor meiner Ehe habe ich als Fotomodell gearbeitet.«

»Verfügen Sie über Ersparnisse aus dieser Zeit?«

»Nein. Leider nicht«, antwortete Lily. »Wieso?«

»Weil Sie mit diesem Ehevertrag auf jegliche finanzielle Unterstützung durch Ihren Ehemann verzichtet haben.«

»Das gibt es doch nicht! Das kann doch unmöglich rechtens sein!«, ereiferte sich Ann-Kathrin. »Kannst du denn nicht gegen diesen blöden Vertrag vor Gericht ziehen, Carsten?«

»Ich werde mein Möglichstes tun. Aber versprechen kann ich leider gar nichts. Wo und wovon leben Sie denn momentan, Frau Werdenfels?«

Lily war wie vor den Kopf geschlagen. Jörg hatte sie schon vor der Hochzeit über den Tisch gezogen? Und sie hatte ihm blind vertraut. Sie war wirklich dümmer, als die Polizei erlaubte.

»Frau Werdenfels?«

Lily riss sich zusammen. »Ich bin bei meiner Schwester eingezogen, und ich bezahle meine laufenden Kosten ganz normal mit meiner Kreditkarte.«

»Auf welches Konto läuft diese Karte?«

»Auf unser gemeinsames.«

»Das ist gut. Ich an Ihrer Stelle würde, so bald wie möglich, mit dieser Kreditkarte einen größeren Betrag abheben und auf ein eigenes, neu einzurichtendes Konto überführen. Dann haben Sie wenigstens für den Notfall etwas auf der hohen Kante. Tja, und ich würde Ihnen empfehlen, sich einen Job zu suchen.«

»Einen *Job?*« Ann-Kathrins Stimme klang schrill. »Ja, um Himmels willen!«

»Reg dich nicht auf. Selbstverständlich brauche ich in dieser Situation einen Job«, murmelte Lily leise. Ihr Leben schien gerade unter ihren Händen zu zerbröseln. Plötzlich hielt sie das alles nicht mehr aus. Sie stand von ihrem Stuhl auf. »Ist das alles für heute?«

»Ähm, leider nein.« Der Rechtsanwalt räusperte sich. »Dann wäre da noch die Honorarfrage zu klären.«

Lily setzte sich wieder hin. »Natürlich.«

»Wenn eine Kanzlei einen Scheidungsfall übernimmt, ist es üblich, einen Vorschuss zu verlangen.«

»Und in welcher Höhe?«

»Fünftausend Euro.«

Lily schluckte. Das war verdammt viel Geld, besonders für jemanden in ihrer Situation. Aber wenn das der Preis war, um Jörg niemals wiedersehen zu müssen, dann sollte es ihr recht sein. »Okay, ich werde Ihnen das Geld sofort überweisen.«

Als Dr. Wackernagel Ann-Kathrin und sie zur Tür brachte, legte er Lily tröstend die Hand auf die Schulter. »Kopf hoch. Das wird schon wieder. Bezüglich des Ehevertrags werde ich einen Eilantrag stellen und Sie dann umgehend informieren.«

Um sich von dem Schock zu erholen, hatte Lily ihre Freundin direkt im Anschluss an den Kanzleibesuch in ein Schwabinger Café eingeladen.

»Was soll denn jetzt aus dir werden ... so ganz ohne Geld?« Man sah Ann-Kathrin, die kummervoll in ihrem Latte macchiato rührte, das Entsetzen über Lilys trübe Zukunftsaussichten an.

»Keine Ahnung. Aber der Anwalt hat recht. Ich werde mir als Erstes einen Job suchen müssen.«

»Ja, aber wie denn? Du hast doch gar nichts gelernt. Und Berufserfahrung hast du auch keine!«

»Vielleicht schaue ich mir die Stellenanzeigen in der Zeitung an. Oder im Internet. So schwer kann das nicht sein. Andere Frauen werden schließlich auch geschieden und müssen sich dann umorientieren«, versuchte Lily, sich selbst Mut zuzusprechen.

Ihre Freundin musterte sie skeptisch. »Nicht in meinem Bekanntenkreis. Dort leben die Ex-Frauen ausnahmslos von ihren Abfindungen. Die hätten gar keine Zeit für einen Job. Sie sind vollauf damit beschäftigt, sich einen neuen Mann zu angeln. Und das ist ein ganz schöner Aufwand, das wirst du auch noch merken. Außerdem kannst du in deinem Alter und mit deinem sozialen Status nicht irgendeinen Job annehmen.«

»Wie meinst du das?«, erkundigte sich Lily verblüfft.

»Na ja, du kannst ja schlecht kellnern oder in einer Boutique Klamotten verkaufen.«

Lily starrte sie mit offenem Mund an. »Und wieso nicht?«

»Weil das absolut peinlich wäre! Stell dir vor, Jörg käme mit seiner Neuen da rein, und du müsstest die beiden bedienen!«

Die Vorstellung entlockte Lily ein Lächeln. »Dann könnten er und diese Leonie sich aber auf was gefasst machen.«

»Lily! Das ist kein Witz! Das ist dein Leben. Und deshalb flehe ich dich an: Geh zu Jörg zurück. Ich bin mir sicher, dass er dich wieder nimmt, wenn du ihn lieb darum bittest!«

»*Lieb darum bittest …?* Sag mal, bist du auf Drogen?«, empörte sich Lily. »Ich führe doch keine Ehe zu dritt.«

»Ach, papperlapapp. Das mit dieser Leonie ist doch bestimmt bald durchgestanden. Außerdem wärst *du* die offizielle Frau an seiner Seite!«

»Die ›offizielle Frau‹ an seiner Seite?«

»Ja, bei Einladungen und so. Überleg dir das gut. Wenn du allein bleibst, wirst du sozial verarmen. Es fängt ja schon an. Diesen Samstag gibt Katja ein Dinner, und obwohl es ihr wahnsinnig leidtut, kann sie dich ohne Ehemann natürlich nicht dazu einladen.«

Ann-Kathrins Worte ließen Lily aufhorchen. »Und weshalb nicht?«

»Na, das ist doch offensichtlich. Weil du jetzt quasi wieder Freiwild bist und *unsere* Ehemänner bei der Aussicht auf ein tröstendes Tête-à-Tête mit dir verrücktspielen könnten!«

»Aber ich würde doch niemals …«

Ann-Kathrin hob warnend ihren Zeigefinger. »Sag das nicht, Lily. Momentan kannst du dir das vielleicht nicht vorstellen. Aber später, wenn man einsam ist … gehen auch die letzten Hemmungen über Bord. Nein, es stimmt schon. Im Krieg und in der Liebe ist sich jeder selbst der Nächste.«

Lily wusste nicht, was sie darauf erwidern sollte. Ann-Kathrin kam ihr auf einmal völlig fremd vor.

Und in diesem Moment sah sie ihn. Den langhaarigen Typen aus dem Sexshop. Niklas.

Sie schluckte. Er sah auch heute unglaublich attraktiv aus und saß am Nachbartisch mit einer Gruppe anderer junger Leute. Trotzdem blickte er gerade in ihre Richtung und schien sie von Kopf bis Fuß zu mustern. Hatte er etwa das Gespräch mit ihrer Freundin gehört? Allein bei dem Gedanken wurde Lily schon wieder rot.

Doch glücklicherweise lenkte Ann-Kathrin sie ab. »Ich muss los«, sagte sie und stand auf. Dann hauchte sie Lily zwei Küsschen auf die Wange. »Danke für den Kaffee. Ich rufe dich die Tage an.«

Während Lily die Bedienung nach der Rechnung fragte, sah sie Ann-Kathrin nachdenklich hinterher. Ob alle ihre Freundinnen so dachten? Das würde erklären, warum sie seit einigen Tagen deutlich weniger Anrufe von ihnen erhalten hatte.

»Sieben Euro sechzig, bitte.«

Lily reichte der Kellnerin ihre Kreditkarte und bemühte sich, nicht versehentlich in Niklas' Richtung zu schauen. Was er über sie dachte? Eine fast vierzigjährige Frau, die er zuerst beim frühmorgendlichen Sexshop-Besuch und kurz darauf in einem Café erwischte, als sie gerade von ihrer Freundin beschuldigt wird, etwas mit deren Ehemann anfangen zu wollen.

»'tschuldigung, aber Ihre Karte funktioniert nicht. Haben Sie noch eine andere, oder wollen Sie lieber bar bezahlen?«

Peinlich berührt kramte Lily in ihrer Handtasche. Doch sie fand lediglich ein Zweieurostück. »Können Sie es bitte noch einmal probieren?«

Mit einem säuerlichen Gesichtsausdruck steckte die Kellnerin Lilys Karte erneut in das Gerät.

»Nein. Funktioniert immer noch nicht.«

»Oh. Das tut mir leid. Kann ich Ihnen das Geld später bringen?«, fragte Lily, während die Bedienung sie weiterhin wie einen Schwerverbrecher musterte.

»Hey, Mandy! Setz es einfach mit auf meine Rechnung!«

Ohne aufzublicken, wusste Lily, wem diese dunkle Stimme gehörte: Niklas.

»Danke, aber … aber Sie müssen mich nicht einladen. Ich kann das Geld, wie gesagt, später vorbeibringen«, stammelte sie verlegen und durchwühlte noch einmal ihre Handtasche. Aber »Mandy« war bereits abgezogen. Niklas' großzügige Geste schien sie nicht weiter zu überraschen. Vielleicht lud er öfters unbekannte Frauen ein.

»Natürlich *muss* ich Sie nicht einladen, aber ich tue es gerne. Jeder kann schließlich mal seine Kohle vergessen.«

Sie sah in sein lächelndes Gesicht. Niklas hatte außergewöhnlich schöne Augen. Hellgrün, von langen, dunklen Wimpern umgeben. Trotzdem konnte sie sich nicht einfach von ihm einladen lassen.

»Bitte schreiben Sie mir Ihre Adresse auf, und ich schicke Ihnen das Geld per Post zu!«, bot Lily an.

»Lassen Sie es gut sein. Wenn wir uns ein drittes Mal über den Weg laufen, geben Sie mir einen aus. Dann sind wir quitt.«

Unschlüssig starrte Lily ihn an. Er konnte sich also tatsächlich noch an die Begegnung im Erotikladen erinnern? Sie wusste nicht, ob sie darüber erfreut oder entsetzt sein sollte. Die jungen Leute an Niklas' Tisch, darunter zwei bildhübsche Mädchen, musterten sie interessiert. Notgedrungen gab sie ihren Widerstand auf und akzeptierte sein Angebot.

»Okay. Also dann … Vielen Dank!«

»Kein Problem! Bis irgendwann einmal.« Niklas widmete sich wieder seinen Freunden.

Auf dem Weg zur Tür fiel Lily glühend heiß der Grund ein, warum er ihr nicht seine Adresse geben wollte: Wahrscheinlich hatte er Angst, von ihr gestalkt zu werden. Bei seinem Aussehen kam das bestimmt öfter vor. Oh Gott! Als ob sie an einem so jungen Mann Interesse hätte. Lächerlich. Und warum hatte er ihr überhaupt aus der Patsche geholfen? Aus Gutmütigkeit? Aus Mitleid? Weil sie ihn an seine Mutter erinnerte? Sie versuchte, diese Gedanken so schnell wie möglich aus ihrem Kopf zu verbannen. Sie hatte Wichtigeres zu tun. Sie musste dringend ihrer Bank einen Besuch abstatten und klären, warum die verdammte Kreditkarte nicht mehr funktionierte. Himmel. Hoffentlich lag sie mit ihren diesbezüglichen bösen Vorahnungen falsch.

9.

Ich saß in meinem wunderschönen neuen Büro und genoss die Aussicht. Und, ehrlich gesagt, das Alleinsein. Seit Lily samt Hund und ihrem halben Hausstand bei mir eingezogen war, kam es nicht mehr allzu oft vor, dass ich in Ruhe nachdenken konnte. Eine Katastrophenmeldung jagte die nächste, und ich schien sie mir allesamt mehr zu Herzen zu nehmen als sie. Denn Lily blieb geradezu erstaunlich gelassen. Sie hatte noch nicht einmal unsere Eltern eingeweiht, dass sie seit neuestem unbemannt sowie mittel- und erwerbslos war. Sie wollte sie erst davon unterrichten, wenn sie einen Job gefunden hatte und Geld verdiente. Denn dieser Kleingeist von einem Ex-Mann hatte ihr tatsächlich den Zugriff auf alle Konten gesperrt.

Und natürlich hatte Lily das Überbrückungsdarlehen, das ich ihr gewähren wollte, damit sie wenigstens halbwegs überleben und ihre Scheidung einreichen konnte, rundheraus abgelehnt. Stattdessen wollte mich meine Schwester dazu überreden, dass wir uns eine gemeinsame Wohnung in der Münchner Innenstadt suchten. Weil dann *unser* Weg zur Arbeit kürzer wäre. Unser schwesterliches Solidaritätskollektiv würde anscheinend noch eine ganze Weile, vielleicht sogar einige Jahre andauern! Ich half meiner Schwester gerne, aber irgendwie fand ich diese Aussicht trotzdem nicht so prickelnd. Denn obwohl sie selbst bis zum Hals in Schwierigkeiten steckte, ließ Lily die große Schwester raushängen.

»Warum ziehst du dich eigentlich immer so altmodisch an?«, hatte sie mich erst heute Morgen gefragt und damit mein dringend benötigtes Restquantum an Selbstbewusstsein in Stücke geschlagen, regelrecht pulverisiert. Was war denn verkehrt an einer gerade geschnittenen dunkelblauen Hose mit weißer Bluse? Das war doch der Büroklassiker schlechthin. Unaufdringliche Eleganz. Hatte nicht schon Coco Chanel dazu geraten?

Ich versuchte, mich wieder auf das Manuskript auf meinem Schreibtisch zu konzentrieren, aber in diesem Moment klopfte es, und Jonas streckte den Kopf durch die Tür. »Hast du eine Minute Zeit für mich?«

Ich nickte und bedeutete ihm reinzukommen. Glücklicherweise hatte sich unser Verhältnis – zumindest oberflächlich betrachtet – wieder normalisiert. Seit Tagen arbeiteten wir Hand in Hand an Strategien, wie man Bernhard Otto am besten kontaktieren könnte, da dieser sich bisher auf keine meiner fünf E-Mails gemeldet hatte und auch nicht ans Telefon ging. Jonas war wie immer sehr liebenswürdig zu mir. Unterschwellig versuchten wir aber beide, jeglichen Augen- und Körperkontakt zu vermeiden, der über das gesellschaftliche Konventionsminimum hinausging.

»Ich habe endlich seine aktuelle Handynummer rausbekommen«, verkündete mein Chef stolz. »Die Sekretärin des Verlagsleiters hat sie uns ›für den Notfall‹ gegeben. Und diesen erkläre ich hiermit für eingetreten. Schließlich ist es möglich, dass der unerreichbare Herr Otto längst einsam und allein vor seinem Computer krepiert ist.«

»Jonas!«, sagte ich gespielt empört, aber im Grunde genommen war ich ihm für seine Unterstützung sehr dankbar. Auf mich gestellt, wäre ich mit meinem Latein bereits am

Ende gewesen. Autoren, die sich auf freundlich formulierte Anfragen ihrer Lektoren nicht meldeten, waren mir bislang noch nicht untergekommen. »Willst du ihn anrufen, oder soll ich?«

»Du natürlich. Sonst nimmt er dich von Anfang an nicht für voll. Außerdem kann er mich nicht ausstehen.« Jonas setzte sich auf meinen Besucherstuhl und reichte mir den Zettel mit der Nummer. »Es macht dir doch nichts aus, wenn ich zuhöre?«

Öhm. Eigentlich schon. Aber das konnte ich ihm schlecht auf die Nase binden. Also lächelte ich. »Natürlich nicht.«

Ich sortierte die ausgedruckten E-Mails an Herrn Otto so, dass ich sie alle im Blick hatte. Dann griff ich zum Telefon und wählte. Während es am anderen Ende der Leitung tutete, drückte ich auf die Lautsprecherfunktion.

Jonas hob dankbar seinen Daumen. Jetzt würde auch er die Worte des Autors mitbekommen.

Plötzlich nahm jemand ab. »Ja?«, knurrte dieser Jemand dermaßen aggressiv in den Hörer, dass ich meinen um ein Haar fallen gelassen hätte.

»Herr Otto?« Meine Stimme klang viel zu zaghaft.

»Wer will das wissen?«

»Mein Name ist Stephanie Lenz, ich bin Ihre neue Lektorin im Verlag. Es tut mir sehr leid, dass ich Sie störe, aber …«

»Dann tun Sie es doch einfach nicht!«, bellte der Mann, von dem ich immer noch nicht wusste, ob es sich um den Bestsellerautor Bernhard Otto handelte.

»Aber Sie haben nicht auf meine E-Mails geantwortet und …«, versuchte ich, mein Anliegen zu erklären.

»Verschonen Sie mich mit Ihren dämlichen Annäherungsversuchen! Hat man Ihnen als Kind keine Manieren beigebracht? Man soll Menschen nicht bei ihrer Arbeit stören!

Ich bin Autor und kein E-Mails beantwortender Bürohengst. Ich verdiene meinen Lebensunterhalt mit dem Schreiben von Büchern, nicht mit dem Schreiben von E-Mails. Und um meinen Beruf auszuüben, brauche ich in allererster Linie Ruhe! Also lassen Sie mich verdammt noch mal in Frieden!«

Da Herr Otto die letzten Worte fast geschrien hatte, musste ich meinen ganzen Mut zusammennehmen, um noch einen weiteren Satz herauszupressen. »Aber der Abgabetermin für die ersten Kapitel …?«

Klick. Mein Bestsellerautor hatte aufgelegt. Allmählich verstand ich, warum niemand mit ihm arbeiten wollte. Dieser Mann war ein Monster.

»Tut mir leid, Steffi. Ich hätte nicht gedacht, dass er immer noch ein solcher Kotzbrocken ist. Schwierig, ja. Aber nicht … geistesgestört.« Jonas sah glaubwürdig zerknirscht aus.

Ich versuchte trotzdem, gute Miene zum bösen Spiel zu machen. »Ich schaffe das schon. Am besten statte ich ihm einen persönlichen Besuch ab.«

Jonas sprang von seinem Stuhl auf und marschierte wie ein Tiger im Käfig auf und ab. »Aber, das geht doch nicht. Wenn der sich schon am Telefon so aufführt. Wie wird es erst sein, wenn du ihm von Angesicht zu Angesicht gegenüberstehst? Der Giftzwerg tickt doch nicht richtig! Ich komme auf jeden Fall mit.«

Er deutete meinen bestürzten Gesichtsausdruck völlig falsch und fügte schnell hinzu: »Oder fährst du lieber mit Angela?«

Um Himmels willen. Wenn ich mich recht erinnerte, wohnte Bernhard Otto in Murnau am Staffelsee. Im täglichen Stau bedeutete das eine eineinhalbstündige Autofahrt hin und dann wieder zurück. Ehrlich gesagt, würde ich diese drei Stunden weder neben dem sich auf kommunikativen Eierschalen fortbewegenden Jonas noch neben Miss Gleichgeschlechtlich aushalten. Dann packte ich lieber den Giftzwerg in Eigenregie bei den Hörnern. »Jonas, du hast gerade selbst gesagt, dass Otto mich nicht respektieren wird, wenn du dich einschaltest.«

»Das stimmt, aber …«

»Du kannst mir vertrauen. Ich passe auf mich auf. Außerdem … Hunde, die bellen, beißen nicht!«

Eine Stunde später saß ich im Auto und gab die Adresse von Bernhard Otto in Jonas' tragbares Navi ein. Es hatte noch eine ganze Weile gedauert, bis ich meinen Chef überredet hatte, mich allein fahren zu lassen. Doch dann hatte er zähneknirschend zugestimmt. »Aber ruf mich sofort an, wenn es Probleme gibt!«, waren seine letzten Worte gewesen.

Als ich mich in den Verkehr einfädelte, musste ich unwillkürlich daran denken, dass ein Mark Darcy seine Herzallerliebste wahrscheinlich trotzdem nicht allein zu diesem Autorenmonster hätte fahren lassen. Ich wusste selbst, dass dieser Gedanke unfair und unlogisch war, schließlich hatte ich Jonas selbst davon überzeugt, aber innerlich klopfte ich mir auf die Schulter: Es war richtig gewesen, seine Liebesavancen im Keim zu ersticken und keine Beziehung mit ihm einzugehen. Nach dem Sommerfest hatte ich oft mit meiner Entscheidung gehadert, besonders, weil Lily bei jeder passenden und unpassenden Gelegenheit darauf rumritt. Aber nach meiner letzten Liebespleite hatte ich mich entschieden, nie wieder etwas mit einem unromantischen Mann anzufangen. Es war bescheuert, mit fast vierunddreißig Jahren noch an den Märchenprinzen zu glauben, der mich auf sein weißes Ross ziehen und bis an die Grenze der Bewusstlosigkeit küssen würde, aber tief in meinem Herzen wollte ich genau das. Ich wollte Kerzen und Rosenblätter. Sehnsuchtsvolle Briefe und einen auf Knien vollführten Heiratsantrag. Und wenn mir das Schicksal oder die Realität so einen perfekten Mann versagte, dann blieb ich eben lieber allein.

Während ich über männliche Fabelwesen nachdachte und deren Existenz herbeiwünschte, selbst wenn jeder *Cosmo*-Artikel und meine eigenen Erfahrungswerte dagegensprachen, verging die Zeit wie im Flug. Ich fuhr gerade durch ein finsteres Waldstück, als das Navi »Sie haben Ihren Zielort erreicht!« krähte und sich abschaltete. Hä? Ich konnte vor lauter Grünzeug gar kein Haus erkennen. Langsam fuhr ich weiter auf dem mit Tannennadeln bedeckten Waldweg, bis ich auf eine kleine Lichtung stieß. Und wenn ich eben noch über Märchenprinzen sinniert hatte, dann hatte ich jetzt zumindest ein verwunschenes Schloss entdeckt. Wahnsinn. In diesem Paradies lebte der personifizierte Giftzwerg?

Ich parkte den Wagen, stieg aus und ging auf das Eingangsportal der großen weißen Villa zu, die über und über mit Efeu bewachsen war. Staunend blickte ich mich um. Architektonisch gesehen war dieses Anwesen das reinste Schmuckstück: Erker, vorgebaute Balkone, bodentiefe Fenster und ein wunderschönes Walmdach. Dahinter konnte ich Koppeln und Stallungen erkennen. Auf der rechten Seite lag ein kleiner See. Diese unerwartete Schönheit überwältigte mich regelrecht.

»Sie wünschen?«, fragte eine weibliche Stimme hinter mir.

Verwirrt drehte ich mich um. Eine kleine dralle, grauhaarige Frau in Kittelschürze und Gummistiefeln stapfte auf mich zu. Anscheinend hatte sie Holz geholt, denn sie trug einen Korb mit fein säuberlich geschichteten Scheiten in der rechten Hand. Konnte das Frau Otto sein?

»Mein Name ist Stephanie Lenz. Ich bin die neue Lektorin von Herrn Otto und müsste dringend mit ihm sprechen«, sagte ich höflich und reichte Frau Otto meine Hand, die sie aber geflissentlich ignorierte. Stattdessen starrte sie mich minutenlang an, als ob ich ein Gespenst wäre. Dann wurde ihr Blick abweisend.

»Herr Otto schreibt und darf nicht gestört werden.«

Also war sie doch nicht seine Ehefrau. In dem Moment fiel mir ein, dass Bernhard Ottos Frau ja gestorben war. In der Aufregung meines neuen Jobs hatte ich ganz vergessen, mich darüber schlauzumachen.

»Und Sie sind?«

»Hanni Rösler. Ich bin die Haushälterin.«

Ich nickte. »Frau Rösler, ich will Herrn Otto nicht lange stören, aber ich muss wirklich unbedingt mit ihm sprechen.«

»Nein.« Mein Gegenüber schüttelte resolut den Kopf und stellte sich mir breitbeinig in den Weg.

»Ich kann auch gerne warten, bis er das Schreiben von sich aus unterbricht. Irgendwann muss er schließlich etwas essen und trinken.«

»Sie gehen jetzt besser, Fräulein.« Das klang endgültig.

Ich holte tief Luft. Kein Mensch brauchte derart viel Ruhe zum Arbeiten. Bernhard Otto hatte eine regelrechte Mauer um sich errichtet. Doch wie lautete das Zauberwort, um diese zu durchbrechen? Plötzlich kam mir ein erschreckender Gedanke.

»Er hat eine Schreibblockade, stimmt's?«, fragte ich mitfühlend.

Frau Rösler nahm ein Holzscheit aus ihrem Korb und machte drohend einen Schritt auf mich zu. »Hauen Sie ab! Ihr Verlagsmenschen seid doch alles Blutsauger! Immer geht's nur ums Geld. Lassen Sie ihn in Ruhe!«

Beschwörend hob ich die Hände. »Frau Rösler, ich kann Herrn Otto helfen. Bitte lassen Sie mich ihm wenigstens meine Hilfe anbieten.«

»So weit kommt es noch! Scheren Sie sich zum Teufel!« Frau Rösler schien es bitterernst zu meinen. Ihr Gesicht war knallrot, und ihre Hand umklammerte das hocherhobene Holzscheit.

»Frau Rösler, machen wir es doch so: Ich komme morgen früh wieder, und Sie sagen Herrn Otto, dass ich ihm gerne behilflich sein würde. Es gibt da verschiedene Techniken. Wirklich. Sie können mir beide vertrauen ...«

Bevor die aufgebrachte Haushälterin mir das Scheit doch noch gegen den Kopf knallte, ging ich schnell zu meinem Wagen. Aber wenigstens wusste ich jetzt, wo der Hase im Pfeffer lag.

10.

Lily saß vor dem Laptop und biss sich auf die Unterlippe. Irgendwie musste sie diese fünftausend Euro auftreiben, denn sie konnte sich das Geld unmöglich von ihrer kleinen Schwester leihen. Schließlich ließ Steffi sie bereits umsonst in ihrem Apartment wohnen und kaufte jeden Tag Lebensmittel für zwei. Nein, eigentlich sogar für drei, denn sie besorgte auch das Hundefutter für Hitchcock. Trotzdem brauchte sie die Kohle so schnell wie möglich. Dr. Wackernagel hatte heute früh angerufen, um ihr seinen Eilantrag im Rohentwurf vorzulesen. Dabei hatte sie eigentlich gedacht, dass der bereits bei Gericht eingereicht sei. So eilig schien der »Eilantrag« also gar nicht zu sein. Wahrscheinlich brauchte man die fünftausend Euro als Beschleuniger. Jedenfalls hatte der Rechtsanwalt sie bei dieser Gelegenheit daran erinnert, dass sie ihm noch nicht den vereinbarten Vorschuss überwiesen hatte.

Niedergeschlagen tippte Lily die Wörter »Stellenanzeige« und »München« in das Google-Suchfeld und klickte gleich auf den ersten Link, der auf dem Display erschien. Sie runzelte die Stirn. Also, an Angeboten schien es nicht zu mangeln. Allein in dem Berufsfeld »Bürowesen« gab es 2596 offene Stellen. Ob die alle seriös waren? Sie scrollte sich durch die ersten siebzig »Premium-Anzeigen«. Leider hatte sie für die meisten dieser Jobs nicht die geforderten Qualifikationen: Als »Sachbearbeiter Entgeltabrechnung (m/w)« brauchte man zum Beispiel eine Berufsausbildung im kaufmännischen Bereich und fundierte Kenntnisse im Steuer- und Sozialversicherungsrecht. Und selbst als »Empfangsmitarbeiterin« in einem Fitnesscenter sollte man eine Ausbildung im Gaststättengewerbe vorzuweisen haben und im Umgang mit MS-Office-Programmen versiert sein. Das war doch verrückt! In dem Job ging es doch maximal darum, die Schlüssel für die Umkleidekabinen rauszurücken und einen O-Saft nach dem Training zu servieren. Sie würde sich einfach trotzdem dort bewerben. Auch ohne Gastronomiestudium.

Sie griff nach Stift und Papier, um sich die angegebene Telefonnummer rauszuschreiben. Hm, sollte sie dort anrufen oder besser gleich vorbeigehen? Das Fitnessstudio lag nicht weit von Steffis Wohnung entfernt. Da es bisher nicht danach aussah, als ob ihre Schwester einem Umzug zustimmen würde, wäre das Sportstudio der ideale Arbeitsplatz, um sich auch weiterhin um Hitchcock kümmern zu können. Außerdem war ein persönliches Gespräch sowieso immer besser als eine schriftliche Bewerbung. Da würde sich ihr zukünftiger Arbeitgeber gleich von ihren »people skills« überzeugen können, über die man laut Anzeige auch verfügen sollte.

Nachdem sie sich sportlich-elegant in Schale geworfen hatte, machte sie sich auf den Weg und stand schon kurze Zeit später vor »Fitness Forever«. Das in einem Hinterhof gelegene Studio ähnelte dem luxuriösen Fitnesstempel, den Lily bis vor kurzem besucht hatte, in etwa so wie ein zerbeulter Fiat Panda einem fabrikneuen Ferrari. Das sah man schon an dem etwas schäbigen Eingang. Als Lily die Tür öffnete, zog ihr außerdem eine satte Ladung Schweißgeruch in die Nase. Aber das ließe sich ja sicherlich mit regelmäßigem Lüften und etwas Duftspray beheben.

Das Studio bestand größtenteils aus einem Trainingsraum mit Bodybuilding-Geräten und Hanteln. Weiter hinten schien es noch einen Raum für Aerobic und die Umkleidekabinen zu geben. Momentan war die Kundschaft eher überschaubar. Fünf Männer und eine Frau im hautengen Lycra-Outfit arbeiteten daran, ihre von Gott und McDonald's geschaffenen Figuren zu optimieren. Mit einem freundlichen Lächeln wandte sich Lily an das Mädchen hinter dem Empfangstresen, bei dem es sich um eine Aushilfe handeln musste, denn sie war viel zu jung, um die geforderten Qualifikationen bereits erworben zu haben.

»Hallo! Mein Name ist Lily Werdenfels. Ich bin wegen der Stellenanzeige hier. Kann ich bitte den Geschäftsführer sprechen?«

Das Mädchen, das in Jeansshorts und einem figurbetonten T-Shirt steckte, musterte Lily abschätzend. Dann verzog sie ihren Mund zu einem hämischen Grinsen. »Warten Sie hier. Der GF ist hinten im Büro. Ich hole ihn.«

Der GF? Lily hatte keine Ahnung, ob man heute so sprach, wenn man über »people skills« verfügte.

»Ja? Sie wünschen?« Ein fünfzigjähriger korpulenter Mann trat hinter den Tresen. Neben ihm stand das Mädchen und grinste von einem Ohr zum anderen. Offenbar hatte sie den GF nicht über Lilys Anliegen informiert.

»Mein Name ist Lily Werdenfels. Ich bin wegen der Anzeige hier«, wiederholte sie deshalb ruhig.

»Welcher Anzeige? Die mit dem Jahresrabatt?«, fragte der Geschäftsführer.

Lily war verwirrt. »Jahresrabatt?«

»Ja, wir werben gerade neue Mitglieder an, und wenn Sie dem Studio für mindestens ein Jahr beitreten, kann ich Ihnen einen attraktiven Rabatt von dreißig Prozent einräumen.«

»Oh«, sagte Lily. »Das ist ein Missverständnis. Ich bin wegen der Stellenanzeige gekommen. Sie suchen doch eine neue Mitarbeiterin für den Empfang?«

Jetzt war der Geschäftsführer sichtlich überrascht. »Sie … wollen sich bewerben?«, stammelte er.

»Ja«, antwortete Lily schlicht.

Doch der GF schien auf der Leitung zu stehen. »*Sie? Sie* wollen bei uns als Empfangsmädel arbeiten?«

Lily nickte.

»Aber das geht nicht!«, entschied er kurz angebunden.

»Warum nicht?«, fragte sie enttäuscht.

»Weil … Sie erfüllen nicht das Anforderungsprofil.«

»Aber das können Sie doch noch gar nicht wissen! Sie haben noch nicht eine einzige Frage zu meinem Lebenslauf und meinen Qualifikationen gestellt!«

»Das brauche ich auch nicht. Jemand wie Sie würde mir nur die Kundschaft vertreiben.«

Lily riss die Augen auf. »Bitte?«

Anklagend zeigte der GF mit dem Finger auf sie. »Sie sind viel zu schick angezogen. Jemand wie Sie passt hier einfach nicht rein!«

Lily wollte gerade erklären, dass sie ihre Klamotten ändern und genauso gut in Jeans und T-Shirt zur Arbeit erscheinen könnte, als das junge Mädchen auf den Plan rückte. »Außerdem sind Sie viel zu alt! Wir brauchen keine Gruftis hier.«

Lily fühlte sich, als ob ihr jemand ins Gesicht geschlagen hätte. Während der Geschäftsführer eine Entschuldigung murmelte und das Mädchen zurechtwies, drehte sich Lily wortlos um und machte sich auf den Weg nach Hause.

Zu alt! Mit gerade mal siebenunddreißig Jahren war sie bereits zu alt? Zumindest für Frischfleisch-Jörg und den Job als »Empfangsmädel«. Nachdenklich fuhr sie los. Die Jahre waren irgendwie so schnell vorübergegangen. Sie hatte gar nicht gemerkt, dass sie in den Augen der anderen älter geworden war. Als sie in Steffis Wohnung ankam, stellte sich Lily vor den großen Spiegel im Schlafzimmer und betrachtete sich von Kopf bis Fuß. Das Licht fiel ungünstig von oben auf ihr Gesicht, und es stimmte: Sie hatte ein paar Fältchen mehr bekommen. Besonders um die Augen und um den Mund herum. Aber ansonsten sah sie doch gar nicht so schlecht aus. Nicht mehr wie zwanzig, aber auch noch nicht wie vierzig. Oder lag das nur daran, dass sie sich selbst jeden Tag im Spiegel sah? Dass sie einfach an ihre veränderten Züge gewöhnt war? Normalerweise gab sie nicht viel auf Komplimente, aber das Fitness-Forever-Desaster hätte sie gerne mit jemandem besprochen. Zu blöd, dass Steffi immer so lange arbeiten musste. Ob sie Katja anrufen sollte?

Im gleichen Moment fiel ihr auf, dass Katja sich nun schon eine ganze Weile nicht mehr bei ihr gemeldet hatte. Seit dem Sexshop-Ausflug nicht mehr. Und ihre anderen Freundinnen hielten sich auch vornehm zurück. Lilys sonst so randvoll gefüllter Terminkalender war zum ersten Mal seit Jahren leer. Keine Partys, keine Benefizveranstaltungen, keine gemeinsamen Shoppingtouren – und den Pilates-Kurs, den sie zusammen mit ihren Freundinnen besucht hatte, konnte sie sich einfach nicht mehr leisten. Verdammt.

Lily goss sich in Steffis Küche ein Glas Wein ein und ging zurück ins Wohnzimmer. Dort setzte sie sich gedankenverloren auf die Couch. Hitchcock kuschelte sich zufrieden an ihre Beine und schlief sofort ein. Er schien sich in dieser neuen, etwas beengten Unterkunft wohl zu fühlen. Hauptsache, er hatte täglich drei Spaziergänge und sein schweineteures Marken-Hundefutter. Jörg fehlte ihm genauso wenig wie ihr selbst. Doch was würde sie mit ihm machen, wenn sie demnächst arbeiten musste? Immer vorausgesetzt, sie würde einen Job finden, in dem man auch »Gruftis« einstellte. Mit einem Lächeln stellte Lily ihr Weinglas auf dem Couchtisch ab. Sie durfte sich von solchen Erlebnissen nicht runterziehen lassen. Wahrscheinlich hatte die Kleine nur Angst um ihren Job gehabt. Statt Trübsal zu blasen, sollte sie sich lieber einen Plan für ihr zukünftiges Leben zurechtlegen. Ob sie Hitchcock im Zweifelsfall tagsüber bei Katja abgeben könnte? Die Fahrerei nach Starnberg wäre zwar lästig, und ihre Freundin würde bestimmt nicht viel mit ihm Gassi gehen, aber sie hatte immerhin einen großen Garten. Energisch griff sie zum Telefon.

»Johannsen«, meldete sich Katja, wie immer ein wenig atemlos.

»Ich bin's.«

»Lily, Liebes! Wie geht es dir? Ich wollte schon die ganzen letzten Tage bei dir anrufen, und jetzt bist du mir zuvorgekommen«, flötete ihre Freundin übertrieben freundlich.

»Mir geht's gut«, antwortete Lily. »Ich wollte fragen, ob du dich eventuell um Hitchcock kümmern könntest, wenn ich demnächst arbeiten gehen muss?«, erkundigte sie sich.

Katja kicherte affektiert. »Im Prinzip schrecklich gerne, aber ehrlich gesagt, glaube ich nicht, dass mir das in den Kram passt. Du weißt doch, wie beschäftigt ich bin, und außerdem hat Udo erst vor kurzem gesagt, dass …«

»Kein Problem«, unterbrach Lily den Redeschwall ihrer Freundin. »Dann finde ich eben eine andere Lösung.«

»Puh, da fällt mir aber ein Stein vom Herzen, weil Hunde machen ja auch gerne was kaputt, und du weißt, wie pingelig Udo in dieser Beziehung ist.«

»Wie gesagt, das ist kein Problem. Was gibt es sonst Neues? Ich habe schon lange nichts mehr von euch gehört«, sagte Lily ebenfalls fröhlicher, als sie sich fühlte.

»Du, Ann-Kathrin hat einen todschicken antiken Teppich gekauft. Angeblich hat der vorher sogar mal im iranischen Präsidentenpalast gelegen. Also damals, als der Schah noch dort regierte. Obwohl, dann müsste es ja eigentlich Schah-Palast heißen. Oder? Egal. Stell dir vor, den hat sie sich selbst zum Geburtstag geschenkt. Ihr Mann darf allerdings nicht erfahren, wie schweineteuer das Teil war. Sonst reicht der bestimmt auch die Scheidung ein! Und letzten Freitag waren wir alle bei Irina eingeladen. Zu einer Benefizveranstaltung für russische Waisenkinder. Mein Gott, was die da aufgefahren hat! Kaviar satt, sage ich nur! Aber auch sonst ... alles vom Feinsten!«

Während Katja wie ein Wasserfall plapperte, wurde Lily klar, dass sie tatsächlich nicht mehr dazugehörte. Dass sie von ihren Freundinnen einfach aussortiert worden war, wie ein zu eng gewordenes Kleid. Weder Ann-Kathrin noch Irina hatten sie zu ihrem Fest eingeladen. Und selbst wenn sie sich es nur ungern eingestand: Das tat verdammt weh!

Doch Katja schien sich an Lilys Schweigen nicht weiter zu stören. »Ach, übrigens: Ich weiß da jemanden, der dich kennenlernen will. Meine Freundin Sabrina. Die ist auch seit zwei Jahren geschieden und ...«

In diesem Moment hörte Lily Katjas markante Türglocke bimmeln.

»Udooo, machst du bitte schon mal auf!«, schrie Katja. »Ich komme sofort.«

»Ihr bekommt Besuch?«

»Hm-hm«, murmelte ihre Freundin, und im selben Moment hörte Lily die Stimme ihres Ex-Mannes im Hintergrund.

»Du hast Jörg eingeladen?«, fragte sie fassungslos.

»Mensch, Lily! Dreh doch nicht gleich durch. Jetzt, wo du ausgezogen bist, will Jörg das Haus generalüberholen. Wände und Möbel raus, alles neu. Oben entsteht dann so eine Art Loft. Und dazu hat er Udo als Architekten angeheuert. Weil doch Leonie nicht in deinem alten Schlafzimmer …«

In diesem Moment wurde Katja erneut unterbrochen. Es raschelte. Offenbar wurde sie gerade von jemandem umarmt. »Ich muss nur noch schnell tschüss sagen«, flüsterte sie und fügte noch etwas leiser hinzu: »Leonie, Liebes, geh doch bitte schon mal ins Wohnzimmer.«

11.

Bernhard Ottos Frau war bei einem Reitunfall im Alpenvorland ums Leben gekommen. So viel hatte ich ziemlich schnell rausgefunden. Doch für die Einzelheiten musste ich alte Zeitungsartikel wälzen. Beim Lesen lief mir unwillkürlich ein Schauer über den Rücken: Marissa Otto war vor rund zehn Jahren mit dem gemeinsamen Sohn ausgeritten, und ihr Pferd war ohne sie zurückgekehrt. Otto hatte umgehend einen Suchtrupp organisiert, dem er sich auch selbst anschloss. Doch noch bevor er losreiten konnte, kam sein Sohn wieder. Allein. Er berichtete, dass er mit seiner Mutter hoch zu Ross einen Bach durchquert hätte, als beide Pferde plötzlich scheuten. Seine Mutter wäre daraufhin ins Wasser gestürzt, aber er hätte ihr nicht helfen können, da sein eigenes Pferd durchgegangen wäre. Als er schließlich den Vierbeiner wieder unter Kontrolle gebracht hatte, sei er vollkommen orientierungslos gewesen und hätte seinem Pferd freie Zügel lassen müssen, damit es von allein den Weg nach Hause einschlug. Der sechsköpfige Suchtrupp hatte daraufhin das steil gelegene Waldstück mehrere Stunden lang durchkämmt. Leider ohne jedes Ergebnis. Schließlich hatte Otto die Polizei eingeschaltet, die mit Wärmebildkameras und Hundestaffeln nach seiner Frau suchten. Doch alles, was sie fanden, war ein zerbrochener Reithelm und ein Fels mitten im Bach gelegen, an dem Blut und einige Haare von Marissa Otto klebten. Ihre Leiche blieb verschollen. Die Polizei ging anscheinend davon aus, dass der zu dem Zeitpunkt durch Schmelzwasser angeschwollene, reißende Bach sie mitgeschleppt hatte.

Was für eine schreckliche Geschichte, dachte ich, als ich vom Computerbildschirm hochblickte. Kein Wunder, dass Otto in eine Schreibblockade verfallen war. Es war schon schlimm genug, wenn man seinen Ehepartner verlor, aber die Beerdigung mit leerem Sarg musste Otto wirklich den Boden unter den Füßen weggezogen haben. Außerdem war das noch nicht alles: Eine Boulevardzeitung hatte mit dem Drama um einen prominenten Bestsellerautor Auflage schinden wollen und berichtet, dass Otto insgeheim von der Polizei verdächtigt werden würde, seine Frau umgebracht zu haben. Die Ehe des Paares hätte nur noch auf dem Papier bestanden, und Otto hätte ihr ein extra wildes Ross zum Geburtstag geschenkt, um den Mord zu bewerkstelligen. Für den Tatzeitpunkt könne er kein Alibi vorweisen, weil er in Wahrheit selbst seiner Frau am Bach aufgelauert hätte …

Das war natürlich hanebüchener Unsinn. Otto hatte die Zeitung verklagt und eine Entschädigung herausgeholt. Aber der Prozess war für den trauernden Witwer bestimmt nicht leicht gewesen. Genauso wenig für den einzigen Sohn, der ebenfalls vor Gericht aussagen musste. Die Armen. Was für eine traumatische Erfahrung. Aber ich würde versuchen, Bernhard Otto zu helfen. Mit allen Mitteln, die mir dazu zur Verfügung standen.

Das Telefon klingelte, und ich ging so schnell wie möglich dran. Lily hatte sich heute schon ganz früh hingelegt. Angeblich hatte sie Kopfweh. Doch ich fragte mich insgeheim, ob da nicht noch mehr dahintersteckte, denn ihre Augen hatten so merkwürdig rot ausgesehen. Ob sie – ganz untypisch für Lily – geweint hatte?

»Lenz«, meldete ich mich.

»Steffi? Gott sei Dank! Ich habe mir solche Sorgen gemacht! Warum hast du mich nicht angerufen, als du von Otto zurückgekommen bist?«

Jonas! Mist. In dem emotionalen Aufruhr nach meinem Gespräch mit Ottos Haushälterin hatte ich völlig verschwitzt, ihn anzurufen, dabei hatte ich ihm das eigentlich fest versprochen.

»Sorry«, sagte ich zerknirscht und berichtete, was passiert war.

»Und du willst dich morgen früh wirklich noch einmal in die Höhle des Löwen wagen?«, fragte mein Boss, nachdem ich zu Ende erzählt hatte.

»Absolut. Ich werde versuchen, ihn aus seiner Schreibblockade zu lotsen. Zwei der Autoren, die ich betreue, hatten das auch schon mal, und deshalb kenne ich ein paar Strategien, die ich mit ihm ausprobieren will.«

»Interessant. Und was sind das für Strategien?«

»Schreibblockaden entstehen ja meistens aus dem Druck, den sich der Autor in seinem Streben nach Perfektion selbst macht. Deshalb spreche ich mit den Schriftstellern erst einmal über ihre Erwartungen an den Text und versuche, sie daran zu erinnern, dass die erste Fassung der kreativen Entfaltung dient und niemals perfekt sein kann. Außerdem probiere ich, ihnen bestimmte Entspannungstechniken nahezubringen: bewusstes Atmen oder autogenes Training. Das eigentliche Schreiben gehen wir dann eher spielerisch an, durch Wortassoziationen oder spontane Fragen gelingt den meisten Autoren der wichtige erste Schritt, nämlich überhaupt etwas zu Papier zu bringen.«

»Klingt gut. Aber wenn er oder diese Frau Rösler dir noch einmal drohen, fährst du umgehend nach Hause. Ist das klar?« Jonas klang wesentlich strenger als sonst.

»Klar. Ich verspreche hoch und heilig, dass ich nicht als erster Märtyrer des Verlags enden werde, der sich für den neuen Weltbestseller aus Bernhard Ottos widerspenstiger Feder opfert!«, witzelte ich.

»Das ist überhaupt nicht lustig. Und wenn du noch einmal so einen Quatsch sagst, begleite ich dich doch. Notfalls auch gegen deinen erklärten Willen!«

»Das wird nicht nötig sein«, versicherte ich schnell und wechselte das Thema. »Was meinst du eigentlich, warum er den Vertrag über ein neues Buch überhaupt unterschrieben hat, wenn er unter einer Schreibblockade leidet?«

»Geldsorgen? Sein riesiges Anwesen dürfte im Unterhalt ja nicht gerade billig sein.«

»Klingt logisch.«

Jonas räusperte sich. »Ich soll dich übrigens von Angela fragen, ob du dich in meiner Abteilung wohl fühlst. Sie hält dir immer noch eine Stelle frei, falls du es dir anders überlegen solltest.«

Ich schluckte, denn ich wollte auf keinen Fall zu Frau Reisers Abteilung wechseln. Sie würde mich mit ihrer eigentlich gutgemeinten »Akzeptanz-Toleranz« in den Wahnsinn treiben. Oder steckte noch etwas anderes hinter Jonas' Frage?

»Ähm, bist du denn mit mir zufrieden? Oder willst du mich lieber wieder loswerden?«, fragte ich und kniff vor Anspannung beide Augen zu.

Am anderen Ende der Leitung herrschte eine beängstigende Stille. Dann drang Jonas' ungewöhnlich kratzige Stimme an mein Ohr. »Sagen wir mal so, Steffi ... solange du bei mir bleiben willst, werde ich dir einen Platz in meiner Abteilung reservieren.«

Mit fielen jede Menge Steine vom Herzen. »Gut«, murmelte ich verlegen. »Ich rufe dich morgen an, wenn ich von Otto zurück bin.«

»Ja. Und wehe, du vergisst es. Gute Nacht, Steffi.« Jonas legte auf.

Kurz darauf ging ich ins Bett, doch anstatt wie gewöhnlich sofort in einen erholsamen Schlaf zu gleiten, geisterten Jonas' Worte durch meinen Kopf. *Solange du bei mir bleiben willst!* Irgendwie klang das schön. Ein bisschen nach einem Rosamunde-Pilcher-Titel. Aber vielleicht gerade deswegen sehr schön.

Am nächsten Morgen wollte ich für Lily und mich Frühstück machen, als ich einen Zettel am Kühlschrank entdeckte. »Bin schon unterwegs. Kuss L.« Hm. Hoffentlich war wirklich alles okay mit ihr. Doch momentan hatte ich keine Zeit, mir Sorgen zu machen. Ich musste schnell was essen und losfahren. Nicht nur Lily, sondern auch Bernhard Otto benötigte dringend meine Hilfe! Hoffentlich sträubte er sich nicht genauso dagegen wie meine Schwester.

Diesmal fand ich den Weg auch ohne Navi. Mit klopfendem Herzen stellte ich meinen Wagen auf der Lichtung vor der weißen Villa ab, die sonnenbeschienen und friedlich vor mir lag. Ein magischer, scheinbar glückseliger Ort, obwohl so viel Kummer und Elend darin gewohnt haben mussten. Zögernd ging ich durch das offene Portal, das von zwei massiven Löwenstatuen begrenzt wurde. Rechts und links davon blühten weiße Fliedersträucher und verbreiteten einen betörenden, süßlichen Duft. Bienen summten. Das Paradies. Ob ich einfach an der Tür klingeln sollte?

Schon bevor ich die Glocke betätigen konnte, wurde die Tür aufgerissen. Stahlblaue Augen bohrten sich in meine. Doch plötzlich verwandelte sich die Wut, die in ihnen schimmerte, in Ungläubigkeit und dann in so etwas wie

Angst. Panik. Das Ganze passierte allerdings so rasend schnell, dass ich mich hinterher fragte, ob ich diese Emotionen richtig gedeutet hatte. Aber zunächst schreckte ich betroffen zurück, und als ich mich das nächste Mal traute, den Kopf zu heben und in Bernhard Ottos Gesicht zu sehen, herrschte wieder der ursprüngliche Ausdruck in seinen Zügen vor: Wut. Er war stinkwütend. Offenbar auf mich.

»Was machen Sie hier?«, knurrte er mich an.

Keine Frage, Bernhard Otto war hochgradig attraktiv. Trotz seiner mehr als fragwürdigen Manieren. Er hatte so etwas archaisch Männliches an sich, ähnelte irgendwie mehr einem drahtigen, wettergegerbten Cowboy als einem vergeistigten Autor. Sein braunes, an den Schläfen bereits graues Haar war voll und dicht. Seine Figur wies kein Gramm Fett zu viel auf. Selbst seine Kleidung passte zu diesem harten Image, denn er trug Stiefel, Jeans und ein kariertes Holzfällerhemd.

Da ich nicht sofort antwortete, zog Otto die Augenbrauen noch etwas misstrauischer über seinen von Lachfalten umgebenen Augen zusammen. Mir fiel auf, wie braungebrannt sein markantes Gesicht war, so, als ob er sich stundenlang im Freien aufhielt. Hm. Vielleicht nicht die besten Vorzeichen für die Fertigstellung seines Manuskripts?

»Wird das heute noch was? Oder hat Ihnen mein Anblick die Sprache verschlagen?«, erkundigte sich mein Protegé ironisch, und ich versuchte, mich zusammenzureißen.

»Entschuldigen Sie bitte, dass ich Sie einfach so überfalle. Wir hatten schon telefoniert. Mein Name ist Stephanie Lenz. Ich bin Ihre Lektorin, und ich glaube, ich kann Ihnen helfen, wieder produktiv zu arbeiten und Ihr Manuskript fertigzustellen.«

Für einen Moment sah es so aus, als ob Herr Otto sich auf mich stürzen wollte, um mich mit bloßen Händen zu erwürgen. Aber dann sagte er nur mit beißendem Spott: »Der Verlag schickt mir so eine Praline wie Sie und denkt, ich würde wie ein zahnloser Schmusetiger in die ausgelegte Venusfalle trapsen?«

Wie bitte? Hatte ich das richtig verstanden? Und was sollte ich nun diesem unhöflichen Kerl auf so eine frauenfeindliche Bemerkung erwidern? Mir fiel auf die Schnelle nichts Passendes ein. Deshalb beschränkte ich mich fürs Erste darauf, ihn mit offenem Mund anzustarren.

Doch Bernhard Otto setzte noch einen obendrauf. »Frei nach dem Motto: Einmal durch die Federn gesprungen, und schon fließen die Wörter wieder? Ist das Ihr Kalkül?«

Jetzt hatte er es aber zu weit getrieben. Hatte dieser Typ wirklich gerade angedeutet, dass ich aus verlagsinterner Taktik, aus schnödem Gewinnstreben mit ihm ins Bett gehen wollte? Da platzte ja sogar mir der Kragen. »Was fällt Ihnen eigentlich ein!? Ich würde niemals mit so einem ungehobelten Klotz wie Ihnen schlafen! Noch nicht mal mit vorgehaltener Pistole!«, schrie ich entnervt und leider überhaupt nicht so cool und abgeklärt wie beabsichtigt.

Otto musterte mich amüsiert und von oben herab, in etwa so, wie man über ein drolliges Tierbaby lächelte.

Er legte es also darauf an, mich erneut zu provozieren. Oder der alte Macho hielt meinen Protest für aufgesetzt, für eine Art Vorspiel. Wahrscheinlich prügelten sich die meisten Literatur-Groupies darum, Sex mit ihm zu haben. Ich jedenfalls gehörte nicht zu dieser Gruppe von Fans! Aber all das war jetzt egal. Denn gerade war mir das ultimative Argument eingefallen, um dieses Gespräch wieder auf eine sachliche Ebene zu ziehen.

»Ich stehe übrigens ausschließlich auf Frauen!«, verkündete ich frostig. Ha! Wer hätte gedacht, dass mir diese Notlüge gleich zweimal so überzeugend aus der Patsche helfen würde.

Der schriftstellernde Cowboy schnaubte durch die Nase. »Na klar!« Doch seine Züge glätteten sich etwas, und dann ging ein Ruck durch seinen athletischen Körper. »Wir hatten einen schlechten Anfang. Kommen Sie doch erst mal rein.«

Der Ton war nicht gerade freundlich. Trotzdem wertete ich seine friedlicheren Worte als ersten Erfolg. Als Sieg der Menschlichkeit und der Professionalität. Dann folgte ich ihm, wie Jonas so schön formuliert hatte, in die Höhle des Löwen.

Durch einen langen rotgestrichenen Flur gelangten wir ins Wohnzimmer. Bernhard Ottos Haus war auch von innen ein Juwel des guten Geschmacks. Die Einrichtung konnte man vielleicht am besten mit »bayerische Gemütlichkeit meets international art« beschreiben. Rustikale Holzmöbel ruhten auf kostbaren tibetanischen Drachenteppichen. An den Wänden hingen sowohl chinesische Holzschnitte als auch knallbunte Pop-Art-Gemälde. Irgendwie passte das Kuddelmuddel der Kulturen ganz wunderbar zusammen. Und wenn er das selbst eingerichtet hatte: Hut ab.

»Wollen Sie etwas trinken?«, fragte mein Gastgeber brummig und zeigte mit einer unwirschen Geste auf seine Eckbank.

Ich traute mich nicht, nach einem Glas Wasser zu fragen, schüttelte deshalb den Kopf und nahm Platz.

Der Cowboy ließ sich genau mir gegenüber nieder und setzte ein Pokerface auf. »Wieso denken Sie eigentlich, dass ich ausgerechnet von Ihnen Hilfe beim Schreiben benötige? Ich komme sehr gut alleine klar.«

Ich überlegte kurz, aber dann entschied ich mich dafür, mit offenen Karten zu spielen. »Sie brauchen mir nichts vorzumachen, Herr Otto. Ich habe mit Ihrer Haushälterin gesprochen. Sie leiden unter einer Schreibblockade.«

Sein Gesichtsausdruck wurde augenblicklich noch verschlossener. »Hanni hat niemals etwas so Lächerliches behauptet. Dafür lege ich meine Hand ins Feuer.«

»Sie hat es nicht explizit ausgesprochen. Aber als ich es ihr auf den Kopf zugesagt habe, hat sie mich mit einem Holzscheit bedroht. Das habe ich dann als Bestätigung aufgefasst.«

Bernhard Otto lächelte, diesmal gänzlich ohne Ironie, und es war, als ob plötzlich die Sonne in der Antarktis aufging. »Das wiederum sieht ihr sehr ähnlich.«

Einen Moment genoss ich die aufgelockerte Atmosphäre, dann bohrte ich weiter. »Wie dem auch sei, ich möchte Ihnen gerne helfen, diese Schreibblockade zu überwinden.«

Und genauso plötzlich, wie die Sonne in Herrn Ottos Gesicht aufgegangen war, verschwand sie auch wieder. »Sie kennen mich nicht, haben keine Ahnung, welche Dämonen mich reiten. Wie wollen Sie halbe Portion mir wohl helfen?«

»Es gibt da Strategien und Techniken …«, stammelte ich, durch seine neuerliche Kälte völlig aus dem Konzept gebracht.

»Sie fliegen hier ein, sehen aus, wie Sie aussehen, und denken, Sie können in null Komma nichts meine Probleme in Wohlgefallen auflösen?«

»Wie … wie sehe ich denn aus?«, fragte ich verwirrt und irgendwie typisch weiblich. Eigentlich ging es ja um Wichtigeres.

»Ach, tun Sie doch nicht so!«, funkelte Otto mich an.

»Ich weiß nicht, wovon Sie reden. Ehrlich!«

»Nein?« Plötzlich sprang Otto auf, stapfte aus dem Zimmer und kam kurze Zeit später mit einem gerahmten Foto zurück. Er knallte es so heftig vor mir auf den Tisch, dass ich für einen Moment Angst hatte, dass das Glas zerbrechen könnte. Doch dann betrachtete ich überrascht das Foto. Es zeigte einen wesentlich jüngeren Bernhard Otto, der den Arm um eine junge Frau gelegt hatte. Und diese Frau wies tatsächlich eine geradezu frappierende Ähnlichkeit mit mir auf. Das gleiche dunkle Haar, nur etwas anders frisiert. Grüne Augen. Auch sie war klein und hatte klassische, eher unscheinbare Gesichtszüge.

»Ihre Frau?«, flüsterte ich beschämt.

Er nickte, und der Schmerz über ihren Verlust stand ihm ins Gesicht geschrieben.

»Sie müssen mir glauben ... ich hatte keine Ahnung, dass ...« Unwillkürlich wurde ich rot. Warum waren in den Zeitungsartikeln über den Unfall eigentlich nur Bilder von Otto selbst zu sehen gewesen? Ein Blick auf das Opfer hätte mich doch über diese unselige Ähnlichkeit aufgeklärt.

Er musterte mich prüfend und schien mich mit seinem Blick förmlich durchbohren zu wollen. Dann atmete er aus. »Ich glaube Ihnen. Auch, wenn ich mir sicher bin, dass der Verlag nicht aus reinem Zufall ausgerechnet Sie geschickt hat.«

War Jonas wirklich so manipulativ? Hatte er mir Bernhard Otto absichtlich als Autor zugeteilt, obwohl er wusste, dass ich seiner toten Frau wie aus dem Gesicht geschnitten bin? Oder handelte es sich lediglich um einen bedauerlichen Zufall? Nichtsdestotrotz, hier hatte ich jedenfalls nichts zu suchen. Ich wollte dem trauernden Witwer nicht noch mehr Elend bereiten.

»Entschuldigen Sie bitte. Das Ganze tut mir entsetzlich leid. Ich werde zusehen, dass der Verlag Ihnen jemand anderen zuteilt.« Ich machte Anstalten, aufzustehen, doch plötzlich legte Bernhard Otto seine Hand auf meine.

»Gehen Sie nicht«, sagte er so eindringlich, dass mir ein Schauer über den Rücken jagte.

»Aber ich kann doch unmöglich … unter diesen Umständen mit Ihnen zusammenarbeiten?« Ich biss mir auf die Lippe.

»Doch. Vielleicht käme es auf einen Versuch an.« Er wirkte auf einmal vollkommen verändert. Nachdenklich. Irgendwie verletzlich. »Eventuell können Sie mir ja tatsächlich helfen.«

»Meinen Sie?«, fragte ich skeptisch. »Ich will Ihnen wirklich nicht zu nahe treten.«

»Nein, Sie sollten mir auch besser in den Allerwertesten treten.« Er lächelte zerknirscht. »Eins ist jedenfalls sicher. Schlimmer als jetzt kann es mit Ihnen im Haus auch nicht werden.«

»Im Haus?«, wiederholte ich fragend. Wie stellte er sich das vor? Sollte ich jeden Tag stundenlang hier rausfahren? Eigentlich hatte ich ja gedacht, dass wir vorwiegend per Internet zusammenarbeiten würden, so wie ich das mit den anderen Autoren auch immer gehandhabt hatte.

»Natürlich. Oder wollen Sie mir telepathisch von München aus unter die Arme greifen? Nein, wenn wir das hier machen, dann machen wir es gleich richtig. Sie müssten für ein paar Wochen, solange wir an dem Manuskript arbeiten, bei mir einziehen.«

Im ersten Moment war ich sprachlos. Wie stellte er sich das vor? Ich hatte ja schließlich nicht nur ihn im Verlag zu betreuen. Außerdem konnte ich doch mein eigenes Leben nicht einfach so »für ein paar Wochen« auf Pause schalten. Lily brauchte mich und überhaupt … Ich würde auf keinen Fall bei einem mir völlig fremden Mann einziehen!

Schließlich fand ich meine Sprache wieder. »Das wird leider nicht gehen, aber wir können ja …«

»Und warum nicht?«, unterbrach mich Otto. »Das Haus ist groß genug, und anstandstechnisch kann Ihnen doch das Zusammenleben mit einem alten Mann wie mir sowieso vollkommen gleich sein.«

Meine Augen weiteten sich. Ich war total verwirrt. Anstandstechnisch? »Wie meinen Sie das?«

»Na, Sie sind doch lesbisch. Da droht Ihnen doch von meiner Seite absolut keine Gefahr«, lächelte der Schriftsteller.

»Ähm … ja, aber ich muss doch in München zur Arbeit und …«

»Der Verlag wird Sie gewiss freistellen. So oft, wie Sie bei mir angerufen haben, bin ich doch bestimmt Ihr wichtigstes Projekt. Oder etwa nicht?« Er sprach diese Worte ganz cool und überhaupt nicht arrogant aus. Einfach eine sachliche Feststellung.

Ich nickte gottergeben. Himmel! »Aber …«

»Überlegen Sie es sich. Aber wenn Sie nicht bereit sind, ein paar Wochen Ihrer kostbaren Zeit in mein Manuskript zu investieren, dann bin ich nicht an einer weiteren Zusammenarbeit mit dem Verlag interessiert.«

Auf einmal war mein Hals wie ausgetrocknet. Ich schluckte verzweifelt dagegen an. Doch ich wusste instinktiv, dass Ottos Worte todernst gemeint waren. Himmel! Wie sollte ich das jetzt Jonas und Lily verklickern?

12.

Lily hatte ihr Auto auf der gegenüberliegenden Straßenseite geparkt. Nicht in der Einfahrt. Sie war sich nicht sicher, ob sie wirklich klingeln würde. Und so verlegte sie sich fürs Erste darauf, das tipptopp in Schuss gehaltene, schmucke Reihenhaus ihrer Eltern aus der Deckung des Wageninneren zu betrachten. Sie wusste, dass ihre Eltern ihr die fünftausend Euro umgehend leihen würden. Eine einfache Bitte wäre genug. Aber sie müsste ihnen danach bestimmt Rede und Antwort stehen: Warum bekam sie das Geld nicht von Jörg? Wozu benötigte sie es?

Und das war genau der Teil, auf den sie getrost verzichten konnte.

Ihre Eltern waren stolz auf sie und auf das, was sie im Leben erreicht und an Land gezogen hatte: eine internationale Fotomodellkarriere und den erfolgreichen, prominenten Ehemann. Wie konnte sie ihnen da beichten, dass sich ihre Lebensumstände von heute auf morgen ziemlich drastisch verändert hatten? Lily seufzte unwillkürlich. Sie hatte eine schöne, wohlbehütete Kindheit gehabt, auch wenn ihre Eltern immer viel von ihr erwartet hatten. Ihr Vater war Rektor und ihre Mutter Englischlehrerin an der gleichen Schule gewesen, die auch Steffi und sie besucht hatten. Da waren sie natürlich dazu verpflichtet gewesen, die absoluten Musterkinder zu sein. Steffi hatte sich dabei durch ihre schüchterne Art und ihre Liebe zu Büchern immer ein wenig aus der Verantwortung gestohlen. Sie war ja auch auf ewig »die Kleine« in den Augen ihrer Eltern. Aber sie selbst, als große Schwester, hatte in allem glänzen müssen, war jahrein, jahraus dazu verdammt gewesen, in der ersten Reihe zu stehen. In Bezug auf gute Noten sowieso, eine Zwei wurde da schon mit einer hochgezogenen Augenbraue ihres Vaters quittiert. Aber auch in allen anderen Dingen. Ihre Mutter brauchte jemanden für die Hauptrolle ihres Shakespeare-Stücks, für das man seitenweise Text auswendig lernen musste? Ein neuer Schüler sollte in die Klassengemeinschaft integriert werden? Man benötigte ein Kind, das für eine Spendenaktion fünf Kilometer in den Schulfarben lief? Alles kein Problem. Lily konnte das machen. Und Lily machte das auch. Da sie wusste, dass ihre Mutter anderenfalls »sehr, sehr enttäuscht« von ihr gewesen wäre.

Das wäre sie allerdings auch gewesen, wenn Lily wie ihre Klassenkameradinnen mit Make-up zum Unterricht erschienen wäre oder dieselben kurzen, engen Tops getragen hätte. An zarte Bande mit einem Jungen aus ihrem Jahrgang wäre da erst recht nicht zu denken gewesen. Erstens hätte das Ganze unmittelbar vor den Augen ihrer Eltern stattgefunden, und zweitens hätte jeder Kerl Angst gehabt, dass er, wenn er mit ihr Schluss gemacht hätte, aus Gründen der Sippenhaftung durchs Abi gerasselt wäre. Ihr war deswegen zu jedem Zeitpunkt ihrer Schulzeit schmerzlich bewusst gewesen, dass die anderen Kinder sie hinter ihrem Rücken als Streberin verhöhnten. Deswegen war sie auch dem Vorschlag ihrer Eltern gefolgt und war direkt nach dem Abi nach Amerika geflogen. Hatte ein halbes Jahr lang als Au-pair für eine ultrareiche Familie auf Long Island gearbeitet. Für die Lexingtons. Und dort hatte sie dann Jeff getroffen.

Im gleichen Moment, in dem sie an ihn dachte, versuchte sie, diesen Gedanken wieder zu verbannen. Doch das gelang ihr nicht sofort. Nicht, bevor sie vor ihrem inneren Auge Jeffs lachendes Gesicht sah. Seine dunklen Haare. Seine Grübchen. Verdammt! Das hatte ihr gerade noch gefehlt. Das war jetzt fast zwanzig Jahre her und tat irgendwie immer noch brutal weh. Nein, sie musste sich jetzt unbedingt und mit aller Macht auf das Wesentliche konzentrieren. Auf ihr neues Leben. Auf die Scheidung. Auf die fünftausend Euro. Sollte sie wirklich ihre Eltern darum bitten?

Ihr Handy klingelte und erlöste sie damit vorerst aus ihrem Dilemma. Lily kramte kurz in ihrer Handtasche, zog das Telefon hervor und blickte auf das Display. Eine ihr unbekannte Nummer wurde angezeigt.

Lily drückte auf Annahme. »Hallo?«

»Hallo, Lily!«, säuselte eine fremde weibliche Stimme. »Ich bin's. Sabrina Landgraf.«

»Ähm. Kennen wir uns?«

»Du bist doch eine Freundin von Katja. Richtig? Sie hat mir deine Nummer gegeben, und ich dachte, es wäre doch ganz nett, wenn wir mal zusammen ausgehen könnten. Was meinst du?«

Das war also Katjas geschiedene Bekannte. Hm. Im Grunde genommen würde sie eigentlich nichts lieber tun, als bis auf weiteres im Bett liegen zu bleiben, den Kopf unter der Decke zu verstecken und die Welt um sich herum zu vergessen. Aber so war sie nicht erzogen worden. Nein, sie machte lieber gute Miene zum bösen Spiel. Die Worte ihrer Mutter: »Lass dich bloß nicht gehen«, klangen ihr im Ohr, als sie Sabrina antwortete: »Mit Vergnügen. Woran hattest du gedacht?«

»Willst du vielleicht heute Abend auf einen Drink bei mir vorbeikommen? So gegen acht?«

»Sehr gerne. Wo wohnst du?«

Nachdem Sabrina ihr eine Adresse in Bogenhausen genannt hatte, legte Lily mit einem vorgespielt entspannten »Ich freu mich!« auf. Unglücklich starrte sie auf den Zettel mit der Anschrift. Sabrinas Wohnung lag ganz in der Nähe von ihrem alten Zuhause. Hoffentlich lief sie Jörg und Leonie heute Abend nicht zufällig über den Weg. Dafür war sie irgendwie noch nicht gewappnet.

Jemand pochte energisch gegen ihre Fensterscheibe.

Lily fuhr erschreckt zusammen. Hitchcock bellte empört, aber dann wedelte er freundlich mit dem Schwanz. Es war Lilys Mutter.

»Was machst du denn hier?«, fragte sie erstaunt, nachdem Lily die Tür geöffnet und mit Hitchcock aus dem Wagen geklettert war.

Lily drückte ihrer Mutter zur Begrüßung einen Kuss auf die Wange. »Ich wollte kurz bei euch vorbeischauen, um … um zu sehen, wie es euch geht.«

»Das ist nett. Aber jetzt passt es uns leider nicht so gut, Liebes. Ich bin auf dem Weg zu meiner Tennisstunde, und dein Vater kümmert sich gerade um seine Bienen.«

Seit Lilys Eltern pensioniert waren, waren sie noch beschäftigter als vorher. Jeder von ihnen hatte sich gleich mehrere zeitaufwendige Hobbys zugelegt. Ihre Mutter spielte Golf und Tennis. Ihr Vater engagierte sich in verschiedenen sozialen Projekten und versuchte sich als Imker. Zudem verreisten sie einmal im Jahr für mehrere Wochen. An so exotische Orte wie Kasachstan, Galapagos oder Patagonien. Nein, es gab keinerlei Leerlauf in ihrem Leben, wie ihre Mutter stets betonte.

»Okay. Dann eben ein anderes Mal«, sagte Lily halb enttäuscht, halb erleichtert.

»Und bei euch? Alles okay? Wie geht es Jörg?«, fragte ihre Mutter, während sie ihren Tennisschläger auf dem Vordersitz ihres Wagens verstaute.

»Uns geht's gut«, versicherte Lily. Das war schließlich nicht gelogen, und ihre Mutter erwartete auch keine andere Antwort. Sie war der festen Überzeugung, dass die Kinder von Lehrern es ohnehin viel weiter im Leben brachten als andere. »Sieh dir doch nur das Lehrerkind Til Schweiger an!«, lautete ihre übliche Ansage. Nur über Steffis zurückhaltenden Charakter und bisher eher mäßig erfolgreichen Werdegang war sie etwas desillusioniert. Apropos ...

»Hast du schon gehört, dass Steffi eine feste Anstellung als Lektorin ergattert hat?«, erkundigte sich Lily.

Ihre Mutter blickte überrascht hoch. »Ach, wirklich? Das freut mich. Dann geht es endlich einmal bergauf mit ihr.«

Plötzlich kam Lily eine Idee. »Du, Mama? Wäre es okay, wenn ich Hitchcock für ein paar Tage bei euch lasse?«

Ihre Mutter lächelte. »Fährst du mit Jörg weg?«

»Nein. Aber er dreht bald wieder und da ...«

»Kein Problem, Liebes. Ich entlaste euch doch gerne. Hitchi kann gleich mit zum Tennisplatz kommen.«

So schnell hatte Lily ihren Hund eigentlich gar nicht abgeben wollen. »Wirklich?«, sagte sie gedehnt.

»Aber ja. Alle lieben den kleinen Racker dort.«

»Ähm ... ich habe gar kein Futter dabei. Kann ich ihn dir nicht morgen bringen?«

»Papperlapapp. Das macht doch nichts. Kann ich doch später besorgen.« Frau Lenz öffnete den Kofferraum ihres Kombis und rief nach dem Cockerspaniel. Der kleine Verräter sprang umgehend hinein. Anscheinend konnten es alle Männer in ihrem Leben, egal ob vier- oder zweibeinig, momentan kaum erwarten, sie los zu sein.

Punkt zwanzig Uhr stand sie vor Sabrinas Luxusbleibe. Anders konnte man die großzügige zweistöckige Villa – keine Wohnung – im elitären Altbogenhausen nicht nennen. Ein Kiesweg führte durch den im japanischen Stil angelegten Vordergarten zur Eingangstür. Vor der Garage parkte ein schwarzer Porsche. Sabrina musste es, zumindest finanziell gesehen, ziemlich gutgehen. Ob sie all das bei der Scheidung abgesahnt hatte?

Lily läutete und stand wenig später ihrer bislang unbekannten Gastgeberin gegenüber, die sie überschwenglich mit Küsschen links und Küsschen rechts begrüßte.

»Komm doch rein, meine Liebe. Wie schön, dass du es einrichten konntest!«, flötete Sabrina. Sie war eine dunkelhaarige, etwas mollige Mittvierzigerin, die unglaublich gepflegt wirkte. Die Haare lagen wie frisch vom Frisör. Das Make-up war dezent und sorgfältig auf dem – wahrscheinlich dank Botox – faltenlosen Gesicht aufgetragen. Mit perfekt manikürten Händen schenkte sie Lily ungefragt ein Glas Champagner ein und reichte es ihr.

»Stößchen!«, kicherte sie und schlug ihr eigenes, bereits gefülltes Glas gegen Lilys. »Auf uns.«

»Danke für die Einladung«, murmelte Lily und nahm einen Schluck.

»Ach, wir geschiedenen Mädels müssen zusammenhalten, nicht wahr? Wir sitzen doch alle im gleichen Boot!« Sabrina ließ sich auf ihrer weißen Ledergarnitur nieder und deutete auf den Platz neben sich.

Lily setzte sich. »Im Grunde genommen, bin ich noch gar nicht geschie…«

»Aber so gut wie, richtig?«, unterbrach Sabrina gutgelaunt.

Sie nickte.

»Also dann … reden wir doch nicht lange um den heißen Brei herum: Was hast du schon alles unternommen, um an einen neuen Typen zu kommen?«

»Ähm … noch gar nichts.« Das entsprach der vollen Wahrheit, denn sie hatte sich noch nicht einmal aufraffen können, Steffis extra für sie eingerichtete Partnerbörsenprofile zu begutachten. Irgendwie stand ihr der Sinn nicht danach. Erst musste sie ihr eigenes Leben wieder in den Griff bekommen. Einen Job finden. Und dann würde sie sich – eventuell – nach einem Mann umschauen.

»Och, komm. Erzähl mir nichts. Wir wollen doch alle nicht allein sein.«

Lily biss sich auf die Unterlippe. Am liebsten wäre sie wieder gegangen. Sie hatte keine Lust, Sabrina Auskunft über ihr wundes Innenleben zu geben.

Doch Katjas Bekannte ließ einfach nicht locker. »Was für einen Kerl suchst du denn?«

Statt einer Antwort zuckte Lily mit den Schultern.

»Groß, attraktiv und dunkel? Anfang vierzig?«, mutmaßte Sabrina.

Irgendwie wurde ihr diese Unterhaltung echt zu blöd. »Ich glaube, mir käme es eher auf die inneren Werte an«, antwortete sie pampig.

Sabrina lachte silberhell auf. »Ja, genau. Auf die seines Portemonnaies! Katja hat mir schon erzählt, dass dein Mann dich finanziell voll abzockt.«

Lily stand auf. »Danke für den Champagner, aber ich muss wieder los.« Ihr ging es vielleicht nicht besonders gut, doch so tief war sie nicht gesunken.

»Jetzt nimm mir doch so einen kleinen Scherz nicht krumm.« Sabrina umklammerte ihr Handgelenk, um sie am Gehen zu hindern. »War doch nicht so gemeint. Wie gesagt, wir sitzen alle im selben Boot. Komm, setz dich wieder hin.«

Widerwillig ließ sich Lily auf der Couch nieder.

»Schau, ich will ganz offen zu dir sein. Ich habe vor Gericht ein kleines Vermögen von meinem Ex-Mann erstritten. Aber selbst ich suche nach einem wohlhabenden Kerl. Habenichtse kann ich nicht leiden. Außerdem, schau dich mal hier um. Immer, wenn ich so einen armen Schlucker mit zu mir nehme, ist der völlig verschüchtert. Oder lediglich geil auf meine Kohle. Nein. Ich suche jemanden, der mit meinem Reichtum umgehen kann. Jemanden, der mir in jeder Hinsicht ebenbürtig ist.«

Ein reicher Idiot als ebenbürtiger »Seelenverwandter« sollte sich doch finden lassen, dachte Lily genervt. Laut fragte sie: »Warum erzählst du mir das eigentlich alles?«

Sabrina nippte an ihrem Glas. »Weil ich schon alles ausprobiert habe. Speed-Dating für Akademiker. Eine Luxus-Kreuzreise für Singles. Ich habe sogar zwanzigtausend Mäuse an so eine rotz-exklusive Partnervermittlung gezahlt. Hat alles nichts gebracht. Jetzt will ich es eben auf eine andere Tour versuchen.«

Lily blickte sie ratlos an. »Und die wäre?«

Ihr Gegenüber verzog die rotgeschminkten Lippen zu einer unkleidsamen Schnute. »Ich will dich als Köder benutzen. So erstklassig, wie du aussiehst, ziehst du bestimmt die richtigen Männer an. Na ja, und du brauchst ja sowieso nur einen für dich. Wenn die anderen merken, dass ich eine gute Partie bin … also vielleicht beißt dann ja auch einer bei mir an.«

Es passierte nicht oft, dass es Lily die Sprache verschlug. Aber dies war so ein Moment.

»Und … was sagst du zu meinem Plan?«, wollte Sabrina wissen.

Erschüttert suchte Lily nach den richtigen Worten, um Katjas Freundin diese Schnapsidee auszureden, als ihr Blick auf den Hundekorb fiel, der direkt neben Sabrinas Sofa stand. »Du hast einen Hund?«, fragte sie überrascht. Normalerweise fand sie die meisten Hundebesitzer sympathisch. Offenbar war Sabrina eine Ausnahme.

»Ja, einen Airedale. Aber lenk jetzt nicht ab. Bist du nun bereit, mit mir auf Männerfang zu gehen, oder nicht?«

Lily ging nicht auf ihre Frage ein. Stattdessen wollte sie wissen: »Und wo ist dein Hund gerade?«

»Bei einem Sitter. Balou ist noch ziemlich jung und hat mir erst kürzlich wieder einen Teppich zerfetzt, da habe ich entschieden, mir eine hundefreie Woche zu gönnen. Leider ist das ein ziemlich teurer Spaß.«

Lily konnte es nicht fassen. Sie selbst gab Hitchcock schweren Herzens zu ihrer Mutter, um nach einem Job zu suchen, und Sabrina »gönnte« sich eine hundefreie Woche. »Wozu hast du dir dann überhaupt einen Hund angeschafft?«

Sabrina rollte mit den Augen. »Sag mal, stehst du auf'm Schlauch? Es heißt doch immer wieder, dass man auf Hundespaziergängen die nettesten Typen trifft! Bisher habe ich zwar nur alleinstehende Omis mit ihren Kötern kennengelernt, aber meine Freundin Beatrice hat erst neulich im Hundekurs ihren Traummann getroffen.«

Lily versuchte, ihr Entsetzen über so eine egoistische Hundeanschaffung, so gut es ging, zu verbergen. Sie würde Sabrina nach diesem Abend sowieso nicht wiedersehen. Da hatte es keinen Sinn, sich mit ihr zu überwerfen. Eins interessierte sie aber trotzdem: »Warum hast du dir eigentlich so eine große Rasse zugelegt? Ein Airedale Terrier braucht doch extrem viel Auslauf und …«

»Meinst du, dass die guten Typen ausgerechnet Frauen mit Chihuahuas ansprechen?«, zickte Sabrina zurück, der wahrscheinlich gerade klarwurde, dass Lily ihr nicht als Lockvogel zur Verfügung stehen würde. »Außerdem haben viele meiner Freundinnen große Hunde. Wenn man es sich leisten kann, sie ab und zu in eine Hundepension oder zu einem Sitter zu geben, ist das doch gar kein Problem.«

Plötzlich hatte Lily einen Geistesblitz. Sie hatte den ganzen Nachmittag vergeblich nach einem Job gesucht. Sich die Finger wund telefoniert. Alle Cafés und Geschäfte in ihrer Nähe nach einer Aushilfsstelle abgeklappert. Sie war nicht fündig geworden. Schließlich hatte sie schweren Herzens einen ihrer teuren Prada-Hosenanzüge in ein Secondhand-Geschäft gebracht. Und gerade mal hundert Euro dafür kassiert. Doch nun hatte sie einen genialen Einfall. »Sag mal, Sabrina, wie viel zahlst du deinem Hundesitter eigentlich pro Tag?«

»Wieso?«

»Nur so. Es interessiert mich einfach. Ich habe auch einen Hund.«

»Fünfzig Piepen pro Tag.«

Lily versuchte, sich ihre Aufregung nicht anmerken zu lassen. Konnte das wirklich die Lösung sein? »Und was hat dein Sitter für eine Qualifikation?«

»Keine Ahnung. Sie ist nett zu den Tieren, geht mit ihnen spazieren und so. Füttert sie rechtzeitig. Mein Balou fühlt sich wohl bei ihr. Das reicht doch, oder?«

In Gedanken führte Lily einen kleinen Freudentanz auf. Ob Steffi was dagegen hätte, wenn sie außer Hitchcock noch ein paar zusätzliche Hunde mit in ihre Wohnung schleppte? Fünfzig Euro! Pro Hund. Das war ja ein richtiger Batzen Geld. Wenn sie pro Tag nur zwei vierbeinige Gäste hätte …

das wären ja schon dreitausend Euro im Monat. Davon könnte sie ohne weiteres leben! Und sich die Scheidungskohle zusammensparen.

»Verstehe ich das jetzt richtig? Du lehnst es ab, mit mir auszugehen?«, erkundigte sich Sabrina beleidigt. »Darf ich mal fragen, wieso?«

Lily lächelte glücklich. Irgendwie schuldete sie Sabrina etwas für diese glorreiche Idee. Und eventuell könnte sie sie ja auch als Kundin anwerben. »Nein, im Gegenteil. Ich würde gerne einmal mit dir weggehen. Wann hättest du Zeit?«

Danach war das Eis gebrochen, und der restliche Abend wurde doch noch ganz nett. Sabrina und sie würden wahrscheinlich nie beste Freundinnen werden, aber ein gemeinsamer Ausflug in den Münchner In-Klub P1 sollte kein Problem darstellen. Sie hatten sich gleich für den morgigen Abend verabredet.

13.

Überall lagen Lilys Sachen rum: Schals, Handtaschen, Mäntel und Schuhe, soweit das Auge reichte. Im Flur, im Wohnzimmer und selbst in der Küche! Nicht, dass Lily besonders unordentlich wäre. Im Gegenteil. Eigentlich war sie sogar eine kleine »Aufräumfee«. Aber sie hatte schlichtweg viel zu viel Zeugs, das sie letzte Woche in mehreren Fuhren aus Jörgs Haus transportiert hatte, als dieser gerade im Studio war. Mit einer Tasse Kaffee in der Hand stieg ich, innerlich fluchend, über einen weiteren, noch nicht ausgepackten Koffer.

»Meinst du nicht, dass du wenigstens einen Teil deiner Klamotten bei Mama und Papa unterbringen könntest?«, fragte ich sie.

Sie blickte hoch und warf mir einen schwesterlichen »Hast du eigentlich noch alle Tassen im Schrank«-Blick zu. Dann wühlte sie weiter in einem ihrer Umzugskartons. Sie suchte nach einem passenden Gürtel für mich. Lily hatte nämlich heute beschlossen, ihre kleine Schwester wie eine Barbiepuppe anzuziehen. Ich trug bereits ein knallrotes Minikleid von ihr, dessen Saum mir allerdings bis zu den Knien reichte. Kunststück, ich war schließlich zwanzig Zentimeter kleiner als Lily.

»Irgendwann musst du es ihnen ja sowieso einmal sagen«, unkte ich und war mir nicht sicher, ob ich mich wirklich trauen würde, in diesem ungewöhnlich schicken Aufzug ins Büro zu gehen.

»*Irgendwann* werde ich es ihnen auch sagen!«, grummelte mein Schwesterherz. »Aber jetzt noch nicht.«

»Hm«, meinte ich schnippisch. »Vielleicht rutscht es mir ja auch *aus Versehen* raus, wenn ich das nächste Mal mit unserer lieben Mutter telefoniere.«

»Untersteh dich! Außerdem kapiere ich nicht, warum du ausgerechnet deine Festanstellung vor ihnen verheimlichen wolltest! Das sind doch, im Gegenteil zu meiner Trennung, positive Neuigkeiten!«

»Herrgott! Das habe ich dir doch erklärt! Weil ich erst einmal sehen will, ob ich nicht gleich wieder gefeuert werde! Schließlich bin ich noch in der Probezeit.«

Meine Mutter hatte mich gestern Abend angerufen und mir in spitzem Ton zu meiner »Beförderung« gratuliert. Direkt im Anschluss daran hatte sie mir vorgeworfen, dass ich sie nicht an meinem Leben teilnehmen lasse. Typisch. Ich konnte es ihr einfach nie recht machen. Wenn ich nun die Probezeit nicht überstand, würde sie mich ausschimpfen wie ein Kleinkind, weil ich mit »ungelegten Eiern« angegeben hätte.

»Ha, hier ist er!« Lily zog einen schmalen, schwarz-weißen Lackgürtel aus ihrer Wunderkiste und schnürte ihn mir umgehend um die Taille. »Sieht richtig gut aus. In dem Kleid kommt auch endlich mal deine hübsche Figur zur Geltung. Normalerweise ahnt man die ja mehr, als dass man sie sieht.«

Misstrauisch warf ich einen Blick in den Spiegel. »Nein, Lily! Niemals. Das mag das richtige Outfit für eine Party sein, aber doch nicht fürs Büro …«

»Keine Widerworte. Außerdem willst du ihm doch heute deine Neuigkeiten verkünden. Da ist es doch bestimmt hilfreich, wenn Jonas ein bisschen abgelenkt ist.«

Ich hatte Lily gestern von Bernhard Ottos Vorschlag erzählt, für ein paar Wochen bei ihm einzuziehen. Und wie immer war ich von ihrer Meinung überrascht worden. Denn sie hielt es für eine hervorragende Idee. Das sei doch fast wie Urlaub, hatte sie gemeint. Außerdem könne ich auf diese Art am besten mein Können unter Beweis stellen. Wenn ich am Ende mit einem fertigen oder zumindest halbfertigen Manuskript zu Jonas zurückkehren würde, hätte ich die Probezeit doch schon »im Sack«. Meinen Einwand, dass ich sie in ihrer momentanen Situation nicht allein lassen wolle, hatte sie mit einer lässigen Handbewegung von Tisch gefegt. Ihr ginge es fantastisch, besonders wenn sie nun in aller Ruhe ihre Sachen sortieren könne. Das hatte den Ausschlag gegeben: Die Vorstellung, dem Chaos in meiner Wohnung für einige Zeit zu entfliehen, war einfach zu verlockend.

Außerdem … irgendwie hatte mir der ruppige Bestsellerautor gefallen. Mich beschlich zwar so ein merkwürdiges Gefühl in der Magengegend, wenn ich daran dachte, dass wir auf derart engem Raum zusammenarbeiten würden, so eine Mischung aus Aufgeregtheit und Angst, auf der anderen Seite fand ich es ultraspannend, ihm eventuell bei der Überwindung seiner Schreibblockade behilflich sein zu können. Doch, das wäre schon eine große Sache.

Auf der Autofahrt ins Büro zupfte ich immer wieder den hochrutschenden Saum nach unten. Ich bereute es schon jetzt, Lilys modischem Diktat nachgegeben zu haben. In diesem Kleid fühlte ich mich noch unsicherer als sonst.

»Ja, Steffi. Was gibt's?«, fragte mich Jonas, als ich in sein Zimmer trat. Dann fielen ihm tatsächlich fast die Augen aus dem Kopf, als er meinen ungewohnten Kleidungsstil bemerkte.

Ich hatte ja vermutet, dass Jonas mein neues Outfit gar nicht beachten würde, aber Lily hatte schon wieder recht behalten. Es war ein völlig neues Gefühl, plötzlich im Mittelpunkt des Interesses zu stehen. Und zwar im Interesse des Mannes, den ich eigentlich ziemlich gernhatte … selbst wenn er meine Wenigkeit für lesbisch hielt. Doch ich versuchte, mich am Riemen zu reißen und auf das Wesentliche zu konzentrieren. Schließlich brauchte ich seine Genehmigung, um bei Bernhard Otto einzuziehen und meine anderen Autoren für ein paar Wochen zu vernachlässigen. Gestern hatte ich Jonas nämlich lediglich mitgeteilt, dass ich wohlbehalten von Ottos Anwesen zurückgekehrt war, die Details des Meetings hatte ich mir für heute aufgespart.

»Tja …«, eröffnete ich nicht besonders originell unsere Unterhaltung, während Jonas' Blick sich an meinen Beinen festzusaugen schien.

»Du siehst aber heute ganz besonders reiz…«, setzte Jonas an, bevor ihm aufging, dass ein solches Kompliment von ihm, dem Boss, eventuell politisch nicht ganz korrekt sein könnte.

»Ja?«, fragte ich lächelnd, nur innerlich kokett.

»Schon gut. Was kann ich für dich tun?«, grummelte Jonas und sah mir mit leicht rötlichem Teint wieder ins Gesicht.

Ich schilderte ihm mein Anliegen. Äußerst geschmeidig, wie ich fand. Für meine Verhältnisse geradezu eloquent. Doch meine Diplomatie schien Jonas nicht zu beeindrucken.

»Du willst … was?« Seine Stimme klang ungläubig.

»Es wäre ja nur für ein paar Wochen«, verteidigte ich mich.

Jonas schnaubte durch die Nase. »Niemals. Hörst du? Nur über meine Leiche!«

Mir blieb vor Überraschung der Mund offen stehen. Mit so einer groben Ablehnung hatte ich nicht gerechnet.

»Aber … aber ich könnte meine anderen Autoren doch auch von dort aus betreuen«, stotterte ich verdattert. Ich hatte mir noch andere Argumente zurechtgelegt, konnte mich aber im Eifer des Gefechts nicht mehr an sie erinnern.

»Darum geht es doch gar nicht.« Jonas fuhr sich genervt durch die Haare.

»Sondern?«

»Darum, dass ich dich nicht auf Gedeih und Verderb diesem Monster ausliefern will.«

Ich blickte ihn ratlos an. »Aber ich habe dir doch gesagt, dass er gegen Ende meines Besuchs ganz umgänglich war.«

»Du kennst ihn nicht, also überlasse das endgültige Urteil über seinen Charakter lieber mir«, blaffte Jonas.

Ich hatte ihn bisher nur ein einziges Mal ähnlich wütend erlebt. Auf dem Sommerfest, als Dr. Bartels Lily und mich beleidigt hatte.

»Dann verzichtest du also lieber ganz auf sein Manuskript, als mir zu erlauben, mit ihm in seinem Haus zu arbeiten?«, erkundigte ich mich schnippisch. Sein ungerechtfertigter Wutausbruch machte auch mich ungehalten.

»Du hast es erfasst«, sagte Jonas sarkastisch. »Ende der Diskussion.«

»Ha!«, schnaubte ich. »Wer ist denn hier das Monster? Du hast doch versucht, ihn zu manipulieren. Oder streitest du etwa ab, dass du genau wusstest, wie ähnlich ich seiner verstorbenen Frau bin? Also … das ist jetzt auch nicht gerade die feine englische Art, wenn du mich fragst!«

Ich staunte selbst über meinen Mut, Jonas so hart anzugehen. Aber schließlich ging es hier nicht um Gerechtigkeit für mich, sondern um die faire Behandlung von Bernhard Otto.

»Hat *er* dir das gesagt?« Er betonte das »er« sehr abfällig.

»Nein, er hat es mir *gezeigt!* Er hat mir ein Foto von ihr präsentiert.«

Jonas schloss die Augen und legte kurz den Kopf in den Nacken – wie um sich zu beruhigen und in seinem Innersten nach dem letzten Quentchen Geduld zu forschen. Dann schaute er mich wieder unverwandt an. »Du und Marissa, ihr seid wie Feuer und Wasser. Ich kannte sie gut. Es könnte keine unterschiedlicheren Menschen als euch zwei geben.«

»Das kann ich nicht beurteilen, aber zumindest sehen … nein … sahen wir anscheinend wie eineiige Zwillinge aus.«

Jonas schüttelte störrisch den Kopf. »Nein, du bist … du siehst vollkommen anders aus. Vielleicht ähnelst du ihr ein wenig vom Typ her, aber du hast definitiv eine andere Ausstrahlung.«

»Sag mal, worüber unterhalten wir uns eigentlich gerade?«, fragte ich entgeistert. »Es ist doch absolut egal, wie sehr oder wie wenig ich Marissa Otto gleiche. Einer von unseren Topautoren hat mich eingeladen, ihm dabei zu helfen, seine Schreibblockade zu überwinden! Es steht doch völlig außer Frage, dass ich ihm da behilflich sein muss.«

»Steffi … ich …«, fing Jonas an, aber in diesem Moment öffnete sich die Tür zu seinem Büro, und zwei Menschen drängten ins Zimmer: die sichtlich aufgebrachte Blondine vom Empfang und … Bernhard Otto. Höchstpersönlich!

»Es tut mir leid, Herr Kellermann. Der Herr hier hat keinen Termin, aber er hat darauf bestanden, Sie zu sehen und … soll ich den Sicherheitsdienst anklingeln?«, keuchte die Empfangsdame, die offenbar die Treppen raufgerannt war.

»Danke, Elisabeth. Das wird nicht nötig sein. Der Herr ist einer unserer Autoren«, lächelte Jonas. Doch das Lächeln erreichte seine Augen nicht, als er Bernhard Otto dabei beobachtete, wie dieser sich ungefragt hinsetzte und so tat, als ginge ihn der ganze Aufruhr überhaupt nichts an.

»Dann ist wirklich alles okay?«, erkundigte sich Elisabeth unsicher.

»Natürlich ist es das, Kindchen. Hab ich Ihnen doch gleich gesagt«, antwortete der schriftstellernde Cowboy, der auch heute Jeans zu einem grob karierten Hemd trug. Irgendwie wartete ich geradezu darauf, dass er seine Stiefel gemütlich auf Jonas' Schreibtisch ablegen würde. Aber so weit ging er dann doch nicht.

Jonas nickte Elisabeth aufmunternd zu, und die Empfangsdame trat sichtlich erleichtert den Rückzug an.

»Na, wie läuft es so bei meinen werten Verlagskollegen?«, sagte Otto in seiner charakteristisch dunklen Stimme. Dann bemerkte er mein knallrotes Kleid und nickte anerkennend. »Hübsch. Sehr hübsch sehen Sie heute aus, liebe Lektorin. Bei Ihrem Anblick geht einem das Herz auf.«

»Was willst du, Bernhard?«, knurrte Jonas, der hoffentlich nicht mitbekam, wie sich meine Wangen langsam der intensiven Farbe meines Kleides anpassten.

Hatte ich was auf den Ohren? Jonas duzte den Starautor und war gleichsam derartig unverschämt zu ihm? Was war denn da im Busch?

»Das kannst du dir doch bestimmt denken ... Ich will Fräulein Lenz Schützenhilfe leisten.«

»*Frau* Lenz braucht ganz sicher keine Schützenhilfe von dir.«

Der Bestsellerautor grinste amüsiert. »Also, wenn ich mir eure wahnsinnig entspannten Gesichter so ansehe, würde ich sagen, dass sie die schon nötig hat. Oder geht es hier etwa nicht gerade um den geplanten Aufenthalt im Hause Otto?«

Weder Jonas noch ich antworteten auf seine Frage. Die entstandene Stille sagte mehr als tausend Worte.

Bernhard Otto nickte. »Dachte ich es mir doch. Und was ist dein Problem, Jonas? Verübelst du mir noch immer unsere … hm, sagen wir mal … etwas turbulente Zusammenarbeit? Aber selbst du musst doch zugeben, dass wir damals einen Hammerthriller fabriziert haben. Oder?«

Offenbar gab es zwischen den beiden tatsächlich einige Unstimmigkeiten, die nichts mit meiner Person zu tun hatten.

»Mein *Problem* ist, dass du ein widerlicher Typ bist, der nicht weiß, wie man Frauen zu behandeln hat«, sagte Jonas frostig.

Ich zuckte bei seinem harten Ton unwillkürlich zusammen. Es war unglaublich unprofessionell, so mit einem Geschäftspartner zu sprechen, aber Bernhard Otto schien sich dadurch nicht aus der Ruhe bringen zu lassen. Er grinste lediglich noch ein wenig breiter.

»Frau Lenz hat mir gesagt, dass sie sich nichts aus Männern macht. Also droht ihr von meiner Seite aus wohl keine Gefahr.«

»Sie ist trotzdem eine Frau«, antwortete Jonas ernst.

»Haben Sie Angst vor mir, Frau Lenz?«, wandte sich Otto direkt an mich. Er wirkte heute wesentlich umgänglicher, als ich ihn kennengelernt hatte.

»Nein. Absolut nicht«, sagte ich wie aus der Pistole geschossen.

»Da hörst du es, du Volksbedenkenträger! Und was sagst du nun?«

»Nein«, antwortete Jonas. Aber es klang nicht mehr so endgültig wie noch zu Beginn unserer Unterhaltung.

»Muss ich den Verlagsleiter in unser freundschaftliches Geplänkel mit einbeziehen, oder werden wir uns auch so einig?«, erkundigte sich der Autor.

Mir lief ein Schauer über den Rücken. Ich war selten … nein, eigentlich noch nie … in der unmittelbaren Nähe einer solch testosteronerfüllten Auseinandersetzung gewesen. Und irgendwie ging es dabei ja auch um mich! Ich war der Knochen, um den sich diese beiden Alpha-Männchen verbal prügelten. Wobei mich Jonas total überraschte. Gerade ihn hätte ich niemals so … archaisch eingeschätzt. Es spricht vielleicht nicht gerade für mich als moderne, emanzipierte Frau, aber auf eine leicht perverse Art und Weise genoss ich dieses ungewohnte Spektakel.

»Du spielst nicht fair«, warf Jonas seinem Gegenüber vor.

»Das habe ich auch nie behauptet«, grinste Otto.

Es war abzusehen, wer den Kampf gewinnen würde. Der Schriftsteller schien über mehr Erfahrung zu verfügen – und in Bezug auf den Verlagsleiter am längeren Hebel zu sitzen. Trotzdem rechnete ich es ihm hoch an, dass er Jonas nicht vorwarf, ihm eine Lektorin vorbeigeschickt zu haben, die wie seine verstorbene Frau aussah. Denn das war wirklich unterhalb der Gürtellinie gewesen.

Jonas atmete deutlich hörbar aus. »Dann überlasse ich Frau Lenz die endgültige Entscheidung in dieser Sache«, gab er sich geschlagen.

Otto blickte mich siegessicher an. »Und, Frau Lenz? Wie schnell können Sie das Nötigste zusammenpacken? Ich würde eigentlich noch ganz gerne heute anfangen, an meinem Manuskript zu arbeiten.«

Unglücklich sah ich Jonas in die Augen, aber er wusste ja bereits, wie ich mich entscheiden würde.

»Sag später bitte nicht, dass ich dich nicht gewarnt hätte«, flüsterte er leise.

14.

Die bis zum Anschlag aufgedrehten Bässe dröhnten laut in Lilys Ohren. Dusch-dusch-dusch, klangen die peitschenden Rhythmen auf der Tanzfläche des Klubs. Nein, das war nicht ihre Art von Musik. Aber sie war schließlich auch nicht zu ihrem Vergnügen hier. Sondern, um für ihre neue »Freundin« einen geeigneten Mann an Land zu ziehen. Lily wollte sich erkenntlich zeigen, denn Sabrina hatte ihr allein heute die Telefonnummern von drei ihrer gutbetuchten Bekannten gegeben, die allesamt ganz dringend einen Hundesitter benötigten. Mit zwei der Hundebesitzer hatte sie sogar schon Termine ausgemacht. Jetzt, wo Steffi zu ihrem Schriftsteller nach Murnau gezogen war und sie für ein paar Wochen quasi sturmfreie Bude hatte, würde sie so viele Hunde wie möglich betreuen. Denn sie brauchte ganz dringend Geld.

Früher hatte sie sich nicht zwischen den Alternativen tanken oder einkaufen entscheiden müssen. Aber inzwischen war es so weit. Zwar hatte ihr Steffi Geld für das Nötigste dagelassen, aber diese eiserne Reserve wollte Lily für den Notfall aufsparen. Und so hatte sie heute noch einmal Klamotten in den Secondhandladen getragen, denn sie benötigte sowohl einen halbwegs vollen Magen als auch ihr vollgetanktes Auto, um die Hunde ihrer zukünftigen Klienten abholen und wieder zurückfahren zu können. Und offenbar ebenfalls, um Sabrina herumzukutschieren.

Als sie bei ihrer neuen »Freundin« wie vereinbart gegen einundzwanzig Uhr eingetrudelt war, hatte diese sie schon ausgehfertig an der Tür erwartet und war, wie selbstverständlich, auf der Beifahrerseite eingestiegen. Dann waren sie gemeinsam zu einem Restaurant gefahren, wo Sabrina ein Steak und Lily eine Minestrone vertilgt hatten. Sabrinas Vorschlag, die Rechnung halbe-halbe zu teilen, hatte eine Lücke in Lilys ohnehin schon kargen Finanzbestand gerissen. Aber Lily wollte kein Mitleid, und so hielt sie mit ihren monetären Sorgen hinter dem Berg. Zu guter Letzt waren sie statt im P1 im Pink Champagne gelandet, da Sabrina gehört hatte, dass dort eine coole Ü30-Party stattfinden sollte.

»Komm, lass uns zur Bar gehen, hier ist es zu laut!«, schrie Sabrina ihr ins Ohr, um sich verständlich zu machen.

Lily nickte und folgte ihrer neuen Bekannten durch das dichte Gedränge von tanzenden Leibern in einen anderen Raum des angesagten Klubs. Sie war es nicht gewohnt, sich mit einer Horde von unbekannten Menschen zu amüsieren. Jörg und sie hatten entweder intime kleine Abendessen gegeben oder sich mit ihren größtenteils prominenten Freunden auf exklusiven Privatpartys amüsiert. Das hier war Neuland für sie.

»Puhh«, stöhnte Sabrina und ließ sich auf einem der lederbezogenen Barhocker nieder. »Was trinkst du?«

»Ich glaube, am besten ein Wasser«, meinte Lily vorsichtig. Sie hatte schon einen Negroni von Sabrina ausgegeben bekommen und musste schließlich noch Auto fahren.

»Spaßbremse! Das kommt gar nicht in Frage. Ich lass uns was Feines mixen. Ja?«

Lily zuckte mit den Schultern. Sie würde sowieso nur daran nippen.

»Hey, Bartender, mach mal prontissimo! Hier sitzen zwei durstige Ladys!«

Mit Sabrinas schriller Stimme hätte man Tote zum Leben erwecken können. Es war Lily peinlich, wie laut und ordinär sich ihre Bekannte aufführte. Aber sie hatte sich fest vorgenommen, Sabrina nicht mit ihrer Kritik vor den Kopf zu stoßen.

»Was kann ich den durstigen Ladys denn bringen?«, fragte eine samtene Stimme hinter ihrem Rücken.

Lily brauchte sich nicht umzudrehen, um zu wissen, wem sie gehörte. Schon wieder Niklas: der langhaarige, gutaussehende Jesus-Verschnitt aus dem Sexshop. Das konnte doch einfach nicht wahr sein! Wie oft würde sie der Zufall denn noch vor diesem netten jungen Mann blamieren? Am liebsten wäre sie umgehend vom Erdboden verschluckt worden. Aber mit etwas Glück – und wenn sie sich nicht umdrehte – würde er sie ja vielleicht gar nicht erkennen.

»Lily, richtig?«, hörte sie ihn im nächsten Moment sagen. Mann! Inzwischen kannte er sogar ihren Vornamen?

Sie drehte sich um und lächelte ihn an, um sich keine Blöße zu geben. »Genau. Und du heißt Niklas?«

Doch bevor Niklas, der seine langen Haare heute sehr dekorativ zu einem Pferdeschwanz gebunden hatte und in seinem weißen Hemd zur schwarzen Hose umwerfend aussah, antworten konnte, wurde er von Sabrina unterbrochen.

»Wie drollig. Ihr kennt euch? Und ich Dummchen dachte, so eine Traumfrau wie du würde hier von Akademikern und Promis umschwärmt werden … und nun kennst du ausgerechnet den Heini von der Bar?! Pruuust!«

Sie hätte Sabrina erwürgen können. Doch stattdessen warf sie Niklas einen entschuldigenden Blick zu. »Tut mir leid, aber ich glaube, meine Bekannte hat schon einen Drink zu viel intus.«

»Also, was du immer hast, Lily. Man wird doch wohl mal die Wahrheit aussprechen dürfen, oder?«, motzte Sabrina. »Übrigens … ich hätte gern einen Sex on the Beach. Haben Sie so etwas drauf, Niklas? Oder soll ich es Ihnen beibringen, Sie junges Schnuckelchen?« Sabrina kicherte anzüglich.

In Niklas' grüne Augen trat ein amüsierter, leicht distanzierter Ausdruck. Offenbar war er an vulgäre Sprüche von beschwipsten Damen mittleren Alters gewöhnt.

Schade, dachte Lily. Bestimmt sortierte er sie in dieselbe Schublade ein.

»Geht klar. Ein Sex on the Beach, und was trinkst du, Lily?«, fragte er.

Sie winkte ab. »Gar nichts. Danke, Niklas.«

Er machte ein gespielt enttäuschtes Gesicht. »Hattest du mir nicht versprochen, dass du uns einen ausgibst, wenn wir uns das nächste Mal treffen? Und jetzt kneifst du?«

»Das war wahrscheinlich, bevor sie pleitegegangen ist, Loverboy«, mischte Sabrina sich ein. »Komm, quatsch hier keine Opern und mach uns unsere Drinks. Lily nimmt auch einen Sex on the Beach. Ich gebe ihr einen aus.«

Niklas drehte sich um und ging ohne ein weiteres Wort.

»Was soll das, Sabrina? Warum legst du es auf Teufel komm raus darauf an, uns lächerlich zu machen?«

Sabrina rollte mit den Augen. »Liebes, ich tue dir doch nur einen Gefallen damit. Du kannst es dir einfach nicht mehr leisten, deine kostbare Zeit mit so einem Baby-Beau zu verplempern. Wir müssen uns zwei große Jungs zum Spielen suchen. Zwei ganze Männer, die sich uns auch leisten können.«

Lily war sich sicher, dass Niklas, obwohl er in einiger Entfernung an der Bar hantierte, jedes Wort mitbekommen hatte. Sie hätte heulen können – obwohl sie immer noch keinen blassen Schimmer hatte, warum es ihr so wichtig war, was Niklas von ihr dachte.

»Geiler Typ auf elf Uhr«, flüsterte Sabrina plötzlich konspirativ. »Hey, der steuert ja direkt auf uns zu.«

Niedergeschlagen drehte Lily sich um. Auch das noch. Warum musste sie in diesem Trubel ausgerechnet auf Carsten Wackernagel stoßen, ihren Anwalt? Sie hatte die fünftausend Euro immer noch nicht überwiesen und war sich sicher, dass er sie darauf ansprechen würde.

»Hallo, Frau Werdenfels! Schön, dass wir uns hier treffen. Ich hatte schon Angst, dass Sie allein zu Hause sitzen und Trübsal blasen«, eröffnete Dr. Wackernagel das Gespräch. Er hatte die Haare streng nach hinten gegelt und trug einen teuer aussehenden Anzug, der seinen Bauchansatz kaschierte.

»Nein, mir geht es gut. Danke. Ich bin nur noch nicht dazu gekommen, Ihnen das Geld …«

»Willst du mir deinen charmanten Bekannten nicht vorstellen?«, krähte Sabrina in diesem Moment und zwängte sich an Dr. Wackernagels Schulter vorbei in sein Blickfeld. Der Anwalt hatte sich nämlich kein bisschen *charmant* zwischen sie und Sabrina gezwängt und dabei ihrer »Freundin« die sprichwörtliche kalte Schulter gezeigt. Doch wenn er glaubte, dass diese Vorgehensweise Sabrina entmutigen würde, hatte er sich geschnitten.

»Mein Anwalt, Dr. Carsten Wackernagel, … Sabrina Landgraf«, stellte Lily die beiden einander vor.

»Angenehm«, sagte Dr. Wackernagel kühl. Es war offensichtlich, dass er sich lieber ungestört mit Lily beschäftigt hätte.

In diesem Moment brachte Niklas die Drinks. »Zweimal Sex on the Beach für die Ladys.« Er stellte seine hübsch anzusehenden Kreationen vor ihnen ab.

»Hört, hört«, grinste der Anwalt. »Da sind wir ja schon auf dem richtigen Weg zu einem großartigen Abend. Jetzt müssen wir nur noch eine geeignete Bitch finden! Verzeihung, ich meinte natürlich einen geeigneten *Beach.*« Er kicherte ausgelassen über seinen ordinären Witz. Dann herrschte er Niklas an: »Kellner, bringen Sie mir auch so eine Plörre, die kommt bestimmt gut.«

Lily glaubte, im falschen Film zu sein. Und das sollte ihr Anwalt sein? Der Mann, dem sie vertraute, sie umsichtig und kompetent gegen Jörg und seinen unfairen Ehevertrag zu verteidigen? Vielleicht war es gar nicht so schlecht, dass sie ihm die Kohle noch nicht überwiesen hatte. Unter diesen Umständen würde sie sich lieber nach einer Anwältin umsehen.

Sabrina hatte bei den Worten »mein Anwalt« große Augen bekommen und hing nun förmlich an Dr. Wackernagels Lippen. Es war offensichtlich, dass er ihr gefiel. Ja, sie hatte sogar gackernd über seine dämliche Zote gelacht.

Und als Niklas nun den dritten Sex on the Beach vor ihnen abstellte, zückte sie umgehend ihre Louis-Vuitton-Geldbörse. »Was macht das, junger Mann? Mama hat heute die Spendierhosen an.«

»Oha, eine großzügige Frau. Das lobe ich mir. Ich lasse mich ja eigentlich nur ungern vom weiblichen Geschlecht einladen. Aber wenn man sich heute dagegen wehrt, gilt man ja schon fast als vorsintflutlicher Macho«, frotzelte Dr. Wackernagel gutgelaunt. Es war offensichtlich, dass Sabrinas Spendierfreude sie in seinem Ansehen steigen ließ. Während er sie vorher links liegengelassen hatte, bezog er sie nun durch Gestik und direkte Ansprache mit ins Gespräch ein.

»Wollen wir drei Hübschen uns nicht ein gemütliches Plätzchen zum Kuscheln suchen? Dahinten sehe ich noch eine freie Sitzecke«, sagte er gerade.

Lily überlegte kurz, ob sie Kopfweh oder eine andere plötzlich auftretende Unpässlichkeit vortäuschen sollte. Das hier war nicht ihre Welt. Sie fühlte sich zunehmend unwohl mit Sabrina und diesem Wackernagel. Aber dann dachte sie daran, dass ihr beide schließlich Hilfe angeboten hatten und dass sie sich jetzt nicht undankbar zeigen konnte. Und so nickte sie ohne großen Enthusiasmus.

Wenig später saß der Anwalt als Hahn im Korb zwischen ihr und Sabrina. Um die Situation halbwegs ertragen zu können, nahm sie von Zeit zu Zeit einen Schluck aus ihrem Cocktailglas und folgte der Konversation, die fast ausschließlich von Dr. Wackernagel und Sabrina bestritten wurde, mit einem festgefrorenen, kleinen Lächeln, bis sie schließlich ganz ihren eigenen Gedanken nachhing.

Wo sollte sie jetzt nur eine brauchbare und vor allem erschwingliche Rechtsanwältin hernehmen? Gab es auch für Scheidungen so eine Art »Pflichtverteidiger«, wenn man kein Geld hatte? Oder sollte sie nicht doch endlich ihren Eltern reinen Wein einschenken? Alles in ihr sträubte sich dagegen. Es wäre hart, von dem Podest der Unfehlbarkeit zu fallen, auf das ihre Eltern sie einst gehievt hatten.

Aus den Augenwinkeln heraus beobachtete sie, wie Niklas mit einem hübschen Mädchen an der Bar flirtete. Sie beneidete die junge Frau. Nicht um die Aufmerksamkeit, die Niklas ihr entgegenbrachte, sondern um die Vielzahl der Türen, die ihr in diesem Alter offenstanden. Niklas' blonder Flirt war genau in dem Lebensabschnitt, in dem man sich noch zwischen einer Karriere als Model, Journalistin, Hausfrau oder Ärztin entscheiden konnte. Zwischen einer Ehe mit dem braven Steuerberater oder einer Affäre mit dem glutäugigen Casanova. Fünf Kinder auf dem Land großziehen oder kinderlos im Trubel einer Großstadt leben. Ein Dasein als unabhängiger Globetrotter oder als Teil einer festen Gemeinschaft von Freunden, die sich seit dem Sandkasten kannten. Alternativen über Alternativen. Für sie selbst waren die meisten Züge dagegen abgefahren. In ihrem Alter machte es keinen Sinn mehr, zehn Jahre lang Medizin oder Journalismus zu studieren. Sie hatte den falschen Mann gewählt und weder das Geld noch einen geeigneten Partner, um sich fortzupflanzen. Wenn ihr Lebensweg vormals einer breiten, baumbepflanzten Allee mit vielen Abzweigungen geglichen hatte, dann hing sie jetzt in einer kleinen, dunklen und stinkigen Sackgasse fest. Nein, man konnte es wirklich nicht anders sehen: Sie hatte ihr einst so hoffnungsvolles, chancenreiches Leben gründlich in den Sand gesetzt.

»Ja, was zwitschert mir da ein kleines Vögelchen namens Sabrina«, hauchte Dr. Wackernagel ihr in diesem Moment ins Ohr. »Dein Mann hat dir den Geldhahn zugedreht? Das ist aber gar nicht schön. Hast du mir deswegen noch nicht den notwendigen Vorschuss für den Eilantrag geschickt?«

»Ja, leider. Aber ich treibe die fünftausend Euro schon noch auf«, sagte Lily gleichmütig. Nur dass sie die Kohle ganz sicher nicht diesem Hanswurst in den Rachen schmeißen würde. Ihr war schon sein vertrauliches Duzen unangenehm, aber da Dr. Wackernagel beziehungsweise Carsten dazu übergegangen war, Sabrina beim Vornamen zu nennen, konnte sie wohl nichts dagegen sagen.

Der Anwalt legte seinen schweren Arm um ihre Schultern und zog sie, obwohl sie sich mit aller Kraft dagegenstemmte, an seine Brust. Diesmal spürte sie seine fleischigen Lippen unmittelbar an ihrem Ohr, als er ihr zuraunte: »Aber für so eine schöne Frau wie dich gibt es vielleicht noch andere Möglichkeiten, meine Gebühren zu begleichen. Oder?«

In ihrem früheren Leben hätte Lily ihm sicherlich eine geknallt. Sie hätte sich lautstark über dieses unsittliche Angebot beschwert, eventuell sogar die Anwaltskammer verständigt. Aber jetzt? Wem sollte sie davon erzählen? Wen interessierte das? Außer vielleicht Steffi, die sich gerade in einem anderen Universum zu befinden schien. Ihr Ex-Mann poppte eine andere. Ihre Freunde hatten sie fallen gelassen wie eine heiße Kartoffel. Falls Carsten sie nach dieser hypothetischen Ohrfeige anzeigen würde, hätte sie noch nicht mal das Geld, um sich vor Gericht zu verteidigen. Allmählich verstand sie, was Ann-Kathrin mit dem Ausdruck »Freiwild« gemeint hatte: Sie war dem Leben absolut schutzlos ausgeliefert.

Doch sie hatte Glück. Während Carsten sie gegen ihren Willen an seine schwabbelige Heldenbrust drückte, stand Sabrina auf und sagte: »Ich geh mir mal das Näschen pudern. Kommst du mit, Lily?«

»Gerne«, antwortete sie und befreite sich mit Nachdruck aus Carstens Klammergriff.

»Och, echt? Gerade jetzt, wo es so gemütlich wird«, beschwerte sich der Anwalt. »Beeilt euch, Ladys.«

Sie waren noch nicht einmal auf der Toilette angekommen, als Sabrina sich umdrehte und Lily mit wutverzerrtem Gesicht anschrie: »Sag mal, was für eine Show ziehst du hier eigentlich ab! Da erscheint endlich mal ein annehmbarer Mann und nicht nur so nutzloses Junggemüse auf der

Bildfläche, und dann schmeißt *du* dich an ihn ran?! So haben wir aber nicht gewettet! Carsten gehört mir!«

Lily lauschte mit vor Erstaunen offenem Mund Sabrinas Anschuldigungen. Sie fühlte sich fast vergewaltigt von diesem Idioten und hatte nur ihrer neuen Bekannten zuliebe gute Miene zum bitterbösen Spiel gemacht. Jetzt allerdings platzte ihr der Kragen. Wie konnte diese auf Hochglanz polierte Dumpfbacke nur denken, dass sie an diesem widerwärtigen Anwaltsschleimer-Romeo irgendein Interesse hätte? Das war ja wohl die Höhe! Nein, das hier war der berühmte Tropfen, der das Fass zum Überlaufen brachte. Jetzt hatte sie endgültig die Schnauze voll.

»Also meinen Segen habt ihr!«, brüllte Lily zurück. »Carsten und du, ihr seid doch wie füreinander gemacht! Herzlichen Glückwunsch. Und weißt du was? Damit ich eurem Glück nicht länger im Weg stehe und damit mich dein Zukünftiger nicht weiterhin gegen meinen Willen begrapscht, werde ich jetzt gehen. Gute Nacht!«

»Und wie komme ich dann nach Hause?« Sabrina versuchte, sie am Ärmel festzuhalten, aber Lily riss sich los.

»Frag doch deinen herzallerliebsten Carsten, ob er dich nach Hause fährt, oder du nimmst ein Taxi. Geld spielt doch bei dir keine Rolle!«, rief Lily und stapfte zornig, so schnell sie ihre hohen Absätze trugen, von dannen.

»Hey! Bleib gefälligst stehen!«

Aber Lily konnte nicht mehr weiterreden. Sie kämpfte mit den Tränen. Halbblind rannte sie in Richtung Ausgang. Wenigstens hatte sie nichts an der Garderobe abgegeben und konnte direkt zu ihrem Auto gehen, das sie hinter dem Klub geparkt hatte.

Mit zittrigen Fingern steckte sie den Schlüssel ins Schloss, öffnete die Wagentür und klemmte sich hinters Steuer.

Nichts wie weg von hier. Mit dem Handrücken wischte sie sich die Tränen vom Gesicht. Dann ließ sie den Motor an und setzte zurück.

KRRRRRRRRUMPS.

Was um Himmels willen war jetzt schon wieder passiert? Verschreckt würgte Lily den Motor ab und sprang aus dem Auto, um sich den angerichteten Schaden zu besehen.

Der Wagen war auf der linken Rückseite komplett eingedrückt! Sie hatte in ihrer Eile den Poller vergessen, um den sie hätte herumkurven müssen, und war stattdessen voll in ihn hineingerauscht.

Verzweifelt versuchte sie, den Kofferraum zu öffnen, doch sosehr sie auch daran rüttelte und zog, er blieb verschlossen. Wie sollte sie denn nun die Hunde transportieren, die sie sitten wollte, um Geld zu verdienen?

Und in diesem Moment brach der innere Damm, der sie immer noch davon abgehalten hatte, völlig auszuflippen. Ihr Leben war eine einzige Katastrophe! Sie wurde alt, hatte keine Freunde, keinen Mann und kein Geld. Sie würde einsam und allein irgendwo in der Gosse sterben! Und keinen würde es kümmern.

Wie von Sinnen trat sie mit ihren zierlichen silbernen Louboutins gegen den verdammten Kofferraum. So lange, bis endlich bei beiden Schuhen der Absatz abgebrochen war. Dann zog sie die vorsätzlich zerstörten High Heels aus und pfefferte sie, so fest sie nur konnte, gegen das Auto, wo sie zwei unschöne Kratzer im Lack hinterließen.

»Scheiße!«, schrie sie aus voller Kehle. »Mein Leben ist scheiße!«

Schluchzend brach sie in dem dunklen Hinterhof zusammen, ließ sich ganz einfach, wie ein Häufchen Elend, auf den verdreckten Boden gleiten. Und es war ihr vollkommen egal, dass das kostbare, silbrig glänzende Hugo-Boss-Kleid dabei auch noch draufging. Sie konnte nicht mehr. Wie hatte ihr Leben so entgleisen können? Was hatte sie nur verbrochen, dass die Götter, das Schicksal oder wer immer hierfür verantwortlich war, sie auf diese Weise bestraften?

Sie hätte nicht sagen können, wie lange sie, heulend wie ein Schlosshund, dagesessen hatte. Unzählige Leute waren gekommen, in ihre Autos gestiegen und weggefahren. Glücklicherweise hatte sie niemand in der Dunkelheit gesehen. Erst ganz langsam versiegten ihre Tränen. Sie schämte sich für ihren hysterischen Ausbruch, aber irgendwie hatte sie immer noch nicht den Antrieb, aufzustehen und zurück zu Steffis leerer Wohnung zu fahren.

In diesem Moment näherten sich Schritte, kamen genau auf sie zu.

Lily überlegte kurz, ob sie Angst haben sollte. Schutzlos, mutterseelenallein und mitten in der Nacht auf einem Parkplatz zu hocken, stand so sicherlich in keinem Ratgeber für Frauen. Aber sie fühlte sich leer, konnte noch nicht einmal die geringste Emotion zur Selbsterhaltung in sich verspüren. Sie blieb einfach sitzen und starrte stumm geradeaus.

Jemand ging neben ihr in die Hocke.

»Hey, bist du okay? Brauchst du Hilfe, Lily?«

Natürlich war es Niklas. Wer sonst? Ihr ganzes Leben war ein einziges Worst-Case-Szenario.

»Lass mich allein. Mir geht es gut«, sagte sie bockig. Die Peinlichkeit der ganzen Situation ließ sie unfreundlich werden.

Aber Niklas ignorierte ihren feindseligen Ton und die Aussage ihrer Worte. »Hat dich jemand angegriffen? Bist du verletzt?«, fragte er so eindringlich, dass sie unwillkürlich zu ihm aufblicken musste.

»Nein. Ich hab doch gesagt, dass es mir gutgeht!«

»Du siehst aber nicht aus wie jemand, dem es gutgeht«, insistierte Niklas.

»Das kann dir doch egal sein.«

»Ist es aber nicht. Wenn die Menschen sich ein wenig mehr um das Elend vor ihrer Haustür kümmern würden, ginge es uns allen besser.«

Lily holte aus und boxte ihn in seine Wade, die sich genau auf ihrer Augenhöhe befand. »Nenn mich noch einmal ›das Elend vor deiner Haustür‹, und du wirst mich kennenlernen«, brüllte sie wütend.

Niklas grinste. »So war das doch nicht gemeint.«

»Sondern?«

»Ich möchte dir gerne helfen.«

Sein freundlich gemeintes Angebot machte sie nur noch zorniger. Sie wollte einfach nicht, dass er sie so sah: zerzaust, mit verlaufenem Make-up, am Boden liegend. Anscheinend existierten doch noch winzige Restspuren von Stolz in ihr, und die forderten, dass Niklas so schnell wie möglich Leine zog. Am besten, ohne sie genauer anzusehen.

Als Lily nicht antwortete, drehte Niklas sich um und schaute sich ihr kaputtes Auto an.

»Also das ist zumindest nicht so schlimm. Nur ein Blechschaden.«

Lily zog wenig damenhaft die Nase hoch. »Aber ich krieg den beschissenen Kofferraum nicht mehr auf.«

Niklas rüttelte an der Klappe. »Ich glaube, da hat sich nur was verklemmt. Wenn es dir nicht so auf Schönheit ankommt, kann ich dir das richten. Ich habe das Werkzeug für so etwas zu Hause.«

»Lass es gut sein. Ich hab kein Geld, um dich zu bezahlen«, nuschelte Lily verzweifelt. Sie spürte, dass neue Tränen des Selbstmitleids im Anmarsch waren.

»Wer hat denn was von Geld gesagt … also ich jedenfalls nicht.«

»Du willst mir kostenlos mein Auto reparieren?«

Niklas zuckte mit den breiten Schultern und strich sich eine seiner Haarsträhnen zurück, die dem Pferdeschwanz entkommen war. »Warum nicht?«

»Vielleicht … weil wir uns gar nicht kennen?« Sie war selbst überrascht, wie skeptisch ihre Stimme klang.

»So what?«, fragte er. Darauf hatte sie leider auch keine Antwort. Aber wenigstens konnte sie die Tränen besser zurückhalten. »Wann brauchst du deinen Kofferraum denn das nächste Mal?«

»Morgen früh!«, sagte sie, immer noch pampig. Sie wusste selbst nicht, welcher Teufel sie ritt. Warum war sie ausgerechnet zu Niklas so unmöglich? Aber es stimmte. Den ersten Hund sollte sie morgen um zehn Uhr abholen.

»Na, dann müssen wir ihn halt jetzt noch reparieren. Fühlst du dich fit genug, um hinter mir herzufahren, oder soll ich deine Kiste steuern?«

Lily blickte ihn sprachlos an. »Du willst tatsächlich jetzt, um …« Sie blickte auf ihre filigrane Uhr. »Um zwei Uhr nachts mein Auto reparieren?«

»Wenn du es morgen früh brauchst, macht das doch Sinn, oder?« Niklas grinste und streckte seine Hand aus, um ihr beim Aufstehen zu helfen.

Regungslos starrte sie seine Hand an, als ob sie statt zu einem attraktiven jungen Barkeeper zu einem schuppenhäutigen Alien gehören würde.

»Jetzt mach schon. Steh auf«, ermunterte sie Niklas. Wie in Zeitlupe reichte sie ihm ihre Hand, und er half ihr hoch.

»Was hast du denn mit deinen Schuhen gemacht?«, fragte er mit einem Blick auf ihre nackten Füße.

Lily zeigte auf die sterblichen Überreste ihrer Pumps.

»Oh«, sagte Niklas. »Dann muss ich deinen Wagen fahren. Du kannst ja schlecht barfuß auf Gas und Bremse treten.«

Ohne ihre Reaktion abzuwarten, öffnete er die Fahrerseite und betätigte den elektrischen Schalter, der den Sitz zurückfahren ließ. Dann stieg er ein.

Lily humpelte zum Beifahrersitz. Irgendwie überforderten sie die Ereignisse gerade. Aber wenn sich Niklas um zwei Uhr nachts unbedingt die Hände schmutzig machen wollte … sie würde ihn jedenfalls nicht davon abhalten.

15.

Alles war so rasend schnell gegangen. Ich hatte gerade noch Jonas' verletzten Blick in Mark und Bein gespürt, und dann hatte mich Bernhard Otto auch schon quasi vor die Tür gezerrt. Im übertragenen Sinn natürlich, er hatte nicht wirklich meine Hand ergriffen und mich durchs Treppenhaus geschleift. Aber man merkte ihm deutlich an, dass er lieber früher als später zu seiner Wirkungsstätte zurückkehren wollte. Und das war ja auch in meinem Interesse. Obwohl ich schon gerne gewusst hätte, warum er es gar so eilig hatte.

Und jetzt lag ich im Bett seines großzügig geschnittenen Gästezimmers und konnte nicht schlafen. Dabei war es schon kurz nach zwei Uhr. Verdammt. Morgen würde ich hundemüde sein, und wir hatten uns bereits für acht Uhr zum Frühstück verabredet. Danach sollte es mit der Arbeit an seinem Manuskript losgehen.

Mit wachsender Verzweiflung versuchte ich, mich daran zu erinnern, was mir meine Mutter über schlafbringendes autogenes Training beigebracht hatte. Aber egal, wie tief ich atmete und mich darauf konzentrierte, zu spüren, wie mein Blut »langsam und ruhig« durch meine Adern floss ... es stürmten einfach zu viele Gedanken, zu viele Erinnerungen auf mich ein, um Ruhe zu finden.

»Darf ich Sie mit Ihrem Vornamen ansprechen?«, hatte mich Otto gefragt, als wir im Auto in Richtung Murnau saßen. In meinem Auto, wohlgemerkt. Er wäre extra mit der

Bahn gekommen, damit wir uns auf der Fahrt besser kennenlernen könnten, teilte er mir gutgelaunt mit. Dabei hätte ich schwören können, dass ich einen schlammverspritzten Geländewagen mit dem zu Murnau gehörigen Autokennzeichen – GAP – gesehen hatte, der direkt vor dem Verlagsgebäude abgestellt war. Aber das konnte natürlich auch Zufall sein.

»Natürlich dürfen Sie das«, antwortete ich herzlich und freute mich darüber, dass unser Umgangston um so viele Grade wärmer war als noch während meines Besuchs bei ihm. Mein anfänglich komplizierter »Schützling« schien wie ausgewechselt. Ich wusste nicht, worauf diese Wandlung vom Saulus zum Paulus beruhte, aber ich war unendlich erleichtert. Auf diese Weise dürfte die Zusammenarbeit mit ihm ein Kinderspiel werden und der Roman schnell …

»Und wie heißen Sie? Lassen Sie mich raten … Gwendolyn. Oder etwas ähnlich Romantisches. Lydia, vielleicht. Sie haben so eine wunderbar verträumte, schwärmerische Aura. Wie die Heldin eines Hedwig-Courths-Mahler-Romans.«

Ich hatte keine Ahnung, wie ich auf seine Worte reagieren sollte. Er kannte doch meinen vollständigen Namen. Machte er sich über mich lustig? Zog er mich mit meiner eher zurückhaltenden Art auf? Dabei war ich ihm gegenüber doch eigentlich recht forsch aufgetreten? Jedenfalls für meine Verhältnisse. Oder meinte er das etwa ernst?

Verwirrt sagte ich das Naheliegende: »Ich heiße Stephanie. Aber die meisten Leute nennen mich Steffi.«

Bernhard Otto schüttelte daraufhin bekümmert den Kopf. »Steffi? Also, das passt nun wirklich nicht zu Ihnen. Steffi, so nennt man muskulöse Tennisspielerinnen. Oder auch sportliche, moderne Frauen, die … in Marketingabteilungen oder in Fernsehredaktionen rund um die Uhr schuften. Aber doch nicht jemanden wie Sie, der sich mit Haut und Haar den schönen Künsten verschrieben hat.«

Da ich mir meine Verunsicherung durch seine Worte auf keinen Fall anmerken lassen wollte, versuchte ich, möglichst flapsig auf seine Bemerkung einzugehen und gleichzeitig das Gespräch wieder auf eine professionelle Ebene zu ziehen. »Da müssen Sie sich wohl bei meinen Eltern beschweren. Schließlich haben die mich so genannt. Übrigens … haben Sie schon ein Konzept für Ihren Roman erarbeitet?«

Doch der Bestsellerautor ignorierte meine berufliche Frage und antwortete stattdessen nachdenklich: »Hm, vielleicht sollte ich das wirklich tun. Mich bei Ihren Eltern beschweren. Leben sie auch in München?«

»Ähm … ja.«

»Wo denn?«

»In Harlaching.«

»Haben Sie noch Geschwister?«

»Eine Schwester.«

»Älter oder jünger?«

»Älter.«

Insgeheim fragte ich mich, was er mit diesen persönlichen Fragen bezweckte. Wollte er mich wirklich so genau kennenlernen? Oder war sein Interesse – aus falsch verstandener Höflichkeit – nur vorgetäuscht? Meine Wortkargheit hatte absolut keinen Effekt. Er schien ernsthaft bemüht, die banalsten Kleinigkeiten über mein Leben herausfinden zu wollen. Sein herb-schönes Gesicht war dabei ohne Unterlass mir zugewandt, sein intensiver stahlblauer Blick auf mich gerichtet. Das machte mich gegen meinen Willen nervös. Aber irgendwie freute es mich auch, dass ein so prominenter und attraktiver Mann wie er sich für mich interessierte.

»Verstehen Sie sich gut mit Ihrer Schwester?«

»Ja, aber wir sind sehr unterschiedlich.«

»Inwiefern *unterschiedlich?*«, erkundigte sich Otto wissbegierig.

»Sie ist im Gegensatz zu mir sehr extrovertiert.«

»Halten Sie das für erstrebenswert?«

In diesem Stil ging es fast eine Stunde lang weiter. Sein Bombardement mit Fragen verwirrte mich dermaßen, dass ich aus Versehen die richtige Ausfahrt nach Murnau verpasste und von Herrn Otto darauf aufmerksam gemacht werden musste.

»Seraphina, Sie sind zu weit geflitzt. Am besten fahren Sie bei der nächsten Gelegenheit von der Autobahn runter, und dann lotse ich Sie von dort aus nach Hause.«

»Ah, okay. Entschuldigung. Ich war abgelenkt ... ähm ..., wie haben Sie mich gerade genannt?«

»Wie bitte? Ach, Sie meinen den neuen Namen, den ich mir gerade für Sie ausgedacht habe? Seraphina. Ist der nicht wunderschön? Und so passend. *Seraph* heißt im Hebräischen so viel wie ›der Funkelnde‹. Frei übersetzt bedeutet das Engel. Und das sind Sie doch, nicht wahr?«

Im ersten Moment fühlte ich mich gebauchpinselt. Der gutaussehende Bestsellerautor verwendete seine wertvolle schöpferische Energie darauf, sich einen neuen Namen für mich auszudenken? Ausgerechnet für mich? Aber dann setzte mein Realitätssinn ein, und für einen flüchtigen Augenblick fragte ich mich, ob der äußerlich so cool wirkende Cowboy vielleicht an einer leichten psychischen Störung litt. Wie nannte man das noch mal, wenn jemand dermaßen dramatisch von einem Extrem ins andere fiel und in Sekundenschnelle zwischen unfreundlich/rational und überfreundlich/irrational schwankte? Manisch depressiv? Bipolar? *Seraphina?* Seit wann taufte man seine Arbeitskollegen einfach um?

»Ich glaube ..., ich würde doch meinen ursprünglichen Namen bevorzugen«, merkte ich vorsichtig an.

»Wie du magst, Seraphina. Aber du musst hier rechts abbiegen.«

Ich lächelte. Nein, er erlaubte sich einen Spaß mit mir. Ganz bestimmt. Wahrscheinlich machte er sich insgeheim darüber lustig, wie sehr er mich mit seinem exzentrischen Verhalten durcheinanderbrachte. Vielen berühmten Autoren sagte man verrückte Ticks, Spleens oder einen etwas ausgefallenen Humor nach. James Joyce schrieb zum Beispiel bäuchlings auf dem Bett, in einen weißen Mantel gehüllt. Truman Capote begann oder beendete seine Manuskripte niemals an einem Freitag. Jack London brachte an jedem einzelnen Tag in seinem Leben genau tausend Wörter zu Papier, nicht mehr und nicht weniger. Da bildete Bernhard Otto, noch dazu als Psychothrillerautor, bestimmt keine Ausnahme.

Oder war diese Namensgebung vielleicht eine Art Experiment? Um zu sehen, wie ich auf eine solche Provokation reagierte? Vielleicht beabsichtigte er, eine ähnliche Szene in sein neues Buch einzubauen? Ich beschloss, die ganze Sache zu ignorieren.

Schließlich kamen wir in seinem ganz persönlichen Paradies an. Ich nannte es insgeheim so, da es genau das für mich war: ein perfektes Fleckchen Erde. Die sonnenbeschienene grüne Lichtung, der duftende Flieder und die Villa, die sich so wunderbar harmonisch in diese traumhaft schöne Umgebung einfügte. Diesmal grasten auf der Weide neben dem Haus sogar ein paar Pferde. Ich war ein echter Glückspilz, dass ich die nächsten Wochen hier arbeiten durfte und sogar noch Geld dafür bekam.

Bernhard Otto stieg aus, ließ den Kofferraum aufschnappen und trug mein eher überschaubares Gepäck zum Hauseingang. Ich hatte unter etwas stressigen Bedingungen gepackt, da der Autor – während ich in meiner Wohnung alles Notwendige zusammensuchte und mich von Lily verabschiedete – ziemlich ungeduldig unten in meinem Wagen gewartet hatte. Aber zum Arbeiten brauchte ich schließlich nicht viel: ein paar kurzärmelige Blusen, einige Sommerhosen und -röcke und ausreichend Unterwäsche. Außerdem gab es in seinem Haus bestimmt auch eine Waschmaschine.

Er schloss die Tür auf. »Kommen Sie, Seraphina?«

Innerlich rollte ich mit den Augen. Okay. Dann hieß ich eben für ein paar Wochen *Seraphina*. Ich würde es überleben. Wenn der Roman einmal zu Papier gebracht war, würde ich allerdings zu meinem alten Namen zurückkehren. So viel war sicher.

»Ist Frau Rösler heute nicht da?«, fragte ich, weil er mir unterwegs erzählt hatte, dass seine Haushälterin ebenfalls bei ihm im Haus wohnte.

»Sie hat sich heute freigenommen«, erklärte er mir. »Ich glaube, sie wollte zu einer Freundin nach Garmisch fahren.«

Ich nickte. Das war kein Problem für mich. Ich hatte mich sowieso schon gefragt, wie die Holzscheit schwingende Haushälterin auf meinen »Einzug« reagieren würde. Hoffentlich würde sie verstehen, dass ich nur aus einem einzigen Grund hier war: um Herrn Otto von seiner Schreibblockade zu befreien. Danach konnte sie auf seinem Anwesen wieder schalten und walten, wie es ihr beliebte. Apropos Schreibblockade …

»Wollen wir vielleicht zum Aufwärmen, bevor wir über Ihr Projekt sprechen, eine kleine Assoziationsübung machen?«, fragte ich.

Er lächelte. »Gleich, ja? Erst wollte ich Ihnen Ihr Zimmer und das Anwesen zeigen, damit Sie sich hoffentlich bald wie zu Hause fühlen können.«

»Danke.« Das war wirklich nett von ihm. Ich hatte gar nicht erwartet, dass er sich wie ein großzügiger Gastgeber verhalten würde.

Mein »Zimmer« entpuppte sich als Traum in Altrosa und Weiß. Groß wie eine Hotelsuite, mit einem wunderschönen Ausblick auf den hinter dem Haus gelegenen, in voller Blüte stehenden Garten. Ein großes Himmelbett – mit einem richtigen Baldachin – war so aufgebaut, dass man diese Aussicht sogar direkt beim Aufwachen genießen konnte.

»Wollen Sie sich kurz frisch machen, bevor ich Ihnen den Rest zeige?«, fragte er mich.

Ich schüttelte lächelnd den Kopf. »Nicht notwendig.«

»Haben Sie Hunger oder Durst?«

Auch das verneinte ich. Es war wirklich erstaunlich, wie fürsorglich er war. Eine sehr sympathische Charaktereigenschaft, wie ich fand, gerade bei Männern.

»Dann zeige ich Ihnen jetzt die Tiere.«

Gemeinsam machten wir uns auf den Weg. Als wir den tipptopp gepflegten Stall betraten, sah ich zu meinem Erstaunen, dass Bernhard Otto nicht nur Pferde hielt. Er hatte auch zwei Kühe, mehrere Schweine und ein paar freilaufende Hühner.

»Wir sind hier Selbstversorger. Egal, was kommt, wir werden nicht vor Hunger sterben«, lachte er, als er mein erstauntes Gesicht sah. »Außerdem, wer einmal ein Ei von einer meiner Hennen gegessen hat, dem wird nie wieder eins aus der industriellen Massentierhaltung schmecken. Das ist ein Unterschied wie Tag und Nacht.«

Ich nickte beeindruckt. Dann schauten wir uns seine drei Rösser auf der Weide an. Es waren wunderschöne, wenn auch sehr respekteinflößende Kreaturen.

»Das sind Artemis, Kronos und Persephone«, sagte Bernhard Otto stolz, als die Pferde auf seinen Pfiff hin angaloppiert kamen.

»Sie geben Ihren Pferden Namen von griechischen Göttern?«, fragte ich überrascht.

»Warum nicht?« Sein Grinsen verlieh ihm einen fast jungenhaften Charme. »Haben Sie eigentlich schon mal auf einem Pferd gesessen?«

Entsetzt schüttelte ich den Kopf. »Nein. Das würde ich mich auch niemals trauen.«

»Aber natürlich trauen Sie sich das. Ich werde Ihr Lehrer sein. Dann können Sie mir das Schreiben wieder beibringen und ich Ihnen das Reiten. Quid pro quo.«

»Aber Herr Otto, wir wissen doch beide, dass ich Ihnen nicht das Schreiben *beibringen* muss … Sie sind ein Meister Ihres Fachs. Ich werde Ihnen nur behilflich sein, Ihre Blockade zu überwinden.«

»Wie Sie meinen. Dann helfe ich Ihnen dabei, Ihre Angst vor Pferden zu überwinden. Außerdem können wir unmöglich den ganzen Tag am Schreibtisch sitzen, das ist schlecht für die Wirbelsäule. In meinem Alter muss ich auf so etwas achten.«

Das hörte sich an, als ob er die achtzig bereits überschritten hätte. Dabei hatte ich selten jemanden getroffen, der so dermaßen vor Kraft und Stärke zu strotzen schien. Und ich konnte mir beim besten Willen nicht vorstellen, dass er Probleme mit seiner Wirbelsäule hatte. Aber von mir aus konnte er gerne eine tägliche Pause zum Reiten einlegen. Ich würde mich jedenfalls nicht auf einen lebensgefährlich großen Gaul wagen. So viel stand fest.

Nachdem mir *Bernhard* das Du angeboten und das restliche Haus gezeigt hatte, setzten wir uns mit einer von ihm zubereiteten Tasse Tee an seinen großen, gemütlichen Küchentisch.

»Dann leg mal los, Seraphina. Wie willst du mich kurieren?«, fragte er in einer Mischung aus Skepsis und Amüsiertheit.

Ich hatte beschlossen, sein Manuskript erst einmal gar nicht zu erwähnen, sondern mehrere Tricks anzuwenden, um ihn überhaupt wieder an den Schreibtisch zu lotsen. Ich öffnete meine Handtasche und zog zwei Blöcke mit liniertem Papier hervor. »Wie wäre es, wenn wir als Erstes einmal ein paar verrückte Fragen formulieren. Etwas, das uns spontan einfällt und worauf wir gerne eine Antwort hätten.«

Ich war mir hundertprozentig sicher gewesen, dass er sich weigern oder zumindest nachfragen würde, wozu das gut sein sollte. Aber Bernhard tat nichts dergleichen. Er griff nach einem der beiden Blocks und nach dem Stift, den ich ihm reichte, und fing umgehend an, etwas aufs Papier zu kritzeln. Ich tat es ihm gleich.

»Und? Wer liest zuerst seine Fragen vor?«, fragte er.

»Das darfst du bestimmen«, antwortete ich großzügig. Es waren erst knapp drei Minuten vergangen, und mir selbst war leider erst eine Frage eingefallen.

»Dann fang du an.«

Es war mir unangenehm, meinen nicht besonders intellektuellen Output vorzulesen, aber von genau diesen negativen Gefühlen musste man sich bei solchen Übungen frei machen.

»Okay«, sagte ich leise. »Meine Frage – eigentlich sind es zwei – ist folgende: Wenn ein Musiker unbestreitbar begabt ist, spielt es dann eine Rolle, ob er durch ein Casting-Format oder auf normalem Weg entdeckt wird? Ist es unfair, diesen Werdegang bei der Bewertung eines Künstlers mit einzubeziehen?«

Mir war diese Frage neulich durch den Kopf gegangen, als ich ein Lied des neuen, gerade gewählten *American Idols* im Radio gehört hatte. Es hatte mir extrem gut gefallen, aber irgendwie sträubte sich alles in mir dagegen, einen Sänger zu mögen, der durch bezahlte Telefonanrufe und geschickt manipulierte Fernsehzuschauer zum Superstar gekürt worden war.

Bernhard zog eine Augenbraue hoch. Gleich würde er mir mitteilen, dass ihn dies einen Dreck interessierte. Dass meine Frage viel zu banal sei, um eine ernsthafte Antwort zu verdienen.

Doch stattdessen sagte er nachdenklich: »Hm, interessant. Ich schaue zwar aus Prinzip kein Fernsehen, aber natürlich ist diese momentane Casting-Manie auch bis zu mir vorgedrungen. Und ich würde deine Frage mit einem uneingeschränkten ›Ja‹ beantworten. Natürlich macht das einen Unterschied, ob sich jemand jahrelang ganz allein durch den Dschungel der Mittelmäßigkeit durchbeißen musste, oder ob er nach einem mehrwöchigen ›Crashkurs‹ zum Gewinner ausgerufen wird. Wie soll denn Letzterer in dieser kurzen Zeit überhaupt seinen unverwechselbaren Stil finden, seine Identität als Künstler? Im besten Fall singt er doch nur – wenn auch fehlerfrei – die Songs, die man ihm vorgibt. Nein, das hat für mich nichts mit Kunst zu tun, und deshalb finde ich es auch nicht ›unfair‹, wenn man den Werdegang beziehungsweise den Nicht-Werdegang eines Künstlers in eine Bewertung mit einbezieht.«

Für einen kurzen Moment ließ ich seine Antwort auf mich wirken. Dann gab ich zu: »Ich glaube, ich sehe das genauso wie Sie.«

»Wie *du*«, korrigierte Bernhard mit einem Lächeln. »Und wie lautet deine nächste Frage?«

Ich hob, wie um Verzeihung bittend, meine Hände: »Das war's. Ich habe leider keine mehr.«

»Gut, dann bin ich dran. Meine erste Frage lautet: Ist Geschwisterrivalität etwas Gutes oder etwas Schlechtes? Als Kind, das allein aufgewachsen ist, und als Vater eines Einzelkindes habe ich keine Erfahrung mit diesem Thema, und ich finde es faszinierend, wie du heute im Auto von deiner Schwester gesprochen hast.«

Oje. Was sollte ich denn jetzt darauf antworten? Ich versuchte es zunächst mit einem lässigen »Das kommt ganz darauf an«.

»Worauf kommt es an?«, kam es wie aus der Pistole geschossen zurück.

Ich zog eine Grimasse. »Auf das natürliche Machtgefälle zwischen den Geschwistern. Wenn beide von Natur aus ähnlich begabt sind, kann der Kampf um die Vorrangstellung dazu führen, dass man sich gegenseitig zur Höchstleistung anstachelt. Selbst zwischen Virginia Woolf und ihrer Schwester, der Malerin Vanessa Bell, soll es diese Grabenkämpfe gegeben haben. Virginia sagt man nach, aus fehlgeleiteter Rivalität sogar eine Affäre mit dem Mann ihrer Schwester gehabt zu haben, und das, obwohl beide Frauen in ihrem jeweiligen Gebiet absolut erfolgreich waren.«

»Und wie ist das zwischen dir und deiner Schwester?«

Verdammt! Was hatte ich da nur für eine Büchse der Pandora geöffnet! Ich musste versuchen, mich irgendwie um eine Antwort zu drücken.

»Das ist nicht so interessant«, nuschelte ich. »Willst du nicht lieber deine zweite Frage vorlesen?«

»Nein. Ich würde gerne erst deine Antwort hören.«

Ich biss mir auf die Unterlippe. »Zwischen mir und meiner Schwester kann es keine Rivalität geben, weil sie mir in allem überlegen ist. Sie ist schöner, klüger, interessanter und kann besser mit Menschen umgehen.«

»Soso«, meinte Bernhard rätselhaft. »Dann würde ich diese Superfrau gerne einmal kennenlernen.«

»Wenn der Roman fertig ist, stelle ich sie dir als Belohnung vor«, sagte ich mit fester Stimme. Warum taten mir seine Worte weh? Ich wusste doch, wie Männer tickten. Alle Männer. Jedenfalls kannte ich keinen Einzigen, der mich Lily vorgezogen hätte.

»Einverstanden. Dann kommt hier meine zweite Frage: Was ist wichtiger: sich selbst schön zu finden oder objektiv schön zu sein?«

Da brauchte ich nicht lange nachzudenken. »Objektiv schön zu sein.«

»Einfach so? Ohne jegliche Begründung?«, erkundigte sich Bernhard und sah mich prüfend an.

Ich nickte. Das waren so gar nicht meine Lieblingsthemen. Ich dachte nicht gerne über unabänderliche Fakten nach … wie über die Tatsache, dass meine Schwester – ganz objektiv gesehen – schöner war als ich.

Glücklicherweise ließ es Bernhard dabei bewenden. »Dann folgt jetzt meine dritte und letzte Frage: Warum, glaubst du, habe ich meine Meinung geändert und bin jetzt bereit, mit dir an meinem Roman zu arbeiten?«

»Ich habe keine Ahnung, aber ich habe mich sehr darüber gefreut«, sagte ich neugierig. Die Antwort auf diese Frage würde mich ebenfalls sehr interessieren. Meine Vermutung:

»Weil ich deiner verstorbenen Frau ähnlich sehe und du ein Masochist bist?«, konnte ich schließlich nicht laut aussprechen.

»Es war eine ungewöhnlich emotionale Entscheidung für mich«, erklärte Bernhard ernst. »Normalerweise lasse ich mich bei meinem geschäftlichen Gebaren weniger von meinen Gefühlen leiten. Aber bei dir hatte ich den Eindruck, dass es dir nicht ums Geld oder um deine Karriere geht … sondern wirklich darum, mir zu helfen. Stimmt das?«

Ich nickte, mit einem leichten Gefühl der Beklommenheit. Auch mir war das hier alles eine Spur zu emotional für eine rein professionelle Unterhaltung. Doch eins stand fest: Ich mochte Bernhard Otto. Als Autor, als Gesprächspartner und – wenn ich ganz ehrlich zu mir selbst war – auch als Mann.

Und genau diese Einsicht ließ mich jetzt in meinem Himmelbett keine Ruhe finden. Obwohl wir uns auch später beim Abendessen ganz normal unterhalten hatten, herrschte eine besondere Spannung zwischen uns. Wie ein hauchfeiner Draht, der zu glühen begann, wann immer er mir in die Augen sah. Schlaflos wälzte ich mich hin und her. Ich musste unbedingt an etwas anderes denken. An meine Schwester zum Beispiel. Was Lily wohl heute für einen Abend gehabt hatte? In diesem Moment wünschte ich, ich hätte auf Jonas gehört und wäre zu Hause geblieben. Irgendwie wäre ich jetzt wesentlich ruhiger, wenn ich in meiner Wohnung, in meinem eigenen Bett läge, in unmittelbarer Reich- und Hörweite meiner vermutlich tief und fest schlafenden großen Schwester.

16.

Durch die Windschutzscheibe betrachtete Lily den leicht verschwommen aussehenden Halbmond, der heute tiefer als sonst über der Stadt zu hängen schien. Dieser Mond ließ alles irgendwie unwirklich erscheinen. Surreal. Genauso surreal wie ihr derzeitiges Leben. Sie saß stumm neben Niklas und ließ sich durch das nächtlich stille München kutschieren. Bis auf ein paar Taxis hatten sie die Straßen für sich allein.

»Und wie kommst du jetzt morgen früh wieder an dein Auto? Falls ich dich hinfahren soll, musst du bis zum Nachmittag warten«, erklärte Lily, um überhaupt etwas zu sagen. Notgedrungen hatten sie Niklas' alten Golf auf dem Parkplatz hinter dem Klub zurückgelassen.

»Keine Sorge. Ich wohne nicht besonders weit von hier weg. Außerdem lebe ich in einer WG. Irgendeiner fährt mich schon hin«, erklärte Niklas, während er an ihrem Radio rumfummelte und einen Hiphop-Sender einstellte, den Lily verabscheute.

Hoffentlich kurvten sie jetzt nicht noch stundenlang durch die Stadt, grübelte sie missmutig. »Was bedeutet das … ›nicht besonders weit von hier‹?«

Niklas klopfte im Rhythmus der Musik auf das Lenkrad und murmelte: »Im Westend.«

Eine Viertelstunde später hielt er vor der Garage eines grauen, ziemlich heruntergekommenen Eckhauses.

»Bleib einfach sitzen«, sagte er. »Das dauert nicht lange.«

Lily gehorchte und sah zu, wie Niklas die Garage öffnete, hineinging und wenig später mit einem Werkzeugkasten zurückkam. Dann vernahm sie ein kurzes Hämmern, und im nächsten Moment öffnete sich der Kofferraumdeckel.

»Siehst du? Das war überhaupt kein Problem!«, grinste Niklas ihr fröhlich zu, als sie sich den Kopf verrenkte, um nach hinten zu schauen.

»Wow … ähm … tausend Dank«, stammelte sie. Ehrlich gesagt, hatte sie nicht damit gerechnet, dass Niklas ihr Problem tatsächlich beheben könnte.

»Warte einen Moment. Ich stell nur den Werkzeugkasten zurück. Bin gleich wieder da.«

Kurze Zeit später kletterte Niklas zurück auf den Fahrersitz.

»Du … nochmals, vielen Dank!«, murmelte sie, irgendwie total groggy.

Er startete den Motor. »Kein Problem. Ich fahr dich schnell nach Hause. Wo musst du hin?«

»Ähm, das geht nicht. Ich wohne bestimmt eine Dreiviertelstunde von hier weg«, meinte Lily, schon wieder überwältigt von Niklas' unbekümmerter Hilfsbereitschaft.

»Aber du kannst nicht barfuß fahren. Das ist echt zu gefährlich.«

Während Niklas sie mit erwartungsvoller Miene betrachtete, dachte Lily kurz über dieses neuerliche Dilemma nach. Dann fragte sie zögerlich: »Würdest du mir vielleicht Schuhe leihen?«

»Ich habe Größe vierundvierzig.«

Nein, sie konnte unmöglich mit Schuhen klarkommen, die vier Nummern zu groß waren. »Oder vielleicht ein Paar von einem deiner Mitbewohner?«, meinte sie unsicher.

Niklas beäugte kritisch ihre Füße. »Vielleicht passen dir ja welche von Mia.«

Er wohnte mit einer Frau zusammen? Aus welchem Grund auch immer, aber das gab Lily einen Stich ins Herz. Doch sie ließ sich ihre Gefühle nicht anmerken. Seitdem Niklas ihren zum morgigen Broterwerb benötigten Kofferraum repariert hatte, schöpfte sie neuen Lebensmut. »Wärst du so lieb und schaust mal nach?«, bat sie Niklas.

»Okay. Vorausgesetzt, du kommst mit. Das hier ist keine gute Gegend, um als Frau nachts allein im Auto zu warten.«

Lily schaute sich um. Eigentlich war zu dieser Uhrzeit niemand mehr auf der Straße, aber wenn Niklas sich so besser fühlte …

»Okay«, sagte sie und öffnete die Beifahrertür. Sie fröstelte. Der Bürgersteig fühlte sich kalt unter ihren Füßen an, obwohl es fast Sommer war.

In dem alten Haus gab es keinen Lift, und so stiegen sie, Seite an Seite, die vier Stockwerke nach oben. Das Treppenhaus war bei weitem nicht so gepflegt wie das von Steffis Apartmenthaus, aber dafür mit erstaunlich coolen Graffiti dekoriert.

»Das ist ja fast schon Kunst«, meinte Lily, als sie an dem Bildnis eines gespaltenen Schädels vorbeigingen, aus dem ein wilder, bunter Urwald herauswucherte.

»Das *ist* Kunst«, korrigierte Niklas. »Max ist freischaffender Künstler und hatte sogar schon eine große Vernissage im Royal. Das hier war nur eine Fingerübung für ihn.«

Für den Bruchteil einer Sekunde fragte sich Lily, was der Vermieter wohl von diesen Verschönerungsmaßnahmen hielt. Einen diesbezüglichen Kommentar konnte sie sich aber gerade noch verkneifen, sie wollte schließlich nicht, dass Niklas sie für spießig hielt.

Auf der obersten Etage gab es nur eine Wohnungstür, und die war unverschlossen, wie Lily überrascht bemerkte, als Niklas sie einfach aufdrückte.

»Mia vergisst meistens ihre Schlüssel«, sagte er erklärend, als er Lilys erstaunten Blick bemerkte. »Hier im Haus leben nur Freunde von uns, es ist nicht so schlimm, wenn nicht abgesperrt ist.«

Gemeinsam schritten sie durch das geräumige Apartment, und Lily wunderte sich im Stillen. Eine WG voller junger Leute hätte sie sich irgendwie wesentlich chaotischer vorgestellt. Sicher, ein paar Zeitungen lagen im Flur rum, und auf dem Küchentisch machte sie im Vorbeigehen ein paar benutzte Rotweingläser aus. Aber im Großen und Ganzen war es sogar ordentlicher als bei Steffi und ihr. Und soweit sie es in der Dunkelheit erkennen konnte, war die Wohnung auch wunderbar originell und trotzdem zweckmäßig eingerichtet.

Das letzte Zimmer war das von Niklas. Als er das Licht anknipste, standen sie in einem großen und spartanisch eingerichteten Raum. Ein Bett, ein Schrank, ein Schreibtisch mit Stuhl, und das war es. Nirgendwo standen Fotografien oder andere Andenken herum. Es hingen auch keine Bilder oder Poster an den Wänden. Jede Mönchszelle war luxuriöser eingerichtet.

»Warte bitte hier, ich schleiche zu Mia rein und schaue mal, was ich dort an Schuhen finde.«

Lily nickte. »Darf ich in der Zwischenzeit euer Bad benutzen?«

»Klar. Das Mädchenklo ist die zweite Tür rechts.«

Lily legte fragend den Kopf schief. »Ihr habt unterschiedliche Toiletten für Frauen und Männer?«

Niklas grinste. »Du hast keine WG-Erfahrung, stimmt's?«

»Stimmt«, gab Lily unumwunden zu.

»Dachte ich mir. Ansonsten wüsstest du, dass man sich Ärger und viele unnütze Diskussionen erspart, wenn man die sanitären Einrichtungen streng nach Steh- und Sitzpinklern trennt.«

Lily blickte ihn mit großen Augen an. So genau hatte sie es ja gar nicht wissen wollen. Im Grunde genommen wollte sie die sanitären Einrichtungen auch gar nicht benutzen, sondern sich nur ihr Make-up und die Haare richten. Schadensbegrenzung betreiben. Und sie wollte überprüfen, ob ihr Hugo-Boss-Kleid vielleicht nicht doch noch zu retten war.

»Zweite Tür rechts?«

»Genau.«

Leise drückte sie die Klinke runter und betrat den Flur. Niklas folgte ihr auf dem Fuß, schlug dann aber eine andere Richtung ein.

Das Mädchenbadezimmer war helllila gekachelt. Aber das war nicht der schlimmste Anblick in diesem Raum. Am liebsten hätte Lily laut aufgeschrien, als sie sich mit ihrem Spiegelbild konfrontiert sah. Um Himmels willen! Es war ein Wunder, dass Niklas sie nicht ausgelacht hatte. Ihr Lippenstift war verschmiert, und die Wimperntusche ihrer kunstvoll geschminkten Smokey Eyes verlief in breiten Schlieren unter den Augen und über ihre Wangen. Sie sah aus wie eine Kreuzung aus Pandabär und Heath Ledgers Joker in *The Dark Knight*. Einfach nur gruselig.

Lily rollte einige Blätter Toilettenpapier ab und versuchte mit etwas Wasser, die schlimmsten Spuren ihres emotionalen Ausbruchs zu beseitigen, was ihr mehr schlecht als recht gelang. Dann zupfte sie sich die Haare in Form. Das musste fürs Erste reichen, denn ihr Kleid war hinüber. Der sensible Stoff hatte das unachtsame Rumrutschen auf dem Asphalt nicht vertragen, war verdreckt und aufgerauht.

So vorsichtig wie möglich schlich sie in das Zimmer ihres Overnight-Mechanikers zurück, um niemanden versehentlich aufzuwecken. Dort wartete bereits Niklas auf sie. Mit insgesamt fünf Paar Schuhen.

»Damit du eine Auswahl hast«, erläuterte er grinsend und reichte ihr das erste Paar, das entschieden zu klein aussah.

Skeptisch probierte sie es an, aber wie vermutet, waren die ausgelatschten Turnschuhe mindestens drei Nummern zu klein.

»Verdammt«, sagte sie. »Und was mache ich jetzt?« Lily fühlte, wie ihre nur notdürftig zusammengeklaubte Selbstbeherrschung zu bröckeln anfing. In ihrem ganzen Leben hatte sie sich noch nie so einsam und allein gefühlt. Im wahrsten Sinne des Wortes von allen guten Geistern verlassen. Sollte sie jetzt wie eine Obdachlose auf dem Gehweg kampieren?

Niklas schien ihre Verzweiflung nicht zu entgehen. »Wenn du magst, kannst du gerne bei uns auf dem Sofa pennen oder auch in meinem Bett und ich auf dem Sofa. Und morgen früh fahr ich dich dann nach Hause oder in ein Schuhgeschäft.«

Hinterher wusste sie nicht mehr, warum sie im nächsten Moment etwas tat, was sie noch nie zuvor getan hatte. War es die geballte Frustration des Abends? Die Erleichterung darüber, dass er sie nicht einfach vor die Tür setzte? Oder der Blick, mit dem Niklas gerade ihre Lippen gemustert hatte?

Jedenfalls ging sie einen Schritt nach vorn, stellte sich auf die Zehenspitzen und küsste den – ihr eigentlich unbekannten – jungen Jesus-Verschnitt mitten auf den Mund.

Überraschend ernst sah Niklas von oben auf sie herab. Seine Augen suchten die ihren. »Hör mal, du weißt aber schon, dass ich keine Gegenleistung für irgendwas erwarte, das ich heute Abend für dich getan habe«, sagte er mit leiser Stimme.

Sie nickte und blickte verlegen zur Seite. Was hatte sie nur gemacht? Bestimmt ekelte er sich vor einer älteren Frau wie ihr. Er hatte ihr doch neulich noch nicht einmal seine Adresse verraten wollen! Wie konnte sie sich nur dermaßen gehenlassen …

In diesem Augenblick legte Niklas seine warmen großen Hände links und rechts um ihr Gesicht und küsste sie. So richtig. Mit allem Drum und Dran.

Lilys Knie wurden weich. Alle Anspannung schien ganz plötzlich von ihr abzufallen, und sie konnte an nichts mehr denken als daran, wie gerne sie sein Hemd aufknöpfen würde, um seine Haut zu spüren.

Kraftvoll drängte sich sein großer Körper gegen ihren. Niklas küsste unglaublich gut. Sinnlich, leidenschaftlich. Und er schmeckte absolut göttlich.

Zaghaft tastete sich ihre Hand zur Knopfleiste seines Hemdes vor. Konnte sie es wagen? Nervös fingerte sie an dem obersten Knopf herum.

Als er merkte, was sie vorhatte, nahm Niklas sich des Problems an. Für einen kurzen Moment ließ er ihr Gesicht los – ohne den Kuss zu unterbrechen – und entledigte sich mit einem Ratsch sämtlicher störender Knöpfe. Rasch schlüpfte er aus den Ärmeln, und schon fühlte sie seine langen, schlanken Finger wieder in ihrem Haar. Lily spürte, wie sie von dort aus, zärtlich und trotzdem zielstrebig, auf Wanderschaft gingen … und erst ihren Rücken und dann ihren Po erkundeten.

Ohne nachzudenken, legte sie ihre Hände auf die glatte, seidige Haut seines muskulösen Oberkörpers. Er war wirklich wie ein Leistungsschwimmer gebaut. Gott, fühlte sich das großartig an.

Lily konnte einfach nicht anders. Sie streichelte seine Brust und den flachen Bauch, berührte ganz zart und unendlich liebevoll die reliefartige Anordnung seiner Muskeln … so lange, bis sie sich dem tiefsitzenden Bund seiner Hose näherte. Dabei küsste sie Niklas mit einer nie zuvor gekannten, fast hemmungslosen Gier. Hingebungsvoll. Selbstvergessen. Was war nur mit ihr los? Sie war wie entfesselt, kannte sich selbst kaum wieder.

Niklas stöhnte auf, als sie ihre Finger sanft – fast wie zufällig – über die Wölbung in seiner Hose streifen ließ.

Der heisere, halberstickte Laut aus seiner Kehle verursachte ihr eine Gänsehaut, heizte ihre eigene Lust an, steigerte sie bis ins Unendliche. Ja, sie wollte ihn. Noch nie zuvor hatte Lily jemanden so sehr begehrt wie Niklas jetzt in diesem Moment.

Es war eine Erlösung, als er sie an den Schultern fasste, umdrehte und den Reißverschluss ihres Kleides öffnete.

Mit einem Rascheln glitt der weiche Stoff zu ihren Füßen. Niklas' Daumen strichen voller Bedacht von oben nach unten über ihre Wirbelsäule und verharrten schließlich am Verschluss ihres Büstenhalters.

Es war eine unausgesprochene Frage.

Auf die sie antwortete, indem sie den Kopf zur Seite neigte und absolut stillhielt.

Erst als sie spürte, wie er die zwei winzigen Häkchen geschickt öffnete und die Träger über ihre Schultern streifte, lief ein angespanntes Zittern durch ihren Körper.

Für einen winzigen Moment dachte sie darüber nach, ob sich Niklas vielleicht von ihrem nicht mehr ganz so mädchenhaft straffen Körper abgestoßen fühlen könnte. Aber dann war ihr selbst das egal. Sie begehrte ihn. Und würde ihn nach dieser Nacht sowieso nicht wiedersehen. Mit einem fast schmerzhaften Gefühl der Vorfreude drehte Lily sich zu ihm um.

Sie wachte auf, weil sie irgendwie kaum noch Luft bekam. Niklas' Arme lagen so fest um ihren nackten Oberkörper, dass ihr das Atmen schwerfiel. Vorsichtig drehte sie sich zur Seite, kuschelte sich in die Löffelchenstellung und hatte plötzlich mehr Raum in seiner Umarmung. Niklas schlief glücklicherweise weiter, wie Lily unschwer an seinen unverändert tiefen Atemzügen erkannte. Sie fühlte sich unbeschreiblich gut. Vollkommen ausgepowert, aber zutiefst befriedigt. Und auf eine ganz exquisite Art und Weise ... wie durch den Fleischwolf gedreht. Ihre Begegnung mit Niklas war kein vorsichtiges Herantasten gewesen. Kein höfliches Austauschen von Zärtlichkeiten, so wie mit Jörg. Nein, absolut nicht. Sie waren wild und ungestüm miteinander umgegangen. Rücksichtslos. Voller Leidenschaft. Dunkel erinnerte sie sich daran, wie sie durch seine kraftvollen Stöße gegen das hölzerne Kopfteil seines Betts gedrückt worden war. Wie Niklas und sie, durch eine unbedachte Drehung, von der Matratze auf den Boden gerollt waren und sich dort heftig und stürmisch weitergeliebt hatten. In höchster Erregung hatte sie ihm den Rücken zerkratzt, ihn wie eine Wildkatze gebissen. So hatte Niklas sie auch genannt: »kleine Wildkatze«. Und als sie schließlich den intensivsten Höhepunkt ihres Lebens erreichte, hatte sie aus voller Kehle seinen Namen geschrien ...

Als sie gerade wieder ins Reich der Träume abdriften wollte, ging die Tür auf, und eine kleine, recht mollige Frau mit lila Haaren streckte den Kopf in Niklas' Zimmer.

»Hallo, ich bin Mia«, begrüßte sie Lily ganz selbstverständlich, so als wäre der Anblick einer nackten Frau in Niklas' Bett für sie eine alltägliche Sache. Was ja, ehrlich gesagt, auch durchaus der Wahrheit entsprechen konnte.

Lily angelte trotzdem hastig nach dem Laken und zog es über ihre nackte Brust. »Äh … hallo, Mia.«

Sie verzichtete mit Absicht darauf, Niklas' WG-Partnerin ihren Namen zu nennen. Es würde sich nicht lohnen. Mia brauchte sich ihren Namen nicht zu merken, da sie Lily nicht noch einmal in Niklas' Bett ertappen würde. Es konnte keinen Zweifel darüber geben, dass dies hier – in beiderseitigem Einvernehmen – ein überaus gelungener One-Night-Stand war. Allerdings der erste ihres Lebens. Mit siebenunddreißig Jahren!

»Was habt ihr denn mit meinen Schuhen gemacht?«, fragte Mia misstrauisch, deren Blick durchs Zimmer geschweift und auf dem Haufen mit ihren Winzlingstretern hängengeblieben war.

»Ähm … gar nichts. Sie waren mir zu klein«, sagte Lily und zeigte auf ihre nackten Füße, die unter der Decke rausschauten. »Ich habe Größe vierzig.«

Mit einem vorwurfsvollen Blick zwängte Mia ihre runde Form vollständig ins Zimmer und bückte sich, um ihr Eigentum wieder an sich zu nehmen.

Und in genau diesem Moment regte sich Niklas neben ihr. »Morgen, kleine Wildkatze«, lächelte er. »Na, gut geschlafen?«

Seine dunklen Haare hingen lockig über den breiten Schultern. Niklas' grüne Augen blitzten, als er sich aufsetzte und Lily einen Kuss gab. Augenblicklich beschleunigte sich ihr Herzschlag. Er sah zum Haareraufen schön aus, und sie war sich ziemlich sicher, dass man das Gleiche nicht über sie sagen konnte.

»Ähm, ja. Wenn auch nicht besonders lange.« Lily fühlte, wie sie rot wurde.

Niklas grinste. »Ich weiß.«

Dann bemerkte er Mia, die immer noch ihre Schuhe zusammenraffte.

»Hey, Mia. Alles klar?« Auch er schien nichts dabei zu finden, dass seine WG-Freundin einfach so in sein Zimmer reinschneite. Auf Privatsphäre schien hier niemand über Gebühr Wert zu legen.

»Meine Schuhe, Niklas? Wirklich!«, fauchte Mia ihn an. »Wenn ich dich das nächste Mal mit … mit meinen Dessous oder sonst was von mir erwische, knallt's aber! Kauf dir gefälligst dein eigenes Spielzeug! Du bist ja oft genug im Sexshop!«

»Deine … *Dessous?*« Niklas konnte sich vor Lachen kaum noch halten. »Du meinst die riesigen, löchrigen Dinger, die aus dem vorletzten Jahrtausend stammen und manchmal unten an der Wäscheleine hängen?«

Plötzlich fing auch Mia an zu grinsen. »Ich wollte mich in Gegenwart deiner Bettgefährtin gewählter ausdrücken. Du weißt schon, was ich meine … meine feministisch gemütlichen Schinkensäcke!«

»Keine Sorge, Mia. Die sind vor mir sicher. Und meine Bettgefährtin heißt übrigens Lily«, stellte Niklas sie, immer noch halb lachend, vor. »Lily, das ist Mia. Meine beste Freundin. Leider wird sie ihre kostbaren *Dessous* nicht herausrücken, wenn wir uns das nächste Mal lieben, aber sonst leiht sie einem meistens ihr letztes Hemd.«

Lily lächelte nonchalant. Sie wollte sich ihre innere Unsicherheit nicht anmerken lassen. Aber diese ganze Situation war absolut jenseits ihrer Komfortzone. Sie war ganz sicherlich nicht auf den Mund gefallen, aber was sollte sie schon zu einer Frau sagen, die ihre eigene Unterwäsche als »feministisch gemütliche Schinkensäcke« deklarierte, oder zu ihrem attraktiven One-Night-Stand, der gerade vom »nächsten Mal, wenn wir uns lieben« sprach? Außerdem hatte Mia eine Anspielung darauf gemacht, wie oft sich Niklas in Sexshops aufhielt … und auch sie selbst hatte ihn zum ersten Mal in so einem Schmuddelladen getroffen. Sollte ihr das nicht Angst machen? Plötzlich war sie heilfroh, dass sie gestern Nacht ein Kondom benutzt hatten.

Sie räusperte sich. »Entschuldigung, aber weiß einer von euch, wie spät es ist? Ich muss um zehn Uhr etwas in der Stadt erledigen und vorher noch unbedingt duschen und mir was Frisches anziehen.«

Mia warf einen Blick auf ihre Armbanduhr. »Je nachdem, wo du hinmusst, könnte das knapp werden … es ist schon fast halb zehn!«

»Ach, du heilige Scheiße!«, entfuhr es ihr. »Verdammt. Was mache ich denn jetzt nur? Ich hab noch immer keine Schuhe!«

Mia und Niklas grinsten. Ihr Gefluche schien sie zu amüsieren.

»Mach dir keinen Kopf. Ich fahr dich … wo immer du hinmusst«, bot ihr Niklas großzügig an. »Ist dein Termin weit von hier?«

»Ich muss in Bogenhausen einen Hund abholen.«

Auch diese Aussage schien hier niemanden zu überraschen.

»Okay, dann haben wir leider keine Zeit mehr für ein Frühstück oder eine Dusche. Dann müssen wir sofort los«, sagte Niklas und sprang – nackt, wie Gott ihn schuf – aus dem Bett. Er öffnete seinen Schrank und zog eine Boxershorts, ein T-Shirt und eine Jeans raus.

»Na, ich mach mich dann mal vom Acker, damit ihr eure schwerwiegenden Probleme alleine lösen könnt. Cheerio!«, verabschiedete sich Mia und ging – beide Arme voll mit ihren Schuhen – aus dem Zimmer.

Lily, die sich noch immer krampfhaft das Laken vor ihre Brust hielt, beäugte kritisch ihr zerstörtes Boss-Kleid, das von ihrem wilden Liebesspiel platt gewalzt am Boden lag. »Aber ich kann das unmöglich noch einmal anziehen«, jammerte sie.

»Was hast du denn vor, nachdem du den Hund abgeholt hast?«, erkundigte sich Niklas interessiert, während er seine Boxershorts hochzog. Lily konnte es sich – trotz ihrer wachsenden Panik – nicht verkneifen, ihm dabei auf den knackigen Hintern zu schauen.

»Dann habe ich Zeit, nach Hause zu fahren und mich umzuziehen«, antwortete sie, von dem Anblick abgelenkt.

»Na, das passt doch gut. Wir duschen und frühstücken einfach bei dir. Und um den Hund abzuholen, brauchst du bestimmt nicht wie ein Model auszusehen. Da ziehst du einfach was von mir an.« Er öffnete erneut seinen Schrank und warf ihr ein T-Shirt und eine abgeschnittene Trainingshose aufs Bett.

Während sie ihre eigene Unterwäsche, Niklas' T-Shirt und seine Hose anzog, räumte Niklas sein Zimmer auf. Er machte das Bett, faltete ihr Kleid und seine Hose zusammen. Danach hob er mit einem Lächeln sein nun knopfloses Hemd auf und schmiss es in den Papierkorb neben seinem Schreibtisch. Und Lily wunderte sich, wie ein nachweislich so leidenschaftlicher Mann dermaßen ordentlich sein konnte.

Sie waren fast pünktlich, es war erst zwei Minuten nach zehn, als sie an der angegebenen Adresse eintrudelten. Die Besitzerin des jungen Labradors zog trotzdem einen Flunsch.

»Ich muss dringend los. Meine Kosmetikerin wartet. Bringen Sie ihn mir um siebzehn Uhr gefüttert wieder. Aber diesmal bitte rechtzeitig.« Die Frau drückte Lily, mit einem abfälligen Blick auf ihren Trainingshosen-Aufzug, die Leine mit dem Labrador in die Hand.

»Ähm … wie heißt denn Ihr Hund? Und was frisst er?«, fragte Lily eilig.

»Balzac. Und er frisst, was man ihm gibt. Ciao!«, antwortete Sabrinas Bekannte, die, soweit Lily wusste, die Frau eines bekannten Schönheitschirurgen war. Dafür sah sie allerdings ziemlich unattraktiv aus. Aber ab einem gewissen Alter hatte man eben immer das Gesicht, das man verdiente. Irgendwann spiegelte sich der miese Charakter in der Mimik wieder. Daran änderte auch ein Skalpell nichts.

Die offenbar innerlich wie äußerlich unansehnliche Frau setzte sich in ihr Mercedes-Coupé und rauschte von dannen. Dabei wäre sie fast ihrem eigenen Hund über die Hinterbeine gefahren. Geistesgegenwärtig zog ihn Lily im letzten Moment zur Seite.

»Charmant«, grinste Niklas. »Tolle Bekannte hast du da. Und was machst du nun mit Balzac?« Er beugte sich freundlich zu dem Tier hinunter und kraulte ihm die Ohren.

»Das ist keine Bekannte von mir, sondern eine Kundin«, antwortete Lily mechanisch. »Ich verdiene jetzt mein Geld mit Hundesitting.«

»Alles klar«, nickte Niklas, und Lily war erleichtert, dass er ihr keine weiteren Fragen stellte. Ihre vormaligen Freunde hätten sie zu diesem Thema sicherlich nach Strich und

Faden ausgequetscht. Aber gut, streng genommen war Niklas auch kein *Freund*. Er war ein – etwas ausgedehnter – One-Night-Stand. Mit einem Lächeln beobachtete sie, wie Niklas den Kofferraum aufklappte und Balzac, der sich nicht lange bitten ließ, schwanzwedelnd hineinsprang. Danach hielt Niklas mit einer theatralischen Verbeugung die Beifahrertür auf.

»Mylady? Ihr Chauffeur würde Sie jetzt gerne nach Hause kutschieren und Ihnen dann nach allen Regeln der Kunst Vergnügen bereiten.«

Offenbar würde sich ihr One-Night-Stand tatsächlich noch etwas in die Länge ziehen. Hm. Es war bestimmt eine außerordentlich schlechte Idee, ihn mit in Steffis Apartment zu nehmen. Aber sie wusste schon jetzt, dass sie Niklas' Verführungskünsten nicht würde widerstehen können. Und wenn sie ehrlich zu sich selbst war, wollte sie das auch gar nicht. Ganz im Gegenteil.

17.

Als ich aufwachte, wusste ich im ersten Moment nicht, wo ich war. Aber dann fiel mein Blick auf den rosenbestickten Baldachin über mir und rief mir wieder ins Gedächtnis, an welchem paradiesähnlichen Ort ich mich befand. Die Sonne schien hell zum Fenster hinein, Vögel zwitscherten, und darunter mischte sich ein diffuses, rhythmisches Donnern. Ich angelte nach meinem Handy, blickte auf das Display, und dann traf mich fast der Schlag. Halb elf. Ich hatte mehr als zweieinhalb Stunden Verspätung. Wie hatte das nur passieren können? Dann erinnerte ich mich, dass ich um sieben Uhr meinen Wecker ausgestellt und mir vorgenommen hatte, nur noch für einen kurzen Moment die Augen zuzumachen … und das war nun das Resultat. Gütiger Gott, wie unprofessionell.

In nur zehn Minuten hatte ich mich angezogen und mir die Zähne geputzt. Dann eilte ich nach unten. Doch in der Küche erwartete mich nicht etwa Bernhard, sondern Frau Rösler, die damit beschäftigt war, einen ganzen Berg von Äpfeln zu schälen.

»Ähm … guten Morgen, Frau Rösler. Wissen Sie vielleicht, wo ich Herrn Otto finde?«

Sie blickte mich feindselig an. »Nachdem er eine geschlagene Stunde auf Sie gewartet hat, ist er reiten gegangen. Sie finden ihn auf der Sandbahn hinter dem Stall.«

»Herzlichen Dank«, sagte ich. Meine Befürchtungen hinsichtlich Frau Rösler hatten sich bewahrheitet. Sie war ganz offensichtlich alles andere als erfreut darüber, dass ich nun eine Zeitlang hier wohnen würde. Aber sie würde sich wohl oder übel daran gewöhnen müssen, genauso wie ich selbst.

Mit klopfendem Herzen ging ich hinaus und an den Stallungen vorbei, neben denen ein schlammverspritzter Geländewagen mit einem »GAP«-Kennzeichen parkte. War das der gleiche, der vor dem Verlagsgebäude gestanden hatte? Er sah zumindest genauso aus. Aber wie sollte das Auto hierhergekommen sein? Hatte Frau Rösler es zurückgefahren? Doch warum sollte Bernhard wegen so einer Kleinigkeit lügen? Eine sehr optimistische Stimme in meinem Inneren vermutete: »Weil er vor dir verheimlichen will, dass er dich in der gemeinsamen Fahrtzeit nach Murnau kennenlernen wollte, und er ganz sicherlich kein Regionalbahnfahrer ist, der sich vom Hauptbahnhof aus mit Bus und Bahn zum entlegenen Verlagsgebäude durchkämpft.« Aber dann verwarf ich diese absurde Idee sofort wieder. Nein, es musste sich um einen anderen Wagen handeln. Etwas anderes anzunehmen, war grotesk.

Aus der Entfernung sah ich, wie Bernhard gerade den Fuchs ritt, der – soweit ich mich erinnerte – Kronos hieß. Hinter der Sandbahn ragten die wunderschönen Berge des Alpenvorlandes auf, die aus der Entfernung bläulich schimmerten. Aber man nannte diese Gegend auch das »Blaue Land«, in Anlehnung an die Künstlergruppe »Der Blaue Reiter« rund um Gabriele Münter und Wassily Kandinsky, die hier in der Auseinandersetzung mit der Natur zu ihrem berühmten expressionistischen Malstil gefunden hatten. Das merkwürdig diffuse Geräusch, das ich noch aus meinem Schlafzimmer vernommen hatte, stammte von Kronos' Hufen, die im gestreckten Galopp über die Sandbahn donnerten.

Als Bernhard mich sah, zügelte er sein Pferd und hielt direkt neben der Einzäunung, keine zwei Meter von mir entfernt.

»Da bist du ja, du kleine Schlafmütze«, sagte er grinsend.

Er sah großartig aus am heutigen Morgen. Hellwach und gutgelaunt. Seine blauen Augen blitzten geradezu vor Energie und Tatendrang.

»Entschuldige, bitte. Das ist mir echt noch nie passiert ... Es tut mir entsetzlich leid, dass du auf mich warten musstest.«

Glücklicherweise schien Bernhard mir, im Gegensatz zu Frau Rösler, aus meinem Dornröschenschlaf keinen Strick drehen zu wollen. »Das kann schon mal vorkommen, Seraphina. Außerdem weiß ich auch schon, wie du es wiedergutmachen kannst.«

Irritiert darüber, dass er noch immer diesen neuen Namen für mich beibehielt, fragte ich: »Wie denn?«

»Indem du dich für ein paar Sekunden in Kronos' Sattel setzt.«

»Nein!« Ich schüttelte den Kopf. Allein bei der Vorstellung wurde mir fast schlecht vor Angst. Ich war nun mal nicht die Mutigste. »Nein, alles andere, Bernhard, aber das nicht.«

Geschmeidig sprang er von seinem Pferd. Mit einer Hand hielt er es am Zügel fest, die andere streckte er zu mir aus. »Komm schon, Seraphina, tue es mir zuliebe. Wenn du über deinen Schatten springst und dich traust, bringe ich auch direkt danach das Pferd in den Stall, und wir können mit der Arbeit am Manuskript beginnen.«

Ich betrachtete den furchterregenden Vierbeiner, der eigentlich ganz friedlich neben Bernhard stand. Er war riesengroß. Wenn ich da runterfiel ... würde ich mir bestimmt das Genick brechen.

»Wie soll ich da überhaupt raufkommen?«, jammerte ich ängstlich. Mir war aufgefallen, dass Bernhards Sattel noch nicht einmal Steigbügel hatte. Außerdem trug ich eine weiße Sommerhose, die ganz sicher nicht für solche Abenteuer geeignet war.

»Selbstverständlich werde ich dir helfen, in den Sattel zu kommen«, antwortete Bernhard ruhig. Er hielt mir noch immer seine Hand entgegen.

»Was hast du denn davon, wenn ich auf diese Weise mein Leben riskiere?« Das Herz schlug mir bis zum Hals, meine Stimme klang eine halbe Oktave höher als sonst.

Bernhard lächelte. »Es wäre einfach ein schönes Bild, dich auf Kronos zu sehen. Ein ästhetisch vollendeter Genuss. Außerdem würde ich dir gerne mein Hobby näherbringen. Reiten ist für mich wirklich das Glück auf Erden.«

In diesem Moment fiel mir ein, dass seine Frau ausgerechnet bei einem Reitunfall getötet worden war. War es unter diesen Umständen nicht geradezu pervers, dass er da selbst noch ritt? Und andere Menschen zu überreden versuchte, sich auf diese wilden, gefährlichen Tiere zu setzen? Oder war das vielmehr seine Art, mit diesem Unglück umzugehen?

»Und was, wenn mir etwas zustößt?«, wandte ich zaghaft ein. »Dann haben du und dein Manuskript ein kleines Problem.«

»Glaubst du wirklich, ich würde zulassen, dass dir etwas passiert?«

Für den nächsten Satz, der über meine Lippen kam, gab es keine Entschuldigung … außer vielleicht, dass mir die Angst meinen sonst so ausgeprägten Sinn für Anstand vernebelte. Jedenfalls hielt ich mit meinem Wissen nicht hinter dem Berg. »Aber deine Frau ist doch auch bei einem Reit…«

An dieser Stelle schlug ich mir verschreckt die Hand vor den Mund.

Bernhard war trotz seiner Bräune blass geworden. Aber anscheinend war er nicht wütend auf mich, denn er erwiderte ganz ruhig: »Der Unfall ist passiert, als Marissa und mein Sohn das allererste Mal allein ausgeritten sind. Ohne mich. Das Ganze wäre niemals geschehen, wenn ich dabei gewesen wäre. Bitte vertrau mir.«

Verdammt. Wie hatte ich nur so etwas grenzenlos Unsensibles sagen können! Im Grunde genommen musste ich mich nun allein schon aus Strafe auf den Gaul hocken.

Bernhard schien zu spüren, dass ich innerlich mit mir kämpfte. »Komm, Seraphina. Du schaffst das! Ich passe auf dich auf.«

Ich machte einen Schritt auf ihn zu, und Bernhard dirigierte das Pferd ein wenig zur Seite, damit ich mich unter der Einzäunung hindurchzwängen und die Sandbahn betreten konnte. Vor lauter Angst spürte ich meine Gliedmaßen kaum noch. Meine Hände waren eiskalt und gleichzeitig schweißnass. Aber dann machte ich noch einen Schritt … und stand auf einmal genau neben Bernhard und Kronos.

»Gut gemacht. Jetzt legst du eine Hand an den Sattel und winkelst dein linkes Bein an.«

Ich tat, wie er mir geheißen hatte. Bernhard legte seine Hand unter mein linkes Knie, hob es ruckartig an und … mit einem Schwung saß ich im Sattel.

»Na, wie fühlt sich das an?«, fragte er mich, mit einem Lächeln in der Stimme.

Doch vor Panik brachte ich kein Wort hervor und nickte nur, krampfhaft bemüht, nicht nach unten zu blicken.

»Du kannst dich an Kronos' Mähne festhalten, dann führe ich dich eine Runde auf dem Hufschlag.«

»Neeein«, quetschte ich entsetzt durch meine zusammengebissenen Zähne. Ich war steif wie ein Brett, vor Angst wie gelähmt.

Aber Bernhard nahm keine Rücksicht auf meine Befindlichkeiten. »Du wirst sehen, am Ende macht es dir Spaß.«

Schaukelnd setzten wir uns in Bewegung, und meine Finger krallten sich verzweifelt in Kronos' weicher Mähne fest.

Bernhard legte seine Hand auf meinen Oberschenkel, um mich zu beruhigen. »Mach die Augen zu und entspanne dich. Genieß es einfach. Dir kann nichts passieren.«

Aber das war leichter gesagt als getan. Versuchsweise schloss ich tatsächlich meine Augen. Wenigstens sah ich jetzt nicht mehr, wie lange ich es noch auf dem Pferd aushalten musste. Die Runde um die Sandbahn erschien mir endlos lang.

»Du solltest besser mit seinen Bewegungen locker mitschwingen, anstatt dich dagegenzustemmen«, riet mir Bernhard und gab mir einen aufmunternden Klaps.

Probeweise ließ ich mich tief in den Sattel gleiten. Es stimmte, ich hatte mich aus Furcht vor einem plötzlichen Sprung gegen jegliche Vorwärtsbewegung des Pferdes gewehrt. Mit geschlossenen Augen fühlte ich mich in seinen schaukelnden Gang ein. Und plötzlich war es ganz einfach. Wir liefen im Schritt, und jedes seiner Beine bewegte sich abwechselnd nach vorne. Eins, zwei, drei, vier. Eigentlich war das gar nicht so schrecklich … In diesem Moment schnaubte Kronos und schüttelte seinen Kopf.

Meine Augen flogen auf, und vor Schreck hätte ich mir fast in die Hose gemacht.

»Hey, alles okay«, beruhigte Bernhard mich. »Du machst das gut, und wir haben es fast einmal um die Sandbahn geschafft. Willst du jetzt absteigen?«

»Ja, bitte!«, sagte ich erleichtert. »Wie stelle ich das an?«

»Du schwingst einfach dein rechtes Bein über seine Kruppe, und dann fange ich dich schon auf.«

Gesagt, getan. Ich lehnte mich nach vorn und schob ungelenk mein Bein über den Pferdehintern, rutschte ab … und stürzte plötzlich mit einem spitzen Schrei nach unten … direkt in Bernhards erstaunlich muskulöse Arme. Sekundenlang hielt er mich fest gegen seine Brust gedrückt, dann stellte er mich sicher auf dem Boden ab.

Mir war schwindelig, aber das lag nicht an meiner traumatischen Reiterfahrung. Hatte ich nicht gestern Abend erst über einen zwischen uns bestehenden Draht nachgedacht, der anfing zu glühen, wenn sich unsere Augen trafen? Das war gar nichts im Vergleich zu dem Gefühl, in seinen Armen zu liegen. Dort wo mich seine Hände berührt hatten, prickelte meine Haut. Es war, als ob ein Stromschlag durch mich hindurchgefegt wäre.

»Alles klar?«, fragte er mich, offenbar amüsiert.

Da ich mir nicht sicher war, ob ich meine Stimme unter Kontrolle hatte, nickte ich. Allerdings schaffte ich es nicht, ihm dabei in die Augen zu schauen.

»Und? War das jetzt so schlimm?«

Ich nickte heftiger, woraufhin er aus voller Kehle lachte.

»Ich bin mir sicher, dass du das Reiten schon bald nicht mehr missen möchtest.«

»Darauf würde ich an deiner Stelle keinen Cent verwetten«, krächzte ich.

Sein Lachen verstummte. »Machen wir es doch so. Ich brauche eindeutig etwas, das mich zum Schreiben motiviert. Lässt du dich auf einen Deal mit mir ein? Nimmst du an jedem Tag, an dem ich es schaffe, dreitausend Wörter zu schreiben, eine Reitstunde bei mir?«

Ich war wie vor den Kopf geschlagen. Bernhard Otto war der außergewöhnlichste Autor und Mann, der mir je begegnet war. Warum wollte er mich nur, auf Teufel komm raus, für den Reitsport begeistern? Was hatte er davon? Auf der anderen Seite waren dreitausend Wörter am Tag nicht zu verachten. Jonas hatte mir gesagt, dass Bernhards Buch insgesamt mindestens 400 Normseiten haben sollte, was, grob gerechnet, einhunderttausend Wörtern entsprach. Da wären dreitausend am Tag natürlich ein wahrer Segen. Außerdem, wie wahrscheinlich war es, dass Bernhard es mit seiner aktuellen Schreibblockade schaffte, an einem Tag dreitausend Wörter zu schreiben? Das war doch so gut wie unmöglich.

Bernhard musterte mich interessiert, während ich meinen Gedanken nachhing.

»Und? Haben wir jetzt eine Abmachung oder nicht?«

»Aber du tippst nicht nur irgendwelchen Quatsch in die Tasten? Der Text muss wirklich handlungsrelevant sein. Wir beschäftigen uns heute mit einer Gliederung und dann …«

Er hob seine Hand wie ein Verkehrspolizist. »Ich schreibe ohne Gliederung, nur auf der Grundlage einer bestimmten Ausgangssituation. Aber ich verspreche dir, dass meine Zeilen *handlungsrelevant* sein werden, dass sie einen Sinn ergeben.«

Ich blickte ihn mit großen Augen an. »Ohne eine Gliederung? Aber wie definierst du deinen Spannungsbogen? Wie überprüfst du die Logik und stellst sicher, dass alle Ereignisse kausal zusammenhängen? Das ist doch gerade bei einem Psychothriller unheimlich wichtig.«

»Ich brauche lediglich eine grobe Idee und, wie gesagt, eine Ausgangssituation«, beharrte er auf seinem Standpunkt.

»Und hast du da bereits etwas im Visier … oder sollen wir uns gemeinsam darüber Gedanken machen?«, erkundigte ich mich. Meine Neugierde war geweckt. Was für eine unorthodoxe Arbeitsweise. Das könnte – auch beruflich gesehen – sehr spannend werden.

»Ich würde vorschlagen, dass ich dir meine Ideen zum Manuskript beim Frühstück genauer erläutere … aber schlag erst noch ein, damit wir unseren Deal besiegeln können. Dreitausend Wörter am Tag würden demnach eine halbstündige Reitstunde mit mir bedeuten. Einverstanden?«

Unsicher betrachtete ich seine ausgestreckte Hand. Aber was blieb mir schon übrig? Irgendwie müsste ich ihn so oder so motivieren. Und eine halbe Stunde hörte sich jetzt nicht allzu lange an. Trotzdem … mit so viel Körpereinsatz hatte ich vor meiner Abreise nicht gerechnet.

»Hast du nicht noch ein kleineres Pferd als Kronos?«, fragte ich zögerlich.

»Wäre dir das lieber?«

»Ja.«

»Dann werde ich mich mal umhören. Aber dann bist du einverstanden?«

Ich nickte gottergeben und schüttelte seine dargebotene Hand.

»Du machst ein Gesicht, als wärst du gerade zum Tode verurteilt worden«, grinste er, als er Kronos in Richtung Stall führte. »Bis gleich in der Küche.«

Ich nickte, sagte ihm aber nicht, dass es sich für mich auch genau so anfühlte. Reiten war nun mal nicht jedermanns Sache.

Der Frühstückstisch war reich gedeckt, Frau Rösler hatte uns mit Leichenbittermiene nach getaner Arbeit verlassen, und wir saßen uns mit vollbeladenen Tellern und einer Tasse Kaffee gegenüber.

»Wie viele Seiten existieren eigentlich schon von deinem Manuskript?«, fragte ich, um nicht gleich mit der Tür ins Haus zu fallen und ihn nach seiner erfolgsrelevanten *Ausgangssituation* auszuhorchen. Er formte mit Daumen und Zeigefinger eine Null. Dann biss er gelassen in sein dick mit Salami belegtes Brötchen. »Du hast keine Gliederung und auch noch keine einzige Seite geschrieben?« Mein Magen zog sich schmerzhaft zusammen und nahm mir den Appetit.

»So ist es«, bestätigte der Bestsellerautor seelenruhig.

Ich versuchte, mir meinen Schock nicht anmerken zu lassen und die Konversation in Gang zu halten. »Was hast du eigentlich in den letzten Jahren gemacht?«

»Du meinst, nachdem mir der Tod meiner Frau den Boden unter den Füßen weggezogen und ich ein Einwegticket direkt in die Hölle gelöst hatte?«

Dieser Zeitraum war offenbar kein Smalltalk-Thema für ihn. »Entschuldige, ich wollte dir nicht zu nahe treten.« Nervös nippte ich an meinem Kaffee.

»Nein, Seraphina. Ich will ja, dass wir alles übereinander wissen. Deshalb werde ich dir auch über die schlimmsten Jahre meines Lebens berichten. Wenn auch nicht allzu lange an einem Stück, da sich das nicht gerade förderlich auf meine Arbeitsmoral auswirkt.«

»Wie gesagt, ich wollte und will nicht in dich dringen«, sagte ich beschämt.

Bernhard tat mir unendlich leid. Wenn er nur endlich aufhören würde, mich Seraphina zu nennen! So kam es mir vor, als würde er gar nicht mit mir, sondern mit jemand ganz anderem sprechen.

»Vielleicht brauche ich aber auch genau das von dir. Ich meine, vielleicht solltest du mir etwas näher auf die Pelle rücken.« Er warf mir einen spekulativen Blick zu. »Rein verbal natürlich.«

»Wir brauchen das nicht jetzt auszudiskutieren«, sagte ich schnell. »Lass es uns langsam angehen. Seit wann hast du versucht, an einem neuen Buch zu arbeiten?«

»Seit ungefähr einem Jahr. Ich habe euren Verlagsleiter zufällig bei einem Freund getroffen, und er hat mich überredet, es zu versuchen.«

»Und was hat dein Agent dazu gesagt, dass du den Vertrag direkt unterschrieben hast?«

»Mein Agent hat mich schon vor fünf Jahren nach einem Streit fallengelassen.« Bernhard zuckte mit den Schultern. »Außerdem habe ich das früher auch immer gemacht: Vertrag unterschrieben und dann drei, vier Monate geackert. Bis dato hatte ich nur noch keine Bekanntschaft mit Schreibblockaden gemacht. Das war absolutes Neuland für mich. Und es hat mir Angst gemacht, als mir plötzlich nichts mehr einfiel. Dass mein Gehirn wie leergefegt war, sobald ich mich an den Schreibtisch setzte. Eine Zeitlang dachte ich sogar, dass ich an Alzheimer oder etwas in der Art erkrankt sei.«

»Hast du selbst versucht, etwas dagegen zu unternehmen?«

»Nachdem mir die Ärzte versichert hatten, dass ich zumindest physisch kerngesund bin, habe ich das Internet konsultiert und allerhand Blödsinn angestellt, der dort empfohlen wird.«

»Und was hast du da gemacht?« Langsam kehrte mein Appetit wieder zurück, und ich probierte ein Stück von dem Käse, den Frau Rösler angeblich selbst gemacht hatte. Er schmeckte köstlich.

Bernhard verzog sein Gesicht, als ob er auf etwas Saures gebissen hätte. »Ich habe, statt an meinem Schreibtisch, versucht, auf der Terrasse zu schreiben. Mich zum ersten Mal in meinem Leben von allen sogenannten ›Störfaktoren‹ ferngehalten, also mein Handy samt Internetzugang ausgeschaltet. Und dann habe ich mich mit irgendwelchem Blödsinn ›warm geschrieben‹, Grußworte an meine Leser gerichtet und sogar meine eigene Grabrede verfasst. Das hat aber alles nichts genutzt.«

Hm, jetzt musste ich mich langsam doch an das verminte Gesprächsthema wagen. »Und weshalb glaubst du, dass du ausgerechnet jetzt wieder richtig loslegen kannst? Dass deine Schreibblockade gelöst werden kann? Mit dreitausend Wörtern am Tag hast du die Latte ganz schön hoch gelegt.«

»Also: Erstens höre ich seit einiger Zeit wieder diese Stimme in meinem Kopf, die sich leise flüsternd Tag und Nacht mit meinem Plot beschäftigt und ihn vorantreibt. Ich weiß nicht, ob du das von anderen Autoren kennst, ob jeder von uns mit so einer Stimme lebt. Bei mir ist das jedenfalls so. Aber zwischenzeitlich war sie leider verstummt.« Er blickte mich über den Rand seiner Kaffeetasse an. »Zweitens habe ich endlich eine zündende Idee für den Anfang des Buchs, und drittens habe ich unseren Deal, der mich anspornen wird, mein Bestes zu geben. Das macht doch ein ziemlich beeindruckendes Gesamtpaket.«

An unsere Abmachung, bei der ich potenziell Schaden an Leib und Leben erleiden konnte, wollte ich gerade nicht erinnert werden, und deshalb bat ich ihn mit einem zittrigen Gefühl der Vorfreude: »Erzähl mir von deiner zündenden Idee.«

Bernhard kaute in aller Ruhe seinen Bissen zu Ende. »Also gut. Ich hoffe, sie wird dir gefallen: Es geht dabei um einen alternden Schriftsteller, der in der bayrischen Einöde lebt, und um eine junge Frau, die ihn dort besucht, um ihn zu überreden, ein letztes Buch zu schreiben.«

Fassungslos blickte ich ihn an. Das konnte nicht sein Ernst sein.

»Gefällt dir meine Idee nicht?«, fragte er mich, nachdem ich ihn minutenlang einfach nur angestarrt hatte.

Ich klappte meinen Mund auf. Und wieder zu. Ich wusste einfach nicht, was ich dazu sagen sollte. Er wollte aus meiner Anwesenheit in seinem Haus einen Psychothriller schnitzen? Wie das denn? Sollten wir Frau Rösler bitten, mich umzubringen, damit er ein passendes Opfer für seine Geschichte hatte? Nicht, dass sie ihm diesen Wunsch abschlagen würde. Ich bin mir sicher, dass sie an der Rolle meiner Mörderin sehr großen Gefallen finden würde. Aber eventuell hätten Bernhard und sie danach ein kleines Problem mit der Polizei.

»Seraphina?«, hakte Bernhard nach.

Aha, offenbar gehörte dieser Name zu seiner *zündenden* Idee. So viel hatte ich ja schon vorher vermutet.

»Würdest du bitte etwas dazu sagen? Ansonsten befürchte ich, dass mir gleich eine neue Schreibblockade ins Haus steht.«

Ha! Wir wussten ja noch nicht einmal mit Gewissheit, ob er die alte überwunden hatte … »Und wie willst du in dieses liebliche Szenario in der oberbayerischen Idylle die für dich so typische düstere Atmosphäre der Bedrohung einbauen?«, fragte ich. »Wer soll hier vor wem Angst haben? Der Schriftsteller vor der jungen Frau, oder umgekehrt?«

Das hätte ich aus eigenem Interesse schon gerne vorab erfahren …

Er schaute mich an, als ob ihn das offenbar aus meiner Frage ersichtliche, mangelnde Einfühlungsvermögen in seine Künstlerseele kränken würde. »Die junge Frau fühlt sich natürlich von dem alternden Schriftsteller bedroht.«

»Aber du bist nicht alt«, warf ich ein, um eine kleine Verschnaufpause vor meiner nächsten Erkundigung zu haben. Trotzdem war das kein leeres Kompliment, er wirkte für mich tatsächlich nicht alt. Noch nicht einmal alternd. Ganz im Gegenteil, er schien mir sehr viril und jugendlich zu sein.

»Ich bin dreiundfünfzig Jahre alt und damit wie viele Jahre älter als du?«, fragte er mich ernst.

»Ähm … zwanzig.«

Huch. Das hörte sich tatsächlich nach einer ganzen Menge Jahre an. Im Grunde genommen könnte Bernhard fast mein Vater sein. Warum fand ich ihn trotzdem so … anziehend?

»Da hast du es. Ich bin definitiv alt.« Es klang resigniert. Traurig.

»Nein, bist du nicht. Außerdem hoffe ich doch sehr, dass es in deinem Manuskript um einen fiktiven Schriftsteller geht und nicht um dich.«

Er antwortete nicht auf meine Frage, sondern fixierte mich stattdessen mit nachdenklichen stahlblauen Augen.

Und so stellte ich die Frage, die ich ihm in diesem Zusammenhang leider stellen musste. »Weshalb fühlt sich die junge Frau bedroht?«

Seine Antwort kam wie aus der Pistole geschossen. »Weil sie sich – wie alle anderen Menschen in seinem Umfeld – fragt, ob er eventuell nicht doch am Tod seiner Frau Schuld hat.«

Plötzlich prickelte meine Kopfhaut so merkwürdig, und ich bekam ein ganz kurioses, hohles Gefühl in meinem Bauch. War das Angst? Nein, ich fürchtete mich doch nicht vor Bernhard. Auch wenn er ein paar wirklich befremdliche Angewohnheiten hatte. Oder?

Er beobachtete mich mit einem fast wissenschaftlichen Interesse. »Wie findest du das?«

Das Klingeln meines Handys, das genau in diesem Moment einsetzte, verschonte mich glücklicherweise vor einer spontanen Antwort. Hoffentlich war das Lily. Ich brauchte gerade dringend einen Realitätscheck.

Mit einer entschuldigenden Geste kramte ich mein Handy aus der Hosentasche, stand auf und ging ins Nebenzimmer, das offenbar eine Art Bibliothek darstellte. Jedenfalls standen in dem Raum mehrere hohe Regale voller Bücher, und auch ein Lesesessel fehlte nicht. Ich ließ mich ermattet in selbigen hineinfallen und drückte auf den Annahmeknopf.

»Hallo, Steffi? Bist du okay?«

Es war Jonas.

»Mir geht's prächtig«, log ich. »Bernhard hat mir gerade das Konzept seines Romans erläutert.«

»Das ist schön, bin schon gespannt auf den ersten Entwurf«, sagte mein Chef, doch er klang nicht übermäßig interessiert. »Du, deine Stimme klingt irgendwie so komisch. Bist du dir sicher, dass du auch wirklich okay bist?«

»Ganz sicher«, versuchte ich, ihn zu beruhigen. »Auch wenn …« Ich senkte meine Stimme zu einem Flüstern. »… auch wenn ich bereits auf einem Pferd sitzen musste – und er mich andauernd Seraphina nennt.«

»Hä? Wie nennt er dich?«

»Seraphina.«

»Das bedeutet Engel«, versuchte Jonas, mich zu belehren. Warum mussten Männer Frauen gegenüber nur immer mit ihrem Wissen auftrumpfen?

»Stell dir vor, das weiß ich bereits«, sagte ich kühl. »Aber es ist nicht mein Name!«

»Wenn es dich stört, sag ihm das. Aber eigentlich klingt Seraphina doch sehr hübsch. Passt irgendwie zu dir.«

Am liebsten hätte ich mir mit der flachen Hand vor die Stirn gehauen. Doch stattdessen wisperte ich hastig: »Glaubst du eigentlich, dass Bernhard seine Frau umgebracht hat?«

»Nein, das glaube ich nicht«, antwortete Jonas mit fester Stimme. Es klang sehr überzeugend, und ich entspannte mich umgehend. »Aber er hat Marissa ganz fürchterlich behandelt. Seine Machomanieren ihr gegenüber waren für mich fast unerträglich.«

»Für dich?«, flüsterte ich erstaunt. Was hatte Jonas denn damit zu tun?

»Als sein Lektor habe ich damals für eine ganze Weile bei ihm gewohnt.«

Das war mir neu. Diese Information nahm mir im ersten Moment den Wind aus den Segeln. Dann war ich also gar nichts Besonderes für Bernhard, wie ich es mir bisher immer eingebildet hatte. Irgendwie war ich enttäuscht darüber, dass ich keinen Sonderstatus unter den Verlagsmitarbeitern genoss, die seine Texte lektorieren durften.

»Hat er schon versucht, dich anzubaggern?«

Jonas holte mich mit seinen Worten aus meiner leicht geknickten Nachdenklichkeit in die Realität zurück.

Ich versuchte, meiner Stimme einen empörten Klang zu geben. »Wie meinst du das, *anbaggern?* Bernhard weiß doch haargenau, dass ich auf Frauen stehe. Warum sollte er da mit mir flirten wollen?«

Ich hörte, wie mein Boss am anderen Ende der Leitung durch die Nase schnaubte. »Glaub mir, deine sexuelle Orientierung wird für den alten Macho geradezu eine Herausforderung sein.«

»Das ist doch Quatsch«, sagte ich im Brustton der Überzeugung, aber innerlich machte mein Herz einen kleinen Sprung.

In diesem Moment ging die Tür auf, und Bernhard streckte seinen Kopf durch den Spalt. Er wirkte energiegeladen und konzentriert. Von der eigenartigen Intensität, mit der er mir vorhin die Angstvorstellungen seiner weiblichen Heldin erläutert hatte, war nichts mehr zu spüren. »Entschuldige bitte, ich will nicht stören, sondern dich nur wissen lassen, dass ich jetzt in meinem Arbeitszimmer bin. Wenn du dein Gespräch beendet hast, können wir anfangen. Aber lass dir ruhig Zeit.«

Ich nickte, und Bernhard zog die Tür wieder hinter sich zu.

»Jonas, ich muss jetzt auflegen«, flüsterte ich hastig. »Ich sage dir im Laufe der Woche Bescheid, wie wir mit dem Manuskript vorankommen. Okay?«

»Einverstanden, Steffi. Aber wenn Bernhard Otto in der Zwischenzeit irgendwelche üblen Tricks versucht oder dir anderweitig auf die Pelle rückt, sag mir umgehend Bescheid. Dann komme ich nach Murnau und werde ein Machtwort sprechen.« Mit diesen bedrohlichen Worten beendete er das Telefonat und legte auf.

Auf dem Weg nach oben zu Bernhards Arbeitszimmer konnte ich mir ein Grinsen nicht verkneifen. Männer! Selbst wenn sie sonst ganz zivilisiert auftraten, waren sie innerlich doch nichts anderes als vorsintflutliche Urzeitwesen. Jonas hätte sich auch wie ein Gorilla auf die Brust trommeln können. Hier ging es doch um nichts anderes als um Rivalität. Als ob der große Bernhard Otto ausgerechnet *mir* auf die Pelle rücken wollte. Lachhaft. Wie hatte er es selbst formuliert? Er würde das lediglich *verbal* befürworten.

18.

Sie hatten es gerade noch geschafft, mit Balzac eine Runde spazieren zu gehen, und dann waren sie schon wieder übereinander hergefallen. Noch vor dem Frühstück. Und selbst bei hellem Sonnenschein war der Sex mit Niklas genauso wild und wunderbar wie letzte Nacht. Das lag an seinem Enthusiasmus, seiner Leidenschaft, seinem schönen Körper, seiner Experimentierfreude ... Lily hätte diese Liste unendlich fortsetzen können. Danach hatten sie geduscht, und auch dabei nicht ihre Finger bei sich behalten können.

Während Lily den Frühstückstisch deckte, lag ein seliges Lächeln auf ihren Lippen. Sie konnte sich nicht daran erinnern, schon einmal in ihrem Leben so befriedigt gewesen zu sein. Im Grunde genommen hatte sie in den letzten zwölf Stunden mit Niklas mehr und vor allem besseren Sex gehabt als mit Jörg in den letzten ... Nein, in ihrer ganzen Ehe mit Jörg war das noch nicht vorgekommen! Und sie war Niklas unendlich dankbar, dass er sie daran erinnert hatte, dass sie noch nicht zu alt war, um für einen Mann begehrenswert zu sein.

»Schöne Wohnung, aber ein bisschen weit draußen«, murmelte Niklas, während er einen Joghurt löffelte. Lily hatte mit Überraschung zur Kenntnis genommen, dass er Vegetarier war und zum Frühstück Joghurt und Käsebrot bevorzugte statt Eier mit Speck.

»Ja, meine Schwester war bis vor kurzem als freiberufliche Lektorin tätig, und da war es egal, wo sie wohnte. Aber jetzt arbeitet sie fest für einen Verlag, und ich hoffe, dass sie deshalb bald in die Stadt zieht. Das wäre auch für mein neues Geschäft besser.«

»Für welchen Verlag arbeitet sie denn?«, fragte Niklas interessiert und streichelte abwesend Balzac, der zu seinen Füßen lag.

Als Lily seine Frage beantwortete, dachte sie kurz darüber nach, ob das nicht zu viele Informationen waren, die sie da an ihren One-Night-Stand weitergab. Als Neuling kannte sie sich mit der Etikette in dieser Hinsicht noch nicht so richtig aus.

»Den Verlag kenne ich, dort …«, setzte Niklas an, aber dann unterbrach er sich selbst. Wahrscheinlich wollte auch er nicht zu viel Privates preisgeben, und so verzichtete Lily darauf nachzufragen. Allerdings fiel ihr auch kein anderes neutrales Thema ein, so dass sie für ein paar Minuten schweigend frühstückten.

»Hast du Lust, heute Abend mit mir ins Kino zu gehen?« Niklas setzte seine Teetasse ab und blickte sie erwartungsvoll an.

Verwirrt blickte Lily auf. Was sollte das denn jetzt bedeuten? War das ein Code für irgendetwas? Erwartete er jetzt, dass sie ablehnte, um anzudeuten, dass die verlängerte Nacht mit einer Unbekannten nun zu Ende ging?

»Äh, ich glaube, besser nicht, Niklas«, antwortete Lily spröde.

»Hast du schon etwas vor? Kein Problem. Wie wäre es dann mit morgen?«

Lily schüttelte ungläubig den Kopf. »Niklas, ich kenne mich ja nicht wirklich damit aus, aber sollten wir uns jetzt nicht besser freundschaftlich voneinander verabschieden?«

Jetzt war er es, der sie überrascht ansah. »Verabschieden? Aber warum denn? Es läuft doch super zwischen uns.«

»Weil … also nach einem One-Night-Stand muss man sich irgendwann auch wieder trennen und …«

Er verzog seinen schönen Mund zu einer Grimasse. »Bloß weil wir uns noch nicht besonders gut kennen, bedeutet das doch nicht automatisch, dass das hier eine schnelle Nummer ist.«

»N…icht?«, stammelte Lily fassungslos.

»Nein«, bestätigte Niklas. »Ich mag dich. Eigentlich schon, seit ich dich das erste Mal gesehen habe.«

Für einen kurzen Moment wusste Lily nicht, was sie sagen sollte. Sie mochte Niklas ja auch. Aber wie stellte er sich das vor? Sie konnte doch nicht mit einem so jungen …

»Ähm, Niklas, wie alt bist du?«

»Was hat denn mein Alter damit zu tun?«

»Bitte antworte mir.«

»Ich bin gerade achtundzwanzig geworden.«

Lily hatte bereits gewusst, dass er jung war, aber trotzdem war diese Bestätigung ein Schock für sie. Doch sie versuchte, sich nichts anmerken zu lassen.

»Damit bin ich ganze neun Jahre älter als du. Da kannst du selbst sehen, dass wir uns besser nicht wiedersehen sollten.«

»Wieso?«

»Weil ich fast deine Mutter sein könnte.«

»Mach dich doch nicht lächerlich, Lily. Eine neunjährige Mutter?« Er grinste. »Außerdem hast du mich gestern Nacht und heute Morgen nicht besonders mütterlich behandelt.«

»Das war ja auch etwas anderes«, nuschelte Lily etwas hilflos.

»Ach? Wieso?«

Sie hob resignierend die Hände. »Niklas, ich kann nicht mit dir ausgehen.«

»Warum nicht?«, fragte er mit Nachdruck. »Ich denke, du bist von deinem Mann getrennt. Was sollte also dagegensprechen, mit mir ins Kino zu gehen?«

Die Trennung von Jörg hatte er ihr auf der Autofahrt zu Steffis Wohnung aus der Nase gezogen. Und sie bereute zutiefst, ihm dieses Argument in die Hand gespielt zu haben.

»Weil sich die Leute über uns lustig machen würden. Deswegen!«, sagte sie schärfer als beabsichtigt. »Und so, wie es aussieht, bin ich sowieso schon die Lachnummer in meinem Bekanntenkreis.«

Niklas lehnte sich zurück und schlug eins seiner langen Beine über das andere. »Was geht uns das Geschwätz der Leute an? Bist du wirklich so unsicher, dass du darauf Wert legst, was irgendwelche *Bekannte* über uns denken?«

Plötzlich fiel Lily das Mädchen aus der Bar wieder ein, mit dem Niklas so intensiv geflirtet hatte. »Außerdem … was ist denn mit dir? Du willst mir doch nicht weismachen, dass du keine … feste Partnerin hast? Eine Freundin mit gewissen Vorzügen oder wie immer man das jetzt nennt.«

Er blickte sie amüsiert an. »Nö. Ich habe keine Beziehung mit ›wie immer man das jetzt nennt‹. Ich bin frei wie ein Vogel.«

»Und du willst ausgerechnet mit mir ausgehen?«

»Ja.« Sein Grinsen wurde breiter. »Wobei wir das Wort *ausgehen* ruhig etwas weiter fassen können.«

»Warum ich? Warum suchst du dir nicht ein unkompliziertes Mädchen in deinem Alter?«

»Hab ich doch schon gesagt. Weil ich dich mag!«

Ihre sorgfältig auf neutral gepolten Gesichtszüge drohten plötzlich zu entgleiten. Niklas' einfaches »Weil ich dich mag!« berührte irgendwie ihr Herz. Doch sie versuchte, es sich nicht anmerken zu lassen. »Aber du kennst mich doch gar nicht. Und ich kenne dich nicht.«

»Das lässt sich doch ganz leicht ändern.« Über den Tisch hinweg reichte er ihr seine Hand. »Darf ich mich vorstellen? Niklas Löwenberg. Frag mich alles, was du über mich wissen willst.«

Sie wusste nicht, ob sie lachen oder weinen sollte. Wie würde sie diesen Kerl jemals wieder loswerden? Und … wollte sie das überhaupt? Was hatte sie schon zu verlieren? Lily gab sich einen Stoß.

»Also gut, Niklas Löwenberg. Dann möchte ich als Erstes wissen, ob du gebürtig aus München kommst? Ich meine, falls mich deine Eltern wegen Nestraubs rechtlich belangen wollen, wäre das ja nicht uninteressant.«

Niklas lächelte. »Ich komme aus der Nähe von München. Und von meinen Eltern brauchst du nichts zu befürchten. Die haben schon länger verstanden, dass ich erwachsen bin.«

»Und … du arbeitest als Barkeeper?«

»Manchmal. Momentan sind Semesterferien, und da mache ich verschiedene Jobs. Gestern hatte mich ein Freund gebeten, kurzfristig für ihn einzuspringen.«

Sie war ehrlich überrascht. »Du studierst noch? Mit achtundzwanzig?«

Niklas fuhr sich mit einer Hand durch die langen Locken. »Ja, bei mir hat die Berufswahl etwas länger gedauert. Und dann musste ich erst Kohle verdienen, um für mein Studium blechen zu können.«

»Deine Eltern unterstützen dich nicht finanziell?«

»Nein. Aber das hätte ich auch gar nicht gewollt. So haben sie jedenfalls auch nicht das Recht, sich in mein Leben einzumischen.«

»Demzufolge hast du kein gutes Verhältnis zu deinen Eltern?«

»Teils, teils«, antwortete er ruhig. Aber sie spürte trotzdem, dass dies nicht sein bevorzugtes Thema war.

»Seit wann lebst du schon in deiner WG?«

»In der momentanen WG seit fünf Jahren, aber ich bin mit knapp neunzehn von zu Hause ausgezogen.«

So viel Eigeninitiative nötigte ihr unfreiwillig Bewunderung ab. Auch dass Niklas sich mit seiner Berufswahl Zeit gelassen hatte, fand sie gut. Das hätte sie selbst auch besser mal gemacht.

»Und wo und was studierst du?«

»Ich studiere Schauspiel an der August-Everding-Theaterschule.«

Lily war gleichzeitig enttäuscht und beeindruckt. Natürlich kannte sie die berühmte Münchner Schauspielerschmiede. Es war legendär schwierig, dort aufgenommen zu werden. Trotzdem. Es gab keine brotlosere Kunst als die Schauspielerei. Darüber hatte sich Jörg schon immer wortgewaltig ausgelassen. Ihr Ex-Mann hatte deswegen sogar verhindert, dass sein eigener Sohn diesen Berufsweg einschlug, obwohl er ihm, als Regisseur, bei der Jagd nach Rollen sicherlich behilflich hätte sein können.

Niklas betrachtete sie interessiert und versuchte augenscheinlich, zu ergründen, warum sie von der einen auf die andere Minute so schweigsam geworden war. »Magst du keine Schauspieler?«

Und plötzlich war sie auf sich selbst wütend. Was erwartete sie denn ganz unbewusst von Niklas? Dass er die Antwort auf ihre finanziellen Probleme sein würde? Wäre es ihr lieber, wenn er stattdessen ein langweiliges BWL-Studium absolvierte und irgendwann einmal das dicke Geld scheffeln würde? Das passte doch überhaupt nicht zu ihm. Und selbst wenn dem so wäre … was hätte das mit ihr als seiner Teilzeit-Bettbekanntschaft zu tun?

»Ganz im Gegenteil. Ich finde das wahnsinnig spannend. Ein toller Beruf …«, beeilte sie sich zu sagen.

Niklas seufzte. »Man wird halt nicht reich dabei. Aber ich habe mich mental darauf eingestellt und lebe dementsprechend.«

»Wie meinst du das?«

»Ich lebe nach der Maxime LOVOS.«

Hatte das irgendwie mit Sex zu tun? Mit freier Liebe und so einem Kram? Lily schaute ihn fragend an.

Niklas grinste. »Das ist die Abkürzung für *Lifestyle of Voluntary Simplicity* und heißt nichts anderes, als dass ich auf den ganzen Konsumzirkus pfeife. Meine Freizeitbeschäftigung besteht nicht aus Shopping, und ich lasse mir auch nicht von der Werbung aufzwingen, welches Auto oder welche Klamotten ich zu mögen habe. Ich versuche, mir keinen unnötigen Krempel zuzulegen.«

Lily ließ seine Worte auf sich wirken. Dann fiel ihr wieder sein spartanisch eingerichtetes Zimmer ein. »Also lebst du nach dieser Geiz-ist-geil-Devise?«

Niklas schüttelte den Kopf. »Nein, genau das Gegenteil ist der Fall. Ich bin gerne bereit, einen angemessenen Preis für das zu bezahlen, was ich wirklich kaufen möchte. Aber ich will mich quantitativ beschränken. Es reist sich besser mit leichtem Gepäck. Und ich habe beschlossen, nie mehr als maximal hundert Sachen gleichzeitig zu besitzen.«

»Hundert Sachen?«, fragte Lily perplex. »Insgesamt, oder zählst du dabei Kategorien von Gegenständen, wie zum Beispiel Kleidung?«, erkundigte sie sich neugierig.

»Insgesamt. Also alles, außer Lebensmittel. Dazu gehören daher auch mein Duschgel, meine Hemden, mein Fahrrad und meine Zahnbürste.«

Wow. Niklas' Lebensstil war das komplette Gegenteil von dem, wie sie bislang gelebt hatte. In ihrem Bekanntenkreis war es letztendlich darum gegangen, sich möglichst viele und möglichst rare Luxusgegenstände anzuschaffen. Und die sogenannten Freunde mit der entsprechenden Ausbeute an Handtaschen, Inneneinrichtung und ausgefallenen Reisen zu beeindrucken. Ehrlich gesagt, hatte sie sich bisher keine Gedanken darüber gemacht, ob das richtig oder falsch war. Erst die Trennung von Jörg und der damit verbundene finanzielle Engpass hatten sie sparsam werden lassen. Zum Beispiel wollte sie heute noch unbedingt in diesen Laden, der momentan dreißig Prozent Rabatt auf Hitchcocks Lieblingsfutter offerierte.

»An was denkst du?«, versuchte Niklas, ihr eine Reaktion zu entlocken.

»Daran, dass du seit gestern Abend nur noch neunundneunzig Sachen besitzt«, lächelte Lily.

»Wieso?«

»Na, da hast du dir doch ganz romantisch das Hemd von der Brust gerissen! Oder machst du das bei jeder neuen Eroberung und nähst die Knöpfe danach fein säuberlich wieder an?«

»Jetzt hast du mich aber durchschaut«, grinste Niklas und schüttelte erneut den Kopf, so dass seine Locken hin- und herschwangen. »Lily, glaubst du wirklich, dass ich der Typ bin, der sich jede Nacht mit einer anderen Unbekannten einlässt?«

Vor ihrem geistigen Auge sah sie ihn wieder in dem Sexshop stehen und ganz vertraut mit der Verkäuferin plaudern.

Außerdem war er viel zu gut im Bett, um nicht über einen ausgiebigen Erfahrungsschatz in dieser Hinsicht zu verfügen. »Irgendwie schon«, antwortete sie wahrheitsgemäß.

»Nun … das stimmt nicht. Im Gegenteil. Ich bin sehr, sehr wählerisch, mit wem ich mich einlasse. Da kannst du auch gerne Mia fragen.«

»Mia, die mich so selbstverständlich in deinem Bett begrüßt hat, als ob sie das jeden Morgen mit einer anderen Frau täte?«, erkundigte sich Lily spitz.

»Bist du eifersüchtig?«, fragte Niklas. Es klang begeistert.

»Natürlich nicht.«

»Schade. Aber du kommst trotzdem heute mit mir ins Kino, oder nicht?«

»Hm. Was für einen Film willst du dir denn ansehen?«

»Heute gibt es fünfzig Prozent auf die Karten in diesem kleinen Programmkino, Studio Kurt in Haidhausen. Da würde ich gerne hingehen.«

»Aber was wird da heute gespielt?«

»Keine Ahnung. Ich lasse mich überraschen. Als angehender Schauspieler muss man sich sowieso alles querbeet ansehen. Du wärst überrascht, wie toll manche rumänischen oder polnischen Filme sind. Und hinterher können wir dann diskutieren, warum uns der Film gut oder gar nicht gefallen hat. Was meinst du?«

»Du meinst, wir spielen Russisch-Roulette-Kino?«, fragte Lily skeptisch.

Er grinste. »Genau.«

Sie zuckte mit den Schultern. Warum sollte sie eigentlich nicht mit ihm ins Kino gehen? Sie hatte sowieso nichts anderes vor. Und vielleicht konnte sie noch den einen oder anderen Tipp fürs Sparen bekommen. Niklas schien auf diesem Gebiet ein Experte zu sein.

»Okay. Wo sollen wir uns treffen?«

Niklas freute sich sichtlich. »Vor dem Kino? Oder willst du vorher noch auf ein Bier zu mir kommen, um den Rest meiner WG kennenzulernen?«

Oh Gott. Nein, Mia hatte ihr schon gereicht. Weiß der Himmel, was diese jungen Leute davon hielten, dass ihr Freund mit einem »Grufti« wie ihr ausging.

»Nein, wir treffen uns besser direkt vor dem Kino. Ich habe noch ziemlich viel zu tun, muss gleich noch einen zweiten Hund abholen, mit Balzac spazieren gehen und Futter kaufen.«

Niklas trank seine Tasse leer. »Ich merke schon … du willst mich jetzt loswerden. Das ist fürs Erste auch okay, aber wir treffen uns um zwanzig Uhr vor dem Studio Kurt. Abgemacht?«

Sie nickte. »Soll ich dich noch nach Hause fahren?«

»Nur wenn es dir keine Umstände macht. Ansonsten nehme ich den Bus, der fährt zur nächsten S-Bahn-Station und hält ja quasi direkt vor deiner Tür.«

Komisch, das war ihr noch gar nicht aufgefallen. Vielleicht sollte sie den auch ab und zu mal nutzen.

»Nein, das ist schon okay. Ich glaube, die zweite Hundebesitzerin wohnt ganz in deiner Nähe.« Das war gelogen. Aber sie konnte Niklas, nachdem er sie fast die ganze Nacht durch die Weltgeschichte kutschiert hatte, unmöglich allein mit Bus und Bahn fahren lassen.

»Cool«, sagte Niklas und half ihr, den Frühstückstisch abzudecken.

Eine knappe Stunde später setzte sie ihn an seinem Auto hinter dem Nachtklub ab. Doch Niklas weigerte sich, auszusteigen, bevor sie nicht noch einmal ausgiebig geknutscht hatten.

Als sie endlich losfuhr, hatte sie schon wieder ein breites Grinsen im Gesicht. Irgendwie fühlte sie sich jünger, seit sie ihn kannte. Und bei dem von Niklas vorgelegten Tempo würde sie allerspätestens übermorgen wieder ein Teenager sein.

Da Balzac nach dem Frühstück das letzte verbleibende Futter von Hitchcock vertilgt hatte, steuerte Lily als Erstes den Haustierladen an. Sie parkte ihr Auto im Schatten, griff sich einen Einkaufswagen und machte sich auf den Weg. Zum ersten Mal in ihrem Leben würde sie beim Shoppen die Taschenrechnerfunktion ihres Handys in Anspruch nehmen. Sie hatte sich fest vorgenommen, nicht mehr als vierzig Euro auszugeben und dafür die maximale Menge des preisreduzierten Hundefutters zu ergattern. In mehreren komplizierten Rechenvorgängen, ihre Schulzeit lag immerhin schon ein paar Jahre zurück, ermittelte sie, dass sie mit ihrem Budget zwölf Dosen des Futters erstehen konnte, von dem eine reguläre Dose vier Euro dreißig kostete. In dieser mathematischen Gewissheit lud sie sechs Dosen Futter mit Huhn und sechs Dosen mit Rind in ihren Wagen und schob ihn zur Kasse.

»Einundfünfzig Euro sechzig, bitte«, krähte die Kassiererin.

»Ähm, Sie haben vergessen, den Rabatt abzuziehen«, sagte Lily peinlich berührt. Sie hatte noch nie mit einer Mitarbeiterin über einen Betrag debattiert, sondern immer brav gezahlt, was die jeweilige Dame zusammengerechnet hatte. Aber früher hatte sie sich auch kein Budget für Hundefutter zurechtlegen müssen.

»Nein, der Nachlass gilt nur für die Lammvariante«, erklärte die Ladenangestellte gelangweilt und studierte den größtenteils abgeplatzten Lack auf ihren Fingernägeln.

Das war leider die einzige Geschmacksrichtung, die Hitchcock nicht mochte. Außerdem war sie sich sicher, dass in der Anzeige, die sie gesehen hatte, nicht von einer bestimmten Sorte die Rede gewesen war, sondern dass das Futter insgesamt reduziert war.

»Ich glaube, da irren Sie sich«, sagte Lily höflich. »Wären Sie so freundlich und schauen noch einmal in der Anzeige nach?«

Hinter ihr hatte sich eine kleine Schlange von Kunden gebildet, und eine der Damen, ganz klassisch mit Hermès-Gürtel zur blauen Hose und gestärkter Hemdbluse, atmete hörbar laut und genervt aus.

Lustlos blätterte die Kassiererin in einer der Broschüren, die vor ihr lag. »Nein, ich bin mir sicher, dass nur die Lammvariante reduziert war.«

Lilys Wangen färbten sich rot, aber sie würde jetzt nicht klein beigeben. »Dann rufen Sie vielleicht eine Kollegin, damit die einmal nachschauen kann, denn auch ich bin mir absolut sicher.«

»Also wirklich«, sagte die schicke Dame hinter ihr spitz. »Jetzt zahlen Sie doch endlich, was Sie schuldig sind. Man kann hier doch nicht wie auf dem Jahrmarkt um jeden Cent feilschen.«

Die Kassiererin grinste gehässig, als die anderen Kunden in der Warteschlange murmelnd ihre Zustimmung kundtaten.

Lily drehte sich um. Ihr Gesicht brannte vor Scham und Wut. »Halten Sie sich gefälligst da raus! Und Sie …« Lily blickte die Kassiererin grimmig an. »… Sie rufen jetzt Ihre Kollegin.«

Die Verkäuferin griff ohne jede Eile zu dem Telefon, das neben ihrer Kasse stand, und wählte im Schneckentempo.

»Jenny … kannste mal kommen, hier hat so eine Frau ein Problem.«

Am liebsten hätte Lily ihr eine geknallt, damit nicht nur sie selbst, sondern auch die blöde Ziege an der Kasse *ein Problem* hatte.

»Wenn Sie hier so einen Aufstand wegen ein paar Euro fünfzig machen wollen, dann treten Sie doch wenigstens zur Seite, damit wir zuerst zahlen können«, motzte die Hermès-Lady hinter ihr.

»Eh, das geht aber nicht. Ich hab die Dosen schon getippt«, erklärte die Kassiererin trantütig.

In diesem Moment bog »Jenny« um die Ecke. Schnaufend wie eine Lokomotive bewegte sie ihre geschätzten zweihundert Pfund Lebendgewicht auf den Tatort des Geschehens zu.

»Was ist los?«, fragte sie resolut und warf Lily einen ungnädigen Blick zu. Offensichtlich war der Kunde in diesem Geschäft eher ein Störfaktor, der möglichst schnell abgefertigt werden musste, als der sprichwörtliche König.

Lily erklärte Jenny trotzdem freundlich ihr Anliegen.

»Nichts da, Sie zahlen schön den regulären Preis«, beschied Jenny, ohne sich in irgendeiner Weise schlauzumachen.

Innerlich stand Lily bereits kurz vor einem Vulkanausbruch, aber sie versuchte, sich krampfhaft zu beherrschen. »Die Preisreduzierung steht meines Erachtens sogar am Regal. Sie brauchten bloß einmal nachzuschauen.«

Durch die wartende Schlange lief ein Stöhnen. Bis Jenny ihren fetten Hintern bis zur Hundefutterabteilung und zurück gewalzt hatte, würde bestimmt eine kleine Ewigkeit vergehen.

Plötzlich rief ein dünner Herr mittleren Alters weiter hinten in der länger werdenden Schlange: »Was ist denn der Unterschied zwischen dem regulären Preis und dem Sonderangebot?«

»Dreißig Prozent«, antworteten Lily und die Kassiererin gleichzeitig.

»Und wie viel wäre das in Euro, auf die Dosen der Dame gerechnet?«

»Moment.« Die Mitarbeiterin tippte ein paar Zahlen in die Kasse. »Fünfzehn Euro achtundvierzig.«

Der dünne Herr drängelte sich an den anderen Kunden vorbei und zückte seine Geldbörse. »Ich zahle die Differenz.«

»Aber das brauchen Sie nicht. Ich bin wirklich im Recht«, beteuerte Lily, die in dieser Sekunde gerne in einem Loch im Erdboden versunken wäre.

»Doch, das brauche ich schon … denn meine Frau wartet im Auto, und wir sind eingeladen«, sagte der Mann, ohne eine Miene zu verziehen, und wedelte mit einem Zwanzigeuroschein.

»Und Sie, zahlen Sie jetzt auch endlich? Oder spekulieren Sie darauf, dass wir noch den Rest Ihrer Rechnung für Sie übernehmen?«, schrie die aufgebrachte Dame hinter ihr.

Mit Tränen in den Augen zog Lily die vierzig Euro aus ihrer Tasche und nahm das Wechselgeld in Empfang. Dann schob sie ihre hart umkämpften Dosen aus dem Laden. Im Rausgehen hörte sie die Hermès-Dame tuscheln: »Die sollte sich aushalten lassen. Offenbar hat sie Talent dazu.«

Sie verstaute die Dosen in ihrem noch vom gestrigen Unfall ramponierten Wagen und fuhr mit starrem Blick vom Parkplatz. Doch bereits an der nächsten Ecke hielt sie an und brach unvermittelt in Tränen aus. Was war nur los mit ihrem Leben? Warum blies ihr der Wind plötzlich von allen Seiten ins Gesicht? Sie hatte doch niemandem etwas getan! Blind vor Tränen, tastete sie in ihrer Handtasche nach einem Taschentuch.

Und in diesem Moment klingelte ihr iPhone.

19.

Mit einem diffusen Gefühl der Neugier klopfte ich an der Tür von Bernhards Arbeitszimmer. Auf der gestrigen Tour durch sein Haus hatte er die Besichtigung desselben ausgelassen, und ich war schon sehr gespannt darauf, in welcher Umgebung der Autor seine Meisterwerke schrieb.

»Komm rein«, schallte seine sonore Stimme.

Ich drückte die Klinke herunter, trat ein und blickte mich staunend in dem großen Raum um. Innenarchitektonisch gesehen, war das Ganze eine Enttäuschung, besonders im Vergleich zu der Opulenz, mit der das restliche Haus eingerichtet war: Bernhards Wirkungsstätte huldigte dem Charme des Sterilen, wirkte mehr wie ein antiseptisches Labor als ein magischer Geburtsort von Kreativität. Die Wände und der nackte Fußboden waren weiß gestrichen, die Möbel aus Metall. Der nüchterne Effekt wurde nur durch die bodentiefen Fenster unterbrochen, durch die man nichts außer hellgrünen Laub- und dunkelgrünen Nadelbäumen sah. Offenbar lag das Arbeitszimmer auf der westlichen Seite des Hauses, die komplett von dichtem Wald umgeben war. Bernhard saß an einem großen ultramodernen Schreibtisch und tippte konzentriert in seinen Laptop. Als er meine Schritte vernahm, blickte er kurz auf.

»Schau dir ruhig alles an. Ich schreibe noch schnell die Seite zu Ende. Dann reden wir.«

Ich nickte. Was für eine einmalige Gelegenheit, um in Ruhe zu stöbern!

Genau gegenüber von Bernhard, in seinem unmittelbaren Blickfeld, hing als einziger Wandschmuck eine gerahmte, stark vergrößerte Fotografie seiner Frau. Ich musste Jonas insgeheim recht geben. Auf diesem Porträt sahen wir uns nicht mehr zum Verwechseln ähnlich. Sie hatte zwar die gleiche Gesichtsform und dieselbe Haar- und Augenfarbe, aber sie war deutlich älter als ich, und ihr Ausdruck war ein völlig anderer. Marissa Otto sah auf diesem Bild blass und ätherisch aus, so als wäre sie nicht von dieser Welt. Ihr Blick war sehnsuchtsvoll in die Ferne gerichtet, ihre langen Haare wehten im Wind. Sie wirkte wie eine Märchenfee, wie ein leicht melancholisches Fabelwesen.

»Das ist das letzte Bild, das ich vor ihrem Unfall gemacht habe«, sagte Bernhard, und ich zuckte unwillkürlich zusammen. Ich hatte gar nicht bemerkt, dass er mich beobachtete.

»Sie war eine schöne Frau«, schmeichelte ich ihm.

»Ja, das war sie«, sagte er. Leise fügte er hinzu: »Aber nicht so schön wie du.«

Innerlich freute ich mich über sein Kompliment. Doch ich tat so, als ob ich diesen Zusatz nicht gehört hätte, und ging zu dem schlichten Regal, das an einer der seitlichen Wände angebracht war. Darin standen dicke Recherche-Ordner und Exemplare aller seiner Bücher.

»Welches ist dein Lieblingsbuch?«, fragte er interessiert.

Ich fuhr mit einem Finger über die glatte Oberfläche der Hardcover-Ausgaben. »Von dir oder insgesamt?«

»Von mir und insgesamt.«

»Von dir gefällt mir am besten *Der Tänzer im Mondlicht*. Aber insgesamt gibt es einfach zu viele Genres, die mich begeistern, da kann ich mich unmöglich für ein einziges Buch entscheiden.«

Er lächelte. »Sehr diplomatisch. Aber *Der Tänzer im Mondlicht* ist auch eins meiner Lieblingsbücher.«

»Und? Wie viele Wörter hast du schon geschrieben?«, neckte ich ihn, um das Thema wieder auf seine Arbeit zu lenken.

»Die Kunst ist es doch gerade, nicht alle zwei Minuten auf den Wörterstand zu linsen, sondern in die Geschichte abzutauchen«, antwortete er trocken.

»Touché. Gibt es denn noch etwas, das du mit mir hinsichtlich des Manuskripts besprechen willst? Oder soll ich mich einfach verkrümeln und dich in Ruhe arbeiten lassen?«

Plötzlich stand Bernhard auf und durchquerte das Zimmer, bis er neben mir stand. Er zog einen der schweren Ordner aus dem Regal und drückte ihn mir in die Arme.

»Das ist der Polizeibericht über den Unfall und ein Teil der Gerichtsakten von dem Verleumdungsprozess, in dem mich eine Zeitung des Mordes an meiner Frau bezichtigt hat. Ich wäre dir dankbar, wenn du das alles einmal durchsehen würdest.«

Ich schüttelte den Kopf. »Bernhard, willst du denn wirklich ausgerechnet über dieses Thema schreiben? Ist das nicht zu traumatisch für dich?«

»Nein, im Gegenteil, Seraphina. Ich glaube, dass es heilsam ist. Fast wie eine Art Therapie. Außerdem ist es immer besser, über etwas zu schreiben, das man kennt. Über Gefühle, Personen, Erlebnisse, die einem vertraut sind. Doch es könnte sein, dass ich die Fakten in diesem Fall zu sehr meiner Sichtweise anpasse, und deshalb möchte ich, dass du die objektiven Tatsachen und alle Zeugenaussagen kennst, um mich vor dieser Fallgrube zu bewahren.«

»Aber … wie passe ich eigentlich in deine Handlung rein?«, platzte es aus mir heraus.

»Du bist der Auslöser für meine Idee, meine Inspiration. Ohne dich würde ich noch immer in dieser Schreibblockade gefangen sein.« Bernhard sprach so langsam und deutlich, als müsste er einem kleinen Kind etwas erklären. Dann streckte er seine Hand aus und strich mir sanft über die Wange. »Es ist einfach schön, dass es dich gibt. Ich hatte die Hoffnung schon aufgegeben.«

»Die Hoffnung … auf was?«, stammelte ich. Seine Berührung war mir nicht unangenehm, aber was hatte sie zu bedeuten?

Bernhard antwortete nicht auf meine Frage, sondern meinte stattdessen beiläufig: »Das war Jonas, der dich gerade angerufen hat. Richtig?« Ich nickte. »Weißt du, dass er zum Zeitpunkt des Unfalls bei uns gewohnt hat?«

»Nein.« Wirklich? Das war mir neu.

»Du solltest wissen, dass ich vermute, dass Jonas sich in meine Frau verliebt hatte.« Mit offenem Mund starrte ich ihn an. »Eventuell hatten die beiden sogar eine Affäre. Ich mag es nicht ausschließen.«

Bernhard beobachtete mit Argusaugen jede Gefühlsregung, die über mein Gesicht huschte. Und ich war mir sicher, dass ihm nicht entging, wie geschockt ich war. Jonas hatte *eventuell* eine Affäre mit Marissa Otto gehabt? Davon war in keinem der von mir gelesenen Artikel die Rede gewesen, selbst in denen der Zeitung nicht, die Bernhard indirekt des Mordes bezichtigten. Dort hatte man lediglich von der zerrütteten Ehe der Ottos gesprochen.

»Das kann ich mir nicht vorstellen«, sagte ich mit mehr Überzeugung, als ich innerlich fühlte. Was wusste ich schon über Jonas' Liebesleben? Also ... außer, dass er *mir* vor nicht allzu langer Zeit seine Liebe erklärt hatte.

»Wieso kannst du dir das nicht vorstellen? Kennst du Jonas denn wirklich so gut?« Bernhard legte den Finger genau auf die Wunde. Es war, als ob er meine Gedanken lesen konnte.

»Ich weiß nichts über sein Privatleben«, gab ich unumwunden zu. »Aber ich arbeite seit vielen Jahren mit ihm zusammen, und menschlich würde ich meine Hand für ihn ins Feuer halten. Ich glaube nicht, dass er eine Affäre mit einer verheirateten Frau haben würde.«

Bernhards Blick durchbohrte mich förmlich, so intensiv war er auf einmal. »Vielleicht wollte sich Marissa ja von mir scheiden lassen. Vielleicht planten sie, gemeinsam durchzubrennen!«

»Aber ich dachte, du hättest deine Frau geliebt und ...« Ich konnte nicht weitersprechen. Das Ganze ging mich absolut nichts an. Warum erzählte er mir das alles?

»Wir standen uns nah. Immerhin waren wir fast zwanzig Jahre verheiratet. Aber manchmal entwickeln sich die Dinge nicht so, wie man es vorhergesehen hat.«

Ich blickte ihn stumm an. Am liebsten würde ich mir wie ein kleines Kind die Ohren zuhalten.

»Zum Beispiel hätte ich es mir nie träumen lassen, dass ich mich einmal in meine Lektorin verlieben würde.«

Der Satz schlug in meinem Innersten ein wie eine Bombe. Er riss ein riesiges Loch in die sowieso schon dünne Hülle meiner Selbstsicherheit, die das Bündel widerstrebender Emotionen in mir irgendwie zusammengehalten hatte.

»Bernhard, ich ...«, wisperte ich.

Er hob seine Hand, um meinen Worten Einhalt zu gebieten. »Sag jetzt nichts, Seraphina. Ich weiß, dass du glaubst, dich zu Frauen hingezogen zu fühlen. Aber ich spüre einfach, dass du mir auch nicht gleichgültig gegenüberstehst. Bitte denk darüber nach, was zwischen uns sein könnte ... Verwirf die Idee nicht sofort ... das ist alles, worum ich dich bitte.«

Ich verharrte schockgefroren mit dem Aktenordner im Arm, so steif, dass ich auch aus Stein gemeißelt hätte sein können.

»Seraphina«, hauchte Bernhard voller Gefühl und senkte langsam seine Lippen auf die meinen. Es war kein richtiger Kuss, nur der Hauch einer Berührung – der aber ging tiefer als alles, was ich je erlebt hatte. Ich kämpfte gegen das Verlangen an, den Ordner fallen zu lassen und meine Arme um seinen Hals zu schlingen. Und es wäre mir wahrscheinlich unmöglich gewesen, mich zu beherrschen, wenn sein Nicht-Kuss nur den Bruchteil einer Sekunde länger gedauert hätte.

Doch Bernhard entzog mir seine Lippen so schnell, wie er sie mir offeriert hatte. »Bitte ... geh jetzt ... und denk darüber – über uns – nach«, murmelte er eindringlich.

Wie ein Roboter im Autopilotmodus marschierte ich mit abgehackten Schritten in Richtung Tür, zog sie auf und ging hinaus.

Im Korridor lehnte ich mich haltsuchend an die nächste Wand und ließ mich daran zu Boden gleiten. Allmächtiger, was für ein Mann!

»Geht es Ihnen nicht gut?«, fragte eine Stimme hinter mir.

Ich blickte mich um und sah Frau Rösler auf dem Treppenabsatz stehen. Ihr Blick war undurchsichtig.

»Ähm, doch«, murmelte ich. »Nur ein kleiner Schwächeanfall, ich habe einen sehr niedrigen Blutdruck.« Ich war selbst überrascht über meine Geistesgegenwärtigkeit.

»Kommen Sie, ich mache Ihnen einen Espresso, dann geht es Ihnen gleich besser.« Obwohl es ein echtes Hilfsangebot war, klang ihre Stimme arktisch unterkühlt.

»Vielen Dank, aber ich bin schon okay.« Wie um meine Worte zu unterstreichen, stand ich auf und hob den Ordner hoch. »Am besten gehe ich in mein Zimmer und lege mich für einen Moment hin.«

»Nein, nein. Ich bestehe darauf. Wenn Sie in Ihrem Bett ohnmächtig werden, kriegt es niemand mit. Geben Sie mir das, und kommen Sie mit mir in die Küche.« Sie nahm mir den Ordner aus der Hand, hakte mich unter und schritt an meiner Seite die Treppe hinab. »Ich habe eine Laugenbreze für Sie. Salz ist gut gegen niedrigen Blutdruck, da es das Wasser im Körper bindet. Dann noch den Espresso, und Sie sind so gut wie neu.«

Ich kam mir wie verhaftet vor, wie abgeführt. Und das nach diesem weltbewegenden, alle Spielregeln der sozialen Konvention brechenden Kuss. Ein Wechselbad der Gefühle.

In der Küche angekommen, hantierte Frau Rösler mit der verchromten Espressomaschine und stellte eine frische, mit grobkörnigem Salz bestreute Breze vor mich hin. Mir war der Hals wie zugeschnürt, aber ich brach trotzdem ein kleines Stück ab und steckte es mir in den Mund.

»Da hat er Ihnen also die Unterlagen zum Studieren gegeben«, meinte Frau Rösler beiläufig, während sie mir den Espresso kredenzte.

»Ja«, bestätigte ich überrascht. »Haben Sie sie auch gelesen?«

»Freilich«, antwortete sie, während sie mit ihrer Hand ein runtergefallenes Salzkorn vom Tisch wischte und sich neben mich setzte. »Es hat mich natürlich interessiert, was diese Schmierfinken über meinen … lieben Herrn Otto schreiben.«

»Wie lange arbeiten Sie schon für ihn? Waren Sie schon da, als der Unfall passierte?«

Frau Rösler nickte. »Ich bin schon über zwanzig Jahre hier.«

»Da gehören Sie ja quasi schon zur Familie«, schmeichelte ich ihr.

»Ich *bin* die einzige richtige Familie, die ihm geblieben ist.« Es klang wie eine Kampfansage. War sie etwa eifersüchtig auf mich?

Ich konnte meine Neugierde nicht zügeln. »Das muss ja damals fürchterlich für Herrn Otto gewesen sein.«

»Sie haben keine Ahnung«, sagte sie mit einem schmerzlichen Ausdruck im runden Gesicht.

»Ist Herr Otto nach dem Unfall depressiv geworden?«

»Nein, das nicht. Aber er hat sich nur seinem Sohn zuliebe so stark gehalten. Und der hat es ihm fein gedankt.«

»Wie meinen Sie das?«

»Der undankbare Kerl lässt sich hier nicht mehr blicken. Total zerstritten, die beiden.«

»Weshalb?«

Sie zuckte mit den Schultern. »Er kommt halt nach seiner Mutter.«

Das ließ mich hellhörig werden. »Sie mochten Frau Otto nicht?«

Frau Rösler blickte mich durchdringend an. »Also, wenn Sie es genau wissen wollen: Nein, ich … mochte sie nicht. Aber sie tat mir leid.«

Das überraschte mich. Marissa Otto wirkte träumerisch und abwesend auf dem Foto in Bernhards Arbeitszimmer, aber nicht unsympathisch. Und wieso sollte sie Frau Rösler leidtun, sie hatte doch alles gehabt, was man sich als Frau nur wünschen konnte?

»Ähm … warum mochten Sie sie nicht?«

»Sie stellen aber ganz schön viele Fragen«, brummte die Haushälterin unwirsch.

»Na ja, Herr Otto will ein fiktiv verfremdetes Buch über das Unglück schreiben, das ihm widerfahren ist. Deshalb hat er mir auch die offiziellen Unterlagen gegeben. Und da interessiert mich natürlich die ehrliche Meinung einer Augenzeugin wie Ihnen.«

»Er will … was?« Frau Rösler fielen fast die Augen aus dem Kopf. Sie war sichtlich geschockt.

»Hat er Ihnen etwa nichts davon erzählt? Er will ein Buch über den Tod seiner Frau schreiben.«

Frau Rösler packte meine Hand und drückte sie. So fest, dass es fast weh tat. »Das müssen Sie unbedingt verhindern. Hören Sie, Fräulein? Sie *müssen* ihm das ausreden.« Ihre plötzlich schrille Stimme schwoll zu einem Crescendo an.

»Ich halte es ja grundsätzlich auch nicht für eine gute Idee. Aber ich weiß nicht, wie ich ihm das ausreden sollte.«

»Aber Sie müssen! Er darf sich nicht wieder in diese unselige Sache vertiefen.« Unglücklich starrte sie mir mit ihren kleinen Schweinsäuglein ins Gesicht. »Wenn es einer kann, dann sind Sie es.«

Ich zuckte unwillkürlich bei diesen Worten zusammen. »Wie meinen Sie das?«

»Seit Sie da sind, ist er wieder fast der Alte. Unternehmungslustig und voller Energie. Er gibt Ihnen sogar Reitunterricht.«

»Und vorher?«, fragte ich bestürzt. Ich war mir nicht sicher, ob ich wirklich so viel Macht über Bernhard Ottos Wohlbefinden haben wollte. Obwohl mich bei ihren Worten und der Erinnerung an Bernhards Mund auf einmal ein fast irrationales Glücksgefühl durchflutete.

»Vorher lebten wir wie unter einer Glocke. Isoliert und von der Welt abgeschottet.« Sie blickte mich durchdringend an. »Er braucht Sie. Aber eins sage ich Ihnen, wenn Sie ihm das Herz brechen, so wie seine Frau das getan hat, dann … dann bekommen Sie es mit mir zu tun.«

Resolut stand sie auf und räumte meine leere Espressotasse vom Tisch. »Ich muss jetzt das Abendbrot vorbereiten. Herr Otto hat Schweinebraten und grüne Bohnen bestellt. Mögen Sie das?«

Ich nickte perplex über diesen radikalen Themenwechsel. »Ähm, danke für den Kaffee. Ich gehe dann mal und schaue mir den Ordner an.«

»Machen Sie das, Fräulein.« Sie schien sich einen Ruck zu geben. »Und … fragen Sie mich ruhig, wenn Sie etwas nicht verstehen. Sie reden besser mit mir als mit ihm.«

Ich nickte. »Das glaube ich auch. Herzlichen Dank für das großzügige Angebot. Und in Bezug auf das neue Manuskript … vielleicht warten wir die ersten Seiten ab und schauen, wie es ihm danach geht?«

»Hm«, brummte Frau Rösler im Hinausgehen. »Wie sollte es ihm schon danach gehen? Hundsmiserabel natürlich.«

Ich erhob mich, griff nach dem Ordner und wanderte die Treppe zu meinem Zimmer hoch, das auf der entgegengesetzten Seite von Bernhards Arbeitszimmer im ersten Stock lag. Erschöpft sank ich auf mein Bett. Endlich war ich mit meinen Gedanken allein. Ich fuhr mit meinem Zeigefinger langsam über meine beinah geküssten Lippen. Er hatte gesagt, dass er in mich verliebt sei. In mich!

Jonas' Kommentar, dass Bernhard Otto sich einen Teufel um meine sexuelle Orientierung scheren würde, kam mir plötzlich wieder in den Sinn. Aber jemandem seine Verliebtheit zu gestehen, das … war doch kein »Angraben« im klassischen Sinne? Er hatte mich lediglich gebeten, über meine Gefühle für ihn nachzudenken. Und das war doch etwas völlig anderes als eine rüpelhafte Anmache, um mich für einen Quickie ins Bett zu bekommen. Oder?

Und außerdem erwiderte ich seine Gefühle doch. Wie sonst könnte man meine starke körperliche Reaktion auf ihn erklären? Ich fühlte mich von ihm angezogen. Auch sexuell. Ähm, nein. Ganz besonders sexuell. Und das war eher ungewöhnlich für mich. Im Normalfall dauerte es ansonsten eine ganze Weile, bis ich mir vorstellen konnte, mit jemandem zu schlafen. Aber allein bei dem Gedanken, von seinen harten, durch die körperliche Arbeit leicht schwieligen Händen berührt oder von seinen unnachgiebigen Lippen geküsst zu werden … wurde ich unruhig, fühlte ein Kribbeln nicht nur in meinem Bauch. Sondern auch tiefer … Und ich wollte …

Verzweifelt packte ich mein Kopfkissen und drückte es mir fest aufs Gesicht. Himmel! Ich konnte doch nicht am helllichten Tag über einen meiner Autoren fantasieren. Das war unprofessionell und … dumm. Zumal als offiziell lesbische Frau. Wenn ich mich jetzt als hetero outete, dann würde Jonas doch unweigerlich davon erfahren. Und ihm noch zusätzlichen Kummer zu bereiten, war nun wirklich das Allerletzte, was ich wollte.

Nein, ich musste dringend mit jemandem über das Ganze reden. Und da gab es natürlich nur eine Person, die dafür in Frage kam: Lily.

Ich sprang aus dem Bett und suchte nach meinem Handy. Verdammt, wo hatte ich es nur nach dem Telefonat mit Jonas hingesteckt? Schließlich fand ich es in einer der Taschen meiner Strickjacke. Eilig wählte ich Lilys Nummer.

Doch wie so oft hatte ich Pech … und hörte nur das Besetztzeichen.

Hm, dann blieb mir wohl oder übel nichts anderes übrig, als meinen Frust irgendwie anders loszuwerden. Und was wäre da besser geeignet, als zu arbeiten? Beziehungsweise sich mit dem schrecklichen Unfalltod der Ehefrau des Objekts meiner Begierde zu befassen?

Mit einem kleinen Seufzer griff ich nach dem Ordner.

20.

Lily blickte auf das klingelnde Telefon in ihrer Hand. Das war Jörgs Nummer. Verdammt, was wollte denn ihr Ex-Mann von ihr? Hatte er nun doch die Scheidung eingereicht? Würde er ihr jetzt auch noch das kaputte Auto wegnehmen? Aber mit ihrer verheulten Stimme konnte sie ihm sowieso nicht antworten. Wie hypnotisiert starrte sie auf das Handy in ihrer zitternden Hand, so lange, bis das Klingeln verstummte.

Der Schock über seinen unerwarteten Anruf hatte ihre Tränen getrocknet, und sie wischte sich im Rückspiegel mit einem hervorgezerrten Papiertaschentuch die letzten Spuren ihres Heulkrampfs aus dem Gesicht. Hm. Was machte sie nun? Sollte sie Jörg zurückrufen? Doch in diesem Moment klingelte ihr Handy erneut. Lily nahm ab.

»Lenz«, meldete sie sich.

»Was soll das heißen? Warum hast du deinen Mädchennamen wieder angenommen?«, bellte Jörg auf der anderen Seite der Leitung.

»Weil wir getrennt leben und unsere Ehe nur noch auf dem Papier besteht«, erklärte Lily freundlich.

»Ja, genau darüber wollte ich mit dir sprechen. Ich finde, wir sollten das persönlich tun. Von Angesicht zu Angesicht. Das schulden wir uns nach so vielen Jahren.«

Ihr rutschte das Herz in die Hose. Sie war sich nicht sicher, ob sie momentan stark genug war, um so eine Unterhaltung mit ihrem Ex durchzustehen. Trotzdem sagte sie mit gepresster Stimme: »Und wann soll dieses Gespräch stattfinden?«

»Wie wäre es mit heute Abend? Ich lade dich ins Bellini ein.«

Sein Vorschlag kam ihr merkwürdig vor. Das Bellini, ihr erklärtes Lieblingslokal, war ein kleines italienisches Restaurant mit romantischem Flair. Warum sollten sie ausgerechnet dort über ihre bevorstehende Scheidung sprechen? Aber gut. Da überließ sie ihm die Initiative. Ihr sollte es nicht auf das Ambiente ankommen. Und so fragte sie lediglich: »Um wie viel Uhr?«

Sie konnte hören, wie Jörg in seinem Kalender blätterte. Wie ein gottverdammter Arzt, der verzweifelt nach einem letzten freien Termin sucht. Um mit seiner Ehefrau zu sprechen! Lächerlich. Das hatte sie schon immer an ihm gehasst, dass er sich so wahnsinnig wichtig vorkam.

»Passt es dir um acht?«, schlug ihr Ex schließlich vor.

»Natürlich«, sagte sie trocken. »Bis dann.«

Erst als sie aufgelegt hatte, fiel ihr ein, dass sie ja eigentlich heute Abend mit Niklas verabredet war. Mist. Und sie hatte noch nicht einmal seine Telefonnummer! Erneut griff sie zu ihrem iPhone und googelte »Niklas Löwenberg, München«. Die Ergebnisse ihrer Recherche überraschten sie. Niklas war offenbar als Schauspieler erfolgreicher, als sie es ihm zugetraut hatte. Denn eine wichtige Hürde hatte er schon genommen: Er wurde bereits von einer sehr renommierten Agentur vertreten.

Interessiert durchforstete sie die Informationen, die auf der Agentur-Webseite über ihn verbreitet wurden: Niklas war demzufolge einen Meter neunzig groß und – wie sie bereits wusste – achtundzwanzig Jahre alt. Er sprach Deutsch, fließend Englisch und Französisch, und die Agentur bewertete seine Singstimme und seine Tanzkünste mit »sehr gut«. Außerdem hatte Niklas bereits in etlichen Film-, Fernseh- und Theaterproduktionen mitgewirkt. Gespannt drückte sie auf den Link mit dem Namen »Showreel« …, und im nächsten Moment hörte sie seine dunkle Stimme und sah ihn in verschiedenen Rollen agieren. Obwohl das nicht ganz stimmte. Denn Niklas war trotz seines eigentlich so unverwechselbaren Aussehens tatsächlich jeweils eine andere Person – so perfekt änderte er Mimik, Gestik und Aussehen. Sein sensibles Spiel berührte und faszinierte sie zu gleichen Teilen. Etwas ging unzweifelhaft aus dieser Demoaufnahme hervor: Ihr verlängerter One-Night-Stand war außerordentlich begabt. Und für eine Karriere als Schauspieler geradezu wie geschaffen. Das hatte sie noch von Jörg gelernt, der immer sagte: »Das Filmgeschäft ist grausam simpel: Manche Menschen werden von der Kamera geliebt und andere nicht. Punktum.« Es war für sie offensichtlich, dass Niklas zur ersten Kategorie gehörte.

Verdammt! Ihre Verabredung mit Jörg! Sie musste Niklas' Telefonnummer ausfindig machen. Aber sosehr sie auch suchte, über das Internet wurde sie nicht fündig. Außerdem musste sie sich jetzt beeilen, denn sie wollte Balzac, bevor sie ihn wieder abgeben musste, noch einmal Gassi führen. In einer Viertelstunde sollte sie bereits den zweiten Hund abholen. Und danach musste sie unbedingt noch etwas für ihr Aussehen tun. Sie wollte Jörg schließlich nicht wie eine Vogelscheuche gegenübertreten. Hoffentlich konnte sie es irgendwie einrichten, noch bei Niklas vorbeizufahren, um ihm abzusagen.

Doch als sie um neunzehn Uhr zwanzig perfekt gestylt in ihr Auto stieg, musste sie leider einsehen, dass es sich zeitlich nicht mehr ausging, ihm persönlich Bescheid zu geben.

Mit einem unglaublich schlechten Gewissen fuhr Lily direkt zu dem mit Jörg vereinbarten Restaurant. Es tat ihr in der Seele weh, dass Niklas nun umsonst auf sie warten würde, aber auf der anderen Seite musste sie endlich ein paar Dinge mit ihrem Ex klären. Heute Nachmittag, wo sie ihr erstes Geld fürs Hundehüten eingenommen hatte, war ihr aufgegangen, dass sie vielleicht auch ohne einen teuren Anwalt eine gütliche Trennung mit Jörg vereinbaren konnte. Schließlich wollte sie ihm und seiner Aristo-Trulla keine Steine in den Weg legen. Und sie wünschte ihm auch nicht mehr, dass er in der Hölle schmoren sollte. Alles, was sie wollte, war eine Art Darlehen, das sie ihm, sobald es ihr finanziell besserging, wieder zurückzahlen konnte. Und ein wenig Unterstützung für ihre Krankenkassen- und Sozialversicherungsbeiträge, denn die waren exorbitant hoch. Da musste sie sich nach günstigeren Alternativen umschauen.

Als sie das »Bellini« betrat und überschwenglich vom Restauranteigentümer begrüßt wurde, war Jörg bereits da und saß an ihrem Stammplatz. In seinem grauen Kaschmirpulli und der obligatorischen weißen Hose sah er genauso attraktiv aus wie immer. Mit einem freundlichen Lächeln ging sie auf ihn zu und bemerkte, dass sie sich, trotz allem, was passiert war, auf ihn freute.

»Hallo, Schatz«, sagte Jörg und erhob sich, als sie an den Tisch trat. »Gut siehst du aus.«

»Du auch. Wie geht's dir?«, fragte sie ihn aus alter Gewohnheit.

Jörg reichte ihr die Speisekarte. »Wie immer, etwas gestresst. Die Dreharbeiten fangen nächste Woche an, und an allen Ecken und Enden brennt's. Mein persönlicher Assistent hat hingeschmissen, die Kostüme sehen scheiße aus, und gestern hat die Polizei unseren Hauptdarsteller mit einer Familienpackung Haschisch erwischt. Aber wem erzähle ich das ... du weißt ja selbst, wie schwierig dieses Business ist.«

Allerdings wusste sie das. Der Drehbeginn eines neuen Films war immer die Zeit gewesen, in der sie quasi nur auf Zehenspitzen durchs Haus gehuscht war, da jede Kleinigkeit einen unkontrollierten Wutausbruch bei Jörg provozieren konnte. Eine verlegte Brille oder fehlendes Toilettenpapier konnten da schon mal zum Desaster führen. Sie hatte zwar gewusst, dass diese Rasereien sich nicht auf sie persönlich bezogen, sondern nur Jörgs Anspannung und dem Druck einer neuen Produktion geschuldet waren. Schön waren diese Situationen aber trotzdem nicht gewesen.

»Du Armer«, sagte sie mitfühlend.

»Du verstehst mich wenigstens. Leonie dagegen ...«, setzte Jörg mit wehklagender Stimme an.

Oje, gab es etwa schon Ärger im Paradies? Verhielt sich die schrille Leonie nicht so, wie Jörg es von seiner Gattin gewohnt war: vornehm zurückhaltend und vorausschauend unterstützend? Aber ehrlich gesagt ... ging sie das jetzt nichts mehr an.

»Hast du dir schon etwas Schönes ausgesucht?«, fragte Lily deshalb betont fröhlich und blätterte in der Speisekarte.

»Ja«, sagte Jörg.

»Und? Was nimmst du? *Ossobuco?*«

Jörg nahm ergriffen ihre Hand in seine. »Ich habe mir dich ausgesucht.«

Lily glaubte, sich verhört zu haben. Überrascht blickte sie ihren Ex-Mann an. »Wie meinst du das?«

»Ich will, dass du zu mir zurückkommst.«

Unversehens fiel ihr die Speisekarte aus der Hand und landete raschelnd auf dem Boden, direkt neben ihren Füßen. Diensteifrig eilte ein Kellner herbei, hob sie auf und reichte sie ihr erneut.

»Danke«, murmelte Lily abwesend. Dann wandte sie sich an Jörg. »Und was wird in diesem Szenario aus deiner Leonie?«

»Gar nichts. Die dumme Kuh kann mir gestohlen bleiben.«

Lily schluckte. Ganz schön harte Worte. Besonders, weil er seiner neuen Freundin zuliebe doch das ganze Haus hatte umbauen wollen.

»Bitte, Lily. Komm zurück. Ich brauche dich«, sagte Jörg ernst.

Na, das waren ja vielleicht Neuigkeiten. All ihre finanziellen Sorgen und sozialen Probleme wären damit auf einen Schlag gelöst. Ihre Freundinnen, scharf auf Jörgs Promistatus und die rauschenden Partys, würden sie wahrscheinlich mit Kusshand zurücknehmen. Sie würde wieder einschlafen, shoppen und existieren können, ohne sich allein und mittellos zu fühlen. Aber war ihr das wirklich so wichtig? Würde sie jemals in der Lage sein, ihrem Ex-Mann die Härte und Kälte vergeben zu können, mit der er sie während dieser Trennung behandelt hatte? Sie versuchte, ihre Gefühle für Jörg auszuloten. Empfand sie noch immer etwas für ihn? Irgendwie schon. Oder war das nur das Gefühl der Vertrautheit, des vermeintlich Altbewährten? Sie wusste es nicht.

»Lass uns erst einmal etwas essen, bevor wir weiterreden. Ich komme fast um vor Hunger«, sagte sie ruhig.

»Wie du meinst, Liebes.«

Während der Vorspeise und den ganzen Hauptgang über unterhielten sie sich über neutrale Themen. Lily erzählte ihm von ihrem neuen Job als Hundesitterin, was Jörg mit einem amüsierten Lächeln quittierte. Ihr Ex-Mann berichtete von den aufreibenden Proben und nervigen Produktionsschwierigkeiten, mit denen er sich zurzeit herumschlagen musste. Erst beim Espresso – auf einen Nachtisch hatten sie beide, wie gewohnt, verzichtet – wagte sich Lily zurück an das heikle Thema ihrer Beziehung.

»Was ist denn eigentlich zwischen dir und Leonie vorgefallen?«

»Nichts Weltbewegendes«, antwortete Jörg. »Aber sie ist einfach nicht du.«

Na, das hörte sie gerne. Aber sie musste trotzdem auch einige weniger schöne Sachen ansprechen. »Und was ist jetzt mit dem Vorwurf, dass du dich wegen mir alt fühlst?«

Jörg streichelte entschuldigend über ihre Hand. »Das war doch nur so dahingesagt. Außerdem wollte ich dir sowieso etwas vorschlagen, damit wir uns zukünftig noch besser verstehen.«

»Ja? Was denn?«, fragte sie neugierig.

»Also ... wie fändest du es denn, wenn wir ab jetzt eine offene Ehe führen würden? Du und ich, also wir beide, könnten dann quasi jederzeit unser Selbstbewusstsein durch Sex mit einem unbekannten Partner aufpolieren, und gleichzeitig hätten wir unser altes wunderschönes Leben zurück. Was meinst du?«

Sie wusste nicht genau, womit sie bei seinen einleitenden Worten gerechnet hatte. Vielleicht mit einer Paartherapie? Oder mit einem romantischen Urlaub zu zweit? Aber mit einer *offenen* Ehe ganz sicher nicht. Das war schließlich nur eine andere Spielart der *ménage à trois* mit Leonie.

»Ähm ... und wie würde so etwas deiner Meinung nach funktionieren?«, fragte sie, immer noch völlig konsterniert.

Jörg lehnte sich eifrig nach vorne. Offenbar hatte er sich die richtige Erklärung schon zurechtgelegt. »Das wäre ganz einfach. Wenn wir, beziehungsweise einer von uns, sagen wir mal, Appetit … auf etwas aushäusige Abwechslung haben sollte, würden wir uns gegenseitig – vorab – grünes Licht geben. Die Lizenz zum Bumsen quasi. Aber zu Hause sollten wir uns vielleicht nicht über unsere Abenteuer austauschen … es sei denn … das törnt dich irgendwie an.«

Lily atmete einmal tief durch. »Soso. Und wenn ich nun keinen Bock auf diesen Bums-Freifahrschein hätte?«, fragte sie dann leise.

Jörg hatte selbstverständlich auch darauf eine Antwort. »Wir wissen doch beide, dass deine Libido etwas passiver, weniger regsam ist als meine. Und wenn du nicht willst, brauchst du deine Fahrkarte natürlich auch nicht zu lösen. Also … wenn du jetzt verstehst, was ich meine.«

Sie nickte. »Doch, ich verstehe dich gerade so richtig gut. Nur, lieber Jörg … um bei deinem geschmeidigen Vergleich zu bleiben … Ich habe meine Fahrkarte heute schon gelöst. Ähm, wenn ich richtig mitgezählt habe, sogar schon dreimal. Hintereinander. Und gestern Abend waren es ebenfalls einige Male. Im Grunde genommen weiß ich gerade auch nicht so recht, ob meine Libido das Problem ist oder vielleicht doch eher … *du?*

Es dauerte, bis Jörgs Gehirn ihre Worte verarbeitet hatte. Aber dann sah sie an seinem plötzlich verkniffenen Gesichtsausdruck, dass er den geschilderten Sachverhalt erfasst hatte.

»Du hast mich betrogen?«, zischte er.

Sie zuckte mit den Schultern. »Kann man das wirklich so nennen, wenn wir getrennt sind?«

»Immerhin sind wir noch verheiratet«, brüllte er, ohne Rücksicht darauf zu nehmen, dass die anderen Gäste ihre Unterhaltung eins zu eins mitbekamen. »Es ist so rücksichtslos von dir, dass du mir dein Fremdgehen ausgerechnet jetzt, in dieser schwierigen Phase meines Lebens, unter die Nase reibst.«

»Also entschuldige mal, erstens sind alle Phasen deines Lebens irgendwie schwierig, und zweitens hast du mir doch eine offene Ehe vorgeschlagen. Und dass wir noch verheiratet sind, hast du bis gerade eben auch dezent unter den Tisch gekehrt.«

Sie sah an seiner tomatenroten Gesichtsfarbe, dass er ihr verbal nichts mehr entgegenzusetzen hatte. Deshalb rechnete sie jede Sekunde mit einer nuklearen Reaktion, die auch nicht allzu lange auf sich warten ließ.

Völlig enthemmt schlug Jörg mit der Faust auf den Tisch, so dass die beiden noch halbvollen Rotweingläser umfielen und sich deren Inhalt über die weiße Tischdecke ergoss. »Das wirst du mir büßen. Jetzt lass ich mich scheiden!«

»Ich bitte darum.« Lily war rechtzeitig mit ihrem Stuhl zur Seite gerückt und hatte nichts von dem roten Regen abbekommen. Was man von Jörgs weißer Hose leider nicht behaupten konnte.

»Und du wirst von mir keinen Penny bekommen! Hast du gehört? Nicht einen einzigen!«, schrie ihr Ex-Mann cholerisch.

»Daran bin ich ja nun schon gewöhnt«, sagte Lily. Dann faltete sie ihre Serviette ordentlich zusammen, legte sie auf den von Rotwein verunzierten Tisch und ging.

Ehrlich gesagt, fühlte sie sich nicht halb so cool, wie sie gerade aufgetreten war. Auf dem Weg zu ihrem Auto fragte sie sich sogar, ob sie nicht vielleicht den größten Fehler ihres Lebens gemacht hatte. Sie war schließlich siebenunddreißig Jahre alt und wurde auch nicht jünger. Die letzten Wochen ohne Partner, besonders die letzten beiden Tage, hatten ihr gezeigt, dass selbst heutzutage ein Leben ohne das Geld und den Schutz eines Ehemannes hart sein konnte. Extrem hart. Wäre da ein solches Arrangement mit Jörg nicht sehr erwachsen und reif gewesen? All ihre Freundinnen schienen sich doch auch mit dem Fremdgehen ihrer Männer abgefunden zu haben. Warum sollte da ausgerechnet sie die löbliche Ausnahme bilden? Als verdammte Jeanne d'Arc aller betrogenen Ehefrauen?!

Sie stieg in ihr Auto und gondelte einfach nur so durch München. Das hatte sie jedenfalls gedacht, bevor sie bemerkte, dass ihr Unterbewusstsein sie nach Haidhausen gelenkt hatte. Zu dem Kino, vor dem sie sich mit Niklas hatte treffen wollen. Sie hielt in der unmittelbaren Nähe des »Studio Kurt«, stieg aus und ging die wenigen Schritte bis zum Eingang. Aber natürlich stand Niklas hier nicht mehr. Inzwischen war es bereits zweiundzwanzig Uhr, zwei Stunden später als vereinbart. Hm, was für ein Film wäre denn heute gelaufen? Eine Pedro-Almodovar-Retrospektive, mit dem Film *Frauen am Rande des Nervenzusammenbruchs*. Wie passend. Ob Niklas vielleicht ohne sie ins Kino gegangen war?

Lily öffnete die Eingangstür und ging zur Kasse. Hinter dem Fenster konnte sie ein junges Mädchen mit Brille erkennen, das in einer Zeitschrift blätterte.

»Entschuldigung. Wann ist der Film aus?«

Das Mädchen sah auf ihre Uhr. »In zwei Minuten. Die Spätvorstellung fängt in einer halben Stunde an.«

»Danke.«

Sie wusste selbst nicht genau, warum sie sich in diesem Moment so unheimlich nach Niklas sehnte. Nur um nicht allein zu sein? Wegen dem Sex? Um mit jemandem, irgendjemandem, über den heutigen Abend zu sprechen? Obwohl, dazu hätte sie ja eigentlich auch Steffi anrufen können. Das tat sie aber nicht. Stattdessen positionierte sie sich so vor dem Kinoausgang, dass ihr keiner der herausströmenden Kinobesucher entgehen würde.

Zweieinhalb Minuten später *strömten* genau elf Almodovar-Fans an ihr vorbei. Doch Niklas war leider nicht darunter. Ob er sauer auf sie war? Sie konnte es ihm nicht verdenken. Ihn einfach so, ohne ein Wort, vor dem Kino warten zu lassen, war nicht okay gewesen. Sie hätte schließlich auch an der Kasse anrufen können. Könnte, hätte, sollte … Sie hatte es aber unterlassen, und das bedeutete bestimmt ganze Wagenladungen voll mit schlechtem Karma für sie. Plötzlich erschien es ihr das Wichtigste auf der Welt zu sein, sich bei ihm zu entschuldigen, und sie eilte zurück zu ihrem Wagen.

Es dauerte eine ganze Weile, bis sie das richtige graue Haus im Westend entdeckte. Leider hatte sie sich die genaue Anschrift nicht gemerkt. Aber dann fand sie es doch noch. Sie erkannte es ganz deutlich an der Garage, die sich an der richtigen Stelle befand, und an der abgeblätterten Farbe der Eingangstür. Eine nähere Betrachtung des Klingelschilds ergab, dass Niklas' Name leider nicht darauf stand. Aber hatte er nicht gesagt, dass in diesem Haus sowieso nur Freunde von ihm wohnten? Resolut breitete sie ihre Hände aus und drückte auf alle Klingeln gleichzeitig. Kurze Zeit später hörte Lily den Summer und drückte die Eingangstür auf. So schnell sie nur konnte, stieg sie die Treppen hoch, bis sie mit klopfendem Herzen vor der Wohnung im obersten Stockwerk stand. Sie holte kurz Luft, dann öffnete sie die angelehnte Tür.

Die erste Person, die sie sah, war ausgerechnet Mia, die in einem überdimensionierten Bademantel mitten im Korridor stand und sich ihre nassen lila Haare mit einem Handtuch trocken rubbelte.

»Hallo, Mia«, begrüßte sie Niklas' beste Freundin. »Ist Niklas vielleicht zu Hause?«

Mia warf ihr einen kritischen Blick zu. »Na, da fragt ja grad die Richtige. Den armen Kerl erst knallhart vor dem Kino versetzen und ihn dann in seiner Wohnung suchen? Wie bist du denn drauf?«

»Ich … mir …«, stammelte Lily, und sie fühlte, wie ihr schon wieder die Tränen in die Augen stiegen. Plötzlich heulte sie los wie ein Schlosshund. »Es … tut … mir so leid«, schluchzte sie.

Mia betrachtete ihren hysterischen Ausbruch mit großen Augen. Dann band sie sich das Handtuch über ihren Haaren zu einem Turban, ging zu Lily und umarmte sie. Stumm.

Alles an Mia war weich. Ihr Bademantel, ihre Haut und ihre Rubens-Formen. Es fühlte sich so an, als würde sie von einer Steppdecke umarmt werden. Ein sehr tröstliches Gefühl.

»Ich weiß leider nicht, wo Niklas steckt. Vielleicht ist er mit Max etwas trinken gegangen. Er war, nachdem er dich nicht vor dem Kino angetroffen hat, kurz hier, um zu sehen, ob du eine Nachricht für ihn hinterlassen hattest …«

Lily zog bei diesen Worten herzzerreißend die Nase hoch.

»Mach dir keine Sorgen. Nikki ist nicht nachtragend, falls du deswegen Angst hast. Außerdem glaube ich schon, dass er dich mag.«

»Ich mag ihn auch. Aber … ich bin viel zu alt für ihn«, jammerte Lily.

Mia zuckte mit den Schultern. »Vielleicht. Aber wer kennt schon das richtige Rezept für die große Liebe? Ich bin Glücksforscherin und schreibe in verschiedenen Zeitungen über das Suchen und Finden dieses ekstatischen Hochgefühls. Aber selbst ich würde mir niemals anmaßen zu sagen, zwischen den beiden passt das jetzt oder nicht.«

»Glücksforscherin?«, schniefte Lily. »Was ist das denn für ein Beruf?«

Mia klopfte ihr aufmunternd auf den Rücken und löste ihre Umarmung. »Ein toller. Ich liebe meinen Job, weil ich den Menschen helfen will, glücklicher zu werden. Zurzeit arbeite ich freiberuflich viel mit dem IFEG zusammen, dem Institut für experimentelle Glücksforschung in Wien. Die haben eine tolle Webseite. Da solltest du dich mal umschauen.«

»Und was genau machst du da?«

»Gerade schreibe ich an einem Artikel über eine Studie der Universität von Michigan. Es geht dabei darum, dass uns die Nutzung von sozialen Medien unglücklich macht.«

»Äh, wieso? Wieso macht uns das unglücklich?«

»Weil wir permanent unser eigenes chaotisches, traumatisch mittelmäßiges Leben mit dem auf Hochglanzfotos präsentierten Glück unser sogenannten Freunde vergleichen. Denn dass auch diese Menschen Krankheit, Leid, Misserfolg und Liebeskummer durchmachen müssen, postet natürlich kein Schwein.«

Mias Worte stimmten Lily nachdenklich. Sie war nicht in sozialen Medien aktiv, aber irgendwie beschrieb dieses Phänomen »Schöne Front – hässliche Kehrseite« auch das Leben ihrer Freundinnen … und ihr eigenes.

»Nikki hat mir von deiner Scheidung erzählt. Wenn du willst, können wir uns gerne einmal über alles unterhalten. Also, wie du glückstechnisch mehr aus deinem Leben machen kannst, aber jetzt wartet gerade meine Freundin auf mich und …«

»… und ich werde nach Hause fahren und mich ins Bett legen«, beendete Lily Mias Satz.

»Genau. Ich sage Niklas dann morgen früh, dass du hier gewesen bist.«

»Das ist lieb von dir. Danke.«

Der Weg zu Steffis Apartment kam ihr heute schier endlos vor. Er ließ ihr viel zu viel Zeit, über ihr verpfuschtes Leben nachzudenken. Irgendwie schien sie sich nur noch von Kurzschlussreaktionen leiten zu lassen. Sie lehnte Jörgs Angebot, zu ihm zurückzukehren, rundheraus ab und legte sich mit Kassiererinnen an. Sie schlief mit einem unbekannten jungen Typen. Mehrmals. Und dann glaubte sie, dass ausgerechnet er – nachdem sie ihn versetzt hatte – und seine glückforschende beste Freundin sich für ihre Probleme interessierten. Außerdem hatten die Benzinkosten garantiert ihren Tagesgewinn von den zwei gehüteten Hunden aufgefressen. Und sie hatte ein Problem mit ihren Tränenschleusen, die sich momentan fast willkürlich zu öffnen schienen, wenn sie sich selbst bemitleidete. So wie gerade jetzt. Alles in allem eine beschissene Bilanz.

Lily parkte den Wagen und schlich mit hängendem Kopf zum Eingang von Steffis Wohnhaus. Doch plötzlich klopfte ihr das Herz bis zum Hals.

Auf der Treppe vor der Tür kauerte eine verdächtige Gestalt in der Dunkelheit. Vor Schreck machte Lily ein paar Schritte rückwärts.

»Hey, hab keine Angst. Das bin doch nur ich.«

Die dunkle Gestalt erhob sich, und im Licht der Straßenlampe erkannte sie sein Profil. Niklas. Und es war, als ob wie durch ein Wunder alle Wut und Trauer von ihr abfielen. Sie rannte los und warf sich in seine weit geöffneten Arme.

21.

Die letzten fünf Tage waren ohne besondere Vorkommnisse an uns vorbeigezogen. Was hauptsächlich daran lag, dass Bernhard seine Zuneigungsbezeugung nicht mehr wiederholte. Es war, als ob er diese Worte nie ausgesprochen hätte, als ob es nie zu diesem denkwürdigen Kuss gekommen wäre. Einerseits war ich über dieses Verhalten verwirrt, andererseits war ich erleichtert, nicht gezwungen zu sein, Farbe zu bekennen. Denn während mir bewusst wurde, dass meine Gefühle für Bernhard hochgradig unprofessionell waren … konnte ich nicht abstreiten, dass es sie gab. Ich fühlte mich zu ihm hingezogen, sehr sogar, aber es war mir ganz recht, diese Gefühle nicht auszuleben. Sie nicht in die Tat umzusetzen.

Was ihn hingegen dazu bewogen haben mochte, mir erst seine Verliebtheit zu gestehen und dann quasi einen Rückzieher zu machen … darüber konnte ich nur spekulieren. Was ich insgeheim auch fast ohne Unterlass tat: Hatte er mir diese Szene nur vorgespielt, obwohl er gar nichts für mich empfand, weil er meine Reaktion darauf in seinem Manuskript verwenden wollte? War es das, was er mit »Du bist meine Inspiration!« gemeint hatte? Fiel es in die Kategorie »Künstlerisches Rumgespinne«, genauso wie die »Seraphina«-Sache? Oder mochte er mich wirklich und war nur – genau wie ich – stillschweigend zu der Erkenntnis gekommen, dass eine Affäre zwischen uns seinem bevorstehenden Comeback schaden würde?

Zwischen Bernhard und mir hatte sich eine sehr angenehme Routine eingespielt. Jeden Morgen frühstückten wir zusammen, dann begleitete ich ihn auf seinem Ausritt. Natürlich nicht hoch zu Ross, sondern zu Fuß. Das gestaltete sich folgendermaßen: Wir gingen die meiste Zeit plaudernd nebeneinanderher, während Bernhard das Pferd am Zügel hielt und sich nur ab und zu in den Sattel schwang, um im halsbrecherischen Tempo über eine Wiese hin- und zurückzujagen. Während dieses rund zweistündigen Zusammenseins unterhielten wir uns über Gott und die Welt. Lediglich private Themen sparten wir aus. Danach begab er sich in sein Arbeitszimmer, um an seinem Manuskript zu arbeiten, während ich mich per Mail um meine anderen Autoren kümmerte. Nach dem reichhaltigen Frühstück bereitete Frau Rösler uns mittags nur einen kleinen Salat zu, den sie uns ungefragt aufs Zimmer stellte.

Bernhard und ich sahen uns erst beim Abendessen wieder. Anlässlich eines dreigängigen Festmenüs, das seine Haushälterin, gekonnt wie ein Sternekoch, zubereitete. Wir aßen allein, ohne Frau Rösler, die es vorzog, auf ihrem Zimmer vor dem Fernseher zu speisen. Zu diesem opulenten Mahl trank Bernhard eine beeindruckende Menge an Rotwein, allerdings ohne jemals auch nur den Anschein eines Schwipses zu haben. Was mich zu dem Schluss verleitete, dass er alkoholtechnisch ganz gut im Training war. Ich selbst musste jedenfalls schon nach zwei Gläsern des schweren Bordeaux passen, damit ich noch unbeschadet die Treppenstufen zu meinem Zimmer raufkam.

Bisher blieb ich auch vor weiteren Reitstunden verschont, da er sich erst in sein Buch einarbeiten musste und aktuell weit weniger als dreitausend Wörter pro Tag schrieb. Doch die wenigen Seiten, die er täglich produzierte, waren sehr vielversprechend und machten seinem berühmten Namen alle Ehre. Unsere »Romanze«, von der ich nicht wusste, ob sie nun einseitig war oder nicht, beschränkte sich auf die wenigen Male, die wir uns unabsichtlich nahekamen: wenn er mir den Salzstreuer reichte und sich unsere Finger für einen winzigen Moment berührten. Oder wenn er mich, wie auf unserem heutigen Spaziergang, reaktionsschnell auffing, als ich drohte der Länge nach hinzuschlagen, weil ich über eine Wurzel gestolpert war. Dann gingen mir diese köstlichen Momente allerdings durch und durch. Unter anderen Vorzeichen, wenn wir also keine für beide Seiten wichtige Arbeitsbeziehung gehabt hätten, wäre ich versucht gewesen, meinem Impuls nachzugeben und seine Finger festzuhalten – oder ihm ebenfalls testweise einen Kuss auf die Lippen zu geben. Aber stattdessen hielt ich auch weiterhin Abstand.

Die Durchsicht des Ordners hatte jetzt auch nicht so wahnsinnig viel Neues ergeben. Die Fakten blieben die gleichen: Marissa Otto war in den Schulferien mit ihrem damals noch minderjährigen Sohn ausgeritten, gegen den erklärten Willen ihres Ehemannes. Und sie tat dies auch hinter seinem Rücken, denn Bernhard war zu dem Zeitpunkt nicht zu Hause, sondern mit Jonas auf dem Rückweg von einem verlagsinternen Treffen in München. Das besagten gleich mehrere Zeugenaussagen, unter anderem die von Frau Rösler und von Jonas. Anscheinend hatte Bernhard es seiner Frau strengstens untersagt, allein ins Gelände zu gehen. Doch offenbar wollte sie ihm beweisen, dass sie ihre Stute Aphrodite auch ohne ihn beherrschte.

Als Bernhard bei seiner Ankunft auf dem Hof von Frau Rösler über Marissas Ausflug unterrichtet wurde, machte er sich große Sorgen. Die neue Stute war in seinen Augen noch zu unberechenbar und zu wild für die eher begrenzten Reitkünste seiner Frau. Bislang hatte lediglich er selbst das Tier außerhalb der Sandbahn geritten.

Kurz darauf kam die Schimmelstute mit fliegenden Bügeln auf den Hof zurückgaloppiert. Ohne Marissa.

Bernhard reagierte darauf – trotz seiner bösen Vorahnungen – sehr umsichtig. Telefonisch verständigte er seine Nachbarn und bat sie, zusammen mit ihm einen Suchtrupp zu organisieren. Dann sattelte er sein Pferd Kronos, um sich mit den anderen Reitern auf die Suche nach seiner verschollenen Frau zu machen. Doch genau in diesem Moment kam sein siebzehnjähriger Sohn, der offenbar wie sein Vater ein großes Reittalent war und sogar bei Landesmeisterschaften antrat, auf seinem Pferd zurück und berichtete von dem Unfall seiner Mutter am Bach. Und davon, wie sein eigenes Pferd im gleichen Moment völlig unkontrolliert durchgegangen war, so dass er ihr nicht zu Hilfe eilen konnte. Offenbar machte sich der Junge große Vorwürfe. Und obwohl er noch unter Schock stand, ritt Bernhards Sohn mit dem sechsköpfigen Suchtrupp los – dem interessanterweise auch Jonas angehörte –, um ihnen die richtige Stelle am Bach zu zeigen, wo er seine Mutter das letzte Mal gesehen hatte. Doch auch dort fand man Frau Otto nicht.

Nach einer ausgiebigen Suche in dem steil gelegenen Waldstück, die ebenfalls ergebnislos verlief, verständigte Bernhard die Polizei. Doch alles, was die Beamten nach tagelangem Durchstöbern des Terrains mit Hundestaffeln und Wärmebildkameras fanden, war Marissas zerstörter Reithelm, einige Blutstropfen und Haare, die an einem Felsen klebten. Ihre Leiche blieb verschollen. Die Polizei und später auch das Gericht vermuteten, dass der zu dieser Jahreszeit reißende Gebirgsbach sie mitgeschleppt hatte.

So weit war mir alles bekannt. In dem Verleumdungsprozess kamen dann allerdings einige unschöne Dinge zutage: Die Zeitung, die Bernhard des Mordes bezichtigte, zauberte eine angeblich »gute« Freundin von Marissa aus dem Hut, die behauptete, dass die Ehe der Ottos nur noch auf dem Papier bestanden hätte und dass Marissa sich vor ihrem Unfall von Bernhard trennen wollte. Frau Otto hätte sich bitterlich über ihren Mann beschwert, der ein Kontrollfreak wäre und sie wie eine Gefangene auf dem Grundstück halten würde. Der arme Sohn dürfe noch nicht einmal eine »normale« Schule besuchen, sondern würde entgegen seiner eigenen Wünsche in einem Internat unterrichtet. Bernhard Otto wäre rasend vor Eifersucht und vor kurzem sogar gewalttätig gegenüber seiner Ehefrau gewesen. Diese Freundin vermutete, dass Bernhard entweder das Pferd oder den Sattel dergestalt manipuliert hatte, dass Marissa gestürzt und zu Tode gekommen war. Sie sagte wortwörtlich, dass Bernhard Marissa lieber tot als in den Armen eines anderen gesehen hätte.

Aber all diese Anschuldigungen konnten von der Verteidigung widerlegt werden. Erstens war Bernhard den ganzen Tag mit Jonas in München gewesen und konnte weder das Pferd am Bach scheu gemacht noch Einfluss auf das Zaumzeug genommen haben. Und zweitens bezeugten sowohl Frau Rösler als auch Jonas, der zum damaligen Zeitpunkt bereits seit zwei Monaten bei den Ottos lebte, dass die Ehe der beiden überaus harmonisch und glücklich gewesen wäre. Jonas verstieg sich sogar zu der Behauptung, dass er keinen Ehemann kennen würde, der seine Frau mehr auf Händen tragen würde als Bernhard Otto. Daraufhin war die Zeitung zur Zahlung von Schmerzensgeld verdonnert worden, das Bernhard an eine wohltätige Einrichtung gespendet hatte.

Die einzige Sache, die mir in diesem Zusammenhang merkwürdig vorkam, war, dass Jonas vor Gericht ausgesagt hatte, dass Bernhard seine Frau »auf Händen getragen« hätte. Erstens schien mir diese Wortwahl nicht zu Jonas' üblicherweise verwendetem Vokabular zu passen, und zweitens stand diese Aussage im krassen Gegensatz zu »Bernhards Machomethoden«, die er mir gegenüber angeprangert hatte. Was nun stimmte, wusste ich nicht. Doch mir kam in diesem Zusammenhang auch Bernhards Vermutung in den Sinn, dass Jonas und seine Frau vielleicht eine Affäre gehabt hatten … konnte es sein, dass Jonas nur aufgrund seines schlechten Gewissens Bernhard vor Gericht verteidigt hatte? Wollte er, dass die Ehe der Ottos als mustergültig galt, damit ihn niemand bezichtigte, Bernhard durch die Affäre zu einer Kurzschlusshandlung getrieben zu haben?

Wir Frauen sind schon merkwürdige Wesen. Mich eingeschlossen. Denn irgendwie war ich eifersüchtig. Auf die tote Marissa Otto. Wie hatte sie es geschafft, dass gleich zwei interessante Männer, Bernhard und Jonas, sich in sie verliebten? Bernhard hatte sie geheiratet, und Jonas war offenbar so verliebt in sie gewesen, dass er seinen moralischen Kompass über Bord geworfen hatte. Mir dagegen hatte noch niemals jemand einen Heiratsantrag gemacht, und Jonas schien es mit seiner »Liebe« zu mir auch nicht wirklich ernst gemeint zu haben, sonst hätte er sich schließlich nicht so leicht entmutigen lassen. Eigentlich hätte er ja nachforschen müssen, ob ich wirklich nur Frauen liebte. Von dem rätselhaften Bernhard, mit seinen emotionalen Heiß-/Kaltduschen, ganz zu schweigen.

Jonas fehlte mir. Nicht so sehr als Mann, sondern als Gesprächspartner. Mir war gar nicht aufgefallen, wie oft wir miteinander gesprochen hatten. Wie intensiv er an meinem

Leben, nicht nur dem beruflichen, teilgenommen hatte. Mich mit seinem trockenen, aber niemals verletzenden Humor nach Selbstzweifelkrisen wieder aufgebaut hatte. Doch er schien mir meine Entscheidung, gegen seinen Willen vorübergehend bei Bernhard einzuziehen, wirklich zu verübeln. Er hatte sich seit unserem letzten Telefonat nicht mehr gemeldet und …

Das knirschende Geräusch eines heranrollenden Fahrzeugs auf dem Kies vor Bernhards Haus schreckte mich aus meinen Gedanken. Wen konnte es denn hier zu uns in die Einöde verschlagen haben? Doch nicht etwa Jonas? Obwohl ich eigentlich arbeiten sollte, hielt es mich nicht an meinem Schreibtisch. Ich war einfach zu neugierig. Und so schlenderte ich die Treppe hinunter, offiziell um mir vor dem Eingang ein wenig die Beine zu vertreten.

Es war ein Pferdetransporter, der von einem schicken dunklen Geländewagen gezogen wurde. Bei diesem Anblick murmelte die neben mir stehende Frau Rösler: »Oh nein. Nicht *die* schon wieder.«

Mir sollte erst später klarwerden, was und vor allem *wen* sie damit meinte. Zunächst einmal aber beobachtete ich interessiert, wie eine schlanke, hochgewachsene Frau aus dem Wagen stieg und uns nach Kräften ignorierte, während sie auf das Haus zustiefelte.

»Huhu! Bernie! Ich bin da-ha«, flötete sie.

Wie auf Bestellung trat Bernhard aus der Haustür, und es war gut, dass er so muskulös gebaut war, sonst wäre er bei der stürmischen Umarmung der schlanken Blondine sicherlich zu Boden gegangen.

»Alexandra, schön, dich zu sehen«, sagte er mit einem charmanten Lächeln, während die Blondine seine Wangen busselte.

Dann wandte er sich mir zu: »Darf ich vorstellen, Alexandra von Zitzewitz, eine Freundin von mir. Alexandra, das ist Steffi Lenz, meine Lektorin.«

Ach ja, plötzlich war ich also wieder ganz normal Steffi und nicht mehr Seraphina? Schau an. Ich versuchte, der ganzen Sache nicht allzu viel Bedeutung beizumessen, aber irgendwie tat es trotzdem weh. Bernhards Bekannte erinnerte mich außerdem entfernt an meine Schwester. Sie wirkte fast genauso schön und edel wie Lily.

Alexandra winkte mit einer Hand hoheitsvoll in meine Richtung. Es war offensichtlich, dass sie sich in etwa so sehr für mich interessierte wie für den vielzitierten umgefallenen Reissack in China. Nämlich gar nicht.

»Wann reiten wir los?«, fragte sie begeistert.

»Wie wäre es mit sofort?«, antwortete Bernhard gutmütig.

»Oh, fein!«, rief sie mit ihrer silberhellen Stimme. »Dann lade ich Rosie und Montgomery sofort aus. Wozu brauchst du eigentlich die Stute?«

»Ach, ich wollte Steffi eventuell eine Longenstunde geben, und niemand ist ruhiger als die alte Rosie.«

Alexandras Augen streiften mich mit einem kritischen Blick. »Da hast du recht. Auf die dicke Rosie könnte man auch ein dummes Kleinkind setzen. Aber ich finde es erstaunlich, dass du dir so etwas Langweiliges antun willst … einen blutigen Anfänger zu unterrichten.« Sie verzog angewidert ihr schönes Gesicht. »Also mir wäre das viel zu fad.«

Alexandra hatte mit dieser Bemerkung ihr Revier großräumig abgesteckt. Sie hatte mich, nach einem kurzen optischen Check, zunächst nicht als Konkurrentin wahrgenommen. Und sie tat es immer noch nicht. Aber für den Fall der Fälle hatte sie mir mal kurz verbal ans Bein gepinkelt. Damit ich wusste, wie der Hase von jetzt an laufen würde. Und sie hatte recht, denn ich wusste tatsächlich Bescheid. Gegen jemanden wie Alexandra würde ich keine Chance haben. Gar keine.

»Brauchst du Hilfe?«, fragte Bernhard fürsorglich.

»Beim Ausladen? Mach dich doch nicht lächerlich.«

Burschikos stapfte sie mit ihren langen Beinen zum Anhänger, öffnete zwei Ösen und ließ gekonnt die Ladeluke runter. Jetzt konnte man sehen, dass sie zwei Pferde mitgebracht hatte. Ein kleines weißes Pony und einen riesigen Braunen. Wenig später führte sie beide Pferde an Halfter und Führriemen zu Bernhard.

»Ich bringe Rosie schnell auf die Weide und hole Kronos. Du kannst ja in der Zwischenzeit Montgomery satteln«, sagte Bernhard, für den ich, seit Alexandras Ankunft und der dürren Vorstellungsrunde, nicht mehr zu existieren schien.

»Wer als Letzter im Sattel ist, gibt einen aus!«, flachste Alexandra gutgelaunt und band ihren überdimensionierten Vierbeiner an der Außenwand des Transporters fest.

»Abgemacht.« Bernhard legte noch einen Zahn zu und verschwand mit Rosie hinter dem Haus.

»Kommen Sie, gehen wir wieder ins Haus«, meinte Frau Rösler. Und als ich mich nicht rührte, weil ich noch immer mit offenem Mund diese supertolle Alexandra anstarrte, zog sie mich kurzerhand an meinem Ärmel hinter sich her.

»Wer ist das?«, fragte ich atemlos, als wir beide wieder in der Eingangshalle standen und die Haustür hinter uns ins Schloss schnappte.

»Das ist eine reiche, ekelhaft verwöhnte Göre, die hinter unserem Herrn Otto her ist wie der Teufel hinter der Seele«, sagte Frau Rösler gelassen. Natürlich war sie gelassen. Ihr war es ja auch einerlei, wenn Bernhard von einem Möchtegern-Model angeschmachtet wurde. Ihre Besitzansprüche waren anders geartet. Mir war das Schmachten leider nicht egal.

»Wie alt ist diese Alexandra?«, fragte ich eifersüchtig.

»Wahrscheinlich noch keine dreißig. Ich weiß es nicht so genau.«

Großer Gott, diese Pute war auch noch viel jünger als ich.

»Und wie und wo hat sie Herrn Otto kennengelernt?«

»Sie ist die Tochter eines Industriellen, der sich vor drei Jahren hier in der Gegend zur Ruhe gesetzt hat. Und da sie eine ebenso tollkühne Reiterin ist wie Herr Otto, haben sich die zwei in der ländlichen Umgebung natürlich bald gefunden.«

Frau Rösler warf mir einen neugierigen Blick zu, und ich biss mir auf die Zunge, um nicht noch mehr Informationen aus ihr rauszupressen. Ob die beiden gelegentlich auch miteinander schliefen zum Beispiel. Aber das würde ich ja wahrscheinlich noch früh genug selbst herausfinden.

Am liebsten hätte ich Jonas angerufen, um mich bei ihm auszuheulen. Aber das ging nicht. Ich konnte ihm schließlich nicht als offiziell lesbische Frau gestehen, dass ich krankhaft eifersüchtig auf eine junge Blondine war, die mir gerade *meinen* Bernhard ausspannte. Denselben Bernhard, vor dem Jonas mich ausdrücklich gewarnt hatte.

Richtig schlimm wurde es erst beim gemeinsamen Abendessen, zu dem Alexandra sich wie selbstverständlich dazugesellte. Statt sich wie sonst mit mir zu beschäftigen, hatte Bernhard nur noch Augen für seine neue Herzensdame – die optisch definitiv ein anderes Kaliber war als ich. Alexandra hatte sich sogar zum Essen umgezogen und trug nun ein enganliegendes, raffiniert geschnittenes schwarzes Kleid. Dagegen sah ich in meiner Hemdbluse und dem einfachen Rock aus wie das leibhaftige Aschenputtel.

Intellektuell war Alexandra allerdings auch ein anderes Kaliber. Und ich konnte es nicht fassen, dass der kluge, hochkultivierte Bernhard ihre dümmlichen Kommentare zu allen von ihm angesprochenen Themen klaglos ertrug.

Alexandra verbreitete das, was ich insgeheim Schlagzeilen-Wissen nannte, also plakatives Schwarz-Weiß-Gelaber, mit dem die lediglich auf Verkaufszahlen schielende Boulevardpresse versuchte, die arglose Bevölkerung in Pro und Kontra zu spalten. Dabei wurden hochkomplexe Sachverhalte nicht von allen Seiten und in all ihren Grauschattierungen beleuchtet, um sich eine eigene fundierte Meinung zu bilden, sondern auf das Niveau eines leicht unterbelichteten Grundschülers runtergekocht. Frei nach dem Motto: Bist du jetzt dafür oder dagegen? Durch Fakten untermauerte Argumente störten da nur.

Nachdem Alexandra dann auch noch anfing, latent Fremdenfeindliches von sich zu geben, verabschiedete ich mich und verzog mich tief unglücklich in mein Bett. Doch an Schlaf war nicht zu denken, dafür sorgten Alexandras perlendes Gelächter und Bernhards versöhnliches Brummen, das von unten bis in mein Zimmer drang und mir den dringend benötigten Schlaf raubte. Hoffentlich musste Alexandra morgen früh raus, so dass ich ihr nicht noch einmal über den Weg laufen musste.

Aber davon konnte leider keine Rede sein, denn offenbar hatte diese junge Frau gar keinen Beruf, der ihre Anwesenheit verlangte.

»Ich helfe Papa dabei, sein Geld anzulegen«, antwortete sie mir ungnädig auf meine Nachfrage. Das konnte natürlich viel heißen. Von Power-Shoppen bei Gucci und Co. bis zu Hedgefonds-Investitionen war mit diesen Worten alles abgedeckt.

»Alexandra, normalerweise begleitet mich Steffi immer auf meinen morgendlichen Ausritten, aber das bedeutet natürlich, dass wir viel Schritt gehen müssen«, sagte Bernhard, als wir gerade zu Ende gefrühstückt hatten.

»Das ist doch nicht dein Ernst?«, fragte sie konsterniert. »Du willst bei diesem traumhaften Wetter im *Schritt* reiten?«

»Bitte reitet ohne mich aus«, beeilte ich mich zu sagen. »Ich will euch auf keinen Fall den Spaß verderben.«

»Bist du sicher?«, hakte Bernhard nach.

»Natürlich ist sie sich sicher, Bernie. Niemand kann guten Gewissens von uns verlangen, nur im Schritt dahinzukriechen«, antwortete Alexandra für mich. Sie bedachte mich mit einem kurzen Blick. »Das stimmt doch, nicht wahr?«

Ich nickte. Der Kloß in meinem Hals hinderte mich an einer anderen Antwort.

»Na dann, liebe Steffi«, Bernhard stand energiegeladen auf, »sehen wir uns beim Abendessen.«

Bei seinen Worten zog Alexandra einen Flunsch. Auch ich war mir nicht sicher, ob ich mir den gestrigen Abend in einer Neuauflage antun wollte.

Tagsüber vermisste ich Bernhard dermaßen, dass ich es mir doch noch anders überlegte und mich – diesmal schicker angezogen – gegen achtzehn Uhr dreißig auf den Weg nach unten machte. Das Einzige, was ich heute von den beiden mitbekommen hatte, war, dass Alexandra Bernhard nachhaltig bei der Arbeit gestört hatte. Erstens hatten sich die zwei nicht mit einem zweistündigen Ausritt begnügt, sondern waren erst gegen vierzehn Uhr zurückgekommen. Und zweitens hatte die Blondine selbst dann ein Heidenspektakel veranstaltet, indem sie, während sie Bernhards andere zwei Pferde ritt, unentwegt ihre gellenden Kommentare über deren »phänomenale Rittigkeit« in die Richtung seines Arbeitszimmerfensters schrie.

Als ich die Eingangshalle durchquerte und gerade die Tür zum Esszimmer öffnen wollte, hörte ich Alexandras durchdringende Stimme sagen: »Müssen wir denn wirklich mit dieser stinklangweiligen Lektorin essen? Die verdirbt mir mit ihrem verkniffenen Gesicht den Appetit.«

»Natürlich darf sie mit uns zu Abend essen«, hörte ich Bernhards dunklen Bass. »Ich arbeite schließlich mit ihr.«

Das hatte nun mit »Du bist meine Inspiration!« so gar nichts mehr zu tun. Mir traten die Tränen der Enttäuschung in die Augen. Seine Worte verletzten mich zutiefst. Ich drehte auf dem Absatz um und schlich wie ein geprügelter Hund zurück in mein Zimmer. Unter meinem Kopfkissen versteckt, würde es sich leichter heulen.

Fünf Minuten später klopfte jemand an meine Tür.

»Seraphina? Kommst du? Wir warten auf dich mit dem Essen«, brummte Bernhard, nicht unfreundlich, aber auch nicht so liebevoll wie vorher.

Ich schluckte und versuchte, meine Stimme möglichst klar klingen zu lassen. Was mir gründlich misslang.

»Bitte … bitte esst heute mal ohne mich. Mir geht es nicht gut.«

»Was hast du?« Jetzt klang seine Stimme doch wieder besorgt.

»Nichts Schlimmes. Ich bin einfach nicht hungrig, wahrscheinlich habe ich zu viel von Frau Röslers Plätzchen gegessen.«

»Bist du sicher? Oder soll ich einen Arzt rufen?«

Das fehlte mir gerade noch! »Absolut sicher. Ich wünsche euch einen schönen Abend. Viele Grüße an Alexandra.«

Bernhard schien kurz zu überlegen, ob er mir gegenüber seine Pflicht getan hatte und es bei dieser Beteuerung bewenden lassen konnte. Dann sagte er: »Okay. Bis morgen. Aber falls es dir heute Nacht schlechter gehen sollte, musst du mir Bescheid sagen. Hast du verstanden, Seraphina?«

»Ja, Bernhard, hab ich«, sagte ich und biss in mein Kopfkissen, während ich seinen Schritten, die sich langsam von mir entfernten, auf den knarrenden Holzdielen lauschte. Erst als ich sicher war, dass er sich außer Hörweite befand, ließ ich meinen Tränen erneut freien Lauf.

22.

Es war acht Uhr morgens, und Lily wartete in ihrem Wagen vor dem Haus ihrer Eltern. Sie wollte endlich Hitchcock wieder um sich haben. Seit drei Tagen rief sie bei ihrer Mutter an und versuchte, einen Übergabetermin zu vereinbaren, aber ihre Mutter wiegelte immer wieder ab. Ob Jörg sie über die veränderte Lebenssituation informiert hatte und sie ihr nun den Hund nicht zurückgeben wollte, weil sie Lily nicht zutraute, finanziell angemessen für den kleinen Kerl zu sorgen? Zuzutrauen wäre ihr das, denn ihre Mutter wusste schließlich immer alles besser. Doch momentan schien wirklich niemand zu Hause zu sein, denn Lilys Klingeln war unbeantwortet geblieben. Da sie noch eine halbe Stunde Zeit hatte, bis sie ihren nächsten »Klienten« abholen musste, würde sie einfach hier stehen bleiben und abwarten, ob sich nicht doch noch eines ihrer Elternteile blicken ließ.

Es war eine Menge passiert, seit sie in Niklas' geöffnete Arme gerannt war, und mit einem Lächeln dachte sie an jenen Abend zurück.

»Bitte, sei mir nicht böse«, hatte sie immer wieder gestammelt, während Niklas sie wortlos gegen seine Brust gepresst und ihr nach der zehnten Entschuldigung die Lippen mit einem leidenschaftlichen Kuss versiegelt hatte. Danach waren sie engumschlungen in Steffis Wohnung gegangen. Doch anstatt miteinander zu schlafen, hatten sie diesmal nur geredet. Stundenlang. Die ganze Nacht hindurch. Lily hatte ihm von Jörgs unmoralischem Angebot erzählt und ihre Existenzängste und Nöte geschildert.

»Ich bin in einer Sackgasse gelandet«, erklärte sie. »Und ich weiß einfach nicht, wie ich mich daraus befreien soll.«

Niklas blickte sie mit großen Augen an. »Also … wenn du mich fragst, war deine Ehe die Einbahnstraße.«

»Wie meinst du das?«

»Ganz einfach. Für mich hört es sich eher so an, als ob du dir gerade die Daumenschrauben abmontiert hättest und dir endlich wieder alle Optionen offenstehen.«

»Aber ich habe weder eine Ausbildung noch das Geld für irgendeine Option«, jammerte Lily unglücklich.

»Du hast deine Freiheit. Das ist doch das Wichtigste«, beteuerte Niklas.

»Freiheit?«, wiederholte Lily langsam.

Das Wort hörte sich immer so gut in den Werbespots an. Nach Easyrider, mutterseelenallein auf dem Highway. Man stellte sich unweigerlich einen *lonesome Cowboy* vor, der nach getaner Arbeit zu einem coolen Soundtrack in den Sonnenuntergang entschwand. Aber im harten Licht der Realität verhielt es sich damit eher wie mit dem alten Janis-Joplin-Song: *Freedom's just another word for nothing left to lose.* Wer frei war, hatte im wahrsten Sinne des Wortes *nichts* mehr zu verlieren. Außer vielleicht seine Ehre, sein gutes Aussehen und ultimativ … seinen Verstand.

»Ja, Freiheit.« Er blickte sie ernst an. »Bitte versteh mich richtig. Ich verurteile dich nicht. Die meisten Leute leben so, wie du bisher gelebt hast. Aber nach deinen Erzählungen kommt es mir so vor, als ob du noch nie etwas selbst entschieden hättest. Du bist einfach den Weg des geringsten Widerstands gegangen und hast dich den Wünschen deines

Ex-Manns angepasst. Du musst jetzt erst einmal herausfinden, was du, Lily Lenz, selbst willst.«

»Hm.« Sie lehnte sich an seine Schulter und schloss müde die Augen. »Darüber denke ich morgen nach.«

»Darf ich dich mal etwas fragen?«

Lily nickte, ohne aufzublicken.

»Warum hast du deinen Mann geheiratet? Hast du ihn geliebt?«

Lily dachte kurz nach und entschied sich dagegen, Niklas über Jörgs Identität aufzuklären. Als Schauspieler hätte er sich vielleicht Hoffnung gemacht, dass sie ihm irgendwie bei seiner Karriere behilflich sein könnte. Aber das war definitiv nicht der Fall. Sie kannte zwar viele große Namen in dieser Branche persönlich, aber sie bezweifelte, dass einer von ihnen auch nur den kleinen Finger für sie krumm machen würde.

»Du willst wissen, warum ich ausgerechnet mit Jörg im Hafen der Ehe gelandet bin … das ist eine lange Geschichte.«

Niklas zog sie fester an seine Schulter. »Ich habe Zeit.«

»Ich glaube, ich habe ihn geheiratet, weil ich ein Angsthase bin. Weil ich mich nicht getraut habe, auf die große Liebe zu warten. Und weil ich fürchterlichen Liebeskummer hatte.«

»Du hattest Liebeskummer?«

»Ja. Jahrelang. Und niemand durfte es wissen.«

»Warum?«

Sie seufzte. »Nach dem Abi haben meine Eltern entschieden, dass ich erst mal aus München raus und meine Englischkenntnisse vervollkommnen sollte. Ein entfernter Verwandter hat mir dann eine Au-pair-Stelle auf Long Island besorgt. Bei den Lexingtons.«

»Long Island? Wohnen da nicht die Superreichen?«

»Ja. Die Lexingtons waren genau das. Superreich. Ihnen gehörten halb New York und … ach egal.«

»Und was hast *du* dort gemacht?«

»Gute Frage. Eigentlich war ich engagiert worden, um mich um Lucy zu kümmern, die jüngste Tochter der Lexingtons. Aber die Dreijährige hatte bereits eine Vollzeit-Nanny, die ihren gutbezahlten Job nicht verlieren wollte, und so avancierte ich mehr zur Bespaßerin von Mrs. Lexington.«

Niklas grinste. »Und wie sah das aus?«

»Sie suchte im Grunde genommen nur eine Begleiterin, denn sie stand ziemlich allein da: Ihr Mann arbeitete enorm viel, und ihre beiden älteren Kinder, die Zwillinge Sophia und William, waren gerade aufs College gegangen. Und so flogen wir dann jeden zweiten Tag nach New York, um zu …«

»Ihr seid geflogen?«

Lily verzog den Mund zu einem kleinen Grinsen. »Ja, mit dem familieneigenen Helikopter und Dave, ihrem Piloten.«

Niklas schüttelte den Kopf. »Wahnsinn. Aber ich habe dich unterbrochen … Was habt ihr in New York gemacht?«

»Na, was wohl … Wir sind shoppen gegangen. Mrs. Lexington hatte einen guten Geschmack und Spaß daran, mir beizubringen, wie man das Geld mit vollen Händen ausgibt. Sie hat mich ausstaffiert, als wäre ich ihre eigene Tochter. Natürlich war mir das peinlich, aber sie ließ da nicht mit sich verhandeln. Nach getaner Arbeit schleppte sie mich zu ihrem Friseur, zur Kosmetikerin und in sogenannte Day-Spas, wo wir uns massieren ließen und andere verrückte Behandlungen, wie zum Beispiel Kaviarwickel, ausprobierten.«

»Hört sich doch nicht schlecht an«, schnaubte Niklas ironisch.

Sie ignorierte ihn. »Das war es auch nicht. Besonders, nachdem ich Jeff auf einem Barbecue bei den Lexingtons kennengelernt hatte. Jeff war einundzwanzig. Er wollte Arzt werden und machte ein einjähriges Praktikum in einem Krankenhaus auf Long Island. Er wohnte damals bei seinen Großeltern, die wohlsituiert, aber bei weitem nicht so reich wie die Lexingtons waren.«

»Und dann hat es zwischen euch gefunkt.«

Lily nickte. »Ich erspare dir die Einzelheiten. Aber es war ernst. Bereits nach zwei Wochen sprach Jeff von einer gemeinsamen Zukunft, und ich …«

»Er war deine erste große Liebe, da erwischt es einen immer ziemlich hart.«

»Ja, das sowieso, und er war auch mein erster … du weißt schon.«

Es war ihr peinlich, mit Niklas über den ersten Sex ihres Lebens zu reden. Dabei konnte sie rückblickend sagen, dass es mit Jeff niemals so schön wie mit Niklas gewesen war. Aber damals hatte sie sich auch nicht vorstellen können, jemals mit einem anderen Mann außer mit Jeff ins Bett zu gehen. Wobei das »Bett« in diesem Fall eine Matratze war, die Jeff auf den geräumigen Dachboden des Bootshauses der Lexingtons geschleppt hatte.

»Du hattest bis dahin noch mit niemandem geschlafen?«

»Nein.«

»Hattest du denn überhaupt Zeit für deinen Lover, wenn Mrs. Lexington dich andauernd rumgeschleppt hat?«

»Leider, ja. Zu der Zeit war gerade ihre Schwester gekommen, und da hätte ich sowieso nur gestört. Nein, ich glaube, das war gerade mein Problem. Ich hatte zu viel Zeit … zum Träumen, zum Pläneschmieden und auch für Jeff.«

»Und was hat euch dann auseinandergebracht? Musstest du zurück nach Deutschland?«

Sie schüttelte den Kopf. »Nein, das war noch nicht das Thema. Zwei Monate später war Thanksgiving, und Mrs. Lexington war völlig aus dem Häuschen, weil die Zwillinge zu Besuch kommen würden. Jeff und ich haben ihr dann geholfen, alles zu schmücken und den schönsten und größten Truthahn auszusuchen. Und dann …«

Niklas blickte sie erwartungsvoll an.

»Und dann kam Sophia Lexington nach Hause.«

»Aha.«

»Genau. Sophia war eine Schönheit. Unbeschwert. Charmant. Cool. Ich hatte niemals eine Chance gegen sie.«

»Jeff hat sich in sie verliebt?«

»Ja, und in das, was sie repräsentierte. Sophia war schließlich obendrein noch eine richtig gute Partie.«

»Und da hat er dir den Laufpass gegeben?«

»Nein, das hat er nicht. Er hat uns eine ganze Weile parallel laufen lassen.«

»Wie ging das denn?«

»Sophia ist nach Thanksgiving wieder nach Connecticut an die Uni gefahren, und Jeff muss sie wohl dort mehrmals besucht haben. Mir hat er bei diesen Gelegenheiten erzählt, dass er seine Eltern in New York besuchte.«

»Was für ein Arschloch.«

Lily zuckte mit den Schultern. »An Weihnachten haben sie sich dann verlobt, und ich bin aus allen Wolken gefallen.«

»Er hat dir bis zum Schluss nichts davon gesagt?«

»Nein. Wir haben in der Nacht vor Sophias Ankunft noch miteinander geschlafen.«

»Und was haben die Lexingtons dazu gesagt? Wussten die denn nichts von eurer Beziehung?«

»Nein, Jeff war sehr clever. Er hatte mir immer gesagt, dass es besser wäre, wenn wir unsere Liebe geheim hielten. Andernfalls hätte er Angst, dass die Lexingtons mich vorzeitig nach Hause schicken könnten. Außerdem war dieses Versteckspiel natürlich auch sehr romantisch. Wahrscheinlich hatte er es aber schon immer auf das große Geld von Bill und Nancy Lexington abgesehen. Er war ein sehr ehrgeiziger Typ. Sophias Eltern waren natürlich völlig aus dem Häuschen, bald einen attraktiven Arzt zum Schwiegersohn zu haben. Sie haben dem jungen Paar keine Steine in den Weg gelegt.«

»Und du bist dann vorzeitig nach Hause geflogen?«

Sie schüttelte erneut den Kopf. »Nein. Ich konnte mit niemandem darüber reden. Ich war innerlich wie tot. Die Vorstellung, meine Eltern zu bitten, mir ein neues Ticket zu schicken … also das war irgendwie noch schlimmer, als hautnah Jeffs und Sophias Glück mitzubekommen.«

»Aber wenigstens hat Sophia in Connecticut studiert und war nicht allzu oft zu Hause?«

»Nein, sie hat das Studium sofort geschmissen. In solchen Kreisen geht es dabei sowieso nur darum, einen angemessenen Partner zu finden. Geld hatten die Lexingtons schließlich selbst genug.«

»Und wann bist du dann heimgeflogen?«, fragte Niklas mitfühlend.

»Sechs Monate später. Am Tag nach der Hochzeit, die am vierten Juli stattfand.«

»Oh, verdammt.«

»Ja. Es war nicht schön. Wir sind sogar noch per Helikopter zusammen zum Flughafen geflogen. Sophia und Jeff, um zu ihrem Honeymoon aufzubrechen, und ich, um endlich dieser Hölle zu entfliehen.«

»Hast du jemals wieder was von Jeff gehört?«

»Zwei Jahre später, als ich als Model gerade in New York war, hat er mich angerufen, und wir haben uns zu einem Abendessen getroffen. Er war gerade Vater geworden und hatte sein Medizinstudium geschmissen, um im Unternehmen von Sophias Vater anzufangen.«

»Und?«

»Er hat natürlich versucht, mich zu überreden, ›um der alten Zeiten willen‹ noch einmal mit ihm ins Bett zu gehen. Woraufhin ich ihm meinen Drink ins Gesicht geschüttet habe und gegangen bin.«

»Aber du warst immer noch nicht über ihn hinweg.«

»Nein, wahrscheinlich nicht. Doch ich war durch meinen Job sehr beschäftigt, das hat mir geholfen.«

»Man hat dich damals als Model entdeckt?«

»Genau. Ich hatte durch meinen Kummer sehr stark abgenommen und war plötzlich genau der Typ, den alle suchten. Alle großen Agenturen waren hinter mir her.«

»Wollten deine Eltern nicht, dass du studierst?«

»Wahrscheinlich schon. Aber sie haben mich nicht dazu gedrängt. Dazu war auch das Geld, was ich damals verdiente, einfach zu beeindruckend. Ich habe in einem Monat so viel Knete gemacht wie mein Vater in einem ganzen Jahr.«

»Aber du warst trotzdem unglücklich?«

»Ich habe nicht darüber nachgedacht, sondern einfach nur ›funktioniert‹. Bin einfach von Job zu Job getingelt. Jeden Morgen um vier Uhr aufgestanden, um vor der Arbeit noch Sport zu machen und dann zu Make-up-Artisten und Anproben zu fahren. Meine Booker nannten mich damals ›hochprofessionell‹. Aber ich fühlte mich innerlich mehr wie ein Zombie. Ich war sogar so kleinkariert, dass ich auf meine kleine Schwester eifersüchtig war, die gerade ihren Traum verwirklichte und Germanistik studierte.«

»Wieso hast du nicht einfach mit dem Modeln Schluss gemacht und ebenfalls ein Studium angefangen?«

»Keine Ahnung. Ich war irgendwie in diesem Leben gefangen. Das Model-Dasein ist ziemlich einsam. Die anderen Mädchen sind Konkurrentinnen, und durch das viele Reisen hat man irgendwie keine Vertrauensperson. Außerdem hatte ich durch das viele Hungern auch gar keine Kraft, mich auf irgendeine geistige Aufgabe zu konzentrieren.«

»Warum musstest du denn immer noch hungern? Du bist doch von Natur aus schlank?«

»Nicht vor den Kameras. Die mogeln dir immer ein paar Kilos mehr auf die Rippen, und damals war gerade dieser völlig ausgelaugte Heroinchic angesagt.«

»Das ist doch krank.«

»Ja, aber ... dann kam der große Erfolg. Finanziell und auch männertechnisch. Ich glaube nicht, dass das jemand verstanden hätte, wenn ich damals aufgehört hätte.«

Niklas warf ihr einen schrägen Blick zu. »Männertechnischer Erfolg?«

Sie grinste. »Ich hatte mir fest vorgenommen, so wie Sophia Lexington zu werden. Nicht mehr so sensibel und verletzlich zu sein, sondern genauso schön, charmant und cool dazustehen wie die Frau, für die man mich verlassen hat. Und irgendwie ist mir das auch gelungen. Plötzlich waren unheimlich viele Männer an mir interessiert. Reiche und gutaussehende Männer, die mir allesamt nichts bedeuteten. Doch je cooler und unnahbarer ich mich ihnen gegenüber verhielt, desto begehrenswerter schien ich für diese Männer zu werden.«

»Typisch.«

Lily nickte. »Und dann habe ich mit zweiundzwanzig auf dem Münchner Filmball Jörg kennengelernt. Er war genauso attraktiv und erfolgreich wie die anderen Männer, aber

Jörg war distanzierter, bedrängte mich nicht. Sein Heiratsantrag kam für mich eher überraschend, wir kannten uns erst ein paar Monate. Ich war mir auch gar nicht sicher, ob ich ihn annehmen sollte. Aber meine Mutter war ein großer Fan von ihm und hat mir energisch dazu geraten. Schließlich wäre ich im richtigen Alter und könnte auch nicht mein ganzes restliches Leben modeln.«

»Bist du deshalb sauer auf deine Mutter?«

Sie schüttelte den Kopf. »Nein. Ich habe lange darüber nachgedacht. Aber das Fiasko mit Jörg ist ganz allein meine Schuld. Ich war volljährig. Ich hätte es besser wissen müssen. Es gibt zu viele Leute, die immer alles auf ihre Kindheit schieben. Oder auf ihre bösen Erzeuger. Aber ich glaube, dass es falsch ist, seine Eltern für alles verantwortlich zu machen. Sicherlich wird man durch seine Erziehung beeinflusst, aber letzten Endes liegt es an einem selbst, was man aus seinem Leben macht.«

Niklas nickte ernst. »Das ist wohl wahr.«

Für einen Moment schwiegen sie beide. Es fühlte sich einfach schön an, von ihm umarmt zu werden.

»Und ihr habt euch auf dem Filmball kennengelernt?«, erkundigte sich Niklas plötzlich.

Verdammt, da hatte sie einen Schnitzer gemacht. Sie wollte ihm doch eigentlich Jörgs Beruf verheimlichen.

»Ja, aber wir waren beide eher zufällig da«, versuchte sie, ihren Fehler auszubügeln.

»Hattest du Jörg von deiner Enttäuschung mit Jeff erzählt?«

Lily schüttelte den Kopf. Ihre Antwort erstaunte sie selbst. »Nein, davon habe ich noch niemandem erzählt. Nur dir.«

Niklas drückte ihr einen Kuss aufs Haar. »Dein Vertrauen ehrt mich.«

»Ich glaube, du hast einfach ein Talent, mir jedes Geheimnis aus der Nase zu ziehen.« Lily boxte ihn spielerisch auf die Schulter. »Außerdem scheinst du mich immer genau in meinen schwächsten Momenten zu erwischen.«

»Vielleicht nennt man das Schicksal.«

Sie lächelte. »Vielleicht nennt man das aber auch nur Pech.«

»Okay, ich gebe es zu. In Wirklichkeit fahre ich heimlich hinter dir her und warte auf meine Chance, dir als glorreicher Retter beizustehen.«

Lily blickte ihn fragend an. »Wie bitte?«

Er lachte. »Hey, das war doch nur Spaß. Obwohl ich dir gerne hinterhergefahren wäre ... schon damals, als wir uns das erste Mal gesehen haben.«

»Apropos ... was hattest du eigentlich in diesem Sexshop für Frauen zu suchen?«

Sie fühlte, wie sich Niklas für einen winzigen Moment neben ihr versteifte.

»Keine Ahnung. Ich glaube, ich wollte ein witziges Abschiedsgeschenk für Paul besorgen, aber ich hab nichts Passendes gefunden.«

Seine Antwort enttäuschte sie, denn sie spürte instinktiv, dass er ihr nicht die Wahrheit sagte, doch vielleicht war ihm der Umstand, sie ausgerechnet dort kennengelernt zu haben, auch einfach nur peinlich.

Sie wechselte das Thema. »Ist Paul für länger weggefahren?«

»Ja, genau darüber wollte ich auch gerade mit dir sprechen. Paul ist Fotograf und für die nächsten vier Monate in Südamerika unterwegs. Sein Zimmer steht leer, und da habe ich mir gedacht ... willst du da nicht einziehen?«

»Du willst, dass ich bei dir wohne?«, fragte Lily fassungslos.

»Na ja, nicht wirklich bei mir, obwohl du in meinem Zimmer jederzeit willkommen bist …« Niklas grinste. »Ich dachte mehr daran, dass du zu uns in die WG ziehst. Wenn du es mit deinem Hundesitter-Job ernst meinst, kannst du nicht täglich mehrmals zwischen Innenstadt und Landleben pendeln. Das kostest dich zu viel Zeit, mal ganz abgesehen vom Benzin.«

Lily war fast zu gerührt, um zu antworten. Niklas machte sich Sorgen um sie. »Aber … aber ich müsste die Hunde mitbringen, und viel Miete kann ich bestimmt auch nicht zahlen.«

»Darüber habe ich schon mit Mia und Max gesprochen. Die beiden mögen Hunde. Das wäre also kein Problem. Und Paul hat sein Zimmer im Voraus bezahlt, damit es noch frei ist, wenn er zurückkommt. Du müsstest dich also nur an den Strom- und Wasserkosten anteilig beteiligen.«

»Aber was ist mit Paul? Vielleicht gefällt ihm der Gedanke nicht, dass ich in seinem Bett schlafe.«

»Mir gefällt der Gedanke auch nicht, dass du in Pauls Bett schläfst. Das tust du besser in meinem. Nein, ohne Quatsch, Paul hat alles, was ihm wichtig ist … seine Kameras und so … mitgenommen, und wir sind uns alle drei sicher, dass es ihm nichts ausmacht, wenn du in seinem IKEA-Bett schläfst und seinen IKEA-Schrank benutzt.«

»Ähm, vielen Dank für das liebe Angebot. Aber das geht alles ein bisschen schnell. Darf ich da noch eine Nacht drüber schlafen?«

»Wenn ich neben dir liegen darf?«

Lily lächelte. »Das wäre schön.«

»Gut. Dann bin ich mal gespannt, wie du dich entscheidest.«

Am nächsten Tag war sie dann tatsächlich mit einem Teil ihrer Sachen zu Niklas, Mia und Max gezogen. Und wenn sie ehrlich war, gefiel es ihr ausgesprochen gut. Besonders die Nächte mit Niklas waren …

In diesem Moment sah sie Hitchcock. Doch von ihrer Mutter und ihrem Vater war weit und breit nichts zu sehen. Stattdessen führte eine ihr unbekannte Frau ihn an der Leine spazieren.

»Hey!«, rief Lily, während sie die Wagentür öffnete. »Was machen Sie denn da mit meinem Hund?«

Hitchcock zerrte wie verrückt an der Leine, um zu ihr zu kommen, und die zierliche dunkelhaarige Frau, die Lily auf Anfang fünfzig schätzte, hatte ihre liebe Mühe, ihn festzuhalten. Trotzdem lächelte sie, als sie jetzt auf Lily zuging.

»Hallo, Sie müssen Lily sein«, sagte sie und streckte ihr die Hand entgegen. »Ich heiße Claudia.«

»Äh, hallo, Claudia. Wo sind denn meine Eltern, und warum führen Sie meinen Hund spazieren?«

»Ihre Mutter musste etwas erledigen, und da habe ich ihr angeboten, dass ich mich heute um Hitchcock kümmere.«

Das war jetzt nicht besonders informativ, aber letztendlich war es Lily auch egal, ob ihre Mutter shoppen war oder ein Tennismatch bestritt. Sie wollte ihren Hund zurück.

»Okay, vielen Dank. Aber jetzt nehme ich Hitchcock mit. Sagen Sie meiner Mutter bitte Bescheid, dass ich ihn abgeholt habe?«

Claudia verzog erschreckt das Gesicht. »Aber das geht nicht. Ihre Mutter hängt so an dem Tier. Wenn sie heute Abend kommt, und der Hund ist nicht mehr da, dann ist sie bestimmt furchtbar traurig.«

Lily traute ihren Ohren nicht. »Entschuldigung, aber reden wir gerade über meine Mutter? Frau Helga Lenz? Die ist nämlich tougher, als Sie denken, und …«

»So, meinen Sie? Sie können gerne Ihre Mutter anrufen und mit ihr ein Treffen ausmachen, aber ich will damit nichts zu tun haben.«

Die Frau bückte sich, nahm den widerstrebenden Hund in ihre Arme und ging zum Haus von Lilys Eltern. Dort setzte sie den Hund ab, zog einen Schlüssel aus der Tasche und verschwand kurz darauf hinter der Eingangstür. Mit Hitchcock, wohlgemerkt.

Es wäre ein Leichtes gewesen, die grazile Frau zu überwältigen und ihr den Hund notfalls auch gegen ihren Willen zu entreißen. Aber Lily war schlichtweg zu überrascht. Was war, bitte, hier los? Wo zum Teufel steckte ihre Mutter? Sie zog umgehend das Handy aus der Tasche und wählte ihre Nummer.

Doch niemand nahm ab.

23.

Ich lag auf meinem Bett, starrte die Decke an und bemitleidete mich selbst. Nach einer weiteren schlaflosen Nacht und einem märtyrerhaft überstandenen Frühstück wollte ich nur noch von hier weg. Alexandra war nun bereits den dritten Tag hier und vergällte mir das Leben. Und ich hatte ihr noch nicht einmal während der Mahlzeiten aus dem Weg gehen können, da Bernhard offenbar aus reiner Höflichkeit auf meine Anwesenheit bestand und anderenfalls drohte, einen Arzt zu rufen. Doch zuzusehen, wie Alexandra und Bernhard sich immer näherkamen, brach mir das Herz. Gestern Abend hatte sie ganz vertraut ihre Hand auf die seine gelegt und sie mindestens eine Viertelstunde dort belassen. Es war offenbar nur noch eine Frage der Zeit, bis sie sich auch vor mir küssen würden. Meine Eifersucht machte mich dabei nur noch linkischer und »fader«.

Gestern Abend hatte Alexandra mehrmals vielsagend in meine Richtung die Augen gerollt, und Bernhard richtete kaum noch ein Wort an mich. Außerdem schien ich, wie ich an meinen schlotternden Klamotten bemerkte, eklatant abzunehmen, da ich mein Essen nur noch von der einen Seite des Tellers auf die andere schob. Doch ich konnte einfach nichts runterwürgen, da in meinem Magen ein trauriger Eisklumpen lagerte und mir jeglichen Appetit nahm. Zu allem Überfluss hatte Lily gerade angerufen und mir erzählt, dass unsere Mutter ihren Hund gekidnappt hätte. Und dass sie unsere Erzeugerin noch nicht einmal telefonisch erreichen könnte, um ihr die Meinung zu geigen. Statt Lily zu beruhigen und ihr zu raten, es einfach heute Abend noch einmal zu versuchen, hätte ich ihr lieber mein eigenes Leid geklagt.

Aber was hätte ich sagen sollen? Mein Autor, der gleichzeitig der Mann meiner Träume ist, reitet gleich mit einer wenig liebenswürdigen Doppelgängerin von dir aus, und das macht mich unendlich unglücklich? Wohl kaum.

In dem Moment klopfte es leise. »Seraphina?«

Ich sprang auf und ging zur Tür. Warum war Bernhard noch nicht mit seiner Liebsten hoch zu Ross unterwegs?

»Ja?«, fragte ich schüchtern.

»Mach bitte einmal die Tür auf, ich muss dir etwas geben«, erklang Bernhards Bass.

Ich kam seiner Bitte nach und stand ihm kurz darauf von Angesicht zu Angesicht gegenüber.

»Hallo, Seraphina. Mein Gott, bist du blass. Geht es dir wirklich gut?« Seine Stimme klang ernsthaft besorgt.

»Ja, Bernhard. Aber meine Schwester hat gerade angerufen. Ich habe dir doch erzählt, dass sie sich von ihrem Mann getrennt hat, und nun braucht sie meine Hilfe. Würde es dir etwas ausmachen, wenn ich ab heute per Mail von zu Hause aus mit dir arbeite? Deine Schreibblockade ist ja jetzt glücklicherweise überwunden und …«

»Nein!«

Ich wich erschrocken zurück, so grob hatte Bernhard mir sein »Nein« entgegengeschleudert.

»Aber du brauchst mich doch nicht mehr. Alexandra leistet dir Gesellschaft, und du schreibst jeden Tag wunderbare Texte«, sagte ich schüchtern.

Auf Bernhards Schläfe pochte eine dick angeschwollene Ader. Er schien sich nur mit größter Mühe zu beherrschen. »So einfach lässt du mich also fallen … so wenig bedeute ich dir!?« Seine Reaktion machte mich sprachlos. Ich hatte vermutet, dass er erleichtert wäre, mich endlich los zu sein. »Und du hast mir wirklich nichts anderes zu sagen, außer ... ›Ich verlasse dich jetzt‹?«

»Aber Bernhard, ich verlasse dich doch nicht. Ich werde auch weiterhin dein Manuskript lektorieren, nur hier ... hier geht es einfach nicht mehr«, stammelte ich verwirrt.

»Warum nicht?«, knurrte Bernhard.

»Weil ... weil ich ... hier überflüssig bin. Das fünfte Rad am Wagen.«

»Das stimmt nicht. Ich brauche dich.«

Warum machte er es mir nur so wahnsinnig schwer? Bernhard musste doch wissen, was in mir vorging? Er hatte mir erst vor kurzem gesagt, dass er sich in mich verliebt hätte, und nun turtelte er direkt vor meinen Augen mit einer anderen. Er musste blind und taub sein, um nicht mitzubekommen, wie weh mir das tat. Plötzlich wurde ich wütend.

»Und außerdem ertrag ich deine neue Freundin nicht mehr«, fauchte ich böse.

»Ich habe keine neue Freundin.«

»Ach, und wie nennst du Alexandra, die dich praktisch verbal vor meinen Augen auszieht, dann? Deine Verlobte?«

Für einen flüchtigen Moment huschte ein Lächeln über Bernhards Gesicht. »Du bist eifersüchtig«, stellte er fest.

»Nein!«, brüllte ich, tief gekränkt. »Das bin ich nicht. Ich hasse es nur, wenn man mir erst nicht existente Gefühle vorgaukelt und mich dann ... wie ein hässliches Aschenputtel links liegenlässt!«

»Nicht existente Gefühle?«

Im nächsten Moment riss mich Bernhard in seine Arme und drückte mich so fest an seine Brust, dass ich kaum noch Luft bekam.

»Seraphina, mein Engel!« Seine Stimme floss über vor Emotionen. »Verstehst du denn nicht? Mir liegt nichts an Alexandra. Überhaupt nichts. Ich wollte nur deine Leidenschaft wecken. Ich wollte, dass du mich genauso begehrst wie ich dich! Dass du aufhörst mit diesem ›Ich-liebe-nur-Frauen‹-Quatsch. Ich brauche dich … aber ich kann es nicht ertragen, dass deine Gefühle für mich so zahm und sanftmütig sind. Ich will, dass du brennst. Lichterloh in Flammen stehst. Dass du das Gefühl hast, zu sterben, wenn du mich nicht berühren kannst. Denn genauso … fühle ich!«

Mir liefen plötzlich Tränen über das Gesicht. Warum heulte ich? Ich war doch noch nie in meinem Leben so glücklich gewesen. Oder?

»Bitte, Seraphina, weine nicht … ich liebe dich. Nur dich!«

Bernhard senkte seine Lippen auf meine und küsste mich, mit einer mir bis dato unbekannten Intensität. Er hielt mich dabei so fest, dass ich mich regelrecht freikämpfen musste, um meine Arme um seinen Hals zu legen.

»Bernie? Die Pferde sind gesattelt. Ich warte auf dich!«, brüllte Alexandra von der Eingangshalle nach oben. Ihre Stimme klang ungehalten.

Bernhard stöhnte verzweifelt. Es schien ihn fast übermenschliche Anstrengung zu kosten, seinen Mund von meinem zu lösen und einen Schritt zurückzutreten. Wir atmeten beide so schwer wie nach einem 100-Meter-Sprint.

»Liebling, ich muss dich noch ein letztes Mal verlassen und mit dieser dummen Gans ausreiten, aber ich schwöre dir, dass ich sie danach nach Hause schicke. Okay?«

Ich nickte, zu überwältigt für Worte.

»Und in der Zwischenzeit kann du das hier lesen.« Er zog aus seiner hinteren Jeanstasche einen ganzen Packen zusammengerollter loser Blätter.

»So viele neue Seiten?«, fragte ich atemlos.

»Ja, ich war heute Nacht recht fleißig. Und später, wenn Alexandra endlich wieder abgehauen ist, wirst du auch noch reiten müssen, denn es sind mehr als viertausend Wörter. Also bereite dich mental schon mal auf eine Longenstunde mit Rosie und mir vor.«

Er lächelte, doch in seinen Augen brannte noch immer die gleiche Glut, mit der er mich geküsst hatte. Dann gab er mir einen Abschiedskuss, drehte sich um und ging mit schnellen Schritten die Treppe hinab.

»Na endlich!«, hörte ich Alexandra noch sagen, dann waren die zwei zur Haustür entschwunden.

Mit klopfendem Herzen presste ich die Manuskriptseiten an meine Brust. Der abrupte Umschwung in meiner Gefühlslage machte mich fast schwindelig.

In dem Moment ging unweit von mir eine Tür auf, und Frau Rösler trat auf den Korridor. Hatte sie die leidenschaftliche Szene zwischen Bernhard und mir mitbekommen? Unsere Blicke trafen sich. Meiner ekstatisch, ihrer freudlos-besorgt. Sie sagte kein Wort, doch während sie die Treppe hinunterschritt, meinte ich zu hören, wie ihre leicht knarzige Stimme murmelte: »Und so nimmt das Schicksal seinen Lauf ...«

Ich war offenbar nicht die Einzige, die unglücklich in Bernhard verliebt war. Nein, unglücklich verliebt *gewesen* war, korrigierte ich innerlich und ergötzte mich an dem Gefühl der totalen Glückseligkeit, das mich gerade durchflutete. Ich hätte singen und tanzen können. Frau Rösler tat mir leid, aber im Moment konnte noch nicht mal der Gedanke an sie oder an die bevorstehende Reitstunde mein absolutes Hochgefühl dämpfen. Lediglich die Vorstellung, dass Jonas von meiner Heterosexualität erfahren könnte, bereitete mir etwas Bauchschmerzen. Aber was kümmerte mich mein Bauch, wenn mein Herz so voll war.

Mit einem tollkühnen Satz sprang ich auf mein Bett und strampelte vor lauter Übermut mit den Beinen. So lange, bis mein Federbett einem unförmigen dicken Knäuel glich. Nachdem ich auf diese Weise ein wenig Dampf abgelassen hatte, versuchte ich, mich wieder zu konzentrieren. Schließlich wollte ich jetzt Bernhards wertvolle viertausend Wörter lesen. Und seine schönen, druckreifen Sätze zogen mich auch umgehend in ihren Bann …

Er hatte den Aufbau des Buchs im Vergleich zur ersten Fassung noch einmal grundlegend geändert. Statt die Geschehnisse nur aus seiner Sicht, also aus der Sicht des Schriftstellers, zu erzählen, hatte er nun auch meine Perspektive, die der jungen Lektorin, eingefügt. Das war abwechslungsreich und gab dem Text eine größere Tiefe. Es machte ihn spannender und irgendwie auch … bedrohlicher. Mit einem Prickeln im Bauch las ich »meine« Gedanken, so wie Bernhard sie sich vorstellte, als ich ihn, den großen Bestsellerautor, kennengelernt hatte. Er hatte nichts ausgelassen. Nicht mal die Stelle, an der mich Frau Rösler mit einem Holzscheit bedrohte. Nur dass er die Anziehungskraft, die er auf mich ausübte, fatal unterschätzte. Er gab aber zu, zu spüren, dass ich nicht nur an Geld und Ruhm interessiert war. Dass ich nicht nur als die Frau im Verlag bekannt sein wollte, die den »aggressiven, irrationalen Machoschreiber« gezähmt hatte. Aber er dachte, dass mein Interesse an ihm mehr mit meiner Liebe zur Literatur im Allgemeinen als mit seiner Person zu tun hatte.

Und als ich dann seine neu formulierten Gedanken über mich las, kamen mir die Tränen. In der vorherigen Version hatte er den Schriftsteller eher mit seinem Alter hadern lassen. Er hatte sein fiktionales Selbst als jemanden dargestellt, der in der Lektorin nur eine schöne junge Frau sah, die seine Neugierde weckte. Die seine Lust auf das Schreiben wieder entfachte. Aber jetzt schrieb er über seine wahren Gefühle. Über die Verzweiflung, mit der er versuchte, mich zu erobern. Über »das fiebrige, fast unbeherrschbare Verlangen«, das er in meiner Gegenwart verspürte. Das ihn »an bisher nie gekannte Grenzen stoßen ließ«. Er beschrieb unseren Beinahe-Kuss in allen Details und so intensiv qualvoll, dass ich vor lauter Gefühlsüberschwang eine kurze Lesepause einlegen musste. Wie hatte ich jemals an seiner Liebe zweifeln können?

Dann erzählte er von der List, mit der er versuchen wollte, mich aus der Reserve zu locken. Wie ihm Alexandra als vermeintliche Nebenbuhlerin in den Sinn kam, deren »hohles Geschnatter« er kaum ertrug, aber die optisch vielleicht meine Eifersucht wecken könnte. Er schilderte seine Freude, als sein Plan aufzugehen schien … und dann seine Besorgnis, dass er es vielleicht zu weit getrieben hatte. Seine Angst, dass mich sein Verhalten befremden könnte, statt mich in seine Arme zu treiben.

Und der Text war dabei in einer so wundervollen Sprache verfasst, dass ich nicht nur als »Buchheldin« zutiefst gerührt und bewegt war, sondern auch als seine Lektorin.

Doch die fast dreißig Seiten, die sich aus alten und neuen Textstücken zusammensetzten, ließen mir nicht nur das Herz aufgehen. Es lag auch eine fast dekadent gruselige, beklemmende Atmosphäre über den Geschehnissen. Zum einen beschrieb Bernhard die Haushälterin, »Frau Gösler«, als dunkle, der jungen Lektorin wahrscheinlich zu Recht angsteinflößende Person. Und zum anderen spielte er wieder mit dem Motiv, dass der Schriftsteller seine Frau umgebracht hatte. In diesem Zusammenhang ließ er den Leser an seiner Furcht teilhaben, dass das intime Tagebuch seiner toten Frau doch noch gefunden werden könnte.

Hm, was sollte mir das sagen? Wenn unsere Beziehung so glaubhaft und realistisch von ihm dargestellt wurde … hieß das dann auch automatisch, dass Bernhard tatsächlich seine Frau umgebracht hatte? Oder er zumindest vermutete, dass er in diesem Zusammenhang nicht unschuldig war? Oder handelte es sich dabei um schmückendes Beiwerk? Um die »Magie«, den »Suchtfaktor«, der seinen Psychothrillern nun mal innezuwohnen hatte?

Diese Gedanken wirkten wie eine kalte Dusche auf mich, obwohl mir Jonas' vollkommen überzeugendes Statement, dass Bernhard seine Frau *nicht* umgebracht hatte, noch immer im Ohr klang. Jonas war schließlich zu dem Zeitpunkt des Todes hier gewesen. Und ich vertraute Jonas blind. Er musste doch eine Ahnung haben, was Bernhard damit meinte, wenn er schrieb, »dass das verschwundene Tagebuch wie ein Damoklesschwert über ihm hing«.

Unmittelbar griff ich zu meinem Handy und wählte die Nummer meines Bosses.

»Kellermann«, meldete er sich, ungewohnt kurzangebunden.

»Ähm, hallo, Jonas. Ich bin's. Hast du einen Moment Zeit für mich?«

Seine Stimme klang sofort anders, aufmerksam und interessiert. »Natürlich habe ich Zeit für dich. Ehrlich gesagt, habe ich sowieso ein sauschlechtes Gewissen, dass ich dich mit diesem Kotzbrocken so lange allein lasse. Aber hier steppt gerade der Bär. Du weißt schon, eine Programmvorstellung jagt die andere. Wie geht es dir?«

»Du … ähm … mir geht es gut. Und Bernhard ist gar kein Kotzbrocken. Eigentlich ist er sogar richtig nett.«

Jonas schnaubte am anderen Ende der Leitung durch die Nase. »Steffi, bitte lass dich nicht von ihm einwickeln. Bernhard ist ein Meister der Manipulation und …«

Ich hörte mit, wie jemand im Hintergrund eine Frage an ihn richtete und er unwirsch »Gleich! Einen Moment!« rief. Es war offensichtlich, dass er Stress hatte und mitten in der Arbeit steckte.

»Entschuldige bitte, ich will dich gar nicht weiter stören«, beeilte ich mich zu sagen. »Hier läuft alles rund. Der Anfang ist äußerst vielversprechend. Ich wollte nur eine Sache mit dir abklären: Bernhard greift in der Handlung den Tod seiner Frau auf, und da ist dann plötzlich von einem verschwundenen Tagebuch die Rede. Gab es in der Realität auch ein verschwundenes Tagebuch? Weißt du etwas darüber?«

Es war, als hätte Jonas aufgelegt. Jedenfalls hörte ich keinen Mucks mehr von ihm.

»Ähm … Jonas?«

»Er greift, bitte, *was* in der Handlung auf?« Mein Boss klang absolut fassungslos.

»Den Tod seiner Frau. Ich dachte, du wüsstest das.«

»Woher denn, bitte? Es gibt doch kein Exposé!«, explodierte Jonas.

»Du, bitte mach dir keine Sorgen. Das Manuskript wird gut. Ich wollte nur nicht, dass er sich irgendwie selbst inkriminiert. Aber dieses Tagebuch gibt es nicht wirklich, oder?«

»Natürlich gibt es dieses verdammte Tagebuch. Marissa hat jeden Tag ihres Lebens geschrieben. Sie war offenbar eine sehr begabte Lyrikerin. Aber Bernhard war dagegen, dass ihre Gedichte veröffentlicht werden. Keine Ahnung, warum. Denn selbst er fand sie großartig. Wahrscheinlich wollte er das Rampenlicht nicht mit ihr teilen. Jedenfalls hat die Polizei händeringend nach diesem Tagebuch gesucht, um Anhaltspunkte über Marissas geistige Verfassung zum Zeitpunkt ihres Todes zu haben. Man ging ja zeitweilig auch von Selbstmord aus. Doch das blöde Tagebuch blieb verschwunden. Aber was zum Teufel denkt sich Bernhard eigentlich dabei, ausgerechnet darüber ein Buch zu schreiben! Das ist eine ganz beschissene Idee.«

Mein Herz klopfte wie wild. Das Tagebuch, das »wie ein Damoklesschwert über ihm hing«, gab es also tatsächlich. Doch ich versuchte, Ruhe zu bewahren.

»Warum sagst du das? Glaubst du doch, dass Bernhard etwas mit dem Tod seiner Frau zu tun hatte?«

»Nein, Steffi. Ein für alle Mal, das glaube ich nicht. Meinst du wirklich, ich würde zulassen, dass du zu einem vermeintlichen Mörder ziehst?«

»Natürlich nicht, aber warum hältst du es dann für eine schlechte Idee, dass er über den Tod seiner Frau schreibt?«

»Weil man schlafende Hunde ruhen lassen sollte! Deshalb. Hat der Mann denn nicht die Fantasie, einen Thriller über ein anderes Thema zu fabrizieren?«

»Aber ich kann ihn doch jetzt nicht bitten, alles in den Reißwolf zu stecken und noch einmal neu anzufangen?«

»Besser wäre es.« Jonas' Stimme klang resigniert. Er wusste, dass ich keine Chance hatte, so etwas gegen Bernhards Willen durchzusetzen.

»Jonas, mach dir keine Sorgen. Es wird ein gutes Buch. Ich schwöre es dir, und wenn du auf Nummer sicher gehen willst, können wir es ja vor der Veröffentlichung der Rechtsabteilung zeigen.«

»Wie du meinst. Aber ich versuche trotzdem, Ende der Woche einmal zu euch rauszukommen. Okay?«

»Okay«, sagte ich, obwohl ich wusste, dass Bernhard alles andere als begeistert sein würde. Schade, dass sich die beiden Männer, die mir am meisten bedeuteten, nicht vertrugen.

»Pass auf dich auf!«

»Du auch«, antwortete ich und legte schweren Herzens auf.

Wenigstens hielt Jonas Bernhard nicht für einen Mörder. Das war schließlich das Wichtigste. Und dass er Bernhard nicht mochte, war unter den Umständen auch zu verstehen. Sie schienen beide denselben Typus Frau zu verehren und waren sowohl bei Marissa als auch jetzt bei mir irgendwie Konkurrenten. Nur dass Jonas sofort aufgegeben hatte, als ich ihm meine lesbische Lüge aufgetischt hatte. Während Bernhard meine sexuelle Gesinnung nicht interessierte. Er überwältigte mich mit seiner stürmischen und romantischen Liebe. Außerdem war er keineswegs ein »Meister der Manipulation«. Ganz im Gegenteil. Er spielte mit offenen Karten, sonst hätte er mir diesen aufschlussreichen Text, der so schonungslos seine Gefühle für mich offenbarte, doch niemals gegeben.

Trotzdem. Ich hatte ein ungutes Gefühl wegen dieses verschollenen Tagebuchs. Was da wohl drinstand? Hatte Marissa sich darin über ihre angebliche Affäre mit Jonas ausgelassen? Über ihre Ehe mit Bernhard? War sie an diesem paradiesischen Ort glücklich gewesen? Oder war das schöne Haus eher ein Gefängnis für sie gewesen, wie ihre Freundin vor Gericht ausgesagt hatte? Außerdem hätte ich mir zu gerne einmal ihre Gedichte durchgelesen. Wenn Bernhard sie großartig fand, mussten sie einfach gut sein. Und ich würde versuchen, nicht allzu neidisch auf Marissas Begabung zu sein. Hm. Ob ich mich selbst einmal auf die Suche nach diesem ominösen Tagebuch machen sollte? Als Frau ging man da bestimmt gewiefter vor als die Polizei. Außerdem hatte ich die gleiche Statur wie Marissa und deshalb auch die gleiche Perspektive. Meine Hände würden in schmalere Ritzen passen als die der Polizeibeamten. Vielleicht standen die Chancen ja gar nicht so schlecht, dass ich tatsächlich fündig werden würde.

24.

Niklas saß noch immer mit Mia am Frühstückstisch, als Lily mit ihrem neuesten Kunden, einem kleinen Foxterrier, zur Tür reinschneite.

»Und wo ist dein Cocker? Ich dachte, du wolltest ihn heute bei deiner Mutter abholen«, fragte er, griff nach Lily und zog sie geschickt auf seinen Schoß.

Sie erzählte ihm, was passiert war.

»Hm. Wann hast du denn das letzte Mal mit deiner Mutter gesprochen?«, fragte Mia und sah zu, wie Niklas die kichernde Lily mit Weintrauben fütterte.

»Ich habe sie andauernd angerufen, weil ich Hitchcock endlich abholen wollte. Aber sie hatte immer gerade etwas anderes vor«, antwortete Lily mit vollem Mund.

»Meinst du, es geht ihr schlecht?«

»Meiner Mutter? Kann ich mir nicht vorstellen. Normalerweise ist sie absolut unverwüstlich.«

Mia rührte sich noch eine Ladung Zucker in den Milchkaffee. »Das ist doch Quatsch. Gerade Leute mit einer scheinbar so stabilen Fassade leiden immer am meisten. Weil sie ihren Kummer nicht rauslassen können. Du hast wirklich keine Ahnung, wer diese Claudia sein könnte? Solltest du das nicht besser rausfinden?«

Lily zuckte mit den Schultern. »Ich weiß nicht. Aber ich habe mit meiner Schwester ausgemacht, dass wir sie heute Abend noch einmal anrufen.«

»Gute Idee«, lobte Mia und zog ihre lilafarbene Jogginghose hoch, die beim Aufstehen über ihre ausladenden Hüften gerutscht war und ein Stück weiße Haut freigelegt hatte. »Und was habt ihr zwei Hübschen heute vor?«

»Großes!« Niklas machte ein verschwörerisches Gesicht.

»Erzähl«, sagten Lily und Mia gleichzeitig.

»Also erstens habe ich heute Nachmittag ein Casting … und zweitens sind die Promo-Sachen, die ich bestellt habe, angekommen.«

»Was für Promo-Sachen?«, wunderte sich Lily, während sich Mia noch ein Brötchen aus der Küche holte.

»Wenn du dein Hundesitter-Geschäft richtig aufziehen willst, brauchst du unbedingt Visitenkarten und Poster, um Werbung zu machen. Reine Mundpropaganda reicht da nicht aus.«

»Du hast Poster für mich drucken lassen?«, erkundigte sich Lily ungläubig. Sie konnte sich nicht daran erinnern, dass irgendjemand schon einmal etwas so Liebes für sie getan hatte.

»Na klar! Willst du sie sehen? Sie sind auf Recyclingpapier gedruckt und dadurch ökologisch sogar vertretbar.«

Niklas schob Lily liebevoll von seinem Schoß auf den nächsten Stuhl, stand auf und ging in sein Zimmer. Kurz darauf kehrte er mit einem hellen Pappkarton wieder.

»Na, wie gefällt dir das?«, fragte er und reichte ihr eine der rechteckigen Visitenkarten.

Gerührt blickte Lily auf das Bild eines schwarz-weißen Cockerspaniels, das auf dem beigen Hintergrund prangte. In roten Lettern stand darüber »*Dogwalker needed?* Wir kümmern uns um Ihre Vierbeiner! Lily und Hitch«. Dann folgte ihre Telefonnummer.

»Haste gut gemacht«, lobte Mia, die, ihr Nutella-Brötchen kauend, über Lilys Schulter hinweg die Karte betrachtete.

»Ich … Niklas … Danke!« Lily fiel ihm stammelnd um den Hals. »Die sind wirklich wunderschön!«

»Da bin ich ja beruhigt. Schau mal, ich habe auch noch fünfzig Poster gemacht. Willst du die gleich mit mir aufhängen? Heute Nachmittag kann ich leider nicht wegen dem Casting.«

»Gerne«, sagte Lily lächelnd und strich Niklas eine lockig lange Haarsträhne aus dem Gesicht. »Was ist das denn für ein Casting?«

Niklas zuckte mit den Schultern. »Für einen romantischen Fernsehfilm, einen Pilotfilm für eine neue Serie. So etwas liegt mir eigentlich gar nicht. Aber mein Agent meint, dass jede zusätzliche Erfahrung zählt.«

»Ich glaube, beim Fernsehen verdient man langfristig das meiste Geld«, merkte Lily eifrig an. Sie hatte ein schlechtes Gewissen, dass Niklas ihr die Poster gezahlt hatte. Schließlich verdiente er auch nicht mehr als sie.

»Kann schon sein. Aber die Qualität der Drehbücher ist oft hundsmiserabel, und ich habe es lieber etwas anspruchsvoller.«

»Brotloser meinst du, du großer Künstler«, neckte sie ihn.

»Manchmal muss man sich eben zwischen Kommerz und Kunst entscheiden.«

Lily wusste, wofür sich Jörg entschieden hatte: für ein Haus in Bogenhausen und ein Leben in Saus und Braus. Ob Niklas sich seine hehren Ideale auf Dauer würde erhalten können? Ohne die entsprechende Kohle, um Rechnungen zu bezahlen, konnte der Alltag ziemlich hart sein. Aber das war schließlich seine Sache.

»Meine Daumen sind gedrückt«, beteuerte Lily und küsste Niklas leidenschaftlich auf den Mund.

»Ey, geht's noch? Ihr verderbt mir mit eurem Geturtel echt den Appetit«, sagte Mia beleidigt. »Verzieht euch gefälligst auf euer Zimmer.«

»Au ja, das machen wir«, flüsterte Niklas begeistert in Lilys Ohr. »Und danach hängen wir die Poster auf.«

Zwei Stunden später fuhren sie mit Lilys ramponiertem BMW durch die besseren Gegenden von München und klebten ihre bunten Werbemittel an Laternenpfähle und Litfaßsäulen. Lily reichte Niklas gerade ein weiteres Poster und den Tesafilm dazu, als ein schwarzer Porsche neben ihr anhielt und die verdunkelte Scheibe auf der Fahrerseite runtergelassen wurde.

»Lily! Liebes!«

Innerlich fluchte sie beim Anblick ihrer absolut perfekt gestylten, vormalig besten Freundin. Warum musste sie Katja ausgerechnet jetzt über den Weg laufen? Sie selbst trug nicht die Spur von Make-up im Gesicht, hatte lediglich eine Jeans und ein altes verblichenes T-Shirt von Niklas an.

Trotzdem versuchte sie, freundlich zu sein. »Hallo, Katja«, sagte sie lächelnd. »Wie geht's dir?«

»Du, hervorragend. Wirklich toll. Udo und ich waren gerade eine Woche auf den Malediven. Dreißig Grad warmes Wasser. Super Essen. Was will man mehr!« In diesem Augenblick bemerkte Katja Niklas, und ihr Blick schien sich an seinem knackigen Hintern geradezu festzusaugen. »Und bei dir so? Ich habe ja Unglaubliches über dich gehört. Du hast tatsächlich Jörg in die Wüste geschickt, obwohl er zu dir zurückkehren wollte? Sag mal, hast du dir das auch gut überlegt?«

»Gibst du mir noch einen Streifen Tesa? Der hier klebt nicht«, sagte Niklas und drehte sich zu Lily um.

Peinlich berührt, riss Lily unter den Argusaugen von Katja einen neuen Streifen ab und reichte ihn Niklas.

»Ach, wie? Ihr seid zusammen hier?«, fragte Katja gespielt überrascht.

Niklas rieb sich seine schmutzige Hand an der Jeans ab und reichte sie Katja durch das offene Fenster.

»Hallo. Ich bin Niklas.«

»Angenehm, Katja Johannsen.«

Wie um Hilfe suchend blickte Katja sich zu ihr um. »Ähm … und Niklas ist dein … Neffe?«

Lily blieb ihrer Freundin, die haargenau wusste, dass ihre Schwester keinen Sohn hatte, eine Antwort schuldig, aber die war auch nicht notwendig, denn stattdessen sagte Niklas: »Neffe? Nein, wie kommen Sie denn auf so etwas? Ich bin Lilys Freund.«

»Ihr … *Freund?*«

Man sah Katja an, dass sie verzweifelt versuchte, diese Information einzuordnen. »Ähm, spielt ihr Tennis zusammen, oder was?«

»Nein, wir wohnen zusammen«, stellte Niklas mit einem Lächeln klar und legte besitzergreifend seinen Arm um Lilys Schultern.

Lily wusste nicht mehr, wo sie hinschauen sollte. Natürlich mochte sie Niklas. Sie hatten großartigen Sex miteinander. Er war auch ein ganz wunderbarer Mensch, und ihr war klar, dass diese Beziehung weit über einen One-Night-Stand hinausging. Aber war sie deshalb gleich seine *Freundin?* Das klang irgendwie falsch.

Katja schien das Ganze jedenfalls für einen Joke zu halten, denn sie brach unvermittelt in affektiertes Gelächter aus und meinte: »Alles klar. Jetzt hab ich's kapiert.«

Dann lehnte sie sich aus dem Fenster und raunte Lily zu:

»Du musst dich übrigens ganz dringend mal wieder bei Sabrina melden. Sie ist jetzt offiziell mit deinem Anwalt zusammen und dir auch wegen neulich nicht mehr böse.«

»Sie ist *mir* nicht mehr böse?«, wiederholte Lily.

»Nein«, bestätigte Katja mit einem Nicken. »Kein bisschen. Die zwei scheinen sehr glücklich miteinander zu sein.«

»Schön für sie«, meinte Lily trocken. Diese zwei Idioten hatten sich echt verdient. Sie konnte es nicht fassen, dass Sabrina ihren Freunden den Streit dermaßen verzerrt wiedergegeben hatte. Wenn hier jemand auf jemand anderen böse sein sollte, dann ja wohl sie auf Sabrina und nicht umgekehrt.

»Ja, nicht? Du, ich muss jetzt los, bin schon spät dran! Cheerio!«

Niklas und Lily sahen zu, wie der Porsche mit quietschenden Reifen davonjagte.

»Sag mal, kennst du eigentlich – außer Mia, Max und mir – wirklich nur Wichser?«, fragte Niklas anklagend.

»Scheint so«, murmelte sie.

Die nächsten Poster hängten sie schweigend auf. Niklas schien über das bevorstehende Casting nachzugrübeln, und Lily hing ihren eigenen Gedanken nach. War sie wirklich Niklas' *Freundin?* Dazu gehörte doch sicherlich mehr als heiße Liebesnächte. Eine gemeinsame Zukunftsplanung zum Beispiel. Aber sie konnte doch mit einem neun Jahre jüngeren Studenten keine Zukunftspläne schmieden! Dazu waren sie beide einfach zu verschieden … durchliefen zu unterschiedliche Stadien in ihren Leben. Bei Niklas drehte sich momentan alles um seine Schauspielerei. An etwas anderes dachte er gar nicht. Doch irgendwann, vielleicht in zehn Jahren, würde er bestimmt Kinder wollen. Dann wäre sie siebenundvierzig und vielleicht bereits in der Menopause! Und wenn sie fünfundfünfzig Jahre alt wäre und sich wie ihre Mutter aufs Tennis- und Golfspielen konzentrierte, würden Niklas als gutaussehendem und vielleicht erfolgreichen Sechsundvierzigjährigen immer noch die jungen Mädchen in Scharen nachlaufen. Wie sagte der Volksmund immer: Männer alterten wie Wein und Frauen wie Milch. Tja, und was wurde dann aus ihr?

Außerdem passten ihre Lebensentwürfe nicht zusammen. Sie hatte sich immer noch nicht an Niklas' frugalen und politisch korrekten Lebensstil gewöhnt. Neulich war sie mit vier Einkaufstüten beladen zurückgekehrt und hatte sich darüber gefreut, mit ihrem ersten seit der Trennung von Jörg verdienten Geld zur Haushaltsführung beitragen zu können. Aber statt deswegen begeistert zu sein, hatten Mia und Niklas ihr schonend beigebracht, dass sie nicht beim Discounter einkauften, weil da das Bio-Gemüse in Plastik eingepackt war und die Mangos aus Übersee eingeflogen wurden.

Nein, sie musste sich damit abfinden. Die Geschichte mit Niklas hatte ein recht begrenztes Haltbarkeitsdatum. Aber sie würde ihn immer dankbar in Erinnerung behalten. Er hatte ihr in ihrer größten Not beigestanden. Ihr wieder in den Sattel geholfen und …

»Lily? Was ist denn mit dir los? Du siehst aus, als ob man gerade deine Katze überfahren hätte!«, meinte Niklas grinsend.

»Ich habe aber gar keine Katze«, antwortete Lily mechanisch.

Sie würde traurig sein, wenn es zwischen Niklas und ihr aus wäre. So viel war sicher. Aber ein Ende mit Schrecken war immer besser als eine endlose Quälerei. Besser als ein

Tod auf Raten. Denn sie wusste schon jetzt, dass es sie ungleich härter treffen würde, von Niklas betrogen zu werden als von Jörg.

»Das weiß ich doch! Dir hat diese Katja-Zicke die gute Laune verdorben, stimmt's?«

Lily schüttelte den Kopf. »Nein, alles gut. Ich habe nur über etwas nachgedacht.«

»Über was denn?«, erkundigte sich Niklas interessiert.

Sie zögerte. Sollte sie ihm wirklich den Tag mit ihren Ängsten und Sorgen verderben? Aber auf der anderen Seite musste sie es ja einmal ansprechen.

»Ich habe darüber nachgedacht, dass ich bald alt und runzelig sein werde und du dann bestimmt einer Jüngeren hinterhersteigen wirst.«

»Genau! Du stehst ja auch schon praktisch mit einem Bein im Grab!« Niklas sah sie grinsend an.

»Nein, jetzt mal ehrlich … sei doch mal für einen Moment ernst.«

»Das wäre ich ja gern, wenn du nicht so dummes Zeug reden würdest.« Er legte ihr beide Hände auf die Schultern und sah ihr liebevoll in die Augen. »Dann mal ganz im Ernst: Du bist die schönste, begehrenswerteste und süßeste Frau, die ich je kennengelernt habe, warum sollte ich da jemand anderem hinterhersteigen? Und … by the way … stammt das Wort ›hinterhersteigen‹ eigentlich noch aus diesem Jahrhundert?«

Er war goldig. Keine Frage. Aber innerlich seufzte Lily. Niklas hatte keine Ahnung vom richtigen Leben. Wie auch? Er war viel zu jung und verstand noch nicht viel von der Midlife-Crisis und anderen Dramen, die einen erst im fortgeschrittenen Alter heimsuchten. Für ihn war alles noch ein Spiel.

Er nahm seine Hände von ihren Schultern. »Können wir uns jetzt wieder erfreulicheren Themen zuwenden, oder hast du noch andere Probleme, die wir ausräumen sollten?«

»Haha, du meinst deinen ausgeprägten Mutterkomplex mir gegenüber?«

»Genau den«, bestätigte Niklas. »Ödipus lässt grüßen.«

Lily lächelte. Sie würde alleine den richtigen Zeitpunkt für den Absprung festlegen müssen und ihren jungen Liebhaber damit nicht belasten. Aber heute war es noch nicht so weit. Sie konnte sich noch gut ein paar unbeschwerte Wochen mit Niklas gönnen. Er würde dadurch nichts verpassen. Wenn der Herbst kam und sein Studium wieder anfing, würde sie sich eine eigene Wohnung suchen. Und dann würden sie wahrscheinlich von ganz allein auseinanderdriften.

»Alles gut. Du hast recht, diese Katja-Zicke hat mir ein wenig die Laune verdorben.«

Er drückte ihr einen flüchtigen Kuss auf die Wange. »Lass dich nicht von so einer leeren Hülle runterziehen. Okay?«

Lily nickte. »Du hast ja recht.«

»Super. Wie viele Poster haben wir noch?«

»Nur noch zwei.«

»Gut, danach fährt mich Mia zum Casting. Sie braucht das Auto danach. Holst du mich heute Abend ab?«

Lily grinste. »Nicht einmal die apokalyptischen Reiter könnten mich davon abhalten.«

Sie hatte den Foxterrier nach Hause gebracht und war schon wieder mit zwei neuen Hunden, einem Zwergpudel namens Larry und einem Labrador, der Balou hieß, unterwegs. Ihr Hundesitter-Geschäft lief wirklich nicht schlecht an, und sie fragte sich, was die Werbung noch an zusätzlichen Kontakten bringen würde. Inzwischen war abzusehen, dass sie mit diesem Job zwar nicht reich werden, sich aber einen bescheidenen Lebensunterhalt würde verdienen können. Niklas war wirklich ein Goldschatz. Er unterstützte sie, so gut er konnte. Meistens kam er sogar auf ihre Spazierrunden mit. Offiziell, um sie »vor unerwünschter Anmache« zu beschützen, aber im Grunde genommen genossen sie es beide, Hand in Hand über die Isarauen zu schlendern. Verdammt. Sie würde Niklas echt vermissen, und eigentlich tat sie das jetzt schon, obwohl er erst vor einer Stunde zu seinem Casting gedüst war.

In diesem Moment klingelte ihr Handy. Niklas? War er schon fertig?

»Lily?«, sagte eine ihr wohlbekannte Stimme, die leider nicht Niklas gehörte.

»Hallo, Mama. Wie geht es dir?« Sie versuchte, sich ihre Enttäuschung nicht anmerken zu lassen. Außerdem hatte sie ja wirklich Wichtiges mit ihrer Mutter zu besprechen. »Kann ich jetzt endlich Hitchcock abholen?«

»Ähm. Ja, darüber wollte ich auch mit dir reden. Brauchst du deinen Hund wirklich so dringend?«

»Was ist das denn für eine Frage, Mama! Hitchcock ist *mein* Hund. Du kannst ihn doch nicht einfach so für dich behalten! Und apropos, wer ist diese Claudia? Was ist denn eigentlich bei Papa und dir los?«

»Ja, darüber wollten dein Vater und ich auch mit Steffi und dir reden. Wollt ihr vielleicht am Sonntag zu einem Abendessen vorbeikommen?«

»Mama, du machst mir Angst. Was soll denn das heißen? Ist einer von euch krank? Geht es hier um Leben und Tod?«

»Nein, keiner von uns ist krank, Lily. Wir hätten da nur etwas mit euch zu besprechen. Wir haben ein paar Pläne geschmiedet.«

»Was denn für Pläne?«, fragte Lily misstrauisch. Wollten ihre Eltern etwa auf Weltreise gehen? Auswandern? Eine Waldorfschule gründen?

»Lass dich überraschen. Es ist nichts Schlimmes. Wirst du Jörg mitbringen?«

»Ähm … nein.«

»Wieso denn nicht? Ich habe ihn schon seit ewigen Zeiten nicht mehr gesehen.«

Irgendwann würde sie sowieso einmal mit der Wahrheit rausrücken müssen. Da war der jetzige Zeitpunkt wahrscheinlich genauso schlecht wie jeder andere.

Sie ließ die Bombe platzen. »Mama, Jörg und ich haben uns getrennt. Ich bin auch schon von zu Hause ausgezogen.«

»Ihr habt euch … getrennt?« Die Stimme ihrer Mutter klang schrill.

»Ja. Aber ich bin okay.«

»Aber Kind, wie kannst du da *okay* sein? Das ist doch eine Tragödie! Zahlt er dir wenigstens einen großzügigen Unterhalt? Wo wohnst du denn jetzt überhaupt? Warum habe ich bisher nichts davon erfahren? Hat Jörg eine andere?«

Lily atmete tief durch. Oje, das würde wohl genauso schwer werden, wie sie die ganze Zeit über vermutet hatte.

»Du, Mama. Das erzähle ich dir dann alles am Sonntag. Kann ich vielleicht einen Freund mitbringen?«

Die Idee war ihr gerade erst gekommen. Es würde leichter sein, ihrer Mutter Rede und Antwort zu stehen und die Unterhaltung auf einem neutralen Level zu halten, wenn Niklas dabei sein würde.

»Was denn für einen Freund?«, fragte ihre Mutter spitz.

»Ach, jemanden aus meiner WG«, antwortete Lily gelassen.

»Du lebst jetzt in einer *WG?*«

»Genau, Mama, in einer WG, nicht in einer Kommune. Bitte google mal den Unterschied.«

»Lily Josephine! So spricht man nicht mit seiner Mutter.«

Lily rollte die Augen. »Sorry, Mama. Aber ich bin auch nicht mehr sieben Jahre alt und muss deine Erlaubnis für meinen Einzug in eine WG nicht einholen.«

Ihre Mutter schien für einen Moment nachzudenken. Dann gab sie sich offenbar einen Ruck. »Da hast du recht. Entschuldige, bitte. Papa und ich würden uns freuen, deinen WG-Freund kennenzulernen.«

»Danke. Dann kommen Niklas und ich gerne zu euch. Hast du schon gefragt, ob Steffi auch am Sonntag kann?«

»Nein. Aber das werde ich gleich in die Wege leiten. Darf sie während der Bürozeiten an ihr Handy gehen?«

»Sag mal, weißt du nicht, dass sie momentan in Murnau bei diesem Schriftsteller wohnt? Du kannst sie dort sicherlich jederzeit erreichen.«

»Offenbar lassen mich meine beiden Töchter nicht mehr an ihrem Leben teilhaben. Unsere Erziehung muss ja ein durchschlagender Erfolg gewesen sein.« Ihre Mutter schwieg verletzt.

Lily musste unwillkürlich lächeln. »So sehr hat eure Erziehung doch gar nicht versagt. Immerhin sind wir ziemlich selbständig. Wäre doch schlimm, wenn es anders wäre. Oder?«

»Hrmpf«, machte ihre Mutter.

»Bis Sonntag, Mama. Kann ich etwas mitbringen?«

»Nur dich und diesen Niklas.«

»Fein. Bis dann.«

Lily legte auf und hatte umgehend ein schlechtes Gewissen. Hatte sie ihrer Mutter von Bernhard Otto erzählen dürfen? Steffi reagierte da manchmal etwas empfindlich. Aber warum eigentlich nicht? Wenn ihre Mutter bei Steffi im Büro angerufen hätte, hätte man ihr doch bestimmt das Gleiche gesagt.

25.

Marissa Otto war eine begeisterte Reiterin gewesen. Deswegen fing ich mit meiner Suche nach dem Tagebuch im Stall an. Außerdem traute ich mich nicht ohne Bernhards Genehmigung, das frühere Zimmer seiner Frau zu betreten. Obwohl ich wusste, wo es sich befand. Direkt neben Bernhards Arbeitsraum. Das hatte mir Frau Rösler vorgestern verraten.

»Er hat ihre persönlichen Sachen immer noch nicht weggegeben. Ihr Schreibtisch, ihre Puppensammlung und ihre Fotos sind immer noch in ihrem Zimmer. Unangetastet. Ich mache dort seit zehn Jahren jeden Tag sauber. Weil Herr Otto möchte, dass alles so bleibt wie an dem Tag, an dem sie … das letzte Mal ausgeritten ist«, hatte mir Frau Rösler erzählt.

Bernhard schien noch immer sehr an seiner Frau zu hängen. Auch zehn Jahre nach dem Unfall. Das sprach für ihn als liebenden Ehemann, aber warum machte er sich dann nur solche Sorgen wegen des Tagebuchs? Allein deswegen wollte ich es wiederfinden: nicht nur aus reiner Neugierde, sondern auch, um Bernhard seinen inneren Frieden wiederzugeben. Ihm die Angst vor dem unbekannten, vielleicht völlig harmlosen Inhalt zu nehmen.

Es roch gut im Stall. Nach Heu, Leder und warmem Pferdefell. Insgesamt gab es sechs Boxen. Drei von ihnen hatten wunderschöne holzgeschnitzte Namensschilder: Kronos, Persephone und Artemis. Doch natürlich waren nur die letzten beiden Boxen besetzt. Kronos war mit Bernhard unterwegs, und auch der riesige Montgomery fehlte selbstverständlich. In der hintersten Box stand das weiße Pony. Durch meine Schritte neugierig geworden, streckte es keck den Kopf hinaus und betrachtete mich interessiert.

»Hey, Rosie, wie geht es dir?«

Ich ging zu dem freundlichen Tier und rieb seine breite Stirn unter der buschigen Mähne. Irgendwie hatte ich vor diesem kleinformatigeren Modell nicht halb so viel Angst wie vor seinen großen Kumpels. Ich würde mich sogar trauen, auf Rosie einen weiteren Reitversuch zu starten. Aber bald nahm Alexandra das Pony wieder mit nach Hause. Schade.

Ich blickte mich um. Wo hätte ich hier versucht, ein Tagebuch zu verbergen? In einer der Boxen irgendwo am Boden? Eher unwahrscheinlich. Dort hätte ja ein Pferd versehentlich drauf rumtrampeln können. Weiter hinten waren eine Kiste mit Pferdefutter und mehrere große Ballen Heu und Stroh untergebracht. Daneben stand ein Regal mit allerlei Putzzeug und veterinärmedizinischen Utensilien wie Bandagen, Pülverchen und Cremes. Wenn man zur rückwärtigen Tür hinausging, stieß man auf den Misthaufen. Das schienen mir alles keine guten Verstecke zu sein. Aber was war mit der Sattelkammer?

In dem kleinen holzgetäfelten Raum, der an den vorderen Eingang angrenzte, gab es eine beeindruckende Vielzahl von Zaumzeug und Sätteln – sogar diese riesigen Cowboysättel, die man immer in Wildwestfilmen sah. Und ganz kleine, die wahrscheinlich für Kinder gedacht waren. An einem Nagelbrett hingen verschiedene Paare Sporen, Gerten und Longen aller Art. Auf einer Kommode standen Pokale und Trophäen. Ich ging darauf zu, um die Inschriften zu lesen. Es waren ausschließlich Preise für den ersten Platz bei irgendwelchen Springturnieren. Entweder hatte Bernhard nie schlechter abgeschnitten, oder er hielt die Preise für den zweiten oder dritten Platz nicht für würdig, ausgestellt zu werden.

Vorsichtig zog ich eine der Schubladen der Kommode auf. Es lagen Pferdedecken darin. Genau wie in den anderen beiden Schubladen, die ich danach öffnete. Hm. Dann blieb nur noch die Truhe in der Ecke übrig. Als ich sie aufklappte, erschreckte ich mich.

An der Innenseite der Klappe waren mit Reißzwecken jede Menge Fotos angebracht. Und sie zeigten alle das gleiche Motiv: Marissa Otto auf verschiedenen Pferden. Auf Kronos, Persephone und Artemis, die auf den Fotos alle noch wesentlich jünger aussahen, und auf einem bildschönen weißen Märchenpferd. Das musste die Stute sein, mit der sie den Unfall erlitten hatte. Aphrodite. Hm. Ich musste mich mal erkundigen, was mit dem Tier geschehen war. Hatte Bernhard es verkauft, oder war es bereits verstorben? Zehn Jahre waren ja eine lange Zeit – auch für ein Pferd.

Ich kniete mich auf den Boden und wühlte im Inhalt der Truhe. Als Erstes nahm ich mehrere Reithelme heraus, damit ich einen besseren Überblick bekam. Dann kramte ich einen weiß-roten Umhang hervor und faltete ihn auseinander. Es war ein Sankt-Martins-Kostüm oder zumindest etwas in der Art. Darunter lagen noch jede Menge andere Verkleidungen: Indianer, Römer und Ritter. Die Kleidungsstücke waren alle viel zu klein für Bernhard. Es waren eher Kindergrößen oder Größen, die zierlichen Erwachsenen passten. Als ich alle Sachen herausgehoben hatte, stießen meine Finger plötzlich auf etwas Hartes, Eckiges ... in Buchform.

Mein Herz klopfte wie wild, als ich eine schwarze Kladde hervorzog. Konnte ich wirklich so viel Glück haben? Hatte tatsächlich niemand hier nach dem Tagebuch gesucht? Ich schlug den Deckel zurück und las die handgeschriebene Überschrift *Reiterspiele für Julian*. Meine Enttäuschung war grenzenlos. Dies war leider kein Tagebuch. Offenbar hatte sich Marissa Otto in ihrer wunderbar geschwungenen Handschrift, die fast wie gedruckt wirkte, lediglich Spiele für ihren Sohn ausgedacht. Ich hatte gar nicht gewusst, dass Bernhard und ihr gemeinsamer Sohn Julian hieß.

Ich blätterte in diesem fantasievollen Werk, das auch viele Zeichnungen und sogar eingeklebte Fotografien enthielt. Der schmale, hübsche dunkelhaarige Junge musste eine wunderschöne Kindheit gehabt haben. Auf einem Foto fischte er mit den Zähnen einen Apfel aus einem Wasserbottich. Auf einem anderen saß er in voller Winnetou-Montur sattellos auf einem braun-weiß gescheckten Pony, einen langen Speer in der Hand. Und doch ... auf all diesen Bildern war er allein. Plötzlich fiel mir wieder die Verleumdungsklage ein. Marissas Freundin hatte ausgesagt, dass der Junge nicht auf eine Regelschule ging, sondern in einem Internat unterrichtet wurde. Ob das stimmte? Und falls ja, ob Julian darüber glücklich gewesen war? Normalerweise brauchten Kinder ja schon ihre Eltern.

»Suchen Sie etwas?«

Zu Tode erschrocken, fuhr ich herum. Frau Rösler stand in der Tür zur Sattelkammer und hatte einen merkwürdig zufriedenen Ausdruck in ihrem runden Gesicht.

»Ähm ... nein ...«, stotterte ich und errötete umgehend, weil ich beim Schnüffeln ertappt worden war.

»Wahrscheinlich suchen Sie geeignete Reitsachen, nicht wahr? Herr Otto hat mir schon gesagt, dass er Ihnen heute eine Reitstunde geben will. Deshalb bin ich hier.«

Erst jetzt bemerkte ich, dass sie einen ganzen Stapel Klamotten unter ihrem Arm trug.

»Wollen Sie sie in Ihrem Zimmer anprobieren oder lieber hier?«, fragte Frau Rösler zuckersüß.

»Ähm ... ich werde hier noch schnell aufräumen und die Anziehsachen dann mit in mein Zimmer nehmen.« Meine Stimme klang ganz hohl.

»Aber das nehme ich Ihnen doch gerne ab. Gehen Sie ruhig. Ich weiß schon, wie ich Marissas Truhe einräumen muss, damit Herr Otto es nicht mitbekommt.«

Meine Finger zitterten, als ich mich am Rand der Truhe abstützte, um aufzustehen. »Wie meinen Sie das ... ›damit Herr Otto es nicht mitbekommt‹?«

»Er ist sehr eigen mit den Sachen seiner Frau. Wir wollen ihn doch nicht unnötig gegen uns aufbringen. Lassen Sie mich das machen.«

Meine Wangen brannten. Ich wollte Frau Rösler nicht als Komplizin.

»Es war mir nicht bewusst, dass ich etwas Unrechtes getan habe. Aber wenn dem so ist, werde ich mich selbstverständlich bei Herrn Otto entschuldigen. Es gibt keinen Grund, aus meinem Interesse ein Geheimnis zu machen.«

Ich stand inzwischen direkt vor der Haushälterin und schreckte unwillkürlich zurück, als sie plötzlich eine Hand hob.

»Keine Angst«, murmelte Frau Rösler beschwichtigend. »Sie haben nur eine kleine Spinne im Haar.«

Es war mir unangenehm, wie sie mir mit einer Hand über die Haare fuhr, um das Insekt zu entfernen.

Sie lächelte. »Ich mag Sie, Frau Lenz, glauben Sie mir das ruhig. Und ich bin sehr froh, dass Sie nicht so sind wie Marissa. Sie nehmen die Dinge selbst in die Hand, sind aber trotzdem bedacht, und vielleicht passen Sie ja – so gesehen – zu Herrn Otto. Aber es ist besser, wenn er nichts von Ihrem … wie haben Sie es genannt … von Ihrem Interesse an Marissas Sachen erfährt. Ich kümmere mich schon darum. Gehen Sie jetzt, bitte.«

Und mit diesen Worten drückte sie mir die Reitsachen in den Arm und schob mich dann mit sanfter Gewalt aus der Sattelkammer.

In meinem Zimmer angekommen, setzte ich mich verstört auf mein Bett. Ich wusste, dass ich in Bernhard verliebt war, sehr sogar, aber diese Anspielungen von Frau Rösler und von Jonas machten mich irgendwie nervös. Warum bewahrte Bernhard das Andenken seiner verstorbenen Frau wie einen gläsernen Schneewittchen-Schrein für alle Ewigkeiten auf? Weil er wegen ihres Tods Schuldgefühle hatte? Aus Liebe? Und wieso hatte er Marissa damals von aller Welt abgeschottet? War er krankhaft eifersüchtig? Fragte er sich deshalb, ob Jonas und Marissa eine Affäre gehabt hatten, oder war er wirklich ein »Meister der Manipulation«? Plötzlich fühlte sich die ganze Situation so unwirklich an. Als ob man mich versehentlich für *Alice im Wunderland* gecastet hätte, mit Frau Rösler in der Rolle der bösen Königin.

Um wieder in die Realität einzutauchen, klappte ich meinen Laptop auf und las meine E-Mails. Es waren allerdings nur drei: Eine von mir betreute Autorin hatte einen Preis gewonnen – stand in der Betreffzeile. Eine andere schickte mir ihr neues Manuskript – sichtbar am Anhang. Und meine Mutter hatte mir auch geschrieben. Ich klickte als Erstes auf ihre Nachricht.

Liebe Stephanie,
ich habe von deiner Schwester erfahren, dass du zurzeit in Murnau weilst. Das ist bestimmt schön für dich. Trotzdem würde ich dich bitten, diesen Sonntag zu einem Abendessen nach München zu kommen. Dein Vater und ich haben euch etwas mitzuteilen. Lily und ihr WG-Freund kommen ebenfalls. Bitte erscheine deshalb am Sonntag, pünktlich um acht Uhr bei uns zu Hause.
Liebe Grüße und ein Küsschen aus der Ferne,
deine Mutter
PS: Ist dein Telefon ausgeschaltet?

Wow, da hatte sich meine Mutter mal wieder selbst übertroffen. So dürre Worte, und trotzdem stand so viel zwischen den Zeilen. Allein hinter der Verwendung des Namens *Stephanie* verbarg sich ein ganzes Arsenal an unausgesprochenen Vorwürfen. Dabei war ich einfach zu beschäftigt gewesen, um sie über meinen geänderten Aufenthaltsort zu informieren. Wie oft hatte man sich als erwachsene Tochter eigentlich bei seinen nicht invaliden Eltern zu melden? Täglich? Viermal pro Woche? Und was wollten uns unsere Eltern mitteilen? Beabsichtigten sie, sich zu trennen?

Hm, eigentlich wäre das keine wirkliche Überraschung für mich. Irgendwie hatten die beiden seit ihrer Pensionierung eher so nebeneinander hergelebt. Obwohl … die gemeinsamen Urlaube im Ausland schienen ihnen immer Spaß zu machen. Vielleicht wollten sie auf eine Südseeinsel umziehen? Aber wer zum Teufel war Lilys WG-Freund? War er mit ihr in meine Wohnung eingezogen? Würde ich bei meiner Rückkehr diverse Hunde und Männer in meinem sonst so gemütlichen Zuhause vorfinden? Leider ist so etwas bei der spontanen Natur meiner Schwester nicht ganz auszuschließen.

Ich zückte mein Handy, das natürlich einwandfrei funktionierte. Meine Mutter bevorzugte einfach die schriftliche Kommunikation mit mir. Während ich Lilys Nummer wählte, wühlte ich in dem Haufen mit Reitklamotten und pickte mir eine schicke graue Reithose heraus, die bestimmt hübsch zu meiner weißen Bluse aussehen würde.

»Hallo, Schwesterherz!«, hörte ich Lilys Stimme sagen.

»Wie geht's dir? Entschuldige, dass ich mich nicht gemeldet habe.«

»Kein Problem. Mir geht's blendend. Alles …« Lilys restliche Antwort ging in einem mehrstimmigen Kläffen unter.

»Sitz, Bruno!«, rief meine Schwester herrisch. »Chaplin, Leon! Zieht gefälligst nicht so an der Leine. Ihr kommt ja gleich frei.« Das Bellen verstummte. Lily hatte alles im Griff. Wie immer.

»Bei mir ist alles im grünen Bereich«, erklärte meine Schwester in die neu gewonnene Stille. »Wie du hörst, habe ich jede Menge Hunde zu sitten und verdiene gar nicht schlecht.«

»Und was macht dein WG-Freund?«, erkundigte ich mich süffisant.

»Woher weißt du von Nik… warte mal einen Moment … ich muss schnell die Hunde laufen lassen. Wir sind endlich im Park.«

Ich geduldete mich, während meine Schwester mit den Hunden hantierte.

Ein Rascheln erklang, und dann war sie wieder am Apparat. »Kommst du am Sonntag? Dann wirst du Niklas kennenlernen. Er begleitet mich als moralische Unterstützung. Ich habe Mama von der Trennung von Jörg erzählt.«

Au Backe, das waren ja Neuigkeiten. Der Sonntagabend würde nicht einfach werden. Für keine von uns. Trotzdem versuchte ich, positiv zu bleiben. »Schön, dass du dich endlich getraut hast. Und wie gefällt es dir und deinem WG-Freund in meiner Wohnung? Machen die Hunde viel Radau? Muss ich schon renovieren?«

Lily lachte. »Keine Sorge. Wir wohnen nicht mehr bei dir. Ich gieße nur einmal die Woche deine Blumen.«

»Echt? Wo lebst du dann?«

In dem Moment fingen die Hunde an, wie verrückt zu bellen.

»Du, Steffi, ich muss den Tölen jetzt Manieren beibringen. Unglaublich, wie verzogen manche Hunde sind. Alles Weitere erfährst du dann am Sonntag. Okay?«

»Okay.«

Mit einem Seufzen legte ich auf. Weder meine Mutter noch Lily schienen auch nur eine Sekunde daran zu zweifeln, dass ich am Sonntag kommen würde. Dabei hatte ich im Grunde genommen weder Lust noch Zeit dazu. Aber auch ich wusste, dass es kein Entkommen vor diesem Zirkus gab.

Ich war definitiv zu kribbelig, um dem neu eingetroffenen Manuskript meine ungeteilte Aufmerksamkeit zu schenken. Bernhard würde in nicht einmal einer Stunde von seinem Ausritt zurückkommen. Und allein der Gedanke daran ließ einen ganzen Schwarm von Schmetterlingen in meinem Bauch herumflattern. Wahrscheinlich würde er mir dann – wie angedroht – eine Reitstunde geben. Hm, ob ich diese graue Reithose mal anprobieren sollte?

Sie passte natürlich wie angegossen. Offenbar hatte ich auch die gleiche Figur wie Bernhards verstorbene Frau. Mit einem unguten Gefühl betrachtete ich mich im Spiegel. Wenn man nicht so genau hinschaute, sah ich Marissa Otto auf den Fotos, die an die Truhe gepinnt waren, zum Verwechseln ähnlich. Ob mich Bernhard nur deshalb mochte? Hatte er Marissa vielleicht auch »Seraphina« genannt?

In dem Moment hörte ich, wie der Motor des Pferdetransporters angelassen wurde. War das Alexandra? Waren die beiden schon zurück? Hatte es Bernhard tatsächlich geschafft, sie loszuwerden? Ich eilte zur Tür, um mich mit eigenen Augen davon zu überzeugen, dass die Blondine und ihre Pferde den Heimweg antraten. Doch gerade als ich zur Klinke greifen wollte, ging die Tür auf, und Bernhard stand auf der Schwelle.

»Seraphina!«

Allein seine Stimme, die warm und rauh klang, beschleunigte meinen Puls.

»Alexandra reist ab?«, fragte ich schüchtern, obwohl die Antwort darauf bereits klar war. Die Motorengeräusche entfernten sich.

Bernhard nickte. Seine stahlblauen Augen wanderten von meinem Gesicht zu meinem eher bescheidenen Dekolleté ... und weiter zu der knapp sitzenden Reiterhose. Dann glitten sie wieder nach oben und schienen sich an meinen Lippen festzusaugen. Sein glühender Blick löste unbeschreibliche Gefühle in mir aus. Er war verboten sexy.

Ich selbst fixierte Bernhard wie ein Kaninchen die sprichwörtliche Schlange. Mein Lieblingsautor sah geradezu umwerfend gut aus. Der gebräunte Teint, das markante Kinn und diese grauen Schläfen! Durch und durch männlich.

»Willst du jetzt wirklich reiten gehen?«, flüsterte Bernhard heiser.

Mein Atem ging unregelmäßig. »Ich weiß nicht.«

Bernhard legte eine Hand in die Rundung meiner Taille und zog mich an sich. Dann vergrub er sein Gesicht in meinem Haar.

»Du riechst so gut«, wisperte er. »Ich weiß nicht, ob ich mich da als Reitlehrer überhaupt konzentrieren kann.«

Ich legte meine Hand auf seine muskulöse Brust. »Außerdem ist Rosie nicht mehr da und Kronos doch viel zu groß für mich.«

Er bewegte sein Gesicht keinen Millimeter von der Stelle und flüsterte in mein Haar: »Wieso meinst du, dass das Pony nicht mehr da ist?«

»Weil Alexandra es mitgenommen hat.«

Bernhard zog mich noch etwas näher zu sich heran. Unsere Körper berührten sich fast – uns trennten nur noch wenige Millimeter –, und ich spürte die Hitze, die von ihm ausging.

»Hat sie nicht. Ich habe ihr Rosie abgekauft.«

War das ein Scherz? Abrupt legte ich meinen Kopf in den Nacken, um ihm ins Gesicht zu sehen. »Du hast, bitte, *was* gemacht? Aber warum, um Himmels willen?«

Seine Augen hingen wieder an meinen Lippen. »Als Geschenk für dich.«

»Bernhard … das geht nicht. Du darfst mir nichts schenken.«

Seine Stimme wurde noch eine Spur dunkler, als er antworte: »Und weshalb nicht? Wer sollte mich davon abhalten?«

Ich wollte erneut protestieren und anbringen, dass wir schließlich zusammenarbeiteten und dass er kein Geld für mich ausgeben durfte. Dass es unmoralisch wäre und wir uns noch nicht lang genug kannten …

Aber er verschloss meine Lippen mit seinem Mund und küsste mich.

Ich hatte noch niemals zuvor solche Küsse empfangen. So sinnlich. So berauschend. Es fiel mir schwer, mich daran zu erinnern, dass ich weiteratmen musste. Irgendwie trat alles andere in den Hintergrund. In meinem Kopf, in meinem Herzen war nur noch Platz für mein Verlangen und den Wunsch, Bernhard auch noch den Rest meines Körpers zu schenken.

Eine kleine Ewigkeit später – die mir trotzdem viel zu kurz vorkam – raunte Bernhard mir ins Ohr: »Ich glaube, ich könnte eine Dusche vertragen. Was meinst du? Kommst du mit?«

Die Bedeutung seiner Worte war unmissverständlich.

»Ich … ähm … ich weiß nicht«, flüsterte ich.

Mit keinem anderen Mann hätte ich diesen Vorschlag – so kurz nach dem Kennenlernen – überhaupt in Erwägung gezogen. Aber Bernhard war nicht wie andere Männer. Er verzauberte mich. Die hitzige Intensität, mit der er mich begehrte, stieg mir zu Kopf und ließ selbst mich spontan und leidenschaftlich werden. Er war wie eine Droge für mich, senkte meine Hemmschwelle schneller und effektiver ab, als Alkohol es je vermocht hätte. Deshalb waren meine geflüsterten Worte der letzte zaudernde Widerstand vor der ultimativen Kapitulation. Die berühmte Sekunde, bevor mein Verstand komplett aussetzte. Das schien auch Bernhard bewusst zu sein.

Er ließ seine Hand in mein Kreuz gleiten und strich sanft über meinen Rücken. Dann verharrten seine Finger plötzlich. Seine Stimme wurde noch eindringlicher.

»Bitte, Steffi. Ich kann nicht mehr warten. Ich verbrenne innerlich … vor Sehnsucht nach dir. Erlöse mich.«

Ich war mir sicher, dass sein gestöhntes *Steffi* den Ausschlag gegeben hatte. Er wollte mich. Nicht Seraphina. Und auch nicht Marissa.

Nach der gemeinsamen Dusche landeten wir in seinem Bett. Küssend. Streichelnd. Das Wunder unserer Liebe genießend. Es waren magische Momente. Perfekte Harmonie. Als ob wir uns zu einer wunderschönen komplexen Melodie liebten, die nur wir zwei hören konnten. Und obwohl ich seine Erregung und seine brennende Leidenschaft spürte, war Bernhard der liebevollste und aufmerksamste Liebhaber, den ich mir nur wünschen konnte. Er war mein Mr. Darcy.

»Hm. Was wird Frau Rösler von uns denken? Ich glaube, wir kommen mindestens eine Stunde zu spät zum Abendessen«, sagte ich entspannt. In diesem Moment war mir seine Haushälterin vollkommen egal.

Bernhard hauchte mir einen Kuss auf die Schläfe. »Hanni ist spontan mit Alexandra nach Garmisch gefahren.«

»Wirklich? Hast du ihr freigegeben? War es für dich eine abgemachte Sache, dass ich mit dir ins Bett gehe?«

»Nein, das nicht. Aber die Hoffnung stirbt immer zuletzt«, erwiderte er ernst. Zu ernst, wie ich fand.

»Na ja, die Hoffnung lebt ja noch. Ich habe sie quasi mit Mund-zu-Mund-Beatmung wieder auf Vordermann gebracht.«

Bernhard lächelte. »Das hast du. Wobei ich nicht weiß, ob die Hoffnung dein Patient war oder mein Lebenswille.«

»Wie meinst du das?«

Doch er beantwortete meine Frage nicht.

Sachte legte ich meinen Kopf an seine Schulter und fuhr gedankenverloren mit meinen Fingern durch sein weiches Brusthaar. Ich fühlte, wie augenblicklich ein Zittern durch Bernhards sehnigen Körper lief.

»Du hast keine Ahnung, Seraphina, wie viel du mir bedeutest.«

»Bitte nenn mich nicht so.«

Erstaunt blickte er auf. »Warum?«

»Weil ich dann nicht weiß, ob du wirklich mich meinst.«

»Zweifelst du an meiner Liebe?«

»Nein … aber …« In dieser romantischen Situation wollte ich nur höchst ungern seine verstorbene Ehefrau erwähnen.

»Liebling, bitte. Du kannst dir meiner Gefühle vollkommen sicher sein.«

Das hörte sich toll an, aber wie sollte ich ihm begreiflich machen, dass es mich beunruhigte, wenn er mich nicht bei meinem eigentlichen Namen nannte?

»Ich dagegen kann mir niemals hundertprozentig gewiss sein, dass dir meine Liebe genügt.« Er klang niedergeschlagen.

»Warum sagst du das?«, fragte ich perplex.

»Weil du mir gestanden hast, dass du eigentlich nur Frauen körperlich anziehend findest.«

Verdammt. Sollte, nein, musste ich jetzt Farbe bekennen?

»Hm, Bernhard«, setzte ich an. Aber die richtigen Worte blieben mir irgendwie im Hals stecken. Was, wenn es nur eine Art perverses Jagdfieber war, das ihn mich begehren ließ? Als lesbische Frau sollte ich ja eigentlich für ihn tabu sein.

»Ja, Liebes?«

Ich musste es riskieren. Besser, wenn ich jetzt die Wahrheit über seine Gefühle herausfand. Denn jede Minute verliebte ich mich mehr in ihn. Seine Liebe war wie eine Welle, die mich erfasst hatte und in einem wilden Strudel mitriss.

»Bernhard, ich muss dir etwas gestehen.«

Dann erzählte ich ihm von dem Abendessen in München. Leider konnte ich mein Geständnis nicht anbringen, ohne

Jonas' Gefühle für mich zu offenbaren, die mich in diese Klemme gebracht hatten. Und ehrlich gesagt, fühlte ich mich extrem schäbig dabei. Es tat mir in der Seele weh, Jonas' Vertrauen auf diese Weise zu missbrauchen.

»Und dann bist du aus der Not heraus lesbisch geworden?«, fragte Bernhard, glücklicherweise völlig ernst und nicht etwa amüsiert.

»Ja.« Ich schluckte. »Bitte erwähne Jonas gegenüber nicht, was ich dir gerade gesagt habe. Es wäre mir nicht recht, seine Gefühle zu verletzen.«

Bernhards Blick verdunkelte sich. »Seine Gefühle sind dir also wichtiger als meine?«

»Natürlich nicht«, erwiderte ich umgehend. »Aber was hat das mit deinen Gefühlen zu tun?«

Er verlagerte sein Gewicht auf einen Arm, so dass er mir direkt in die Augen sehen konnte. »Nun, offenbar willst du unsere Beziehung vor Jonas geheim halten. Weil er ja ansonsten denkt, dass ich dich gegen deinen Willen zu einer körperlichen Beziehung gezwungen habe. Und ... *das*, liebe Steffi, verletzt ganz eindeutig *meine* Gefühle.«

Verdammt. Daran hatte ich nicht gedacht. Und selbstverständlich war ich davon ausgegangen, dass wir unsere »Beziehung« erst einmal heimlich, quasi unter dem Deckmantel der Lektoratsarbeit, lebten. Immerhin lag unser erster Sex noch keine Stunde zurück. Da rief man doch nicht gleich seinen Arbeitgeber an und gab ein offizielles Liebesbulletin heraus. Auf der anderen Seite wollte ich Bernhard natürlich nicht weh tun. Nein, da musste ich erst einmal über mögliche Lösungsansätze nachdenken. Aber mit einer Sache konnte ich Bernhard vielleicht schon jetzt beschwichtigen ... und gleichzeitig herausfinden, wie ernst es ihm mit mir war.

»Ähm, ja. Aber ich hätte da noch eine andere Frage. Willst du vielleicht meine Eltern kennenlernen? Sie geben am Sonntag ein kleines Abendessen, und meine Schwester kommt auch.«

Noch bevor Bernhard den Mund öffnen konnte, kannte ich seine Antwort. Ich las sie an seinem plötzlich aufleuchtenden Blick ab. Er freute sich ganz offensichtlich über meine Einladung.

Mist. Hoffentlich verknallte er sich jetzt nicht in Lily. Dann hätte ich mir mal wieder selbst in den Fuß geschossen.

26.

Lily war ziemlich spät dran. Aber sie hatte sich Mühe mit ihrem Aussehen gegeben. Schließlich wollte sie sich nicht von ihrer Mutter anhören, dass sie sich seit der Trennung gehenließ. Ein letzter Blick in den Spiegel verriet ihr, dass der schwarze Jumpsuit hervorragend mit ihren offen getragenen blonden Haaren harmonierte und raffiniert ihre Figur betonte. Außerdem hatte sie ihre höchsten High Heels an. Niklas war schließlich trotzdem fast einen Kopf größer als sie, und die Zeiten, in denen sie auf das sensible Ego des kleineren Jörgs Rücksicht nehmen musste, waren endgültig vorbei. Sie trug noch einen Hauch Lipgloss auf, dann war sie auch schon zur Tür hinaus.

Niklas hatte die Rolle in dem Fernsehfilm, für die er vor ein paar Tagen vorgesprochen hatte, tatsächlich bekommen, und die Dreharbeiten fanden heute in einer Villa in Grünwald statt. Lily hatte bezweifelt, dass er unter diesen Umständen rechtzeitig für das heutige Abendessen mit ihren Eltern fertig sein würde. Doch er hatte extra mit dem Aufnahmeleiter gesprochen und ihr danach versichert, dass alle Szenen mit ihm bis spätestens neunzehn Uhr abgedreht sein würden. Doch Lily blieb skeptisch, als sie ihren Wagen zu der angegebenen Adresse lenkte. Dreharbeiten waren nun mal Dreharbeiten, und da ging es mit dem ursprünglich einkalkulierten Zeitplan – wie sie aus leidvoller Erfahrung wusste – öfter mal drunter und drüber. Aber wenigstens wollte Niklas sie dabeihaben. Jörg hatte immer behauptet, dass ihre Gegenwart ihn ablenken würde.

Es war geplant, dass sie eine Stunde bei den Filmarbeiten zuschauen und dann gemeinsam mit Niklas zu ihren Eltern fahren würde. Schlimmstenfalls musste Niklas mit Bus und Bahn nachkommen. Lily hatte inzwischen herausgefunden, dass der alte Golf nicht ihm selbst, sondern der WG gehörte, und dass derjenige ihn benutzen durfte, dessen Ziel am schlechtesten mit den öffentlichen Verkehrsmitteln zu erreichen war. Und heute hatte Mia mit ihrem auswärtigen Häkelabend das Rennen gemacht. Es war manchmal ganz schön anstrengend, in so einer menschlich korrekten WG zu wohnen. Sie selbst hätte wahrscheinlich öfter mal mit dem Fahrziel geschummelt, aber zwischen Max, Mia und Niklas schien es immer absolut ehrlich zuzugehen.

Als sie vor der Villa parkte, fielen ihr sofort die riesigen Transporter für das Film-Equipment auf. Es war immer eine Mordsarbeit, ein Set außerhalb des Studios aufzubauen. Allein die vielen Strahler, die man dafür benötigte! Lily hatte sich von Jörg ein einziges Mal breitschlagen lassen, Dreharbeiten in ihrem damaligen Zuhause zuzustimmen, und sie hatte es bitterlich bereut. Stundenlang war die Filmcrew mit dreckigen Schuhen durch das ganze Haus getrampelt und hatte alles, was nicht niet- und nagelfest war, umgebaut oder weggeschleppt. Dabei war ihre Lieblingslampe, ein schweineteures Designerstück, zu Bruch gegangen, und sie hatte sich tierisch darüber aufgeregt. Heute konnte sie nur darüber lachen, wie oberflächlich sie damals gewesen war. Es war schon verrückt, wie sich ihr Leben verändert hatte. Eine Designerlampe würde ihr heute nichts mehr bedeuten.

Vor dem Hauseingang wollte ein muskelbepackter Aufpasser des Filmteams Lily daran hindern, die Villa zu betreten, doch als sie ihm sagte, dass sie zu Niklas gehöre, ließ er sie lächelnd passieren und ermahnte sie lediglich, mucksmäuschenstill zu sein. Lily folgte den Kamerakabeln zum Wohnzimmer der Villa und sah im nächsten Moment Niklas, der in Jeans und T-Shirt eindringlich auf eine schmale rothaarige Schauspielerin einredete. Bei seinem Anblick schlug Lilys Herz unwillkürlich schneller. Ja, sie konnte es nicht leugnen, sie war in Niklas verknallt. Absolut und total verknallt. Aber das würde sie nicht daran hindern, mit ihm Schluss zu machen, wenn der richtige Moment gekommen war. Sie wollte ihm schließlich nicht wie ein alter, schwerer Mühlstein um den Hals hängen.

In diesem Moment beugte sich Niklas, *ihr* Niklas, nach vorne und küsste die junge rothaarige Frau, die ihm gegenüberstand.

Sicher, Lily wusste, dass das Drehbuch diesen leidenschaftlichen Kuss vorsah. Der Film handelte schließlich von der Beziehung zwischen zwei charakterlich sehr unterschiedlichen jungen Menschen, die zwischen Streit und Liebe hin- und hergerissen waren. Aber trotzdem … der Schmerz, Niklas eine andere Frau küssen zu sehen, nahm ihr im ersten Augenblick den Atem.

»Cut«, rief die junge Aufnahmeleiterin und unterbrach den Kuss. »Das war schon nicht schlecht, aber unserem Regisseur hat das Licht nicht gefallen. Deshalb werden wir das Ganze gleich noch einmal wiederholen müssen.«

Während die Beleuchter mehrere Strahler umstellten, plauderte Niklas unbefangen mit der Rothaarigen. Er hatte Lily immer noch nicht gesehen, weil sie leicht verdeckt hinter dem Türrahmen stand, und momentan war ihr das auch sehr recht. Sie musste sich erst wieder fangen, ihre aufwallenden Emotionen in den Griff bekommen.

»Szene dreiundzwanzig, Take zwei«, schrie ein dünnes Mädchen mit einer Filmklappe kurz darauf, und Niklas und seine Partnerin wiederholten die Szene inklusive Kuss.

Lily wäre es lieber gewesen, nicht mehr zuschauen zu müssen und das Set einfach zu verlassen. Der zweite Kuss tat ihr genauso weh wie der erste. Aber sie stand wie festgenagelt da und schaute Niklas zu, wie er seine Hand liebevoll auf den Rücken des Mädchens legte. Es war die Hölle.

»Okay, das war super. Dann kommt jetzt noch Szene vierundzwanzig. Pia, weißt du schon, dass wir da eine Textzeile geändert haben?« Die Aufnahmeleiterin ging auf die Rothaarige zu und verwickelte sie in ein Gespräch, während Niklas sich suchend umblickte, Lily entdeckte und freudestrahlend auf sie zukam.

»Hallo! Na, wie gefalle ich dir als Rosamunde-Pilcher-Romeo?«, fragte er mit einem Lächeln und wollte sie küssen. Doch Lily wich seinem Mund aus.

»Hey, pass auf, sonst schmiere ich dich noch mit meinem Lippenstift voll«, sagte sie mit einem aufgesetzten Lächeln.

»Und wennschon«, antwortete Niklas lachend und umarmte sie. »Einen richtigen Kuss hätte ich schon verdient, nachdem ich hier seit einer Dreiviertelstunde nur so tue, als ob.«

»Ach, wirklich?«, fragte Lily, vielleicht eine Spur zu interessiert. »Aus der Entfernung sah es verdammt echt aus.«

Niklas grinste. »Das soll es ja auch. Sonst steigt mir der Regisseur aufs Dach. Aber so richtig küsse ich doch nur dich.« Und er ließ seinen Worten augenblicklich Taten folgen.

»Niklas?«, sagte in dem Moment jemand hinter ihnen.

Verschreckt fuhr Lily herum und sah sich auf einmal mit ihrem Ex-Mann konfrontiert.

Jörg sah sie mindestens ebenso konsterniert an.

»Ja, Jörg?«, fragte Niklas völlig unvoreingenommen, da er von dem Drama zwischen Lily und Jörg nichts mitbekommen hatte. »Kann ich dir meine Freundin vorstellen? Lily, das ist mein Regisseur Jörg Werdenfels.«

»Deine *Freundin?*«, wiederholte Jörg entgeistert. »Meine Frau ist deine *Freundin?*« Dann legte er den Kopf in den Nacken und lachte übertrieben theatralisch.

Niklas blickte finster erst zu ihm und dann zu Lily. »Äh, Lily, was meint er damit? Ist etwa Jörg dein Ex-Mann?«

Bestürzt nickte sie. »Ja, Niklas, tut mir leid. Aber ich habe nicht gewusst, dass dieser Film von ihm gemacht wird. Normalerweise arbeitet er gerade an einem Streifen namens *Mondscheintraum* …«

»Sie haben den Titel in letzter Minute geändert«, antwortete Niklas und sagte dann in einem drohenden Unterton zu Jörg: »Und warum findest du das so komisch?«

»Es ist doch zum Schießen, wenn meine Ex plötzlich einen auf Demi Moore macht. Na ja … Demi Moore für Arme, denn Kohle habt ihr ja beide nicht«, erwiderte Jörg gehässig.

»Halt dich da raus, Jörg. Was ich tue, geht dich nichts mehr an«, fauchte Lily.

»Dann halte dich gefälligst von meinem Set fern«, schrie ihr Ex-Mann aufgebracht. »Ich habe keine Lust, dass dein Loverboy seine Szenen verkackt, nur weil seine Sugarmama dabei zuschaut.«

Niklas machte einen Schritt auf Jörg zu, den er um gut zwanzig Zentimeter überragte. »Entschuldige dich sofort bei Lily, sonst wird es dir leidtun.«

»Du tickst wohl nicht ganz richtig! Wie sprichst du denn mit mir? Ich kann dich als dein Regisseur von jetzt auf gleich feuern, also rate ich dir, lieber ganz kleine Brötchen zu backen«, keifte Jörg zurück.

»Komm, Niklas«, sagte Lily und zupfte energisch an seinem T-Shirt. Sie hatte keine Lust, dabei zuzuschauen, wie Niklas ihre Ehre mit seinen Fäusten verteidigte und dafür dann von Jörg gefeuert wurde. »Das ist schon okay. Ich gehe jetzt und warte im Auto auf dich.«

Doch Niklas ließ sich nicht beirren. »Du entschuldigst dich bei Lily, oder du kannst dir einen neuen Hauptdarsteller suchen.«

»Niklas, nein!«, schrie Lily verzweifelt. Doch weder Jörg noch Niklas beachteten sie.

»Ich werde mich nicht entschuldigen, immerhin ist Lily mit *mir* verheiratet, und bloß, weil du sie jetzt bumst ...«, setzte Jörg an, doch er erblasste, als Niklas seine Hand hob und zur Faust ballte.

»Bitte! Bitte tu das nicht!« Lily umarmte Niklas von hinten und versuchte, ihren Freund wegzuzerren. Doch sie hätte genauso gut versuchen können, einen Lastwagen vom Bordstein zu schubsen. Niklas bewegte sich keinen Millimeter von der Stelle.

Doch ihre Stimme schien zu ihm durchzudringen, denn er blickte plötzlich an sich herab ... und sah Lilys Hände über seinem flachen Bauch verschränkt. »Du hast recht, das ist dieser miese Typ gar nicht wert. Lass uns einfach gehen.«

Mit diesen Worten griff er nach ihrer Hand und strebte mit ihr dem Ausgang zu.

»Du wirst nie wieder in diesem Business arbeiten, du eingebildeter Schnösel«, schrie Jörg hinter ihnen her. »Hörst du? Nie wieder. Dafür werde ich ganz höchstpersönlich sorgen!«

Doch weder Lily noch Niklas blickten sich zu ihm um.

»Es tut mir so leid«, wiederholte Lily bestimmt zum dritten Mal. »Ich hätte dich über Jörg aufklären müssen, dann wäre das alles nicht passiert, und du hättest noch deinen Job.«

»Mach dir keinen Kopf«, antwortete Niklas genauso oft. »Du konntest schließlich nicht wissen, dass dein Ex-Mann so bescheuert reagieren würde.«

Sie schwieg, denn ehrlich gesagt, hätte sie das schon vermutet. Dann meinte sie unglücklich: »Wir überstehen jetzt den Abend bei meinen Eltern, und morgen werde ich ein paar Leute anrufen, die ich in der Branche kenne. Ich kann dir nichts versprechen, aber ich werde es zumindest versuchen.«

»Lily«, sagte Niklas und streichelte ihre Hand. »Ich mache mir keine Gedanken um meine sogenannte Karriere. Wenn die tatsächlich von solchen Leuten wie Jörg abhängt … dann ›Gute Nacht, deutsche Kulturszene‹.«

Er war naiv. Aber goldig. Und sie würde sehen, was sie morgen für ihn erreichen konnte, dachte Lily, als sie in die Straße ihrer Eltern einbog. Mit Freude sah sie schon den Wagen ihrer Schwester am Straßenrand stehen. Wenigstens würden sie und Niklas ihren Eltern nicht allein ausgeliefert sein.

Der melodische Ton der Türklingel war noch nicht verhallt, als ihre Mutter ihnen auch schon öffnete. Vor Freude halb überwältigt, sprang Hitchcock fröhlich kläffend um sie herum.

»Hallo, mein Kleiner«, sagte Lily und bückte sich, um ihn zu streicheln. »Schön, dass du mich noch nicht vergessen hast.«

»Lily! Gut siehst du aus! Und Sie müssen Niklas sein?«, sagte ihre Mutter, die sich mit einem blauen Etuikleid in Schale geschmissen hatte.

»Hallo, Frau Lenz«, antwortete Niklas höflich und reichte ihr die Hand. »Sie können mich aber ruhig duzen.« Dann kniete er sich hin, um Hitchcock die langen Ohren zu kraulen.

Lily merkte bereits am nonchalanten Ton ihrer Mutter, dass Niklas ihr nicht gefiel. Seine langen Haare, sein jugendliches Alter, sein relaxtes Auftreten, all das war ihr ein Dorn im Auge. Und obwohl Lily wusste, dass ihr das als erwachsene Frau nichts ausmachen sollte, ärgerte es sie gewaltig. Ihre unfehlbare Mutter hatte Jörg geradezu vergöttert, und der hatte gerade erst heute wieder grandios bewiesen, wie wenig anbetungswürdig er in Wirklichkeit war. Aber sie würde versuchen, den Abend mit ihren Eltern ohne einen Streit hinter sich zu bringen. Und zumindest wirkte ihre Mutter ganz wie immer: distanziert, überlegen und kerngesund. Mia hatte also mit ihrer Lebenskrise-Prophezeiung völlig danebengelegen.

»Das mache ich gerne, Niklas«, sagte ihre Mutter spitz, bot ihm aber ihrerseits nicht das Du an.

»Dann folgt mir bitte ins Wohnzimmer, Steffi und ihr neuer Freund sind auch schon da.«

»Steffi hat einen Freund?«, fragte Lily und betrat hinter ihrer Mutter den großzügigen, sehr konservativ eingerichteten Raum. »Wieso weiß ich davon noch nichts?«

Ihr Vater und die Bekannte ihrer Mutter namens Claudia, die sie neulich schon mit Hitchcock gesehen hatte, grüßten höflich. Sie hatten bereits an der gedeckten Tafel Platz genommen. Ihnen gegenüber saß Steffi neben einem etwas älteren, aber sehr attraktiven Mann, der vertraut seinen Arm um ihre Schultern gelegt hatte.

»Hallo, ich bin Lily, und das ist Niklas. Niklas Löwenberg.«

Die bis dato interessiert-freundliche Miene des schwesterlichen Galans gefror ganz plötzlich, und grenzenloses

Staunen machte sich auf seinen Zügen breit. »Was machst du denn hier? Ich dachte, du studierst in Berlin?«

Hinter sich hörte sie Niklas' ungewohnt mürrische Stimme: »Verdammt, Lily, ist das heute der Tag der unliebsamen Überraschungen … oder ist diese Familienzusammenführung tatsächlich von dir geplant?«

Sie verstand nicht, was zwischen den beiden Männern gerade vor sich ging. Und sie sah an Steffis überraschtem Gesicht, dass auch ihre Schwester nicht die leiseste Ahnung hatte.

»Ähm … Niklas, würdest du uns mal bitte aufklären, woher ihr beiden euch kennt?«

Niklas schien erleichtert darüber zu sein, dass sie ihn nicht absichtlich in diese, für ihn offenbar unangenehme Situation gebracht hatte. Jedenfalls lächelte er schon wieder, wenn auch ziemlich spöttisch.

»Gerne, Lily. Das ist Bernhard Otto, mein Vater.«

»Dein *Vater?*« Lily konnte ein Grinsen nicht unterdrücken. »Der neue Freund meiner Schwester ist dein … Vater?«

Steffi schien ihr den flapsigen Ton zu verübeln. Sie war immer so unheimlich empfindlich. Empört sagte sie: »Aber das stimmt doch gar nicht! Bernhards Sohn heißt Julian Otto. Nicht Niklas Löwenberg.«

Bernhard Otto schenkte Steffi ein charismatisches Lächeln. »Sera… Steffi, du hast vollkommen recht. Aber mein Sohn hat sich nach Marissas Unfall entschieden, seinen zweiten Vornamen zu benutzen und den Mädchennamen meiner Frau als Künstlerpseudonym anzunehmen.«

»Ach, Sie sind verheiratet?«, erkundigte sich meine Mutter spitz, die unserer Unterhaltung tapfer gefolgt war. Ihr Kopf ging dabei hin und her wie bei einem Tennismatch.

»Ich bin Witwer«, sagte Bernhard Otto seriös.

Niklas schnaubte hämisch durch die Nase, aber das wohlwollende Lächeln meiner Mutter ruhte erneut auf dem neuen Partner meiner Schwester. Offenbar fand sie ihn im Gegensatz zu meinem Date *ganz einfach wunderbar*. Wahrscheinlich fast so *ganz einfach wunderbar* wie Jörg früher. Kunststück, Bernhard Otto war ein prominenter Autor. Er stellte etwas dar, hatte wahrscheinlich Geld. Lily wusste, dass ihre Mutter auf so einen Quatsch abfuhr.

»Ach, Sie Armer. Ist Ihre Frau schon vor längerer Zeit …?«

»Meine Namensänderung hat mit dem Unfall meiner Mutter nichts zu tun«, unterbrach Niklas sie aufsässig. Irgendwie schien er in der Gegenwart seiner Vaters zum Teenager zu mutieren.

»Sondern?«, fragte Bernhard Otto scharf.

»Damit, dass ich nicht so heißen will wie du.«

Steffi sog laut hörbar die Luft ein und rückte noch ein wenig näher zu ihrem Schriftsteller-Liebling. Es war offensichtlich, auf wessen Seite sie stand.

So viel zu einer harmonischen Eltern-Kind-Beziehung, dachte Lily amüsiert. Dagegen war das Verhältnis zu ihren Eltern ja das reinste Poesiealbum-Gedicht.

»Niklas, das reicht jetzt. Das hier ist nicht das geeignete Forum für unsere Konflikte, aber ich bin tief enttäuscht, dass du mir nicht gesagt hast, dass du wieder zurück bist.«

Jeder konnte sehen, dass Bernhard Ottos autoritärer Ton Niklas gegen den Strich ging. Wie ein gereizter Stier sah er seinen Vater wutentbrannt an.

Doch selbst Steffi fand offenbar, dass ihr Freund nun genug gesagt hatte, denn sie legte ihm beruhigend ihre Hand auf den Arm.

Und bevor Niklas komplett ausrasten konnte, warf Lily ein: »Eigentlich waren wir ja auch hergekommen, um gemeinsam zu Abend zu essen und die Neuigkeiten unserer Eltern zu erfahren.«

»Da hast du vollkommen recht«, sagte ihr Vater, der ganz benommen aussah. So hatte er sich das Familienabendessen wohl nicht vorgestellt.

»Setzt euch doch, bitte«, sagte ihre Mutter. »Dann kann ich anfangen zu servieren.«

Der erste Gang – Tomatensuppe mit Gin – verlief relativ friedlich. Jeder löffelte vorsichtig und bemüht, keine verräterischen roten Flecken auf dem blütenweißen Tischtuch zu hinterlassen, was zur Freude ihrer Mutter auch allen gelang. Die Konversation drehte sich größtenteils um das neue Hobby ihrer Schwester: Steffi hatte mit dem Reiten angefangen und berichtete überschwenglich von ihren Erfahrungen auf einem Pony namens Rosie. Bernhard Otto lobte ihren Mut und meinte, dass sie schon große Fortschritte machen würde. Er rühmte auch Steffis Talent als Lektorin und erzählte, dass er dank ihrer Unterstützung mit seinem neuesten Buch – dem ersten seit zehn Jahren – gut vorankomme. Ihre Schwester hing dabei an jedem Wort, das über seine Lippen kam. Es schien sie bis über beide Ohren erwischt zu haben, was Lily aufrichtig freute. Dass Bernhard Otto diese Gefühle in der gleichen Intensität erwiderte, konnte man unschwer an seiner Körpersprache ablesen. Die zwei ließen sich gegenseitig nicht aus den Augen und berührten sich unentwegt, gerade so, als brauchten sie diesen Kontakt als Bestätigung ihrer unverminderten Zuneigung. Gut, der Schriftsteller war ein ganzes Stück älter als Steffi, aber vielleicht passte ein reiferer Mann gar nicht so schlecht zu ihrer sehr sensiblen Schwester. Obwohl sie glaubte, dass Steffis Chef, dieser Jonas, ein geeigneterer Partner für sie gewesen wäre.

Aber auch ihre Eltern und Claudia schienen den Schriftsteller sympathisch zu finden und stellten viele Fragen: Wann das neue Buch erscheinen würde? Ob er Lesungen abhielte? Worum es in dem Buch eigentlich ging? Woher er seine Inspirationen nehme und so weiter. Bernhard Otto beantwortete einen Großteil der Fragen recht ausführlich, doch einigen anderen wich er geschickt aus. Was augenscheinlich nur ihr selbst und vielleicht noch Niklas auffiel, wobei dieser seinen Vater demonstrativ ignorierte.

Lily hatte dafür Verständnis. Es war nachvollziehbar, dass er sich erst an die veränderte Situation gewöhnen musste. Offenbar hatte Niklas extrem an seiner Mutter gehangen, wenn er sogar nachträglich ihren Namen angenommen hatte. Und seinen Vater mit einer anderen Frau glücklich zu sehen, fiel ihm da bestimmt nicht leicht. Unwillkürlich blutete Lilys Herz für ihn.

»Bist du okay?«, raunte sie ihm leise zu.

»Geht schon«, wisperte er zurück. »Aber wir hauen direkt nach dem Essen ab. Okay?«

»Einverstanden.«

Lily legte ihre Hand auf seine und drückte sie kurz. Dann stand sie auf, um ihren Pflichten als brave Tochter nachzukommen und ihrer Mutter beim Raustragen der leeren Suppenteller behilflich zu sein. In der Küche schnappte sie sich die mit Kartoffeln und Gemüse gefüllten Schüsseln und eilte, wie vom Teufel gehetzt, wieder ins Wohnzimmer, da sie wusste, dass ihre Erzeugerin sie anderenfalls gnadenlos bis auf den letzten Blutstropfen über die Trennung von Jörg ausgequetscht hätte.

Ihrer Mutter war dieser geschickte Schachzug allerdings nicht entgangen, denn sie stellte mit einem noch verkniffeneren Gesicht als sonst den Rinderbraten auf dem Esstisch ab und fing wortlos an, daran herumzusäbeln.

»Oje«, sagte Lily. »Entschuldige bitte, Mama, aber ich habe ganz vergessen, dir mitzuteilen, dass Niklas Vegetarier ist.«

»Das ist kein Problem. Ich begnüge mich gerne mit den Kartoffeln und dem Gemüse«, meinte Niklas auf der Stelle.

»Allerdings, Lily«, brummte ihre Mutter ungnädig. »Das wäre eine nicht unwichtige Information gewesen. Und Sie, Niklas, wollen Sie heute nicht eine klitzekleine Ausnahme machen? Das Fleisch ist wirklich ganz zart.«

Sie schien vergessen zu haben, dass sie Niklas bereits geduzt hatte und dass sich Vegetarier nicht für den Zartheitsgrad des Fleisches interessierten, das sie aus moralischen Gründen zu essen ablehnten.

»Ähm … eher nicht. Ich bin kein Schönwetter-Vegetarier. Aber es macht mir ganz ehrlich nichts aus. Das Gemüse schmeckt bestimmt hervorragend.«

»Wie Sie meinen«, sagte sie eingeschnappt, so als ob Niklas nur deshalb Vegetarier geworden wäre, um eine persönliche Vendetta gegen sie anzuzetteln. Mit einem vielsagenden Lächeln servierte sie jedem der anderen Gäste, die sich vornehm aus diesem Streitgespräch raushielten, eine dicke Scheibe Fleisch. Dann reichte sie als Erstem Niklas die Schüssel mit den Salzkartoffeln.

»Bitte greifen Sie zu … wenn Sie schon sonst nichts essen«, sagte sie im Tonfall einer wahren Märtyrerin.

Ihr Vater warf ihrer Mutter einen warnenden Blick zu. Offenbar war ihm das Ganze peinlich, und er versuchte, Niklas anderweitig in die Konversation mit einzubeziehen.

»Sie sind also Lilys WG-Partner? Darf ich mal fragen, wie Sie sich kennengelernt haben? Durch eine Annonce?«

Instinktiv bereitete sich Lily auf die Detonation der nächsten Bombe vor. Sie kannte Niklas gut genug, um zu wissen, dass er nur äußerst ungern als ihr »WG-Partner« tituliert werden würde. Und sein Dementi ließ auch nicht lange auf sich warten.

»Ich bin Lilys Freund. Und wir haben uns nicht über eine Annonce, sondern in einem Nachtklub kennengelernt«, sagte er mit fester Stimme.

Steffis Blick und der von ihrer Mutter schnellten umgehend zu Lily. Sie hatten die tiefere Bedeutung seiner Worte verstanden. Ihr Vater, Claudia und Bernhard Otto offenbar noch nicht.

»Äh ... das ist schön, dass Sie beiden inzwischen befreundet sind. Aber Sie suchen sich Ihre WG-Partner tatsächlich in einem Nachtklub aus? Ist da das Risiko nicht ziemlich groß, dass man an den Falschen gerät?«

»Soll das jetzt ein Witz sein, oder was?«, fragte Niklas aufgebracht und legte den Arm um Lily. »Wir sind fest zusammen und keine *WG-Kollegen!*«

Ihrem Vater fielen fast die Augen aus dem Kopf. Aber er beherrschte sich. Was man von Steffis Freund leider nicht behaupten konnte.

»Das ist doch lächerlich ... du kannst doch nicht die ältere Schwester meiner zukünftigen Frau daten«, knurrte Niklas' Vater.

»... deiner zukünftigen Frau ...«, hauchte Steffi überwältigt und fiel ihm umgehend um den Hals. Auch die Augen ihrer Mutter strahlten plötzlich wie zwei Saphire.

Für einen Moment starrte Niklas seinen Vater fassungslos an. Offenbar schockierten ihn die Heiratsabsichten seines alten Herrn.

Dann antwortete er: »Entschuldige, Vater, aber wer macht sich denn hier lächerlich? Lilys Schwester könnte deine

Tochter sein. So ein alter Gockel wie du und eine knapp Dreißigjährige! Das ist doch … unmoralisch!«

»Ich bin bereits dreiunddreißig«, warf Steffi verlegen ein.

»Aber du Moralapostel hast alles im Griff, wie?«, sagte Niklas' Vater leise, während er Steffi übers Haar strich. »Warum gönnst du mir, nach all den Jahren, dieses Glück nicht?«

»Weil … weil«, stammelte Niklas, offenbar um eine Antwort verlegen. »Weil du es nicht verdient hast.«

Dann drehte er sich zu Lily um. »Entschuldige, aber das ist alles ein bisschen zu viel für mich. Wäre es okay, wenn wir jetzt schon gingen?«

So verunsichert und … negativ hatte sie Niklas bisher nicht kennengelernt. Sonst war er doch immer der Sonnyboy in Person gewesen. Aber wahrscheinlich hatte ihn die »frohe Botschaft« seines Vaters wirklich aus den Socken gehauen. Und so nickte sie bloß.

»Okay, geh schon mal vor. Ich komme gleich nach.«

Niklas stand auf. »Vielen Dank, vielleicht sehen wir uns ja bei einer anderen Gelegenheit mal wieder«, verabschiedete er sich in die Runde und vermied es dabei, seinem Vater ins Gesicht zu sehen.

»Niklas, ich bitte dich. Sei doch nicht so kindisch. Lass uns vernünftig darüber reden«, sagte Bernhard Otto und stand ebenfalls auf.

Aber sein Sohn war schon durch die Tür verschwunden.

»Musste das denn sein, Lily?«, fragte ihre Mutter streng. »Ausgerechnet an Steffis Verlobungstag?«

Es war verrückt. Irgendwie hatten sie und Steffi die Rollen der Gold- und Pechmarie vertauscht. Damals an ihrem Verlobungstag mit Jörg hatte ihre Schwester ihrer Mutter nichts recht machen können. Jetzt war sie selbst in Ungnade gefallen. Ha! Und wennschon. Lily schnaubte durch die Nase.

»Diese *Verlobung* scheint ja eine eher spontane Angelegenheit zu sein. Ich habe jedenfalls noch nicht einmal gewusst, dass Steffi überhaupt mit jemandem liiert ist. Und dass Niklas Bernhard Ottos Sohn ist, kam wohl für uns alle etwas überraschend.«

»Seit wann datest du eigentlich jüngere Männer?«, fragte Steffi. Es klang nicht provokant, eher neugierig.

Lily zuckte mit den Schultern. »Manchmal sucht man sich das Alter seines Dates nicht aus. Jedenfalls wünsche ich euch beiden viel Glück.«

»Danke«, antwortete der Verlobte ihrer Schwester. »Bitte sag doch Bernhard zu mir. Und es würde mich freuen, wenn du und Niklas uns mal besuchen kommt.«

»Das hängt wohl eher von Niklas ab als von mir. Aber danke für das Angebot.« Lily wandte sich an ihre Eltern und die völlig verwirrt aussehende Claudia. »Ihr wolltet noch etwas verkünden. Worum ging es dabei?«

Ihr Vater öffnete nach einem schnellen Blick zu ihrer Mutter seinen Mund, doch im gleichen Moment legte Claudia ihre Hand auf seinen Arm. »Ich glaube, das ist nicht der richtige Moment, Friedrich«, sagte sie leise.

Lily hatte plötzlich ein ganz merkwürdiges Kribbeln im Bauch. »Was soll das jetzt heißen? Was hat diese Claudia mit dir am Hut?«, herrschte sie ihren Vater an. »Willst du etwa auch aus deiner Ehe ausbrechen? Sind ab einem gewissen Alter alle Männer verrückt?«

»Lily!«, sagte ihre Mutter streng. »Wie redest du mit deinem Vater?«

»Brauchst du deswegen meinen Hund? Damit du nicht so allein bist, wenn Papa mit dieser Claudia zusammen ist?«

Plötzlich schien die unnahbare Fassade ihrer Mutter zu bröckeln. »Nein«, sagte sie, doch ihre Stimme zitterte dabei leicht.

»Dann verlässt du tatsächlich unsere Mutter?«, erkundigte sich Lily bei ihrem Vater.

Er blickte sie sekundenlang wortlos an. Schließlich sagte er ruhig: »Lily, lass uns das alles ein anderes Mal besprechen. Heute sollte es nur um Steffi gehen.«

»Du hast recht. Ich gehe jetzt besser«, sagte sie mit einem letzten Blick auf ihre Mutter. »Und ich lasse dir Hitchcock wohl besser noch einmal hier.«

27.

Es war noch ganz früh am Morgen. Das fröhliche Vogelgezwitscher vor Bernhards offenem Schlafzimmerfenster hatte mich geweckt. Mein Verlobter – ja, es war wirklich wahr –, der mich die ganze Nacht über auf alle nur erdenklich wundervollen Weisen geliebt hatte, lag neben mir, in erholsamem Tiefschlaf. Ich fühlte mich großartig. So großartig wie nie zuvor in meinem Leben. Meine Haut schien regelrecht zu glühen vor Glück. Vorsichtig zog ich meine linke Hand unter der Bettdecke hervor und betrachtete den wunderschönen antiken Ring. Schlichtes Gold mit drei strahlenden Diamanten. Er passte perfekt. Auch wenn er früher einmal Bernhards Mutter gehört hatte.

Als er ihn mir gestern Nacht, nachdem wir von dem Abendessen bei meinen Eltern zurückgekommen waren, angesteckt hatte, hatte ich mich für einen winzigen Moment gefragt, ob dies auch der Ring von Marissa gewesen war. Doch Bernhard, sensibel und aufmerksam wie immer, hatte mir umgehend versichert, dass das nicht der Fall sei. Insgeheim hatte ich mich darüber gewundert: Schenkte man normalerweise den Ring der Mutter nicht seiner ersten Ehefrau anstatt der zweiten? Hm. Was für einen Ring er wohl Marissa geschenkt hatte? Einen schöneren? Wertvolleren? Doch dann hatte ich mich selbst zur Räson gebracht und mir gesagt, dass es schließlich nicht auf den Wert des Ringes ankam, sondern darauf, wofür er stand. Und niemand, noch nicht einmal eine stadtbekannte Skeptikerin wie meine Wenigkeit, konnte an Bernhards aufrichtiger Liebe zweifeln. Oder?

Der Abend bei meinen Eltern war mehr als merkwürdig verlaufen. Und damit meinte ich noch nicht einmal Bernhards total überraschenden Antrag, über den ich mich so sehr gefreut hatte, dass ich die restlichen Ereignisse nur wie durch einen Schleier mitbekommen hatte. Jetzt, wo ich die Zeit hatte, in Ruhe über alles nachzudenken, musste ich zugeben, dass ich mich bereits bei unserer Ankunft über die Anwesenheit von dieser Frau, Claudia Borchert, gewundert hatte. Was hatte sie bei einem intimen Familiendinner zu suchen? Meine Mutter hatte sie uns zwar als eine »Freundin der Familie« vorgestellt. Doch mir, immerhin auch ein Mitglied unserer Familie, war sie bislang nicht bekannt gewesen. Später hatte Lily bei ihrem vorzeitigen Aufbruch nicht gerade diskret angedeutet, dass unser Vater eine Affäre mit der zierlichen dunkelhaarigen Frau hätte. Was ja an sich schon der Super-GAU wäre … doch warum lud unser Vater sie dann auch noch zu einem Familienevent ein? Und weshalb zettelte meine Mutter, die ja offensichtlich Bescheid wusste, deswegen keinen Aufstand an? Was hatten uns unsere Eltern mitteilen wollen, bevor die auch für mich völlig überraschende Neuigkeit von unserer Verlobung alles andere überstrahlt hatte? Da lag doch irgendetwas im Busch.

Und Lily wieder! Ausgerechnet mit Bernhards Sohn war sie aufgetaucht. Wie verrückt war das denn? In einer Großstadt wie München, wo es von Männern nur so wimmelte! Nein, ich war nicht schockiert darüber, dass sie mit einem erst achtundzwanzigjährigen, extrem gutaussehenden Mann schlief. Die beiden waren erwachsen, sahen süß zusammen aus und wirkten sogar regelrecht verliebt. Mich hatte mehr das schlechte Verhältnis von Julian … nein, Niklas ... zu seinem Vater schockiert. Was war zwischen den beiden vorgefallen? Das ging doch weit über normale Vater-Sohn-Rivalität hinaus. Es hatte mich traurig gemacht, dass Niklas sich nicht über unsere Verlobung freuen konnte. Immerhin war seine Mutter seit über zehn Jahren tot.

Damals war er siebzehn gewesen. Ein schwieriges Alter. Ob seine Ablehnung damit etwas zu tun hatte? War er emotional auf dem Niveau eines Teenagers stehengeblieben? Oder hatte er schon immer mehr an seiner Mutter gehangen?

Unwillkürlich musste ich wieder über Bernhard und Marissas seltsame Ehe nachdenken. Was hatten die beiden nur für eine eigenartige Beziehung geführt, dass Bernhard sie einerseits wohl über alles geliebt hatte und andererseits vermutete, dass seine Frau eine Affäre mit Jonas gehabt haben könnte? Warum fürchtete er sich vor der Entdeckung des Tagebuchs? Warum fühlte er sich schuldig an ihrem Tod, wenn er doch ganz offensichtlich nichts damit zu tun haben konnte?

Fragen über Fragen. Und ich würde alles für ein paar erklärende Antworten geben. Ob ich jetzt einmal, als seine Verlobte, mit Bernhard über alles reden sollte? Doch instinktiv schreckte ich davor zurück. Frau Röslers Worte – »Wir wollen ihn doch nicht unnötig gegen uns aufbringen!« – klangen wieder in meinem Ohr. Warum reagierte Bernhard so irrational, wenn es um die Sachen seiner toten Frau ging? Es war doch irre, ihr Mobiliar auch nach zehn Jahren völlig unangetastet zu lassen.

Plötzlich überkam mich wieder die altbekannte Unsicherheit. Was fand Bernhard an mir? Ich war bei weitem nicht so schön wie Lily, die gestern Abend wieder einmal umwerfend ausgesehen hatte. Obwohl ... Bernhard hatte sie wenigstens nicht mit diesem begehrlichen Blick angesehen wie die anderen Männer, mit denen ich früher ausgegangen war. Ganz im Gegenteil, er hatte sie genauso höflich und neutral wie meine Mutter behandelt. Lag das jetzt an mir oder eher daran, dass er nicht mit seinem Sohn um Lilys Gunst konkurrieren wollte? Leider war ich noch nicht einmal so begabt wie Marissa, denn ich schrieb weder *großartige* Gedichte noch kreative Reiterspielbücher für Kinder. Ich war ganz gut in meinem Job, aber mehr hatte ich an Pluspunkten nicht vorzuweisen. Na ja, außer dass ich Bernhard von ganzem Herzen liebte. Das gehörte wahrscheinlich auch noch auf meine Haben-Seite.

Ob er es je bereuen würde, so spontan um meine Hand angehalten zu haben? Schließlich kannten wir uns erst seit ein paar Wochen. Und eigentlich hatte er ja auch gar nicht um meine Hand angehalten … nicht so richtig … Er war jedenfalls nicht romantisch vor mir auf die Knie gegangen. Vielmehr hatte er unsere Verlobung einfach so verkündet … »Meine zukünftige Frau …«, hatte er gesagt, und daraufhin war ich ihm auch schon um den Hals gefallen.

Plötzlich fuhr mir der Schreck durch alle Glieder. Hatte ich etwa voreilige Schlüsse aus seinen Worten gezogen? War »meine zukünftige Frau« von ihm eher salopp oder gar spaßig gemeint gewesen? So im Sinne von »die Frau, mit der ich zukünftig für eine gewisse Zeit zusammenleben werde«? Himmel, hatte ich unsere Verlobung durch meine spontane Reaktion quasi erzwungen? Weil er meine Gefühle nicht verletzen wollte? Hatte er mir deshalb den Ring seiner Mutter geschenkt … weil er nichts anderes vorbereitet hatte?

Das Konzert der Vögel klang plötzlich nicht mehr lieblich, sondern schrill. Mein Kopf pochte, und ein diffuser

Kopfschmerz setzte sich hinter meinen Augen fest, was diesmal garantiert nicht an meinen Monatslinsen lag. Was hatte ich nur getan? Plötzlich hielt mich nichts mehr im Bett. Ich war zu kribbelig. Leise und vorsichtig stand ich auf und schlich auf Zehenspitzen aus seinem Zimmer.

Kurze Zeit später war ich angezogen und tigerte unruhig in die Küche, in der Frau Rösler gerade das Frühstück vorbereitete.

»Hatten Sie einen schönen Abend gestern, Frau Lenz?«, erkundigte sie sich freundlich und schnitt Scheibchen für Scheibchen das Obst für Bernhards Müsli.

»Ja«, meinte ich eher abwesend.

»Es ist schön, dass Bernhard ... ähm ... ich meine, Herr Otto, mal wieder unter Leute geht. Er war so viele Jahre allein. Lediglich die Verleger haben ihm immer wieder Einladungen geschickt, weil sie auf seine Bücher scharf waren.«

Ich blickte unwillkürlich auf. »Warum nennen Sie Bernhard nach all den Jahren, die Sie für ihn gearbeitet haben, eigentlich immer noch ›Herr Otto‹? Er nennt Sie doch auch beim Vornamen. Sie heißen Hanni. Richtig?«

Frau Rösler lächelte vergnügt. »Ach, das hat sich halt so eingespielt. Damals, als ich nach meiner Scheidung hier ankam, um für ihn und Marissa den Haushalt zu machen, war es mehr ironisch gemeint. Der ›gnädige Herr Otto‹, habe ich damals sogar zu ihm gesagt. Und jetzt ist es ein Spaß zwischen uns.«

Ein Spaß? Hm ... Ich beobachtete, wie Frau Rösler zwei mit Blumen bemalte Kaffeetassen und zwei dazu passende Teller auf den Tisch stellte.

»Wir haben übrigens zufälligerweise gestern Abend Julian, Bernhards Sohn, bei meinen Eltern getroffen.«

»Ach ja? Wie kam das denn?«, erkundigte sich Frau Rösler interessiert.

»Er ist ein Freund meiner Schwester.« Ich brauchte Bernhards Haushälterin schließlich nicht die ganze irgendwie inzestuöse Geschichte auf die Nase zu binden – dass meine Schwester mit dem Sohn meines Verlobten schlief und so.

»Wussten Sie, dass er sich inzwischen Niklas Löwenberg nennt?«

»Ja, das wusste ich. Er hat den Namen seiner Mutter angenommen, der arme Kerl«, sagte Frau Rösler, wischte die Bananen- und Apfelschalen energisch zusammen und schmiss sie in den Abfall.

»Wieso nennen Sie ihn einen ›armen Kerl‹? Es scheint ihm doch ganz gutzugehen?«

»Ach, da lebt er in dieser WG und geht auf eine *Schauspielschule*! Dabei ist er so ein heller Kopf. Der Niklas hätte auch gut Doktor oder Anwalt werden können. Aber er hat nix als Flausen im Kopf.«

Frau Rösler betonte das Wort »Schauspielschule« so abfällig, dass ich schmunzeln musste. Plötzlich fiel mir etwas auf.

»Dann waren Sie also darüber informiert, dass Niklas sich nicht mehr in Berlin, sondern in München aufhält? Warum haben Sie das Bernhard nicht gesagt? Er ist gestern aus allen Wolken gefallen.«

Frau Rösler, die während des Aufräumens, wahrscheinlich ohne nachzudenken, vor sich hingeplappert hatte, wurde plötzlich rot bis in die Haarspitzen.

»Das muss ich glatt vergessen haben.«

»Wann und wo haben Sie Niklas denn getroffen?«, bohrte ich gnadenlos nach.

»In München. Auf der Straße. Als ich mit meiner Bekannten einkaufen war.«

Das hörte sich jetzt nicht besonders glaubwürdig an. Besonders, weil sie bei diesen Worten noch tiefer errötete.

»Wo denn in München? In der Nähe seiner WG?«, fragte ich, um zu sehen, ob ich ihr noch andere Informationen entlocken konnte.

»Keine Ahnung. Ähm … Frau Lenz, ich würde ja gerne noch mit Ihnen plaudern, aber ich muss mich um die Wäsche küm…«

Ihr Blick hatte meinen linken Ringfinger gestreift und war an dem Klunker daran hängengeblieben.

»Was ist das denn?«, fragte sie fassungslos.

»Ein Ring«, antwortete ich trocken.

»Ist das etwa …?«

Ihre offensichtliche Bestürzung ärgerte mich. War es denn wirklich so abwegig, dass Bernhard mich liebte? Und hatte nicht Frau Rösler selbst gesagt, dass ich ihm guttäte?

Mit unterkühlter Stimme bestätigte ich deshalb: »Herr Otto und ich haben uns verlobt.«

Wenn Frau Rösler noch vor wenigen Minuten knallrot im Gesicht war, dann war sie jetzt auf einmal Herzinfarkt-weiß. Blass wie ein Leichentuch. Ja, sie schien für den Bruchteil einer Sekunde sogar bedenklich zu schwanken. Erschreckt sprang ich auf, packte sie am Arm und rückte ihr einen Küchenstuhl zurecht.

Ächzend ließ sich Frau Rösler nieder. »Ihr seid verlobt? Aber … aber … das ist nicht richtig«, stotterte sie.

»Und wieso nicht?«, meinte ich beleidigt. »Halten Sie mich etwa nicht für die geeignete Partnerin?«

Was für eine dämliche Frage. Die Antwort darauf war mehr als offensichtlich. Natürlich hielt sie mich nicht für geeignet. Wieso auch? Ich selbst dachte doch dasselbe: Ich war einfach nicht gut genug für Bernhard.

Frau Röslers Antwort überraschte mich.

»Doch. Ich glaube schon, dass Sie ... gar nicht schlecht zu ihm passen«, sagte sie zögerlich. »Und ich sehe auch, dass Sie ihn gernhaben. Aber es ging halt arg schnell. Sie kennen ihn noch gar nicht richtig. Herr Otto ist ein sehr schwieriger Mensch. Mit einer schlimmen Vergangenheit. Und überhaupt ... heutzutage muss man doch nicht gleich heiraten.«

Sie atmete tief durch und schien sich wieder an ihre Kinderstube zu erinnern. »Bitte entschuldigen Sie. Ich wünsche Ihnen und Herrn Otto selbstverständlich alles erdenklich Gute.« Langsam kehrte wieder eine gesündere Farbe in ihre Wangen zurück, und sie rappelte sich von dem Küchenstuhl auf. »Kann ich Ihnen noch einen Kaffee bringen, bevor ich mich um die Wäsche kümmere?«

Vollkommen verwirrt nickte ich. »Ich bitte darum.«

Dann saß ich alleine in der Küche und blies am ersten Tag nach meiner Verlobung Trübsal. Wenn Bernhard wenigstens neben mir säße, dann ginge es mir wahrscheinlich besser. Aber er schlief immer noch den Schlaf der Gerechten. Und so hallten die von Frau Rösler benutzten Worte – »nicht schlecht« – in meinem Kopf nach. Ich würde *nicht schlecht* zu Bernhard passen. Das hörte sich jetzt nicht besonders prickelnd an. Hatte Marissa, die Frau Rösler nach eigener Aussage nicht mochte, denn so viel besser zu ihm gepasst?

Plötzlich kam mir eine ganz schlechte Idee. Und wie bei solch miesen Ideen üblich, wurde daraus fast umgehend eine Obsession. Das unbezähmbare Verlangen ... etwas Verbotenes zu tun. Ich wollte endlich wissen, wer meine Gegenspielerin Marissa, die Bernhard offenbar so geliebt hat, eigentlich war. Und so würde ich mich auf Spurensuche begeben ... in ihrem Zimmer!

Entschlossen trank ich meinen Kaffee aus. Gerade gab es ein vielleicht einmaliges Zeitfenster, um Marissas Sachen ungesehen zu besichtigen: Bernhard schlief eine Etage tiefer, und Frau Rösler bügelte im Keller.

Mit schlechtem Gewissen schlich ich leise die Treppe bis in den zweiten Stock hoch, ging an Bernhards Arbeitszimmer vorbei und hielt mit klopfendem Herzen vor Marissas Tür an.

Ich zögerte. Was für Gefahren für mein Seelenheil würden sich in diesem Raum verbergen? Liebesbriefe? Intime Fotos?

Sollte ich es wirklich wagen?

Was ich einmal gesehen hatte, würde für immer in meiner Erinnerung haften bleiben, wäre für die Ewigkeit auf meiner geistigen Festplatte gespeichert. Egal! Da musste ich jetzt durch. Meine Neugier wog schwerer.

Entschlossen drückte ich die Klinke nach unten … und bereute es schon im nächsten Moment.

Der farbenfrohe Mix verschiedener Kulturen, der im ganzen Haus dominierte und mir so gut gefiel, trug ganz offensichtlich Marissas Handschrift. Denn während Bernhards Zimmer vollkommen nüchtern wirkte, war ihr Zimmer wie aus Tausendundeiner Nacht eingerichtet: Seidenkissen, opulente Farben, Schleier. Es gab keinen Quadratzentimeter Wand, an dem kein Bild oder gerahmtes Foto hing. Alles war bunt, laut und fröhlich. Neben ihrem Bett lagen stapelweise Bücher.

Auf einem aufwendig geschnitzten Regal befand sich die von Frau Rösler bereits erwähnte Puppensammlung. Es waren aber keine Barbies oder gar Porzellanpuppen, sondern offenbar selbstgefertigte Püppchen aus Stoff. Jedes einzelne hatte eine andere Frisur aus bunter Wolle und trug ausgefallene Kleidung oder Trachten aus aller Herren Länder. Ich selbst erkannte Puppen, die offenbar dem Nationalstaat von Mexiko, Holland, Norwegen und Österreich nachempfunden waren. Aber es gab noch unzählige andere. Was für ein schönes, kreatives Hobby. Und ich konnte noch nicht einmal stricken.

Wie magisch angezogen, ging ich einen Schritt auf die Wand mit den gerahmten Fotos zu, um sie mir näher anzusehen.

Es gab nur zwei Motive: Bernhard und sie selbst. Noch nicht einmal Niklas war an dieser Stelle verewigt, dabei schien sie ihren Sohn doch geradezu vergöttert zu haben. Bei der Betrachtung des jungen, unbeschwert aussehenden Bernhards ging mir das Herz auf. Ich liebte ihn so sehr. Vielleicht sollte es mir einfach egal sein, ob ich unsere Verlobung selbst herbeigeführt hatte oder nicht. Schließlich kam es nur darauf an, dass wir überhaupt zusammen waren. Ich war mir nicht sicher, ob ich noch einmal ohne seine Wärme, seine Feinfühligkeit und sein liebevolles Interesse an mir leben wollte.

Trotzdem stieß ich mir selbst den Dolch in die Brust und betrachtete eifersüchtig die vielen Bilder, die seine Frau zeigten. Hier hing auch das Foto, mit dem mir Bernhard bei meinem ersten Besuch die Ähnlichkeit zu seiner verstorbenen Frau nachgewiesen hatte.

Und es stimmte. Die junge Marissa Otto schaute tatsächlich so aus wie ich. Auf Fotos, die sie zu einem späteren Zeitpunkt zeigten, sah man diese Ähnlichkeit allerdings kaum noch. Wobei sie nicht allein durch ihr fortschreitendes Alter verändert worden zu sein schien. So alt war sie zu ihrem Todeszeitpunkt vor zehn Jahren ja auch gar nicht gewesen: gerade mal zweiundvierzig.

Nein, Marissa Otto sah einfach anders aus. Offenbar hatte sie über die Jahre stark abgenommen, ihr Gesicht wirkte eckiger, schärfer konturiert. Sie trug ihre Haare länger. Und dann war da was mit ihren Augen. Die wirkten auf einigen Fotos so ausdruckslos.

Ich trat noch einen Schritt näher und schlug mir vor Entsetzen die Hand vor den Mund. Jemand hatte Marissa Otto die Augen ausgekratzt. Deshalb wirkte ihr Blick auf diesen Fotos so leer und leblos.

»Seraphina?«

Zu Tode erschreckt, fuhr ich herum.

Bernhard stand in der Tür. Noch immer in seinem gestreiften Pyjama.

Ich war vor Angst wie gelähmt, brachte keinen Ton heraus. Wie würde er auf diesen Vertrauensbruch reagieren?

»Hier steckst du also«, sagte mein Verlobter leise und machte einen Schritt auf mich zu.

»Ich …«

Ich hatte keine Ahnung, wie ich mein Verhalten vor ihm rechtfertigen sollte. Schließlich wollte ich nicht lügen und ihm eine dumme Geschichte auftischen, so etwas in der Art, dass ich ein Geräusch gehört hätte und nach dem Rechten sehen wollte.

»Ich weiß«, sagte Bernhard, kam noch näher und legte seine Hände auf meine Schultern.

Sollte ich jetzt Angst haben? Würde er gleich ausrasten, wie von Frau Rösler prophezeit? Irgendwie fühlte ich gerade gar nichts und hörte nur, wie mir das Blut in den Ohren rauschte.

Demzufolge wirkten seine nächsten Sätze ernüchternd. Banal. Der reinste Anti-Höhepunkt.

»Du hast recht. Ich hätte ihr Zimmer längst entrümpeln sollen. Aber ich hatte einfach nicht die Kraft. Die vielen Erinnerungen. Und auch wegen Niklas. Du hast ja mit eigenen Augen gesehen, wie sehr der Junge noch an seiner Mutter hängt.« Bernhards Stimme klang resigniert.

Als ich begriff, dass er keineswegs wütend auf mich war, machte mein Herz einen kleinen Freudensprung. Ich verdrängte den Anblick von Marissas ausgekratzten Augen auf den Fotos. Und warf mich stattdessen an seine Brust.

»Ich hab dich vermisst. Das Bett ist so fürchterlich kalt ohne dich«, flüsterte Bernhard in mein Ohr und legte seine kräftigen Arme um mich.

»Ich habe dich auch so vermisst«, bestätigte ich atemlos. »Entschuldige bitte, dass ich einfach so in Marissas Zimmer gegangen bin. Ich hätte dich vorher fragen sollen.«

»Liebling, das ist jetzt auch *dein* Haus. Und du darfst selbstverständlich jedes Zimmer betreten, ohne mich zu fragen.«

Glückselig stellte ich mich auf die Zehenspitzen und lehnte meinen Kopf an seine Schulter.

»Was meinst du? Wollen wir Hanni bitten, alles auszuräumen und aus diesem Zimmer ein Arbeitszimmer für dich zu machen? Ich fände es sehr schön, wenn wir Tür an Tür schreiben könnten, Seraphina.«

Ich blieb ihm eine Antwort schuldig. Stattdessen gab ich ihm einen leidenschaftlichen Kuss.

Ehrlich gesagt, war ich mir nicht sicher, ob ich mich in diesem Raum jemals wohl fühlen könnte. Irgendwie haftete ihm eine ungute Stimmung an. Aber das konnten wir auch ein anderes Mal besprechen.

Denn in diesem wundervollen Moment hob mich Bernhard hoch, gerade so, als ob ich nicht mehr als eine Feder wiegen würde, und trug mich wie eine Prinzessin auf seinen Armen aus dem Zimmer.

»Hoffentlich hast du nicht allzu großen Hunger, denn ich glaube, dass wir das Frühstück noch etwas aufschieben müssen«, sagte er mit seiner charakteristisch dunklen Stimme, die tief in meinem Innersten etwas zum Vibrieren brachte.

Voller Vorfreude blickte ich verliebt in seine blitzenden Augen.

»Das ist … ähm … eigentlich gar kein Problem für mich«, hauchte ich verlegen.

28.

In dieser Nacht hatten sie das erste Mal nicht miteinander geschlafen, obwohl sie im gleichen Bett gelegen hatten. Irgendwie waren sie wohl beide zu sehr mit dem verdammten Abendessen beschäftigt gewesen. »Willst du darüber reden?«, hatte Lily Niklas noch im Auto, auf dem Weg nach Hause, gefragt. Doch er hatte nur seinen Kopf geschüttelt. »Nein danke. Für heute reicht es mir.«

Nachdenklich rührte Lily in ihrer Kaffeetasse. Sie hatte bis zu ihrem ersten Hunde-Klienten noch ganze zwei Stunden Zeit und saß allein am Küchentisch. Mia und Max waren offenbar über Nacht bei Freunden geblieben. Und Niklas war auch schon ganz früh am Morgen abgehauen, um »etwas zu erledigen«. Vielleicht wollte er aber nach den gestrigen Ereignissen auch einfach nur allein sein, was sie ihm nicht verübeln konnte.

Ihre Schwester und der berühmte Bernhard Otto waren verlobt. Was für eine Überraschung. Und sicherlich noch ein Grund mehr, mit Niklas baldmöglichst Schluss zu machen. Sie konnte doch nicht mit dem Sohn des zukünftigen Mannes ihrer Schwester … Gott, war das kompliziert. Aber vorher musste sie Niklas noch eine neue Rolle beim Fernsehen besorgen. Das schuldete sie ihm. Schließlich war er für sein heroisches Verteidigen ihrer Person nicht nur von Jörg gefeuert worden, sondern per SMS auch noch gleich aus seiner Agentur, wie er kurz vor dem Einschlafen festgestellt hatte.

Was wirklich eine bodenlose Frechheit war. Er war schließlich nicht wegen künstlerischer Differenzen, Zuspätkommens oder Unfähigkeit gekündigt worden, sondern nur deshalb, weil er eine Affäre mit der Ex-Frau des Regisseurs hatte. Er verdiente eine zweite Chance. Schließlich war er wirklich gut in dem, was er machte. Seine Liebesszene mit dieser Rothaarigen hatte er jedenfalls so überzeugend gespielt, dass sogar sie eifersüchtig geworden war. Und dabei stand sie doch schon – wenn auch schweren Herzens – mit einem Bein außerhalb dieser Beziehung.

Hm. Wen sollte sie als Erstes anrufen? Sie kannte einen der Produzenten des bayerischen Tatorts, Peter Brücken. Oder doch lieber Klaus Lamberts von der Film- und Fernsehförderung, der auf jeder Party so lustig mit ihr geschäkert hatte? Letzterer würde auch wissen, was gerade in München gedreht wurde, und konnte vielleicht ein gutes Wort für Niklas einlegen.

Genau, sie würde Klaus anrufen. Spontan angelte sie ihr Handy aus der Handtasche und aktivierte wie meistens die Lautsprecherfunktion, um es sich nicht ans Ohr klemmen zu müssen.

Klaus meldete sich beim ersten Klingelton.

»Lamberts?«, scholl sein sonorer Bass durch die Küche.

»Hallo, Klaus. Hier ist Lily Lenz, vormals Werdenfels. Wie geht's dir?«

»Lily! Wie schön, von dir zu hören. Dann stimmt es also wirklich? Jörg, dieser Idiot, hat dich ziehen lassen?«

Sie lachte. »Ja, das stimmt.«

»Unglaublich. So eine umwerfende Frau wie dich. Jörg hat wirklich nicht mehr alle Tassen im Schrank! Und was machst du jetzt? Jettest du dank deiner großzügig bemessenen Unterhaltszahlungen durch die Weltgeschichte?«

Unwillkürlich musste sie schlucken. Ihr Leben hätte zum jetzigen Zeitpunkt eigentlich nicht weiter vom »durch die Weltgeschichte jetten« entfernt sein können. Sollte sie Klaus die Wahrheit sagen? Oder ihm Wohlstand und Glückseligkeit vorgaukeln? Aber wenn sie etwas durch die Trennung von Jörg gelernt hatte, dann, dass sie keine Lust mehr darauf hatte, sich hinter einer protzigen Fassade zu verstecken. Sie brauchte keine falschen Freunde. Wenn Klaus sie also wegen ihres geänderten Sozialstatus fallenlassen sollte … dann nur zu.

»Ähm … nicht ganz«, antwortete sie vorsichtig.

»Dann hast du dir schon einen neuen Millionär an Land gezogen?«

»Nein, Klaus. Jörg zahlt mir keinen Cent, weil er mich mit einem vorehelichen Vertrag gelinkt hat. Dementsprechend knapse ich am Existenzminimum rum und führe Hunde gegen Geld aus. Ich wohne in einem winzigen Zimmer in einer WG. Aber … weißt du was? Das ist okay.«

Am anderen Ende der Leitung herrschte Stille. Anscheinend musste Klaus diese Neuigkeiten erst verdauen. Oder er suchte verzweifelt nach einem Grund, um aufzuhängen …

»Klaus? Bist du noch dran«, erkundigte sich Lily spöttisch.

»Lily, ich hatte ja keine Ahnung. Mein Gott. So kleinkariert hätte ich Jörg nun wirklich nicht eingeschätzt. Warum hast du dich nicht früher bei mir gemeldet? Dazu sind Freunde doch da. Womit kann ich dir helfen? Brauchst du irgendetwas?«

Plötzlich standen ihr – ganz gegen ihren Willen – die Tränen in den Augen. Ja, dazu waren Freunde da. Doch so wie es aussah, hatte sie davon gerade zwei Stück: Klaus … und Niklas.

Sie versuchte, sich zusammenzureißen. »Danke, Klaus. Das ist unheimlich lieb von dir. Und ich würde mich gerne mal mit dir auf einen Drink verabreden. Aber heute rufe ich eigentlich nur an, weil ich einem sehr begabten Schauspieler, der von Jörg aus reiner Rachsucht geschasst worden ist, einen neuen Job besorgen möchte. Hättest du da vielleicht eine Idee?«

»Da hätte ich gleich mehrere Ideen, Lily.« Klaus machte eine theatralische Pause. »Weißt du, dass ich am nächsten Ersten hier aufhöre und meine eigene kleine Agentur gründe?«

»Oh, wow. Nein, das wusste ich nicht. Viel Glück. Und ich hätte dann schon quasi deinen ersten Künstler an der Hand ...«, sagte sie lächelnd.

»Siehst du ... du bist total beeindruckend in deiner charmanten Unbeirrbarkeit! Und genau deshalb würde ich zuallererst *dir* gerne ein Angebot unterbreiten. Hättest du eventuell Lust, auf Kommissionsbasis mit mir zusammenzuarbeiten? Du bist mit allen wichtigen Playern vernetzt, hast ein gutes Gespür für Talente und bleibst in der Kommunikation immer liebenswürdig und verbindlich. Was meinst du? Würdest du mein Team verstärken wollen?«

Im ersten Augenblick blieb ihr die Luft weg. Klaus traute ihr tatsächlich einen richtigen Job zu? Hm. Sie sich selbst auch?

»Prinzipiell hätte ich große Lust dazu, aber vielleicht sollten wir uns mal treffen, um die Details zu besprechen?«

»Natürlich. Einen Moment, bitte!«

Lily hörte Papier rascheln.

»Wie wäre es mit heute Abend, zwanzig Uhr, im Balthasar?«

»Sehr gern. Ich werde da sein. Aber nun noch einmal zu diesem Schauspieler. Hättest du da einen Tipp für mich?«

»Um wen handelt es sich denn? Ist er schon bekannt?«

»Niklas Löwenberg. Er hat in …«, setzte Lily an.

Aber Klaus unterbrach sie. »Niklas Löwenberg? Na klar. Und ob ich den kenne! Der ist richtig gut, aber leider bereits bei einer namhaften Agentur unter Vertrag.«

»Seit gestern nicht mehr«, korrigierte Lily lapidar.

»Wie bitte? Lily, du bist ja ein Goldschatz!«, schrie Klaus begeistert. »Dann müssen wir uns diesen Jungen unbedingt als Kunden ins Boot holen … aus dem wird mal ein ganz Großer! Kennst du ihn näher, oder woher hast du diese Info?«

Hm. Was sollte sie darauf antworten? Ich schlafe mit ihm? Das war vielleicht nicht besonders professionell.

»Niklas ist ein entfernter Bekannter von mir. Aber ich glaube schon, dass er bei dir unterschreibt.«

»Hervorragend. Ich bringe dir dann heute Abend gleich den Agenturvertrag mit.«

»Super. Bis später«, verabschiedete sie sich.

»Ja, bis später, du Goldstück!«

Lily legte mit einem Lächeln auf. Als sie ein Geräusch hinter sich hörte, drehte sie sich um. Niklas stand im Türrahmen, mit einem seltsamen Ausdruck in seinem schönen Gesicht.

»Hast du mitgehört?«, fragte sie ihn überglücklich. »Klaus Lamberts, der große Boss der Filmförderung, macht bald seine eigene Agentur auf und will nicht nur mich dort beschäftigen, sondern auch dich als seinen ersten Kunden unter Vertrag nehmen! Ist das nicht klasse? Dann heißt es ›Byebye, Fernsehen!‹ und ›Hallo, Filmgeschäft!‹«

»Na super«, erwiderte Niklas mürrisch.

»Was hast du denn für ein Problem? Das ist wirklich super! Damit ist deine Karriere endlich in guten Händen.«

»Du willst wissen, was mein Problem ist?«, fragte Niklas und wartete ihre Antwort erst gar nicht ab. »Mein Problem ist, dass du mich als einen *entfernten Bekannten* bezeichnest. Du stehst einfach nicht zu mir und hinter unserer Beziehung.«

Aha, daher wehte also der Wind. Aber wie sollte sie auf seine Vorwürfe reagieren? Sollte sie ihm erklären, dass es ihr lediglich um Professionalität gegangen war, oder sollte sie die Gelegenheit beim Schopfe packen und Schluss machen? Letzteres wäre bestimmt besser für Niklas. Er schien sich da in irgendwas hineinzusteigern. Sie waren doch erst seit ein paar Wochen zusammen und kein ewig lang verheiratetes Paar. Wie immer … als Ältere musste sie natürlich die Vernünftige sein. Das war schon immer so gewesen. Auch mit Steffi. Aber niemals war ihr ihre Rolle so verhasst gewesen wie heute.

Lily holte tief Luft. »Bitte setz dich doch, dann können wir das in Ruhe besprechen.« Sichtlich wütend, kam Niklas ihrer Bitte nach.

Händeringend suchte sie nach den richtigen Worten. »Niklas, ich finde dich … ganz wundervoll. Du warst für mich da und hast mir geholfen, als ich wortwörtlich *am Boden lag.* Aber jetzt …«

»Geschenkt«, sagte Niklas. »Darum geht es hier nicht. Ich bin nicht mehr dein wohltätiger Retter. Ich bin dein fester Freund. Wir sind glücklich. Warum willst du das unbedingt kaputt machen?«

Sie seufzte. »Von *wollen* kann ja gar keine Rede sein. Aber wir müssen einfach die Fakten akzeptieren, wie sie nun mal sind. Ich bin neun Jahre älter als du und …«

»*So what?* Glaubst du, das stört mich?«

»Vielleicht nicht heute, aber irgendwann bestimmt.«

»Irgendwann!«, sagte er höhnisch. »Irgendwann sind wir auch alle tot.«

Sie zuckte mit den Schultern. »Sicher. Aber bis dahin sind es hoffentlich noch ein paar Jährchen, und da musst du doch einfach einsehen, dass unsere Lebensentwürfe auf Dauer nicht zusammenpassen. Momentan konzentrierst du dich auf deine Karriere, aber in zehn Jahren, oder so, willst du wahrscheinlich Kinder und … rein biologisch gesehen, werde ich dir diesen Wunsch dann nicht mehr erfüllen können.«

»Dann adoptieren wir eben eins!«

»Um in Deutschland ein Kind adoptieren zu können, werde ich mit fast fünfzig auch schon zu alt sein!« Lily hatte sich schon vor längerer Zeit genauer erkundigt, als sie noch die Hoffnung hegte, mit Jörg einmal Kinder zu haben.

»Okay, dann adoptieren wir eben ein Kind aus dem Ausland oder verzichten auf eigene Kinder. Das Einzige, worauf ich niemals verzichten möchte, bist du!«

Es rührte sie, dass er so für ihre Beziehung kämpfte. Aber auf Dauer hatten sie keine Chance, und das wussten sie beide.

»Ja … momentan! Aber langfristig gibt es doch kein einziges Paar, bei dem das Modell ›Ältere Frau – jüngerer Mann‹ geklappt hätte. Weder bei Madonna und ihrem Guy Ritchie noch bei Demi Moore und Ashton Kutcher. Oder kennst du etwa jemanden, bei denen es funktioniert?«

»So ein Quatsch! Was gehen uns diese bescheuerten Hollywood-Stars an. Hier geht es um dich und mich und um niemanden sonst! Wir basteln uns unser eigenes Modell, Lily!«, rief Niklas kämpferisch. Doch dann sackten unvermittelt seine Schultern nach vorn. »Aber die Wahrheit ist, dass du mich gestern Abend ein einziges Mal schwach gesehen hast, und schon schmeißt du alles über Bord und haust ab!«

Lily kniff vor Überraschung die Augen zusammen. »Wie meinst du das … *schwach?*«

»Der Streit mit meinem Vater. Du hast mich plötzlich als sein Kind gesehen und nicht mehr als Mann.«

»Niklas, das stimmt doch nicht. Mir geht es nur um unsere unterschiedlichen Ansprüche an einen Partner. Du wirst irgendwann eine jüngere, knackigere Frau wollen und ...«, sie unterbrach sich selbst, denn es war offensichtlich, dass Niklas ihr nicht zuhörte.

Hitzig sagte er: »Aber jeder wird in Anwesenheit seiner Eltern wieder zum Kind. Du doch auch mit deiner Mutter! Und nur weil ich nicht so ein alter, schlechtgelaunter Sack wie dein Ex-Mann bin, heißt das nicht, dass wir nicht zusammenpassen.«

Lily atmete tief durch. »Wo wir gerade bei dem Thema sind ... Was für ein Problem hast du eigentlich mit deinem Vater? Er scheint doch ein ganz netter Kerl zu sein.«

»Ein netter Kerl?« Niklas schnaubte durch die Nase. »Er hat das Leben meiner Mutter durch seinen Starrsinn zur Hölle gemacht. Ja, vielleicht solltest du deine Schwester warnen! Mein Vater ist ein dominanter Arsch, der meint, immer alles besser zu wissen. Du hast ja selbst gehört, wie er mit mir, seinem erwachsenen Sohn, spricht. Und jetzt hat er sogar unsere Beziehung auf dem Gewissen. Nicht wahr? Das ist es doch, was du mir hier sagen willst. Und als Trostpreis hast du mir eine neue Agentur besorgt. Herzlichen Dank!«

»Niklas! Bitte sei nicht so ... so bitter! Wir hatten doch eine schöne Zeit.«

»Genau deshalb bin ich ja so ... *bitter!* Was für ein lächerliches Wort. Der Ausdruck, der akkurat beschreibt, wie ich mich gerade fühle, muss erst noch erfunden werden!«

Plötzlich kam Lily eine Idee: »Oder fühlst du dich am Ende nur so von mir angezogen, weil ich ... weil du deine Mutter so früh verloren hast?«

Für einen Moment schaute Niklas sie an, als ob sie nicht mehr alle Löffel in der Schublade hätte. Als ob man sie dringend einsperren müsste, weil sie nun auch noch den letzten Rest ihres Verstandes verloren hätte. Doch dann wurde sein Blick traurig.

»Lily, ich habe keinen Mutterkomplex. Ich bin kein verlorenes Kind, das sich unbedingt an einen Rockzipfel klammern muss. Im Gegenteil, ich mochte meine Kindheit, aber ich stelle meine Mutter deshalb nicht auf ein Podest und bete sie an. Ich sehe auch ihre Fehler und Unzulänglichkeiten. Aber all das hat nichts mit dir und mir zu tun.«

Mit Entsetzen bemerkte Lily, wie Niklas auf einmal feuchte Augen bekam. Großer Gott! Er war nun wirklich der letzte Mensch, dem sie weh tun wollte! Eigentlich war es ihr doch vorbehalten gewesen, unter dem Ende dieser Beziehung zu leiden.

Sie versuchte, ihre Hand auf seine Schulter zu legen, doch er stieß sie weg.

»Kannst du dich noch daran erinnern, wie du mir von Jeff erzählt hast? Wie sehr du damals wegen ihm gelitten hast?«, fragte er sie.

Lily nickte traurig.

»Und weißt du noch, was ich dazu gesagt habe? Dass die erste große Liebe dich immer hart trifft … Nun, genau das bist du für mich: meine erste große Liebe.«

Er stand abrupt auf und ging mit einem verletzten Gesichtsausdruck an ihr vorbei zur Tür.

»Niklas! Bitte bleib!« Lily griff nach seinem Arm, um ihn festzuhalten. Doch er war schneller. Im Türrahmen drehte er sich noch einmal zu ihr um.

»Du brauchst übrigens nicht auszuziehen. Ich werde für

ein paar Wochen bei … jemand anderem übernachten, und dann werden wir weitersehen!«

Er nahm den Schlüssel für das gemeinsame Auto vom Haken und trat aus der Küche.

Drei Sekunden später hörte sie die Haustür ins Schloss fallen.

Es war vollbracht. Sie waren getrennt.

Und auf einmal hatte sie das Gefühl, nicht mehr atmen zu können. Japsend rannte Lily zum Fenster und riss es sperrangelweit auf. Dann ließ sie sich kraftlos zu Boden gleiten und umarmte ihre Knie. Ihr war eiskalt, obwohl draußen die Sonne schien. Sie fühlte sich schrecklich. Aber diese Trennung war der richtige Weg. Sie konnte nicht mit einem neun Jahre jüngeren Mann zusammen sein, der darüber hinaus der Sohn ihres zukünftigen Schwagers war. Das ging einfach nicht.

Doch warum fühlte sich das Ganze dann so falsch an? So verlogen und unsinnig?

Außerdem hatte sie ganz vergessen, Niklas nach seiner neuen Adresse zu fragen. Zu welchem Freund würde er ziehen? Er hatte seine Sachen gar nicht mitgenommen! Und sie musste ihm doch heute Abend den Agenturvertrag vorbeibringen.

Wie von der Tarantel gestochen, sprang Lily auf, griff nach ihrer Handtasche und rannte zur Tür. Sie musste einfach wissen, wo Niklas jetzt hinging! Sicherstellen, dass er okay war. Nicht auszudenken, wenn er – in seinem aufgeregten Zustand – einen Autounfall bauen würde. Das könnte sie sich nie verzeihen.

Lily hatte Glück. In dem Moment, in dem sie hechelnd unten auf der Straße ankam, sah sie den alten Golf gerade noch um die Ecke biegen. Sie fummelte nach ihrem Autoschlüssel und öffnete mit zittrigen Fingern die Wagentür. Dann hechtete sie in ihren BWM und fuhr – wie Tom Cruise in *Mission Impossible* – mit quietschenden Reifen Niklas hinterher.

Glücklicherweise fuhr Niklas nicht besonders schnell. Er bog in die Westendstraße ein, und sie konnte ihm mit der gleichen Ampelschaltung folgen. Dann nahm er die Landshuter Allee, überquerte auf der Donnersbergerbrücke die Bahngleise und scherte in den Petuelring ein, auf dem sie ihn im dichten Verkehr fast aus den Augen verloren hätte. Mit schweißnassen Händen sah sie gerade noch rechtzeitig, wie er in die Leopoldstraße einbog.

Zwei Autos vollführten laut hupend Vollbremsungen, als sie, ohne den Blinker zu setzen, die Fahrbahn wechselte und ihnen die Vorfahrt nahm, um Niklas nicht aus den Augen zu verlieren. Aber das war ihr egal. Hauptsache, sie verpasste nicht den Anschluss.

Es war jetzt offensichtlich, dass das Ziel seiner Fahrt Schwabing war. In der Ungererstraße parkte Niklas seinen Golf und ging das letzte Stückchen zu Fuß.

Mit runtergeschlagenem Sonnenvisier folgte Lily ihm so unauffällig wie möglich. Doch plötzlich bog er in einen schmalen Fußweg zwischen zwei Häusern ein … und war verschwunden.

Am liebsten hätte Lily ihren Wagen mitten auf der Straße stehenlassen und wäre ihm hinterhergegangen. Aber das ging nicht, denn durch das langsame Nachfahren hatte sich hinter ihr schon eine ganze Schlange von anderen Autos gebildet.

Erst zwei Straßen weiter fand sie einen Parkplatz und eilte umgehend zurück. Einsam und verwaist lag der Fußweg da. Es gab keine Spur mehr von Niklas.

Verzweifelt blickte Lily sich um. Hier ganz in der Nähe lag der Sexshop, in dem sie ihn das erste Mal gesehen hatte. Sie runzelte die Stirn. War er etwa dorthin geflüchtet? Wollte er mit einem Besuch im Sexshop seinen Kummer betäuben? Sich einen Porno zur Ablenkung kaufen? Sexspielzeug für seine nächste Gespielin aussuchen? Oder ... die nächste ältere Frau aufreißen?

Wenn dem so war, wollte sie es gar nicht wissen. Denn egal, wie man es drehte und wendete: Wenn er schon wieder an Sex dachte, konnte es mit seiner Liebe zu ihr nicht allzu weit her sein. Und das schmerzte mehr, als sie meinte, aushalten zu können. Doch selbst, wenn er nur in einem der vielen Hauseingänge verschwunden war, hatte sie keine Chance, ihn zu finden ...

Traurig drehte Lily sich um und schlich zu ihrem Wagen zurück.

29.

»Los, Seraphina. Trau dich! Du kannst das. Es ist viel leichter, als zu traben«, versuchte Bernhard, mich zu motivieren.

Wir hatten einen traumhaft schönen Morgen verbracht, genussvoll gefrühstückt, und nun gab Bernhard mir meine tägliche Reitstunde auf Rosie. Leider hatte er es sich in den Kopf gesetzt, dass ich heute das erste Mal galoppieren sollte. Galoppieren! Ich! Obwohl ich Rosie inzwischen sehr liebgewonnen hatte und sie sogar selbst striegelte, bevor Bernhard ihr den Sattel auflegte … traute ich mir *das* wirklich nicht zu.

»Du wirst auf Rosie wie auf einem Sofa sitzen und einfach angenehm durchgeschaukelt werden«, beteuerte Bernhard mit einem Lächeln.

Er stand in der Mitte der Sandbahn und hielt die Longe in einer Hand und die lange Longierpeitsche in der anderen, während ich auf Rosie im Schritt um ihn herumspazierte und mich fürchtete.

»Ich glaube nicht, dass die Worte ›angenehm‹ und ›durchgeschaukelt‹ in den gleichen Satz gehören«, sagte ich skeptisch.

Bernhard lachte. »Doch das tun sie. Vertrau mir.«

»Das ist gemein von dir«, klagte ich.

»Was genau?«

»Dass du mein Vertrauen in dich ausgerechnet auf diese perverse Weise testen willst!«

Er zuckte mit den Schultern. »Wenn du mir nicht vertraust, kannst du jetzt absteigen. Du bist schon fast eine halbe Stunde geritten.«

»Verdammt«, fluchte ich leise. »Dann tue ich es eben.«

»Wie bitte?«, fragte Bernhard grinsend und hielt sich eine Hand ans Ohr, als ob er mich nicht verstanden hätte.

»Dann vertraue ich dir und galoppiere jetzt«, schrie ich. Meine Stimme klang ganz piepsig vor Angst.

»Super, mein Schatz. Also … du verknotest deine Zügel so, wie ich es dir gezeigt habe, und lehnst dich, so gut es geht, nach hinten. Gleichzeitig hältst du dich an Rosies dicker Mähne fest. Okay?«

Mein Mund war vollkommen trocken, als ich die Zügel zu einem Knoten schlang und lautlos murmelte: »Okay.«

»Gut. Dann geht es jetzt los. Bleib locker, du kannst das schon!«

Das war leichter gesagt als getan. Mein ganzer Körper war verkrampft. Und selbst meine Zähne presste ich, so fest ich konnte, aufeinander. Hoffentlich würde es gutgehen.

Bernhard schnalzte leise mit der Zunge. »Galopp, Rosie.«

Und im nächsten Moment fiel die kleine Stute in die schnellste Gangart, die Pferde kennen. In Erwartung des garantiert schrecklichen Durchgeschaukeltwerdens spannte ich meine Muskeln an. Hoffentlich würde ich stark genug sein, um diese Erschütterungen abzufedern.

Doch plötzlich begriff ich, was Bernhard gemeint hatte: Rosies – besonders im Vergleich zu Kronos' – eher gemächlicher Galopp war ein vollkommen sanftes Vor- und Zurückwiegen. So leicht, wie auf einem Schaukelstuhl zu sitzen. Schöner noch als Schritt, weil mir der »Fahrtwind« dabei so wohltuend um die Nase strich und die sachte Bewegung einfach ein erhebendes Gefühl war.

»Na, wie gefällt es dir?«

»Es ist … großartig. Das könnte ich stundenlang machen!«, prahlte ich strahlend.

»Schön, dann kann ich ja jetzt die Longe abmachen«, scherzte mein Verlobter.

»Untersteh dich!«

»Nur wenn du zugibst, dass es sich gelohnt hat, mir dein Vertrauen zu schenken.«

»Das hat es! Ich gebe es zu. Von jetzt an musst du mich nicht noch ein einziges Mal zu etwas überreden! Geschworen!«

Bernhard grinste und sah plötzlich um Jahre jünger aus, als er eigentlich war. »Ich werde dich daran erinnern, Seraphina!«

Ich galoppierte noch einige Minuten länger, dann rief mein geliebter Reitlehrer: »Ho, Rosie. Schritt.«

Das brave Tier folgte seinem Befehl. Überglücklich, dass ich alles gut überstanden hatte, packte ich das Zügelknäuel, um die kleine Stute vollständig durchzuparieren. Sobald sie stand, sprang ich aus dem Sattel und fiel Bernhard in die Arme.

»Danke! Das war einfach toll.«

»Du warst einfach toll«, sagte mein Verlobter und küsste mich überschwenglich. Leider klingelte in genau diesem Moment mein Telefon.

»Bitte, geh nicht dran!«, flüsterte Bernhard.

»Ich muss leider. Das ist Jonas«, sagte ich betrübt. An einem stinknormalen Arbeitstag – heute war Montag, obwohl es sich wie Ferien anfühlte – konnte ich schließlich nicht den Telefonanrufen meines Bosses aus dem Weg gehen.

Wir lagen uns immer noch in den Armen, und deshalb fühlte ich, wie sich Bernhards Körper bei meinen Worten missbilligend versteifte.

Trotzdem drückte ich auf den grünen Annahmeknopf. »Hallo, Jonas?«

»Steffi! Wie geht es dir?«

»Gut. Was kann ich für dich tun?«, fragte ich geschäftsmäßig, um das Telefonat, das Bernhard offenbar störte, möglichst kurz zu halten.

»Hat dir Frau Rösler nicht ausgerichtet, dass ich gestern Abend noch bei euch vorbeigeschaut habe?«

»Ähm, nein«, sagte ich überrascht. »Bernhard und ich waren gestern bei meinen Eltern eingeladen.«

»Bei deinen Eltern?« Jonas' Stimme klang ungläubig.

»Ja, ich … also wir …«, stammelte ich.

Bernhard schaute mich streng an. »Sag es ihm.«

Mir war sofort klar, was er meinte. Unsere Verlobung. Ich hielt den Hörer zu und zischte: »Aber doch nicht am Telefon!«

»Warum denn nicht?!«, knurrte er.

»Weil sich das nicht gehört«, antwortete ich aufmüpfig.

Bernhard ließ mich umgehend los und trat einen Schritt nach hinten. Seine Augen blitzten, und sein attraktives Gesicht, das ich lange nicht mehr so aufbrausend und wütend gesehen hatte, erschreckte mich plötzlich. Warum verübelte er mir das Telefonat mit meinem Chef? Ich hatte doch, seit ich hier bei ihm wohnte, schon mehrere Male mit Jonas telefoniert. Da hatte er auch nichts dabei gefunden.

»Steffi, bist du noch dran?«, fragte Jonas.

»Dann mach doch, was du willst!«, sagte Bernhard böse, schnappte sich Rosie am Zaumzeug und stapfte mit ihr in Richtung Stall davon.

Fassungslos blickte ich ihm nach.

»Steffi?«

Ich war immer noch durcheinander. Was war nur plötzlich in Bernhard gefahren? Von einer Sekunde auf die nächste war er komplett ausgerastet. »Ja, Jonas. Entschuldige bitte. Ich bin gerade erst vom Pferd abgestiegen und …«

»Du reitest?« Jonas schien sich ernsthaft über diese Neuigkeit zu freuen. »Weißt du, dass ich auch ein Pferd besitze? Wir sollten wirklich mal gemeinsam ausreiten.«

»Du, so weit bin ich noch lange nicht. Bernhard gibt mir gerade die ersten Longenstunden.«

»Bernhard? Gibt *dir* Longenstunden? Na, das hört sich ja nicht gerade nach Arbeit an.« Seine Stimme klang plötzlich anders. Irgendwie fast ungehalten.

»Es ist doch nur eine halbe Stunde am Tag«, beschwichtigte ich ihn. »Die restliche Zeit über arbeiten wir.«

Nein, ich konnte Jonas nichts von unserer Verlobung erzählen. Erstens ging es ihn nichts an. Und zweitens wollte ich meinen Job nicht wegen mangelnder Professionalität an den Nagel hängen müssen. Dafür hatte ich zu lange um diesen Traumjob gekämpft. Und drittens war Jonas ein feiner Kerl, und ich wollte seine Gefühle nicht mehr verletzen als unbedingt notwendig.

»Okay«, meinte Jonas, aber er klang immer noch reserviert.

»Weshalb rufst du an?«

»Ich wollte mit dir noch einmal verschiedene Strategien durchgehen, um unseren berühmten Autor dazu zu bringen, diese Schnapsidee aufzugeben.«

»Geht es immer noch darum, dass er über den Unfall seiner Frau schreibt?«

»Natürlich. Um was sonst? Meinst du, du könntest heute Nachmittag nach München kommen?«

Verdammt. Wenn Bernhard schon wegen eines Telefonanrufs dermaßen angefressen war, dann würde er über meinen Trip nach München bestimmt erst recht nicht erfreut sein.

»Wenn es sein muss«, sagte ich vage. »Eigentlich machen wir gerade ziemlich gute Fortschritte.«

»Nur leider mit dem falschen Text!«, stöhnte Jonas irgendwie genervt. »Und um deine Frage zu beantworten: Ja, es muss sein. Ich habe das Problem mit dem Verlagsleiter besprochen, und er ist absolut der gleichen Meinung wie ich.«

»Okay, dann komme ich selbstverständlich nach München. Passt es dir so gegen sechzehn Uhr?«

»Komm einfach so schnell wie möglich. Und richte dich darauf ein, dass es länger dauern könnte. Wahrscheinlich musst du auch in München übernachten.«

Scheiße. Das wurde ja immer schlimmer. Doch zu Jonas sagte ich nur freundlich: »Okay, ich nehme alles Notwendige mit.«

»Bis dann«, meinte Jonas, schon wieder versöhnlicher.

»Ja, bis dann«, murmelte ich.

Ich steckte das Handy in meine Reithose und stapfte durch den Sand der Reitbahn in Richtung Stall. Doch als ich dort ankam, stand Rosie bereits abgesattelt in ihrer Box. Von Bernhard war weit und breit nichts zu sehen. Traurig kehrte ich zum Haus zurück.

»Wissen Sie, wo Bernhard sich gerade aufhält?«, fragte ich Frau Rösler, die ich in der Küche traf.

»Ja, das weiß ich. Er ist ohne ein Wort an mir vorbeigerauscht und hat die Tür seines Arbeitszimmers so fest hinter sich zugeschmissen, dass ich dachte, das Haus stürzt gleich ein.« Ihre Augen glänzten unnatürlich. »Haben Sie sich etwa gestritten?«

Die Frage sollte wohl mitfühlend klingen, aber in meinen Ohren hörte sich ihre Stimme höhnisch an. Irgendwie nach: *Siehste, ich hatte es dir kleinem dummen Mädchen doch gesagt. Der große Bernhard Otto ist nichts für dich!*

»Das geht Sie nichts an«, sagte ich und wollte gerade an ihr vorbeigehen, als sie mich am Ärmel festhielt.

»Und ob mich das etwas angeht, wenn Sie ihm das Herz brechen! Schließlich habe ich ihn mühsam nach der ganzen Marissa-Geschichte wieder aufgebaut. Da werde ich sein Seelenheil doch nicht durch jemand Dahergelaufenen wie Sie wieder aufs Spiel setzen.«

Ungläubig betrachtete ich ihre Hand auf meinem Arm. So war das also. Anscheinend war selbst ihr »Sie passen nicht schlecht zu ihm!« nur geheuchelt gewesen. Jetzt offenbarte Frau Rösler ihre wahre Meinung, ließ mich wissen, wie sie wirklich zu mir stand.

»Ich bin Bernhards Verlobte«, sagte ich mit fester Stimme. »Und ich sage Ihnen, dass es Sie nichts angeht, was zwischen uns vor sich geht.«

»Ha!«, rief Frau Rösler böse. »Wie lange kennen Sie ihn denn schon? Drei Minuten? Ich dagegen kenne ihn schon sein ganzes Leben lang.«

Was für eine ungeheuerliche Person! Frau Rösler musste verrückt geworden sein. Außerdem hielt sie mich immer noch fest.

»Ja, da schauen Sie dumm aus der Wäsche!«, schrie sie. »Aber es stimmt. Ich kenne ihn seit seiner Geburt!«

Ihr vollkommen verrücktes Statement gab mir den Mut und die Kraft, mich von ihr loszureißen.

»Ich an Ihrer Stelle würde mal zum Arzt gehen«, riet ich Bernhards Haushälterin. »Sie arbeiten seit ein paar Jahren für ihn, aber ansonsten haben Sie nichts mit ihm zu schaffen. Spielen Sie sich also bitte nicht so auf.«

»So? Meinen Sie? Dann hören Sie mir jetzt mal gut zu: Ich bin Bernhards Schwester.«

Mit offenem Mund starrte ich sie an. Was?

»Ja, es stimmt. Ich bin seine ältere Schwester. Streng genommen seine Halbschwester, denn wir haben nicht dieselbe Mutter, nur denselben Vater. Wir sind auch nicht im gleichen Haushalt aufgewachsen. Aber Blut ist nun mal dicker als Wasser. Und wenn mein kleiner Bruder mich braucht, bin ich für ihn da.«

Frau Röslers verkrampfter Gesichtsausdruck entspannte sich, als sie bemerkte, dass ich innehielt und versuchte, diese Information einzuordnen und auf ihren möglichen Wahrheitsgehalt zu überprüfen.

»Aber … aber Sie nennen ihn doch beim Nachnamen?«, stammelte ich, zwischen Ungläubigkeit und … Verstehen. Es gab durchaus eine gewisse Ähnlichkeit zwischen den beiden. Diese schmale, gerade Nase, die auch dieser Niklas hatte. Verdammt. Das konnte doch einfach nicht wahr sein.

»Frau Lenz, ich habe Ihnen doch bereits gesagt, dass das ein Spaß zwischen uns ist. Damals, als ich nach meiner Scheidung einen Job suchte, hat er mich gebeten, zu ihm zu kommen und ihm mit seinem komplizierten Familienleben zu helfen. Er brauchte dringend jemanden, der Marissa und in den Schulferien auch seinen Sohn beaufsichtigte, während er schrieb, um Geld zu verdienen.«

»Und was hat seine Frau dazu gesagt?«, fragte ich. Bernhard hatte jemanden gebraucht, der seine Frau *beaufsichtigte?*

»Marissa? Der hat das natürlich nicht geschmeckt«, antwortete Frau Rösler sachlich. Kein Wunder, dass Marissa und sie sich nicht gemocht hatten. Mir hätte ein Leben mit Frau Rösler als Aufpasserin bestimmt auch nicht *geschmeckt*. »Aber es war halt besser, als sie alle naselang einzusperren.«

Ihre Worte zogen mir den Boden unter den Füßen weg. Bernhard hatte seine Frau eingesperrt. Wie ein wildes Tier? Wozu?

»Jetzt schauen Sie nicht so schockiert. Mein Bruder ist nicht kriminell, er hat lediglich …«

Sie unterbrach sich selbst und schien für einen Moment nachzudenken. Dann fuhr sie fort: »Er ist lediglich etwas aufbrausend. Jähzornig. Verstehen Sie?«

Natürlich verstand ich, das hatte ich ja gerade selbst an ihm beobachten dürfen. Er war von jetzt auf gleich ausgeflippt. Wegen eines Telefonanrufs.

Frau Rösler nickte. Sie sah mir wahrscheinlich an, was mir gerade durch den Kopf schwirrte. »Ja, Bernhard kann sehr possessiv sein, fast kontrollsüchtig. Aber jedes Genie hat eben auch seine Schattenseiten. Und dass er ein wirkliches Ausnahmetalent als Schriftsteller ist, wissen Sie ja sicherlich besser als ich.«

Ich nickte.

»Verstehen Sie jetzt, dass ich mir Sorgen gemacht habe, als ich hörte, dass Sie ihn heiraten wollen?«, fragte Frau Rösler mitfühlend.

Es wollte mir immer noch nicht richtig in den Kopf, dass Bernhard so etwas Unfassbares gemacht haben sollte. Mein Bernhard? Der liebevollste und sanfteste Mensch, den ich je kannte … hatte seine Frau eingesperrt?

»Ich gehe jetzt nach oben und spreche noch einmal mit ihm«, sagte ich mit wackeliger Stimme. Jeden Moment würde ich losheulen.

»Wollen Sie das wirklich tun?«, fragte Frau Rösler skeptisch. »Manchmal ist es besser, einfach abzuhauen. Bei meiner Scheidung …«

»Natürlich! Ich muss beruflich gleich nach München fahren und werde nicht gehen, ohne mich von ihm zu verabschieden.«

Ich hatte mich bereits umgewandt und strebte der Treppe zu, als Frau Röslers Stimme mich innehalten ließ.

»Eigentlich wollte ich es Ihnen ja nicht sagen, aber da Sie mich neulich nach dem Verbleib von Marissas Pferd gefragt haben …«

Langsam drehte ich mich um. »Sie haben mir geantwortet, dass Aphrodite tot ist.«

Ein Schatten huschte über Frau Röslers Gesicht. »Das stimmt auch. Aber Sie haben mich nicht gefragt, woran das Pferd gestorben ist!«

Auf eine Antwort wartend, blickte ich sie an.

»Er hat das arme Tier erschossen. Bernhard ist am Abend des Unfalltages mit seinem Jagdgewehr in den Stall gegangen und hat die Stute erschossen«, sagte sie merkwürdig emotionslos.

»Erschossen?« Mir schwirrte der Kopf. Unwillkürlich lief mir ein Schauer über den Rücken. »Aber warum? War sie verletzt?«

»Nein. Sie war kerngesund, das arme Vieh«, sagte Frau Rösler mit Nachdruck, und es war klar, dass damit die Unterhaltung für sie beendet war. Sie ließ mich einfach mutterseelenallein in der Küche stehen und ging ihrer Wege.

Für einen Moment glaubte ich, mich übergeben zu müssen. Aber dann legte sich das Gefühl wieder und machte einer unendlichen Trostlosigkeit Platz. Bernhard, der große

Tierliebhaber, hatte aus blindem Hass das Pferd seiner Frau getötet? Nein, das war nicht derselbe Mann, den ich kannte. Das konnte alles nicht stimmen. Frau Rösler log. Mir fiel zwar kein Grund ein, weshalb sie mich anlügen sollte, aber sie musste einfach die Unwahrheit sagen, sonst brach für mich eine ganze Welt, nein, meine ganze Zukunft, zusammen! Ich konnte schließlich nicht einen Mann heiraten, der seine Ehefrau eingesperrt und ihr Pferd erschossen hatte. Das war doch … krank.

Und plötzlich wusste ich, was zu tun war. Ich rannte, zwei Stufen auf einmal nehmend, die Treppe bis in den zweiten Stock hinauf und klopfte an Bernhards Arbeitszimmertür. Ich musste ihm eine Chance zur Verteidigung geben und konnte ihn nicht einfach so, aufgrund von Frau Röslers Worten, verurteilen.

»Herein«, rief seine sonore Stimme.

Als ich die Tür öffnete, sah ich Bernhard am Schreibtisch sitzen. Er schien sich beruhigt zu haben. Jedenfalls sah sein Gesicht wieder ganz normal aus, und es war nicht mehr so wutverzerrt wie vor einer knappen Viertelstunde.

»Tut mir leid, dass ich eben so überreagiert habe«, sagte er liebevoll und wollte aufstehen, um auf mich zuzugehen.

»Bleib sitzen!«, bellte ich ihn an, selbst erstaunt über den harten Unterton in meiner Stimme.

»Was ist los, Seraphina?«, fragte er bestürzt.

»Du sollst mich nicht so nennen.«

»Steffi, Liebling, bist du böse auf mich, weil ich vorhin so schrecklich eifersüchtig auf Jonas war? Bitte vergib mir. Ich liebe dich nur so sehr, dass es mir schwerfällt, dich zu teilen. Selbst wenn es nur deine Arbeit ist.«

Für einen Moment war ich sprachlos. Er hörte sich so normal an. So lieb. So wie *mein* Bernhard sich immer angehört hat. Aber waren diese abrupten Stimmungsschwankungen nicht anomal? Waren sie der Grund, weshalb weder Jonas noch sein eigener Sohn ihn mochten?

»Steffi, was ist mit dir los? Darf ich bitte aufstehen und dich in meine Arme nehmen?«

Seine Worte rissen mich aus meiner lethargischen Grübelei. »Nein, das darfst du nicht.«

Ich sah ihm an, dass ihn meine Worte schmerzten. Aber ich musste ihm jetzt ein paar toughe Fragen stellen, und da würde mich seine Umarmung nur ablenken.

»Bernhard, ist es wahr, dass Frau Rösler deine Halbschwester ist?«

Er lächelte überrascht. »Ja, das stimmt. Hanni und ich haben denselben Vater. Hat sie es dir also von sich aus erzählt?«

Mein Herz zog sich vor Schmerz zusammen. Bis jetzt hatte ich mir immer noch einbilden können, dass Frau Rösler mich angelogen hatte. Aber nun kannte ich die Wahrheit. Und das bedeutete, dass auch alles andere stimmte.

»Weshalb hast du mir das nie gesagt?«, erkundigte ich mich mit bebender Stimme.

»Hanni ist im Grunde genommen eine ganz Liebe, aber manchmal etwas eigen. Ich wollte euch eine Chance geben, euch ganz unvoreingenommen zu beschnuppern.« Bernhard zuckte Entschuldigung heischend mit den Schultern. »Außerdem hatte sie dich mit dem Holzscheit bedroht, und da war ich mir nicht sicher, ob die Offenbarung einer engeren Verwandtschaft zu ihr deine Gefühle für mich nicht negativ beeinflussen würde.«

»Und warum hast du ihr noch nicht einmal von unserer Verlobung erzählt? Sie gehört doch schließlich zur Familie!«

»Da bist du mir zuvorgekommen, mein Liebling. Gestern Abend hat Hanni schon geschlafen, als wir von deinen Eltern zurückgekehrt sind, und heute früh, als ich aufgewacht bin und es ihr sagen wollte, war sie schon im Bilde, weil sie deinen Verlobungsring gesehen hatte. Und typisch Hanni … erst einmal skeptisch!« Er lächelte.

Für einen Moment nahm er mir mit seinen humorvollen Worten den Wind aus den Segeln. Aber dann fielen mir wieder seine eingesperrte Frau und das tote Pferd ein. Ich liebte ihn. Abgöttisch. Aber ich war kein Masochist, der sich an jemanden binden wollte, der ganz offensichtlich psychisch auffällig war. Oder?

Ich atmete tief durch. »Stimmt es, dass du deine Frau öfter mal eingesperrt hast?«

Bernhards Gesichtszüge wurden sofort misstrauisch. »Wie kommst du jetzt auf dieses Thema?«

Ein Dementi hörte sich irgendwie anders an. Ach, warum war ich nur so eine Pechmarie? Warum musste ausgerechnet ich an jemanden wie Bernhard geraten? Lily wäre bestimmt schon längst getürmt und auf dem Rückweg nach München. Und ich stand immer noch hier und sah mit schreckgeweiteten Augen zu, wie meine Hoffnung auf ein glückliches Leben mit Bernhard unausweichlich – wie ein Zug, der bereits aus den Schienen gesprungen war – entgleiste.

»Steffi, weshalb stellst du mir diese Frage?«, wiederholte Bernhard ruhig. Zu ruhig, wie ich fand. Wenn es eine böse Unterstellung wäre, hätte er sich doch längst verteidigen müssen.

Ich zuckte mutlos mit den Schultern. »Deine Schwester hat mir davon erzählt.«

»Hanni? Hat dir davon erzählt?«

Da ich mir nicht sicher war, ob ich den Mut für weitere Worte hatte, nickte ich lediglich.

Bernhard starrte mich ungläubig an.

All meine Zuversicht hing nun von seiner Antwort auf meine allerletzte Frage ab. »Das stimmt doch nicht, oder?«, hauchte ich leise.

Seine Augenbrauen zogen sich grimmig zu einer einzigen Linie zusammen. »Doch, Steffi. Es stimmt. Leider. Aber du solltest …«

Nein, ich wollte keine Ausflüchte oder Erklärungsversuche hören. Ich wollte einfach nur noch weg von hier. Ich rannte aus Bernhards Arbeitszimmer heraus, als ob ich von Monstern verfolgt würde. Was ja auch irgendwie stimmte. Von den Monstern der Vergangenheit.

In meinem Zimmer ließ ich alles stehen und liegen, griff nur nach meiner Handtasche mit den Autoschlüsseln. Dann hastete ich auch schon wieder die Treppe runter.

Doch in der Eingangshalle stand Bernhard. Sein Gesicht war schmerzverzerrt. Aber er wirkte auch unendlich wütend. Mit erhobenen Händen ging er auf mich zu.

»Steffi! Bitte hör mir zu!«, murmelte er beschwörend.

»Nein!«, schrie ich angsterfüllt. »Bleib stehen!« Würde er jetzt versuchen, auch mich einzusperren? In meinem Zimmer? Oder aus alter Gewohnheit in Marissas?

Offenbar nicht sofort. Denn Bernhard folgte meinen Worten umgehend und hielt an. Nur dass er leider immer noch den Ausgang blockierte.

»Liebst du mich denn gar nicht?«, fragte er mich heiser.

Und ob ich ihn liebte! Selbst wenn ich Bernhard in diesem Augenblick als Bedrohung empfand, liebte ich ihn immer noch so sehr, dass mir dieser endgültige Abschied von ihm das Herz zerriss. Aber wenn ich dies zugeben würde, käme ich niemals aus diesem Haus raus. Und ich musste weg von hier. So viel Selbsterhaltungstrieb hatte ich in mir. Doch der emotionale Spagat war zu viel für meine schwachen Nerven: Plötzlich fühlte ich, wie mir die Tränen über die Wangen rannen.

»Bitte, weine doch nicht, Steffi. Lass mich dir die Sache mit Marissa in aller Ruhe erklären! Du darfst keine Angst vor mir haben.«

»Nein!«, schrie ich erneut. Durch die Tränen klang meine Stimme absolut hysterisch.

»Nein?«

»Lass mich raus. Ich muss jetzt nach München fahren.«

Bernhards gerade noch mitfühlender Blick wurde hart. »Zu Jonas?«

Ich war mir keineswegs sicher, ob ich wirklich zu meinem Boss fahren würde. Aber ich kannte nun das Zauberwort, um diesen Sesam zu öffnen.

»Ja, Bernhard. Ich fahre jetzt zu Jonas.«

Im nächsten Moment trat Bernhard zur Seite. Er hatte sein Gesicht abgewandt, so dass ich es nicht sehen konnte. Aber ich hörte, wie er aufgebracht nach Luft schnappte.

Dann war ich auch schon an ihm vorbei und zur Tür raus.

Im Laufschritt rannte ich zu meinem Wagen, bekam aufgrund meiner zitternden Finger kaum die Tür auf ... aber dann saß ich hinter dem Steuer und ließ den Motor an. Geschafft! Ich war ihm entkommen. Doch mein Herz blieb bei ihm zurück.

30.

Auf dem Weg zurück in die WG-Wohnung dachte Lily darüber nach, dass dieser Moment der berühmte *rock bottom* war, der absolute Tiefpunkt ihres Lebens. Tiefer konnte sie nicht mehr sinken. Objektiv gesehen stimmte das zwar nicht, schließlich konnte sie auch noch krank werden und sterben. Und das Treffen mit Klaus heute Abend und der neue Job, den er ihr in Aussicht gestellt hatte, sollten ihrem Leben eigentlich positive Impulse geben. Aber all das zählte irgendwie nicht. Sie hatte Niklas' Gefühle verletzt. Die Gefühle des Mannes, der ihr durch die schwerste Zeit ihres Lebens geholfen hatte. Das allein war schon eine Niederlage, denn bisher hatte sie noch niemals jemandem absichtlich weh getan. Besonders nicht jemandem, der so wertvoll und wunderbar war wie Niklas. Aber noch viel mehr hatte sie sich selbst mit dieser Trennung geschadet. Das Eheaus mit Jörg, ja selbst die Erkenntnis, dass ihr ganzes bisheriges Leben hohl und ethisch wie emotional minderwertig gewesen war, war ein Klacks dagegen. Und die Vorstellung, von nun an jeden Tag ohne Niklas zu sein – ohne ihn aufzustehen, zu frühstücken und ihr Leben zu bestreiten –, lastete wie Blei auf ihr, raubte ihr die Kraft, daran zu glauben, dass sie irgendwann einmal wieder glücklich werden würde.

Müde parkte sie das Auto und wankte die vielen Treppenstufen, die ihr heute geradezu unendlich vorkamen, in den obersten Stock. Als Lily die Tür aufdrückte, hörte sie Mia mit jemandem reden. Verdammt. Sie musste versuchen, möglichst ungesehen durch den Korridor zu huschen, um sich in ihrem Zimmer ins Bett zu legen. Sie hatte bereits allen Hundebesitzern für heute abgesagt, da sie einfach keine Energie mehr besaß. Ihre Batterien waren leer.

Sie war kurz vor ihrer Tür angelangt, als sie Mias Stimme hörte.

»Lily? Komm doch mal in die Küche. Du hast Besuch!«

Für einen winzigen Moment klopfte ihr Herz schneller. Konnte das Niklas sein? Aber dann erlosch der Funken Hoffnung genauso schnell, wie er aufgeleuchtet war. Mia würde Niklas niemals als »Besuch« bezeichnen. Schließlich wohnte er hier. Jedenfalls bis vorhin.

Sie überlegte, wie sie diesem unbekannten Besucher aus dem Weg gehen könnte. Aber leider fiel ihr keine passende Ausrede ein, warum sie die fünf Meter von ihrem Zimmer in die Küche nicht bewerkstelligen konnte. Selbst ein Grippekranker hätte das noch geschafft. Außerdem stand zu befürchten, dass Mia sie ansonsten in ihrem Zimmer heimsuchen würde, was definitiv schlimmer war.

Als sie die Küche betrat, in der sie noch vor kurzem mit Niklas gesessen hatte, wurde ihr ganz flau im Magen. Deshalb dauerte es den Bruchteil einer Sekunde länger, bis sie ihren Besuch identifiziert hatte.

»Mama?«, fragte sie dann völlig verdutzt. »Was machst *du* denn hier?«

Lily warf einen Blick auf die ungewöhnlich legeren Klamotten ihrer Mutter und auf ihr ungeschminktes Gesicht. Sie konnte sich nicht daran erinnern, ihre Mutter schon einmal ohne Make-up und dermaßen … ja, fast schlampig … gesehen zu haben. Und plötzlich bekam sie einen Riesenschreck.

»Scheiße!«, rief sie entsetzt. »Ist etwas mit Papa? Oder mit Hitchcock?«

Mia, die wieder in ihrer lilafarbenen Jogginghose steckte, packte sie am Handgelenk und zog sie auf einen Stuhl. »Quatsch. Entspann dich. Alle leben noch. Aber deine Mutter will dir etwas sagen.«

Doch bevor ihre Mutter auch nur den Mund aufmachen konnte, sagte Lily: »Ich habe mit Niklas Schluss gemacht.«

Ihre Mutter sah überrascht aus, aber Mia zeigte keine Reaktion.

»Ja, und?«, fragte ihre Mitbewohnerin lediglich.

»Mehr als ›Ja, und?‹ fällt dir dazu nicht ein?«, schimpfte Lily wütend. »Ich denke, du willst Menschen helfen, glücklich zu sein. Dann leg mal bitte los. Denn ich bin gerade scheißunglücklich.«

Mia grinste. »Das ist ganz eindeutig der erste Schritt zur Besserung: Erkenntnis. Aber jetzt verarzten wir erst einmal deine Mutter … und dann können wir uns immer noch um dich kümmern.« Sie wandte sich an Lilys Erzeugerin, die mit stoischer Miene an ihrer Kaffeetasse nippte. »Los, Helga, sprich mit deiner Tochter.«

Doch ihre Mutter schwieg. Eisern.

»Wie … *verarzten?*«, fragte Lily ungewollt scharf. Sie war immer noch empört über Mias unbekümmerte Aufnahme ihrer Horrornachricht über die Trennung von Niklas. »Was fehlt ihr denn? Und woher kennt ihr euch eigentlich?«

Erst in diesem Moment fiel ihr auf, dass Mia ihre Mutter geduzt hatte.

»Helga, würdest du bitte deine Tochter darüber aufklären, woher wir uns kennen?«, fragte Mia, und ihre Stimme klang ungewöhnlich sanft.

Ihre Mutter schüttelte den Kopf. »Mia, ich kann das nicht. Ich bring es einfach nicht über die Lippen …«

Mia schüttelte den Kopf. »Du Armes.«

Lily verstand nur noch Bahnhof. Worum ging es hier eigentlich? Was brachte ihre Mutter nicht über die Lippen? Und wieso nannte Mia sie »Armes«?

Mias Augen schienen mit denen ihrer Mutter einen wortlosen Kampf auszutragen, um sie doch noch zum Reden zu animieren. Der Blickkontakt war intensiv, aber offenbar zog ihre WG-Kumpanin den Kürzeren. Denn plötzlich seufzte Mia theatralisch auf.

»Okay, ihr zwei Hübschen. Bevor wir hier Fortschritte machen, braucht ihr offenbar noch eine kleine Lektion in Sachen Frauen und Glück«, erklärte sie großspurig.

»Na, da bin ich aber mal gespannt«, sagte Lily schnippisch und goss sich selbst eine Tasse Kaffee ein.

Erst als sie wieder auf ihrem Stuhl saß, legte Mia los: »Kennt ihr das Märchen *Aschenputtel*?«

Am liebsten wäre Lily aufgestanden und ohne ein Wort in ihr Zimmer gegangen. »Mia, bitte fang nicht bei Adam und Eva an, ich glaube nicht, dass ich das in meinem Zustand durchhalte«, beschwerte sie sich.

Mia grinste. »Doch, liebe Lily, genau da müssen wir anfangen: bei Adam und Eva.«

Lily stöhnte. »Sei gnädig … mach's kurz! Ich habe keine Lust auf diesen Quatsch.«

»Okay. Also zurück zu Aschenputtel, dem hübschen armen Mädchen, das sich an ihre widrigen Lebensumstände angepasst und alles ausgehalten hat, um dann zu guter Letzt den Prinzen zu kassieren.«

Lily blickte sie fassungslos an. Was sollte der Scheiß?

Doch Mia zeigte sich völlig unbeeindruckt. »Oder nehmen wir Dornröschen, die hundert Jahre lang einfach rumliegt und schläft und trotzdem den Prinzen abbekommt. Hm. Und Schneewittchen? Vollbringt die irgendetwas in ihrem Leben? Nö. Sie irrt durch den Wald, beißt dummerweise in den vergifteten Apfel der bösen Stiefmutter – klar, es sind immer Hexen und andere böse Frauen, die unseren Heldinnen schaden, nie Männer –, und dann döst sie in ihrem gläsernen Schrein, bis … ja, genau … bis der starke Prinz sie erlöst.«

Lily verdrehte die Augen. »Mia, kannst du bitte mal zum Punkt kommen?«

»Tue ich doch gerade. Erkennst du nicht das Muster? Wir werden schon von klein auf darauf getrimmt, brav zu Hause zu sitzen und auf unseren Prinzen zu warten! Und Gefahr droht uns nur von anderen Frauen! Oder hast du schon mal ein Märchen gehört, das besagt: Es war einmal ein kleiner, braver Junge, der von einer toughen Prinzessin gerettet wurde, weil er tugendhaft zu Hause saß und hübsch aussah?«

»Äh … nein.«

»Siehste! Lily, wir Frauen müssen unser Glück selbst in die Hand nehmen. Wir haben zu viele Generationen lang auf den Märchenprinzen gewartet.«

Lily dachte kurz über das Gesagte nach. Irgendwie war in Mias Worten schon ein Krümel Wahrheit zu finden, aber so ganz stimmte das Bild nicht.

»Aber heutzutage können sich Frauen doch selbst verwirklichen. Es gibt doch jede Menge weibliche Ärzte, Piloten, Geschäftsleute. Deine Kritik ist doch irgendwie überholt.«

Ihre WG-Freundin blickte sie mit großen Augen an. »Mal ganz davon abgesehen, dass die heutigen Mütter ihren Töchtern immer noch Aschenputtel vorlesen … Meinst du wirklich, dass diese Frauen, die du da aufzählst, glücklich sind? Bist du glücklich? Ist deine Mutter glücklich?«

Die Antwort auf diese Frage war offensichtlich. Ihre Mutter hockte am Küchentisch wie ein Häufchen Elend, die wenigen erfolgreichen Frauen, die Lily selbst kannte, wirkten abgehetzt und unerfüllt ... von sich selbst brauchte sie erst gar nicht anzufangen.

»Nein«, sagte Lily zögerlich. »Wir sind alle nicht glücklich.«

»Ist das nicht eine erstaunliche Erkenntnis?«, fragte Mia. »Wir leben in einer der reichsten Industrienationen der Welt, haben alles inklusive eines perfekten Sozial- und Gesundheitswesens, können uns – zumindest theoretisch – jeden materiellen Wunsch erfüllen und sind trotzdem zutiefst unglücklich. Warum?«

Lily zuckte mit den Schultern.

»Weil es ein Teufelskreis ist«, sagte Mia empathisch. »Uns wird schon in der Schule gesagt, strengt euch an, damit ihr es zu etwas bringt. Aber was heißt das eigentlich, ›es zu etwas bringen‹?«

Sie blickte Aufmerksamkeit heischend in die Runde, um sich dann selbst die Antwort zu geben.

»Es bedeutet drei Dinge: Geld, gutes Aussehen und Macht. Und um das zu erreichen, müssen wir konstant an uns arbeiten, uns quasi pausenlos selbst verbessern. Wir müssen lernen, Sport treiben, abnehmen, Haare färben, botoxen, Klamotten kaufen und die richtigen – sprich, für unsere Karriere wichtigen – Leute kennenlernen. Und vor allem arbeiten. Um Geld zu verdienen. Um auf der Karriereleiter nach oben zu klettern. Es muss Geld eingenommen und wieder ausgegeben werden, um diesen ganzen Wahnsinn zu finanzieren. Unsere Freizeit bleibt dabei auf der Strecke. Aber nicht nur die. Auch unsere eigenen, nicht von der Werbung aufgezwungenen Wünsche kommen auf diese Weise zu kurz. Darum sind wir so unzufrieden und erschöpft. Wir haben vergessen, was uns wirklich glücklich macht.«

»Und was macht uns deiner Meinung nach glücklich?«, fragte Lily.

»Das ist es ja. Jeder muss das für sich selbst rausfinden. Ich meine, nur weil XYZ sich ein Kind wünscht, muss ich doch nicht auch eins haben wollen. Im Grunde genommen setzen wir uns mit diesen Lebensvisionen anderer nur selbst unter Druck. Frei nach dem Motto: Wie, du hast noch keinen Mann? Fünf Kilo Übergewicht? Und keinen Job mit eigenem Büro und Karriereleiter? Was machst du bloß falsch?«

»Du bist also gegen Kinder, Diäten und Jobs?«, erkundigte Lily sich provokant. Mias selbstgerechte Überlegenheit ging ihr auf den Geist.

»Natürlich nicht. Aber man muss darüber nachdenken. In sich gehen. Man darf nicht denken, wenn ich jetzt fünf Kilo abnehme, bin ich glücklicher. Das ist doch Quatsch. Genauso, wie einen all diese materiellen Dinge nicht glücklich machen. Ich meine, wann hast du dir schon mal ein Paar Schuhe gegönnt, das dir das gleiche Glücksgefühl beschert hat wie … sagen wir mal … wie ein Kuss von Niklas?«

Das war ein Schuss unter die Gürtellinie. Unwillkürlich biss sich Lily auf die Unterlippe. Wie konnte Mia nur ein Paar Schuhe mit einem Kuss von Niklas vergleichen?

Doch ihre Freundin hatte sich offenbar in Rage geredet. Jedenfalls schien sie gar nicht mehr auf Lilys Antwort zu warten. »Wir betreiben Gehirndoping, Körperoptimierung und Seelentuning, und wozu führt das alles? Zu Extremsport, Selbstmord, Essstörungen und Drogen. Wir zerstören uns, je mehr wir uns selbst unter Druck setzen, die an uns gerichteten Erwartungen zu erfüllen.«

Mias letzter Satz brachte Lily zum Nachdenken. Sie hatte sich zwar nicht hemmungslos Drogen hingegeben oder sich anderweitig kaputt gemacht, aber es stimmte: Sie hatte immer – ihr ganzes Leben lang – versucht, den Erwartungen, die ihre Eltern und insbesondere ihre Mutter an sie stellten, gerecht zu werden. Sie war gut in der Schule und im Sport gewesen, hatte pflichtschuldigst als Au-pair in Amerika und als Model gearbeitet. Dann hatte sie Jörg geheiratet, unter anderem auch, weil er dem Anforderungsprofil ihrer Eltern entsprach. Aber was hatte sie sich eigentlich selbst von ihrem Leben erhofft?

Mia referierte weiter: »Und ich spreche noch nicht einmal von den eigentlich unterprivilegiertesten Frauen unserer Gesellschaft: den Hausfrauen, die sich um jeden Dreck kümmern müssen. Denn selbst wenn sie fürs Putzen stundenweise Unterstützung haben, bleiben trotzdem noch die Zahnspangen und die Schulaufgaben der Kinder, sämtliche Handwerker und die Planung des Wochenendprogramms für den frustrierten Gatten an ihr hängen. Natürlich neben dem üblichen Waschen, Kochen und Bügeln sowie der Erziehung der lieben Kleinen und des obligatorischen Golden Retrievers. Und all das, ohne auch nur einen müden Euro zu sehen oder einen Rentenanspruch zu erwerben. Das sind dann die Frauen, die die Ergebnisse ihrer Einrichtungs-, Koch- und Backkünste auf den sozialen Medien mit Beweisfotos posten müssen, um wenigstens dafür etwas Anerkennung zu ernten … von Leuten, die sie meistens gar nicht persönlich kennen.«

»Du sitzt ja auf einem ganz schön hohen Ross, meine Liebe«, kritisierte Lily wütend, die immerhin jahrelang so »unterprivilegiert« gelebt hatte, auch wenn sie keine Fotos von ihren Backkünsten gepostet hatte. »Widersprichst du dir da nicht gerade selbst? Bloß weil *dir* das Hausfrauendasein nicht gefällt, kann es ja durchaus Frauen geben, denen so ein Leben Spaß macht.«

Mia schob nachdenklich ihre Hand in die lilafarbene Jogginghose und kratzte sich am Bauch. »Hm, da hast du recht. Es gibt bestimmt einige Frauen, die wirklich ihre Erfüllung auf diese Weise finden ... aber die anderen tun mir einfach nur leid. Weil sie sich etwas vormachen. Genau wie die anderen Extreme: die militanten Veganer, die ›Clean-Eater‹ oder Yoga-Junkies. Neulich, auf einer Glückskonferenz, habe ich gehört, dass es inzwischen sogar Leute gibt, die gar nicht mehr selbst in den Urlaub fahren, sondern sich auf die abfotografierten Bilder aus ihren Urlaubskatalogen fotoshoppen, um die dann auf Facebook und Co. zu posten.«

Plötzlich schien ihre Mutter aus ihrem traurigen Phlegma zu erwachen. Mit leiser Stimme sagte sie: »Und ich bin von deiner Oma gezwungen worden, Lehrerin zu werden.« Überrascht blickte Lily auf. Das war ihr neu. »Eigentlich wollte ich Journalistin werden, aber meine Mutter meinte, dass diese ›Zeitungsleute‹ ein schlechter Umgang für mich wären. Dabei habe ich mich damals, während meines Praktikums in der Lokalredaktion, so quicklebendig gefühlt. So, als würde ich alles mitbekommen, was in der Stadt gerade passierte.« Ihre Augen glitzerten feucht. »Natürlich habe ich keine wichtigen Artikel geschrieben, nur über den Wettbewerb des Kaninchenzuchtvereins und die Eröffnung einer Töpferausstellung des Hausfrauenbundes durch den Bürgermeister und so. Aber es war toll.«

Mia legte ihre Hand auf die meiner Mutter und nickte ihr aufmunternd zu. »Du musst den Teufelskreis durchbrechen, Helga. Lass alles heraus und lebe *dein* Leben.«

Meine Mutter starrte intensiv auf einen Punkt neben meiner Schulter. Offenbar konnte sie mir nicht direkt ins Gesicht blicken. Ihre Stimme war brüchig, als sie offenbarte: »Dein Vater und ich … wir mussten heiraten, weil ich mit dir schwanger war.«

Lily zuckte mit den Schultern. »Kann ja passieren. Aber wenigstens …« Sie wollte eigentlich sagen: »Aber wenigstens ist Papa der Richtige für dich gewesen.« Doch irgendetwas hatte sie stoppen lassen. Vielleicht der Ausdruck auf Mias Gesicht oder …

»Ich liebe deinen Vater nicht«, flüsterte ihre Mutter.

Harter Tobak. Lilys Hände fühlten sich plötzlich ganz kalt an, so als ob sie versehentlich ohne Handschuhe einen Schneeball geformt hätte.

»Bitte versteh mich richtig … ich mag deinen Vater … als Freund und Kollegen. Wir waren eine gute Gemeinschaft, haben gemeinsam an einem Strang gezogen …« Ihr schienen die Worte auszugehen.

»Und?«, versuchte Mia, sie zum Weitersprechen zu animieren.

Ihre Mutter seufzte. »Und wir haben dich und Steffi großgezogen. Zu zwei, wie ich finde, ganz wunderbaren Frauen …«

Hm. Irgendwie fühlte sich dieses Kompliment gut an. Unerwartet, aber richtig gut. Es war wahrscheinlich das erste Lob, das Lily je von ihrer Mutter erhalten hatte, ohne dass es mit einem spezifischen Ereignis in Verbindung stand. Ansonsten war sie lediglich für gute Noten, *Vogue*-Cover, Ehemänner-Heranschleppen, ein schmackhaftes Gericht, gut organisierte Partys oder ihr Aussehen gelobt worden. Im Grunde genommen hatte man sie viel öfter kritisiert. Manchmal mit Worten, meistens aber nonverbal. Wie neulich beim

Abendessen ihrer Eltern, wo der unausgesprochene Vorwurf ihrer Mutter in der Luft lag: Was soll das? Dieser junge Typ und du? Bist du nicht bereits zu alt für eine spätpubertäre Revolte dieser Art?

»Aber jetzt …« Die Stimme ihrer Mutter, die ungewohnt unsicher und nervös klang, unterbrach ihre Gedanken. »Aber jetzt … liebe ich Claudia.«

Fassungslos blickte Lily ihre Mutter an. Was hatte sie gerade gesagt?

»Und daher kenne ich auch Mia … wir sind in der gleichen …« Ihre Mutter blickte Mia hilflos an.

»Community«, half ihr Mia aus.

»Ja, wir sind in der gleichen Community«, bestätigte ihre Mutter. Dann lächelte sie schüchtern. »Ich kenne mich mit den ganzen Begrifflichkeiten noch nicht so richtig aus.«

Lily schluckte. Dann sagte sie leider das, was ihr als Erstes in den Sinn kam: »Weiß Papa davon?«

Mia blickte sie missbilligend an, aber ihre Mutter nickte.

»Natürlich weiß er davon, Lily. Wir machen schon seit Jahren getrennt Urlaub. Ich mit Claudia und er mit Gisela. Ich hatte nur bisher nicht den Mut, offen zu meiner Freundin zu stehen.«

»Gisela?«, stammelte Lily. »Wer zum Teufel ist *Gisela?*«

»Die Freundin deines Vaters.«

»Ich dachte, Papa und du, ihr wart in Patagonien und auf Galapagos?«

Ihre Mutter schüttelte den Kopf. »Nein, das haben wir nur gesagt, um den Anstand zu wahren. Du weißt doch, wie sehr die Nachbarn tratschen. Na ja, und wegen euch natürlich.«

Dazu fiel Lily nichts mehr ein. Ihr ganzes Weltbild fiel plötzlich in sich zusammen. Ihre strenge, ultrakritische Mutter hatte eine Freundin. Genau wie ihr Vater.

»Verurteilst du mich jetzt?«, fragte ihre Mutter zaghaft.

»Natürlich nicht. Ich muss mich nur irgendwie … daran gewöhnen. Ich meine, an die Tatsache, dass ich nun quasi drei Mütter habe.«

Mia strahlte. »Siehst du, Helga. Habe ich dir doch gleich gesagt … alles nur halb so schlimm. Und jetzt sagst du es noch deiner anderen Tochter, und dann ist Ruhe im Karton.«

In dem Moment, in dem Mia Steffi erwähnte, kam ihr wieder Niklas in den Kopf. Im Zuge der neuen Offenheit musste sie ihre Mutter einfach dazu befragen.

»Mama, warum magst du Niklas nicht?«

Mia blickte verblüfft in ihre Richtung, aber sie blieb still.

»Das ist doch kein Mann für dich«, antwortete ihre Mutter und sprach damit aus, was Lily schon vermutet hatte.

»Warum nicht?«

»Weil … er ist so viel jünger. Und er hat la-lange Haare«, stotterte sie. Offenbar konnte sie trotz Selbstfindung einfach nicht aus ihrer Haut.

»Das sind doch Klischees, Mama. Ich liebe Niklas.«

»Na endlich.« Mia grinste sie an und hob den Daumen. »Hat ja schon etwas gedauert, bis deine Leitung frei gepustet wurde. Haste ja auch lang genug draufgestanden.«

Lily lachte befreit, und sogar ihre Mutter rang sich ein kleines Lächeln ab.

»Jetzt muss ich ihn nur noch wiederfinden, damit ich es ihm erzählen kann«, seufzte Lily. »Er geht nämlich leider nicht an sein Handy.«

»Da kann ich dir helfen«, sagte Mia. »Ich weiß zufällig, wo er sich gerade ausheult.«

»Wo?«, fragte Lily hastig. Sie wollte keine weitere Sekunde vergeuden.

Mia sagte es ihr, und Lilys Augen weiteten sich ungläubig. Das konnte doch nicht wahr sein. Wie sollte das denn, bitte schön, gehen?

»Was?«, rief ihre Mutter, ernsthaft geschockt. »Aber, er ist doch …!«

Lily zog ihr iPhone aus der Tasche. Sie hätte nicht geglaubt, dass es noch etwas Wichtigeres gab, als umgehend zu Niklas zu fahren … aber zunächst einmal musste sie noch ihre Schwester anrufen. Und zwar dringend!

31.

Ich hörte, wie das Handy in meiner Handtasche klingelte. Aber das war vermutlich Bernhard, und deshalb ging ich nicht dran. Frau Röslers Worte schwirrten mir immer noch durch den Kopf. Sie hatte Bernhard »aufbrausend« und »jähzornig« genannt. Und das stimmte natürlich. Genauso wie all die anderen schrecklichen Dinge, die sie mir erzählt hatte. Irgendwie ließen die Gedanken daran meine Tränen versiegen. Ich war zu geschockt, um zu weinen. Zu traurig.

Gerade passierte ich die Stadtgrenze. Jetzt war ich also wieder im – trotz Sonnenschein – grauen München angelangt. Keine Waldlichtung. Kein Pferdeduft. Keine zwitschernden Vögel. Hatte Erich Kästner nicht gesagt, dass asphaltierte Straßen mit der Zeit Narben auf der Seele hinterließen? Ich kam mir jedenfalls vor wie Eva, die aus dem Paradies vertrieben worden war. Leider ohne meinen Adam. Unwillkürlich fiel mein Blick auf meinen linken Ringfinger. Mist. Ich hatte vergessen, Bernhard den wunderschönen Verlobungsring zurückzugeben! Jetzt musste ich ihn noch ein letztes Mal wiedersehen. Denn ich konnte so ein wertvolles Stück schließlich nicht einfach per DHL oder mit der Post senden. Hm. Eigentlich sollte ich mich ja vor so einem erneuten Zusammentreffen gruseln, aber momentan erschien es mir wie der einzige Silberstreifen am dunklen Horizont.

Erst als ich schon fast vor dem Verlagsgebäude stand, wurde mir klar, dass meine Reise tatsächlich zu Jonas ging.

Bei der Abfahrt am frühen Nachmittag hatte ich noch mit dem Gedanken gespielt, unseren geschäftlichen Termin einfach abzusagen. Aber offenbar hatte mein Unterbewusstsein entschieden, dass ich in dieser verfahrenen Situation einen guten Freund gebrauchen konnte. Und natürlich konnte ich als Bernhards Ex-Verlobte auf keinen Fall weiterhin seine Lektorin sein. Dafür musste Jonas notgedrungen jemand anderen abstellen. Leider bedeutete das aber auch, dass ich ihm von meiner Beziehung mit Bernhard erzählen musste … obwohl sie schon wieder vorbei war. Es war sozusagen eine *Lose-Lose*-Situation: Ich musste ihm meine Lesbenlüge beichten und hatte noch nicht einmal Bernhard als Unterstützung an meiner Seite.

Ich ging an der Empfangsdame mit ihrem Zahnpastalächeln vorbei und fragte mich, ob ich noch kurz in meinem Büro oder direkt bei Jonas vorbeischauen sollte. Letzteres erschien mir allerdings gebotener, denn »Unangenehmes sollte man nicht auf die lange Bank schieben«. Noch so ein Spruch von meinem Vater. Irgendwie schien ich alle seine Kalenderblatt-Weisheiten verinnerlicht zu haben. Merkwürdig.

»Steffi!«, rief Jonas erfreut, der mit Frau »Gleichgeschlechtlich«-Reiser offenbar gerade ein paar Coverentwürfe betrachtete.

»Hallo, Jonas, hallo, Frau Reiser«, piepste ich. Oh Graus, hoffentlich würde mich Jonas' Kollegin nicht gleich wieder zum Thema »Lesbisch sein« in die Zange nehmen! Gerade jetzt, wo ich meine Karten sowieso offen auf den Tisch legen musste. Aber ich schien Glück zu haben, Frau Reiser zeigte diesmal kein gesteigertes Interesse an mir.

»Na, dann lass ich euch mal in Ruhe den Fall Otto durchkauen«, sagte sie nur und verließ den Raum.

Jonas ging um seinen Schreibtisch herum und blieb dicht vor mir stehen. »Wie geht's dir? Du siehst müde aus. Hat dich der alte Kotzbrocken zu lange arbeiten lassen?«

»Bitte nenne ihn nicht so«, flüsterte ich, obwohl mir Jonas' gewohnte Stimme und seine Gegenwart irgendwie Trost spendeten: etwas Ruhe und ein Stück Realität nach diesem traumatischen Abschied von Bernhard.

Jonas rückte seine Brille zurück. »Du hast also sein wahres ›Ich‹ immer noch nicht entdeckt, sonst würdest du mein Geschimpfe verstehen.«

Ich betrachtete meine Schuhspitzen. »Doch, das habe ich.«

»Wirklich?«

»Hm-hm.« Ich hatte keine Lust, über diese scheußliche Entdeckung zu sprechen.

»Also verstehst du, was ich damit meine?«, insistierte Jonas.

Warum musste er ausgerechnet heute so hartnäckig sein? »Ja«, murmelte ich einsilbig.

»Er hat dir doch hoffentlich nichts angetan?«

»Nein. Ich kann aber trotzdem nicht mehr mit ihm arbeiten.«

Jonas legte mir seine Hand auf die Schulter und zog mit der anderen sanft mein Kinn nach oben, damit ich ihm in die Augen sehen musste. »Steffi? Was ist in den letzten Stunden zwischen euch passiert? Heute früh hast du mir doch noch erzählt, dass alles richtig gut läuft. Dass er sogar deine Eltern kennenlernen durfte.«

»Jonas … ich …« Plötzlich liefen mir wieder die Tränen über die Wangen.

»Steffi!«, sagte Jonas erschrocken und zog mich im nächsten Moment in eine tröstende Umarmung, die sich irgendwie falsch anfühlte. Offenbar sehnte sich mein Körper immer noch nach der anderen Brust zum Anlehnen.

Ich machte mich frei und wischte mir die Tränen weg. »Ist schon gut.«

Jonas blickte mich mitleidig an. »Ich habe da eine Idee. Am besten gehen wir zu mir nach Hause und besprechen alles Weitere bei einem Glas Wein. Offenbar könntest du gerade ein wenig Ruhe und einen Schluck gebrauchen, und meine Wohnung liegt nicht weit von hier.«

»Ich weiß nicht«, meinte ich skeptisch.

»Komm schon. Dort kann ich dir auch viel offener von meinen Erlebnissen mit Bernhard Otto erzählen, als wenn ich befürchten muss, dass andauernd jemand in mein Büro platzt.«

Diese Worte gaben den Ausschlag. Ich wollte unbedingt hören, was damals zwischen ihm, Bernhard und Marissa passiert war. Und so nickte ich bekümmert und murmelte: »Okay.«

Jonas' Zuhause lag nicht wirklich in der Nähe des Verlagsgebäudes. Es war eine ultraschicke Penthouse-Wohnung im angesagten Glockenbachviertel. Da er nicht wollte, dass ich »in meinem momentanen Zustand« Auto fuhr, hatte er mich kurzerhand in seinen Mercedes verfrachtet. Allerdings hatten wir während der Fahrt trotzdem nicht geplaudert. Jonas hatte sich auf den dichten Berufsverkehr konzentriert und ich seelenwund aus dem Fenster gestarrt.

»Du wohnst aber schön«, sagte ich höflich, als ich sein Apartment betrat. Und das stimmte auch. Alles war äußerst geschmackvoll in verschiedenen Beigetönen eingerichtet. Das wirkte zwar, gerade im Vergleich zu Bernhards Haus, etwas langweilig, aber sehr kultiviert. Und das Haus meines

Ex-Verlobten hatte schließlich nicht er selbst, sondern die verstorbene Marissa eingerichtet.

»Weiß oder Rot?«, fragte Jonas, der mit zwei Weingläsern in der nur durch eine Theke vom weitläufigen Wohnzimmer abgetrennten Küche stand.

»Weiß«, murmelte ich.

»Ist Grauburgunder okay?«

»Sicher.« Ich nickte verlegen. Ohne Bernhard fühlte ich mich einsam und verloren.

»Dann nimm mal einen ordentlichen Schluck«, sagte Jonas mit einem liebevollen Lächeln.

Ich versuchte, seine Freundlichkeit zu erwidern, doch ich scheiterte kläglich und flüsterte deshalb nur: »Prost.« Dann kippte ich mir einen hinter die Binde.

Jonas ging zu seiner beeindruckenden Stereoanlage und drückte auf ein paar Knöpfe der Fernbedienung. Plötzlich erfüllten sanfte Smooth-Jazz-Klänge den Raum. »Sade« oder so etwas Ähnliches.

»Setz dich doch«, meinte er und zeigte auf eines der Sofas.

Brav hockte ich mich hin.

»Darf ich?«

Ich nickte, woraufhin sich Jonas neben mich setzte.

»Dann erzähl mal«, sagte er und blickte mir aufmerksam ins Gesicht.

Doch ich schüttelte den Kopf. »Nein, du zuerst. Warum magst du Bernhard Otto nicht?«

Jonas starrte für einen Moment in sein Weinglas. Dann blickte er mich wieder an. »Also gut. Ich weiß nicht, ob dir das schon bekannt ist, aber ich habe in den Wochen vor dem Unfall seiner Frau bei der Familie Otto gewohnt. Doch, im Gegensatz zu dir, nicht, um bei dem Schreibprozess dabei zu sein, sondern um das bereits verfasste Manuskript gemeinsam mit ihm zu lektorieren.«

»Ja. Und?«

»Anfänglich klappte alles ziemlich gut. Bernhard war kooperativ, und wir waren in kürzester Zeit durch die Hälfte des Manuskripts durch. Ich war darüber, ehrlich gesagt, sehr erleichtert, weil mir viele andere Lektoren aus dem Verlag berichtet hatten, was für ein … *sorry* … Arschloch er manchmal sein konnte. Aber ich dachte mir, das konnte schließlich auch mit seinem eindeutig vorhandenen Perfektionismus zusammenhängen. Er duldete offenbar kein Mittelmaß. Bis dahin war er auch menschlich ganz okay zu mir gewesen. Kühl, aber korrekt. Doch dann fingen die Streitereien zwischen ihm und Marissa an.«

»Was für Streitereien?«, erkundigte ich mich atemlos.

»Manchmal fingen sie schon tagsüber an, aber meistens erst mitten in der Nacht … und dann schrien sich die beiden stundenlang an.«

»Hast du verstanden, worum es dabei ging?«

Jonas nickte. »Besonders Marissas helle Stimme war glasklar zu verstehen. Sie warf Bernhard vor, sie wie eine Sklavin zu halten. Dass sie seine Kontrollsucht nicht mehr aushielte und dass sie ihn mit Julian verlassen würde.«

Innerlich wurde mir ganz schlecht bei diesen Worten. Aber sie deckten sich genau mit denen von Frau Rösler. »Hast du gehört, was Bernhard daraufhin erwidert hat?«

»Nein. Seine Stimme war mehr so ein sonores Brummen gewesen.«

»Und Julian lebte zu dieser Zeit auch bei seinen Eltern?«, erkundigte ich mich wissbegierig.

»Ja. Es waren gerade Schulferien, und er war zwei Wochen früher aus dem Internat angereist. Frau Rösler kümmerte sich viel um ihn, damit er nicht den permanenten Zoff zwischen seinen Eltern mitbekam.«

»Wusstest du, dass sie Bernhards Halbschwester ist?«

»Frau Rösler? Ja. Das kam irgendwann einmal zur Sprache.«

Ich überlegte händeringend, wie ich das Gespräch auf Jonas' vermeintliche Affäre mit Marissa Otto bringen könnte, aber leider – sosehr ich auch mein Gehirn zermarterte – fiel mir keine passende Überleitung ein.

Stattdessen legte Jonas mir vertrauensvoll seine Hand aufs Knie, das immer noch in meiner – hoffentlich nicht allzu schmutzigen – Reithose steckte. Trotzdem war diese Geste ungewöhnlich intim für den Stand unserer Beziehung.

»Steffi«, murmelte er zärtlich und näherte seinen Mund dem meinen.

Ziemlich resolut drückte ich ihn an seiner Schulter zurück und stand auf. »Ähm … Jonas, was soll das?«

Er lächelte, keineswegs beleidigt. »Du brauchst mir nichts mehr vorzuspielen. Ich weiß Bescheid.«

Ich wurde blass. Er wusste von meiner Verlobung mit Bernhard und … wollte mich trotzdem küssen? Waren denn alle Männer irgendwie pervers?

»Deine Schwester hat es mir bereits auf dem Sommerfest erzählt«, erklärte Jonas. »Und ich bin dir auch nicht böse.«

Ich verstand absolut gar nichts mehr. Meine Schwester? Was hatte Lily mit Jonas zu schaffen? Und plötzlich ging mir ein Licht auf. Er hatte Lily als meine lesbische Freundin auf dem Verlagssommerfest kennengelernt und …

»Meine Schwester hat mal wieder ihre große Klappe nicht halten können und dir gesteckt, dass ich gar nicht lesbisch bin?«, rief ich fassungslos.

Lächelnd griff Jonas nach meiner Hand. »Nicht nur das. Sie hat mir auch erläutert, warum du diese Notlüge gebraucht hast.«

»Ach ja?«, sagte ich schwach und ließ zu, dass Jonas meine Hand hielt.

»Ja, sie meinte damals, dass du Angst hättest, deinen Job zu verlieren, wenn wir zusammen wären, und dass ich dir einfach Zeit geben müsse, weil wir im Grunde genommen ganz hervorragend zusammenpassen würden.«

Für einen Moment war ich wahnsinnig sauer auf Lily, die mal wieder göttinnengleich in mein Leben eingegriffen hatte. Aber dann musste ich zugeben, dass sie es bestimmt nicht böse gemeint hatte. Jetzt, wo ich hier in Jonas' Wohnung stand und de facto mit ihm Händchen hielt, konnte ich mir *lebhaft* vorstellen, wie mein Leben an seiner Seite verlaufen würde: ruhig und gleichmäßig. Mit einer wohltemperierten Flasche Grauburgunder im Kühlschrank und der genau richtigen Mischung aus Romantik und Freundschaft. Nicht leidenschaftlich, wild und ungestüm wie mit Bernhard. Sondern gleichbleibend sanft. Natürlich wäre es kein Problem, wenn wir im selben Verlag arbeiten würden. Ich hatte inzwischen mitbekommen, dass es mehrere Paare unter den Mitarbeitern gab. Hm. Jonas würde bestimmt auch ein guter Vater sein. Konsequent und geduldig. Lauter gute und wichtige Eigenschaften, die Bernhard vollkommen abgingen. Aber wollte ich diese Art von Liebe? Eine Liebe mit angezogener Handbremse?

Unvermittelt entriss ich Jonas meine Hand. »Wenn Bernhard so fürchterlich zu Marissa war, warum hast du dann eigentlich vor Gericht ausgesagt, dass er sie ›auf Händen getragen hat‹?«

Jonas wurde rot. »Woher weißt du das über meine Gerichtsaussage?«

»Ich habe dir doch gesagt, dass Bernhard ein Buch über den Tod seiner Frau schreibt. Da hat er mir die Akten zu lesen gegeben.«

»So eine Schnapsidee!«, echauffierte sich Jonas und fuhr sich erregt durch die Haare.

»Lenk bitte nicht vom Thema ab. Weshalb hast du das ausgesagt?«

»Steffi, das ist eine lange Geschichte.«

Ich spürte plötzlich eine nie gekannte Kraft in mir und sagte ungerührt, ja fast cool: »Jonas, glaube mir, ich habe heute alle Zeit der Welt.«

Er blickte mich prüfend an und musste wohl die Entschlossenheit in meinem Blick gesehen haben, denn er sprach tatsächlich weiter: »Marissa und ich hatten einen guten Draht zueinander. Wir ritten gemeinsam aus, und nach ein paar Wochen fing sie an, mir ihre Geheimnisse anzuvertrauen. Wie unglücklich sie in ihrer Ehe mit Bernhard war. Wie sehr er ihre Freiheit beschnitt. Dass er sie sogar daran hinderte, ihre Gedichte zu veröffentlichen. Ja, dass Julian noch nicht einmal zu Hause leben und auf eine öffentliche Schule gehen durfte, weil Bernhard eifersüchtig über Marissa wachte und sie noch nicht einmal mit dem gemeinsamen Sohn teilen wollte. Kurz gesagt, sie tat mir leid, und ich bot ihr meine Hilfe an. Doch das schien sie irgendwie falsch zu verstehen, denn …« Er unterbrach sich selbst. »Steffi? Was ist denn jetzt schon wieder los?«

Während Jonas redete, hatte ich mich in seinem Wohnzimmer umgesehen, und urplötzlich war mir dieses gerahmte Foto aufgefallen. Ich sprang unvermittelt auf, um es mir näher anzusehen … und auf einmal wusste ich, dass Frau Rösler höchstwahrscheinlich zumindest in einer Hinsicht gelogen hatte!

Atemlos fragte ich: »Jonas, wie heißt dieses Pferd, auf dem du da sitzt?«

»Das ist Aphrodite, das ehemalige Pferd von Marissa. Wieso?«

»Wie alt ist diese Aufnahme?« Meine Stimme klang schrill vor Aufregung. Bernhard hatte mir, während einer seiner Reitstunden, erklärt, dass Schimmelpferde grundsätzlich in einer anderen Farbe geboren werden und erst langsam »ausschimmeln«, also immer heller werden. Auf den Fotos mit Marissa in der Truhe hatte Aphrodite am Hals und an den Flanken noch graue Flecken gehabt. Aber das Pferd, auf dem Jonas da saß, war schlohweiß, was bedeuten musste …

»Das Foto ist letztes Jahr gemacht worden, kurz bevor ich sie nach einer Kolik einschläfern musste«, sagte Jonas traurig.

»Dann hast du sie Bernhard abgekauft?«, flüsterte ich heiser.

»Nein, er hat sie mir geschenkt. Er wollte nicht jeden Morgen, wenn er in den Stall kam, das Pferd sehen, das am Unfall seiner Frau beteiligt war.«

Bernhard hat Aphrodite nicht erschossen! Er war kein brutaler Tiermörder, wie Frau Rösler behauptet hatte. Innerlich jubilierte ich. Trotzdem versuchte ich, mich auf den Rest von Jonas' Geschichte zu konzentrieren. »Wieso sagst du eigentlich, dass Marissa dein Hilfsangebot falsch verstanden hat?«

Auf einmal wurde Jonas rot. »Wir müssen doch da nicht so ins Detail gehen.«

»Doch, Jonas, das müssen wir«, widersprach ich ihm energisch. Jetzt wollte ich diesem ganzen merkwürdig verstrickten Konstrukt auf den Grund gehen. Warum hatte Frau

Rösler mich wegen Marissas Pferd angelogen? Mochte sie mich so wenig, dass sie mich auf diese grausame Art von Bernhard fernhalten wollte?

Jonas nahm einen großen Schluck Wein aus seinem Glas. Dann blickte er gerade vor sich hin und wisperte: »Marissa ist nachts zu mir ins Zimmer gekommen und …«

»Sie ist … was?«, wiederholte ich ungläubig.

Jonas' Gesichtsfarbe schillerte violett. »Sie ist zu mir ins Zimmer gekommen, um mit mir Sex zu haben.«

Konsterniert musterte ich ihn. Ich hätte ja mit allem gerechnet, aber damit … nein, nicht in tausend Jahren.

»Und? Hattet ihr Sex?«

Jonas wand sich vor Verlegenheit. Es war offensichtlich, dass er sich diesen Abend mit mir anders vorgestellt hatte. »Ähm, nicht so richtig.«

»Wie kann man denn ›nicht so richtig‹ Sex haben?«, fragte ich streng. »Das ist doch wie ein bisschen schwanger.«

»Na, wir haben halt …« Seine Stimme wurde mit jedem Wort leiser. »… gefummelt.«

»Und hat Bernhard von eurem ›Fummeln‹ etwas mitbekommen?«, fragte ich großinquisitorisch. Hoffentlich sagte Jonas jetzt nicht »Ja!«, denn dann hätte Bernhard ja wirklich ein Motiv gehabt, seiner Frau Böses zu wollen.

»Keine Ahnung. Wahrscheinlich nicht. Ich weiß nicht, ob sie es ihm gesagt hat.«

Ich schnaubte durch die Nase. »Marissa wird ihrem Mann wohl kaum gesagt haben, dass sie ihn mit dir unter seinem eigenen Dach betrügt.«

Jonas rieb verschämt den Stiel seines Glases. »Nicht Marissa. Frau Rösler.«

Mit vor Anspannung zusammengekniffenen Augen sah ich ihn an. »Frau Rösler wusste von eurem Tête-à-Tête?«

»Hm, leider. Sie hat uns dabei erwischt.«

»Sie ist in dein Zimmer geplatzt und hat euch in deinem Bett beim Fummeln erwischt?«, fragte ich perplex.

Jonas' rote Wangen glühten. »Nein, nicht in meinem Bett. Sie hat uns beim Knutschen im Stall erwischt.«

»Dann war es also gar kein einmaliger Ausrutscher zwischen Marissa und dir?«, schlussfolgerte ich.

»Äh … nein. Obwohl ich kein gutes Gefühl dabei hatte«, verteidigte sich mein Boss lauwarm.

Scheiße. Natürlich hatte Frau Rösler ihrem Bruder davon brühwarm erzählt. Deshalb war Bernhard bestimmt so krankhaft eifersüchtig auf Jonas. Aber bedeutete das nicht auch automatisch, dass Bernhard vielleicht doch *irgendwie* seine Finger beim Unfalltod von Marissa im Spiel hatte?

Jonas nahm noch einen Schluck Wein, während ich nachdachte.

»Du hast mir übrigens immer noch nicht erzählt, warum du vor Gericht einen Meineid, den Zustand der Ehe betreffend, geleistet hast.«

»Jetzt mach aber mal halblang, Steffi. Erstens stand ich damals gar nicht unter Eid. Und zweitens hatte sie mich darum gebeten.«

»Frau Rösler hat dich darum gebeten? Und aus schlechtem Gewissen hast du dann gelogen?«, fragte ich sarkastisch.

»Nicht Frau Rösler. Marissa hat mich darum gebeten.«

Jetzt hatte Jonas ganz offensichtlich den Verstand verloren. Mitleidig sah ich ihn an. »Marissa hat dich *nach ihrem Tod* angerufen und dich gebeten, für Bernhard vor Gericht auszusagen?«

Jonas atmete tief aus. »Bitte erzähle es niemandem … aber Marissa lebt.«

Ich hatte wohl nicht richtig gehört. »Marissa … lebt? Wo denn? Im Himmel?«

Sein Adamsapfel zuckte unkontrolliert. »In München. Sie hat den Unfall vorgetäuscht, um aus ihrer Ehe mit Bernhard zu fliehen.«

Was? Ich glaubte, im falschen Film zu sein, und schrie Jonas an: »Und das hast du ihm nicht gesagt?«

»Wem?« Jonas schien heute wirklich verdammt schwer von Begriff zu sein.

»Bernhard natürlich! Er macht sich die schlimmsten Vorwürfe und leidet seit zehn Jahren wie ein Hund unter dem Tod seiner Frau! Er hatte deswegen eine Schreibblockade. Weißt du eigentlich, was das für ein sensibles Genie wie Bernhard bedeutet? Wie kannst du nur so grausam sein und ihm diese Information vorenthalten!«

Beim Aufspringen fiel mir mein Weinglas aus der Hand, und der Inhalt ergoss sich über Jonas' beigen Teppichboden. Glücklicherweise hatte ich mich nicht für Rotwein entschieden.

»Hey«, rief Jonas mir hinterher, als ich zur Tür lief. »Wo gehst du denn hin?«

»Zu meinem Verlobten!«, schrie ich glücklich.

Jonas' überraschten Ausruf: »Du bist verlo…«, hörte ich durch das Zuklappen der Tür nur noch zur Hälfte.

32.

Mit klopfendem Herzen stand Lily vor der Schwabinger Adresse, die Mia ihr gegeben hatte. Sie wollte gerade auf die Klingel mit den Buchstaben »ML« drücken, als ein junger Mann von innen die Haustür öffnete und sich an ihr vorbei ins Freie schlängelte. Lily packte die Klinke gerade noch rechtzeitig, bevor die Tür wieder zuschlug.

Hm … Sollte sie unangekündigt in den dritten Stock gehen? Dann hätten Niklas und seine Mutter zumindest keine Möglichkeit, sie unten auf der Straße stehenzulassen. Ja, das war wahrscheinlich besser. Sie hatte schließlich keine Ahnung, ob Niklas sie überhaupt sehen wollte. Mit einem entschlossenen Lächeln trat sie über die Schwelle.

Im Hausflur roch es nach Bohnerwachs. Während Lily die Treppe hinaufstieg, dachte sie mit einem unguten Gefühl darüber nach, dass sie nun gleich die amtierende Ehefrau des Verlobten ihrer Schwester sehen würde. Wie abgefuckt war das denn? Oder hatte man Marissa Otto inzwischen offiziell für tot erklärt? Lily hatte versucht, Mia über die Details des vermeintlichen Unfalls auszuquetschen, aber ihre Freundin meinte, dass sie wahrscheinlich sowieso in Teufels Küche käme, weil sie Niklas' aktuelle Adresse rausgerückt hätte, und dass sie nun kein Sterbenswort mehr sagen würde. Und Steffi ging natürlich auch nicht ans Telefon. Typisch! Wahrscheinlich schwebte sie immer noch auf Wolke sieben mit dem Beinahe-Witwer. Verdammt, war das alles kompliziert.

Im dritten Stock gab es nur zwei Wohnungen. Vor der einen sah sie Niklas' Converse stehen. Jetzt war es also so weit. Alles oder nichts. Sekt oder Selters. Ihre Hände zitterten, als sie auf die Klingel drückte. Da! Sie hörte Schritte, die langsam immer näher kamen. Doch sie waren zu leicht. Weibliche Schritte. Das musste Niklas' Mutter sein. Verdammt, wie stand Frau Otto nur dazu, dass ihr Sohn eine Frau gedatet hatte, die neun Jahre älter war als ihr Sprössling? Plötzlich verließ sie der Mut. Sollte sie nicht vielleicht doch noch schnell türmen? Doch bevor sie sich dazu entschließen konnte, wurde die Tür aufgemacht.

Ihr stand eine kleine, eher rundliche Frau mit dunklem Kurzhaarschnitt gegenüber, die Lily irgendwie bekannt vorkam. Ob das die Ähnlichkeit zu Niklas war? Erstaunlicherweise sah sie auch Steffi ähnlich ... Die beiden hatten jedenfalls dieselben schönen Augen.

»Ja?«, fragte die Mittfünfzigerin freundlich.

Lily streckte ihre Hand aus. »Ich bitte, die Störung zu entschuldigen, aber ich bin Lily Lenz, eine Freundin Ihres Sohnes.«

Ein verstehendes Lächeln huschte über das Gesicht der Frau, die völlig unspektakulär mit einem dunkelblauen Rock und einem beigen Pulli gekleidet war. »Sie sind Lily? Ich habe schon viel von Ihnen gehört. Kommen Sie doch bitte herein.«

Lily konnte das Kompliment leider nicht zurückgeben: Sie hatte noch nicht ein Wort über Niklas' Mutter gehört. Trotzdem folgte sie ihr in den mit hellem Parkett ausgelegten Flur der Wohnung.

»Möchten Sie vielleicht einen Tee?«, fragte Niklas' Mutter. »Mein Sohn duscht gerade. Er war vorhin eine Runde joggen.«

Auch das noch! Einerseits war Lily schon neugierig auf Marissa Otto, andererseits war jede potenzielle Kommunikation zwischen ihnen mit hochexplosiven Themen vermint. Und sie war sich nicht sicher, ob es außer dem Wetter noch andere neutrale Gesprächsinhalte für sie gab. Trotzdem nickte Lily. »Gerne. Vielen Dank.« Was blieb ihr auch schon anderes übrig?

Geschickt bereitete Niklas' Mutter ihnen beiden eine Tasse *organic* Ingwertee zu, wie man unschwer an der zerknautschten Verpackung ablesen konnte. Währenddessen blickte sich Lily unauffällig in der Altbauwohnung um. Sie war gemütlich eingerichtet, viele Kerzen und viel Holz, doch es war offensichtlich, dass der oder die Bewohner nicht gerade im Geld schwammen. An den Türen blätterte die Farbe ab, und auch das Mobiliar war eher spärlich. Oder war das Absicht? Hatte Niklas seine Einhundert-Besitztümer-Idee von seiner Mutter übernommen?

»Setzen Sie sich doch«, meinte Marissa Otto, als sie Lily ihre Tasse reichte, und deutete auf die Stühle rund um den blankpolierten Küchentisch.

»Danke«, antworte Lily brav und setzte sich.

»Und Ihre Schwester ist mit Bernhard verlobt?«, fragte ihr Gegenüber fast beiläufig.

Holla die Waldfee, offenbar redete Marissa Otto nicht gerne um den heißen Brei herum. Niklas musste ihr von der Verlobung seines Vaters berichtet haben.

»Ja, aber Steffi denkt natürlich, dass Sie … ähm … also … dass Bernhard verwitwet ist«, sagte Lily unsicher. Gar nicht so leicht, über den Tod ihrer offensichtlich quicklebendigen Gesprächspartnerin zu sprechen. Wie würde sie nur zu dem neuen Glück ihres Ex-Mannes stehen, wenn Niklas es ihm schon nicht gönnte? Und war das jetzt eigentlich Bigamie, wenn Steffi ihren Bernhard heiratete?

»Selbstverständlich denkt Ihre Schwester das«, lächelte Niklas' Mutter. »Offiziell gibt's mich ja auch nicht mehr.«

»Weiß Bernhard, dass Sie noch am Leben sind?«

Frau Otto schüttelte den Kopf. »Nein, das tut er nicht. Aber eventuell muss ich es ihm jetzt sagen. Bisher habe ich mich nur immer ein wenig vor seiner Reaktion darauf gefürchtet ... und ich war schlichtweg zu beschäftigt gewesen.«

»Zu beschäftigt?«, fragte Lily verdattert. Wie konnte man denn zu »beschäftigt« sein, um seinem Ehemann zu erzählen, dass man einen Reitunfall unbeschadet überlebt hatte? Dass man nicht verschollen und tot, sondern am Leben war?

Marissa Otto rührte ein Stück Kandiszucker in ihren Tee. »Ja. Ich rede nicht gerne darüber, aber die Zeit nach meiner Flucht war nicht einfach. Erst war ich lange in Therapie, und dann habe ich meinen Laden aufgebaut.«

»Sie sind vor Bernhard *geflüchtet?*«, hauchte Lily. Was hatte sich ihre Schwester da nur für einen Prachtkerl angelacht? Hatte der Typ etwa seine Frau geschlagen? Und Niklas auch? War das der Grund, warum er seinen Vater ablehnte?

Marissa Otto schüttelte den Kopf. »Es ist kompliziert. Bernhard und ich, also wir haben uns gegenseitig einfach nicht gutgetan. Sein Charakter und mein ... tja ... das war irgendwie eine schlechte Kombination. Ich glaube schon, dass er mich geliebt hat. Ich habe ihn ja auch geliebt. Aber letztendlich haben wir uns nur geschadet. Das sagt jedenfalls meine Therapeutin.«

Doch Lily musste mehr darüber wissen. Schließlich ging es hier um ihre Schwester. »War er gewalttätig Ihnen gegenüber?«

Marissa Otto wirkte nachdenklich. »Ich habe es damals jedenfalls so empfunden. Aber heute würde ich sagen, dass dies nicht der Fall war.«

Wie bitte? Was sollte denn das jetzt schon wieder bedeuten? Gewalttätig oder nicht? Das war doch eine ganz klare Frage. Da gab es doch keine Grauschattierungen. Und warum diese Heimlichtuerei? Sie hätte doch auch ganz einfach die Scheidung einreichen können? Diesmal traute Lily sich nicht, nachzuhaken. Irgendetwas in Marissa Ottos Gesichtsausdruck sagte ihr, dass das Thema für sie jetzt abgeschlossen war. Deshalb fragte sie nur: »Und was für einen Laden haben Sie sich aufgebaut?«

Marissa Otto lächelte. »Erinnern Sie sich nicht an mich?«

Mist! Hatte sie Marissa Otto tatsächlich schon einmal irgendwo getroffen? An einer Aldi-Kasse oder in irgendeiner Boutique?

»Entschuldigung. Leider nein.«

»Das ist kein Problem. Sie waren ja auch abgelenkt, weil Sie Niklas so intensiv hinterhergesehen haben.«

»Niklas?« Lily zermarterte sich das Hirn, doch ihr fiel einfach keine Situation ein, in der sie Niklas in einer Boutique intensiv hinterhergeblickt hätte.

Frau Otto schmunzelte. »Mir gehört das ›Ladies Paradise‹.«

Lilys Augen weiteten sich vor Überraschung. »Der Sexshop, in dem ich Niklas das erste Mal gesehen habe?«

»Genau der. Ich leite ihn mit meinem Lebensgefährten.«

Wow! Das waren ja fast zu viele Neuigkeiten auf einmal. Frau Otto hatte also einen Lebensgefährten? Aber darüber wollte und konnte Lily im Moment nicht nachdenken, denn ihr war gerade etwas anderes klargeworden: Irgendwie … ganz unbewusst … hatte es sie immer gestört, dass sie Niklas in einem Sexshop kennengelernt hatte. Besonders in einem, der eigentlich nur für Frauen gedacht war. Sie hatte es sich selbst nicht eingestehen wollen, aber insgeheim hatte sie vermutet, dass sie Niklas – sexuell gesehen – nicht genug war. Dass er sich nach etwas Ausgefallenerem sehnen musste, wenn er sich schon frühmorgens in so einem Erotikshop rumtrieb. Doch in Wahrheit hatte er … seine Mutter besucht.

Plötzlich wollte Lily alles auf eine Karte setzen und wissen, wie Marissa Otto über ihre Beziehung mit Niklas dachte. War es Niklas' Mutter recht, dass ihr einziger Sohn mit einer so viel älteren Frau zusammen war? Aber wie sollte sie sich bloß danach erkundigen? Nachdenklich rührte sie in ihrem Tee, der gewöhnungsbedürftig gesund schmeckte.

Und wieder kam ihr Marissa zuvor. »Niklas war übrigens sehr traurig über die Trennung von Ihnen.«

»Das war ich auch«, bestätigte Lily. »Aber ich war mir einfach nicht sicher, ob unsere Beziehung mit einem so großen Altersunterschied funktionieren kann.«

»Und doch waren Sie mit einem Mann verheiratet, der wesentlich älter war als Sie, Lily. Glauben Sie, dass es richtig ist, hier mit zweierlei Maß zu messen?«

Lily legte grüblerisch ihren Kopf zur Seite. »Hm. Das stimmt schon. Aber so rum ist es gesellschaftlich anerkannter. Über eine ältere Frau mit einem jungen Mann machen sich doch viele Leute lustig.«

Frau Otto – oder nannte sich Niklas' Mutter inzwischen wieder Löwenberg? – stellte resolut ihre Teetasse ab. Es war offensichtlich, dass sie nicht mit dieser Antwort einverstanden war. Das daraufhin einsetzende Schweigen machte Lily nervös. Verlegen suchte sie nach einem anderen Thema.

»Läuft Ihr Geschäft gut?«, fragte sie, um die peinliche Stille zu überbrücken.

»Ich kann nicht klagen«, antwortete ihr Gegenüber einsilbig.

»Und Ihren Lebensgefährten … wie haben Sie sich kennengelernt?«

Innerlich verdrehte Lily die Augen. Was war das denn für eine Frage? Kommunikativ war sie jetzt wirklich am untersten Ende des guten Geschmacks angekommen. So etwas fragte man doch nicht die Mutter seines Freundes – beziehungsweise Ex-Freundes – beim ersten Aufeinandertreffen.

»Wir haben uns in dem Therapiezentrum kennengelernt, in dem ich nach der Flucht von Bernhard gelebt habe.«

Da war es wieder, dieses schlimme Wort: Flucht. Was hatte ihr ihr Ehemann nur angetan? Doch sie konnte nicht noch einmal in diese Richtung forschen. Und so meinte Lily nur leichthin: »Dann kennen Sie sich also schon länger?«

Frau Otto sah Lily spöttisch an. »Sie sind aber ganz schön interessiert an Alex. Wollen Sie ihn kennenlernen?«

Und bevor Lily ihre Frage verneinen konnte, rief Frau Otto: »Alex, komm doch mal schnell in die Küche!«

Verdammt! Lily spürte, wie ihre Wangen rot wurden. Wo blieb nur Niklas? Wie lange duschte er denn noch? Plötzlich hörte sie, wie jemand den Korridor entlangging. Und sie betete, dass es Niklas und nicht Frau Ottos Lebensgefährte war. Doch heute war offenbar nicht ihr Tag.

»Ja, Schatz?«, fragte der blonde Mann, der gerade den Kopf zur Tür reinstreckte, und Lily verschluckte sich fast an ihrem Tee.

»Alex … Lily, Niklas' Ex-Freundin, bezweifelt gerade, dass eine Beziehung zwischen einer älteren Frau und einem jüngeren Mann langfristig funktionieren kann.«

»So … tut sie das?«, grinste Alex. Er hatte blonde Haare, einen auffälligen Nasenring und trug einen Vollbart. Außerdem war es offensichtlich, dass er rund zwanzig Jahre jünger war als Frau Otto, die ihn liebevoll anlächelte.

»Entschuldigung, ich wollte Ihnen nicht …«, stammelte Lily verlegen.

»Hey, kein Problem. Aber falls Sie es genau wissen wollen … Marissa und ich sind seit fast neun Jahren zusammen, und es läuft immer noch verdammt gut zwischen uns.« Alex trat ganz in die Küche ein und drückte seiner Freundin einen Kuss auf die Wange.

Irgendwo in der Wohnung ging eine Tür auf, und Niklas' Stimme brüllte: »Mama, hast du jetzt Zeit, mir die Haare zu schneiden?«

»Ja, komm ruhig in die Küche«, rief Frau Otto mit einem Augenzwinkern zu Lily. Offenbar war sie nicht mehr sauer auf sie.

Lily spürte, wie ihr Herzschlag sich beschleunigte. Gleich würde sie Niklas wiedersehen!

Und dann stand er auch schon im Türrahmen. Groß, maskulin und so gutaussehend, dass Lily unwillkürlich der Atem stockte. Niklas war nackt, bis auf das Handtuch, das er sich um die schmalen Hüften geschlungen hatte. Und beim Anblick seiner breiten Schultern und der kräftigen, reliefartig definierten Brust-und Bauchmuskulatur wurde ihr ganz heiß. Am liebsten hätte sie die Hand ausgestreckt und seine glatte Haut berührt …

»Lily?«, sagte er fassungslos. »Was machst du hier?«

Niklas' braune Haare hingen nass auf seinen Schultern, und in der rechten Hand hielt er eine Schere.

»Die Frage ist doch eher, was machst *du* hier!«, antwortete sie scharf. »Du willst dir doch nicht wirklich deine wunderschönen Haare … dein Markenzeichen, abschneiden lassen!«

Flüchtig huschte ein leicht verwirrter Ausdruck über sein schönes Gesicht und machte dann Platz für absolute Entschlossenheit: »Doch, genau das will ich.«

»Niemals. Ich liebe deine Haare!« Plötzlich war ihr egal, dass Frau Otto und Alex sie interessiert musterten. Lily sprang auf und entriss Niklas die Schere.

Niklas schnaubte durch die Nase. »Wir haben mehr als eine Schere im Haus, Lily. Und falls du meine Haare so liebst, schenke ich sie dir, wenn meine Mutter sie abgeschnitten hat!«

Lily war überrascht über seinen harten Zynismus. »Aber … warum?«

»Weil es Zeit wird, erwachsen zu werden. Glaubst du, ich habe nicht mitbekommen, mit wie viel Abscheu deine Mutter meine Matte betrachtet hat?«

»Es ist mir völlig egal, was meine Mutter denkt! Ich liebe deine Haare, und ich will nicht, dass du sie abschneidest!«

»Tja, Pech gehabt. Du hast mit mir Schluss gemacht, und jetzt ist es allein meine Angelegenheit, was ich mit meinen Haaren anstelle!«

Niklas öffnete eine Schublade, zog eine weitere Schere raus und reichte sie seiner Mutter. Dann setzte er sich auf den Küchenstuhl neben sie und drehte ihr den Rücken zu. »Los, Mama. Schneid sie ab. Je kürzer, desto besser.«

»Du fehlst mir«, flüsterte Lily. Es war ihr plötzlich scheißegal, dass Niklas' Mutter und ihr Lebensgefährte diese Unterhaltung mitbekamen.

Ohne sich umzudrehen, sagte Niklas: »Du mir auch. Aber das ändert nichts an der Tatsache, dass ich neun Jahre jünger bin als du. Ich kann mir die Haare abschneiden, meine

Geburtsurkunde fälschen, aber um diese verfickten neun Jahre komme ich trotzdem nicht herum.«

»Ich pfeif auf dein Alter«, sagte Lily und fügte mit fester Stimme hinzu: »Ich liebe dich, genauso, wie du bist. Und … ich will mit dir zusammen sein.«

Alex nahm Marissa am Arm, zog sie aus der Küche und schloss hinter sich die Tür. Offenbar war er der Meinung, dass Lily und ihr Ex etwas Privatsphäre verdienten.

Niklas saß immer noch mit dem Rücken zu ihr auf dem Küchenstuhl. Lily stand auf, ging um den Tisch herum und legte ihre Hände auf seine warmen Schultern.

»Bitte, Niklas. Gib mir noch eine Chance.«

Er rührte sich nicht. Plötzlich hatte sie das Gefühl, als ob ihr Herz versehentlich in eine Müllpresse gefallen war. Die Aussicht, dass es zwischen ihr und Niklas endgültig aus sein könnte, schien sie innerlich zu zerreißen.

»Niklas?«, fragte sie verzweifelt.

»Ich habe sie übrigens gegoogelt«, sagte er plötzlich in einer neutraleren Tonart.

»Was?«

»Deine blöden Hollywood-Stars und ihre Beziehungen.«

»Niklas, die sind mir vollkommen egal. Ich bin nicht so wie Madonna oder Demi Moore. Du hattest recht … es geht hier nur um dich und mich.«

Doch er sprach einfach weiter, ganz so, als ob er sie nicht gehört hätte: »Rate mal, wie alt zum Beispiel der gute Hugh Jackman ist.«

Sie war so frustriert, dass sie Niklas am liebsten gegen die Schultern geboxt hätte, aber sie beherrschte sich. »Keine Ahnung. So um die fünfundvierzig?«

»Siebenundvierzig. Und jetzt sag mir, wie alt seine Frau ist?«

Lily stöhnte. »Niklas, Hugh Jackman geht mir am Allerwertesten vorbei! Von mir aus kann er mit zwanzigjährigen Zwillingen verheiratet sein.«

Abrupt griff Niklas nach ihrer Hand und zog sie in einer fließenden Bewegung auf seinen Schoß. »Seine Frau ist sechzig!«, flüsterte er ihr ins Ohr. »Hugh Jackmans Frau ist dreizehn Jahre älter als er, und sie sind seit zwanzig Jahren völlig skandalfrei und glücklich verheiratet. Na, was sagst du nun, du … Unke!«

Atemlos vor Glück über die plötzliche Nähe zu ihm, erwiderte sie keck: »Hey, du Jungspund. Wen nennst du hier Unke?«

»Dich!«, antwortete Niklas und küsste sie.

Lily legte jegliches Gefühl, das sie in den letzten Stunden wahrgenommen hatte, in diesen einen Kuss. All ihre Liebe für Niklas und sämtliche Angst, ihn zu verlieren. Und Niklas erwiderte ihn mit der gleichen Intensität. Es war fast zu schön, um wahr zu sein. Mein Gott, sie liebte ihn. Mit jeder Faser ihres Herzens. Und er hatte recht … was waren da schon neun *verfickte* Jahre Altersunterschied!

Plötzlich unterbrach Niklas den einzigartigen Kuss und schnappte wie ein Fisch nach Luft. »Wir gehen besser in mein Zimmer, bevor wir heißen Versöhnungssex in der Küche meiner Mutter haben«, flüsterte er heiser. »Aber vorher muss ich noch etwas wissen: Heißt das nun, dass du endgültig über deine Altersphobie hinweg bist? Oder ist das nur ein Zwischenhoch?«

Sie blickte ihm fest in die Augen und schüttelte den Kopf. »Definitiv kein Zwischenhoch. Ich liebe dich. Und daran wird sich auch so schnell nichts ändern, egal, ob du nun neun oder fünfzehn Jahre jünger bist.«

»Sicher?«, erkundigte er sich skeptisch.

»Ganz, ganz sicher!«, bestätigte sie.

»Dann kann ich jetzt problemlos zugeben, dass ich nächsten Monat erst fünfundzwanzig werde?«

Entsetzt blickte sie ihn an. »Sag sofort, dass das ein blöder Scherz ist.«

Sein Mund verzog sich zu einem spitzbübischen Grinsen. »Okay, es *ist* ein blöder Scherz. Wollte nur mal kurz deine Standfestigkeit testen.«

Diesmal boxte sie ihn wirklich gegen die Schulter. »Blödmann.«

Er lächelte, doch auf einmal trat ein ernster Ausdruck in sein schönes Gesicht. »Du wirst mir beweisen müssen, wie ernst es dir mit uns ist.«

Sie antwortete feierlich: »Alles, was du willst, Niklas. Aber ich weiß, ehrlich gesagt, nicht, wie ich dir das beweisen kann.«

»Nimm mich heute Abend zu diesem Treffen mit Klaus Lamberts mit und stelle mich ihm als deinen festen Freund vor.«

Lily schluckte. »Bist du sicher, dass du deinen ›Ich bin Single und ein gutaussehender Herzensbrecher‹-Status wirklich schon aufgeben willst? All die weiblichen Fans, die du bald haben wirst, werden fürchterlich enttäuscht sein.«

»Das tut mir leid für sie«, sagte Niklas. »Aber ich will, dass die ganze Welt weiß, dass ich mit dir zusammen bin. Der schönsten, süßesten Frau, die ich kenne.«

Gerührt strich sie ihm eine nasse lange Strähne aus dem Gesicht. »Dann machen wir das so. Genau so.«

33.

Auf der Straße war es – trotz der fortgeschrittenen Uhrzeit – noch hell gewesen, aber durch die dicht stehenden Bäume lag Bernhards Haus bereits in tiefe Schatten gehüllt. Dunkel und einsam. Kein Lichtschein drang durch die Fenster nach außen. Noch nicht einmal die Türbeleuchtung war eingeschaltet. Ob Bernhard und Frau Rösler ausgeflogen waren? Aber warum parkte dann sein Wagen neben der Eingangstür? War er zusammen mit seiner Schwester in ihrem Mini unterwegs? Mit Kronos ausgeritten?

Ein Teil von mir war über seine Abwesenheit erleichtert. Das war mein altes feiges Ich. Mein kämpferisches neues Selbstbewusstsein, das ich gerade erst in Jonas' Wohnung entdeckt hatte, war dagegen enttäuscht. Ich wollte, dass er so schnell wie möglich erfuhr, dass Marissa noch lebte. Ich musste seinem Leiden und seiner Verzweiflung, die ich die ganzen letzten Wochen unterschwellig gespürt hatte, ein Ende bereiten. Das schuldete ich ihm für meine überhastete, ja hysterische Flucht. Genauso, wie ich es ihm schuldete, seine Seite der Geschichte anzuhören. Wenn Marissa wirklich eine Affäre mit Jonas gehabt hatte, konnte sie nicht nur das von Bernhard gequälte Unschuldslamm sein, für das ich sie gehalten hatte. Ich würde viel dafür geben, einen Blick in ihr Tagebuch zu werfen, um herauszufinden, was in Wirklichkeit in ihr vorgegangen war. Ob ich die Zeit, bis Bernhard zurückkam, nutzen sollte, um danach zu suchen?

Entschlossen trat ich durch die – wie immer – unverschlossene Haustür und ging, ohne Licht zu machen, leise die Treppe hoch zu meinem Zimmer. Erst gestern hatte ich in einer der Schubladen eine Taschenlampe entdeckt, die mir bei meiner Detektivarbeit gute Dienste leisten würde. Ich öffnete die Tür und eilte zu der kleinen Kommode, die neben meinem Bett stand.

»Holst du deine restlichen Sachen?«

Einem Herzinfarkt nah, fuhr ich herum. Obwohl ich in der Dunkelheit nur seine Umrisse sah, konnte ich Bernhard eindeutig erkennen. Er saß auf der gegenüberliegenden Seite des Zimmers in einem Sessel und hielt etwas in der Hand … das verdammt nach einer Pistole aussah.

»Nein«, sagte ich, schon wieder mit diesem hohlen Gefühl im Bauch. Diesmal war es hundertprozentige Angst. Aber nicht um mich.

»Nein?«, fragte Bernhards dunkle Stimme spöttisch. »Was machst du dann?«

Ich versuchte, mir meine aufsteigende Panik nicht anmerken zu lassen. »Die Frage ist doch eher, was du in meinem Zimmer mit einer Waffe zu suchen hast?«

»In *deinem* Zimmer?«, sagte er gedehnt. Es klang bitter.

»Noch bin ich mit dir verlobt. Du hast deinen Ring nicht zurückgefordert. Also ist es immer noch *mein* Zimmer«, antwortete ich vorsichtig.

»Ha, als ob ich den Ring wiederhaben wollte! Es ist doch wohl wahrscheinlicher, dass du ihn mir vor die Füße wirfst. Aber ich will ihn nicht zurückhaben. Ich habe dafür keine Verwendung mehr. Du kannst ihn als Andenken behalten.«

Der tiefere Sinn hinter Bernhards Worten war mir schon vorher klar gewesen, aber jetzt trat ich in Aktion und stand nach wenigen schnellen Schritten vor ihm. »Gib sie mir«, sagte ich streng und deutete auf das tödliche Stück Metall in seiner Hand.

Er schüttelte langsam den Kopf. Aus der Nähe konnte ich den Schmerz in seinen Augen sehen. »Nein, Steffi. Die brauche ich noch.«

»Aber Marissa lebt!«, schleuderte ich ihm plötzlich entgegen. Ich hatte nicht darüber nachgedacht, sondern war einfach einer Eingebung gefolgt. Eigentlich hatte ich diese Tatsache diplomatischer verpacken wollen.

Doch die erhoffte Überraschung blieb aus.

»Ich weiß«, sagte Bernhard müde.

Jetzt war ich es, die konsterniert aus der Wäsche guckte. »Du weißt das?«

»Hanni hat es mir heute gesagt. Wir haben uns nach deiner Abreise gestritten, und da hat sie reinen Tisch gemacht.«

»Aber …« Bestürzt blickte ich auf die Pistole in seiner Hand. »Warum sitzt du dann hier? Jetzt ist doch endlich alles gut.«

»*Gut?* Was ist gut? Dass mich meine Frau verlassen hat, weil ich sie nicht richtig behandelt habe? Dass meine eigene Schwester und mein eigener Sohn ihr bei der Flucht vor mir geholfen haben? Dass ich zehn Jahre lang Todesqualen ausgestanden habe, weil ich mich gefragt habe, wie ich diesen Unfall hätte verhindern können und inwieweit ich die Schuld dafür mittrage? Oder meinst du, dass es gut ist, dass meine über alles geliebte Verlobte heute früh aus dem Haus gerannt ist, weil sie panische Angst vor mir hat?«

Innerlich war ich in hellem Aufruhr. Frau Rösler und Niklas hatten Marissa bei ihrer geheimen Flucht unterstützt? Sie hatten Bernhard zehn Jahre lang leiden lassen, obwohl sie wussten, dass es Marissa gutging? Das war ja unglaublich! Aber ich wusste, dass wir erst über etwas anderes reden mussten.

Meine Stimme zitterte, als ich die nächsten Worte aussprach: »Bernhard, warum glaubst du, mich zu lieben?«

»Was ist das für eine Frage? Hältst du mich für einen Teenager, der sich über seine eigenen Gefühle nicht im Klaren ist? Ich *glaube* es nicht. Ich *weiß*, dass ich dich liebe.«

»Aber warum, Bernhard?« Er blickte mich einfach nur an. »Weil ich Marissa ähnlich sehe?«

»Ganz sicher nicht«, sagte er wütend, während sich seine Finger fester um die auf die Wand gerichtete Waffe krampften.

»Also? Weshalb?«

Sein Ärger schien abzuebben, als er seufzte. »Weil du mein Herz berührst, Seraphina.«

»Aber an mir ist nichts Besonderes. Ich schreibe keine Gedichte. Ich bin nicht schön, und du musst dir sogar einen Fantasienamen für mich ausdenken, weil ich so unscheinbar bin.«

»Hör auf!«, schrie Bernhard. Seine Wut war in doppelter Heftigkeit aufs Neue entflammt. Unwillkürlich trat ich einen Schritt nach hinten, als er aufsprang und sich mit gezückter Pistole drohend vor mir aufbaute.

»Leg die Waffe weg … bevor noch ein Unglück passiert«, stammelte ich, immer noch mehr um ihn als um meine Wenigkeit besorgt.

Wider Erwarten hörte Bernhard auf mich. Er bückte sich und legte die Knarre auf den Boden. Dann gab er ihr mit seinem Fuß einen kräftigen Stoß, so dass sie unter den Sessel rutschte.

»So besser?«

Ich nickte erleichtert.

Mit einem grimmigen Gesichtsausdruck richtete sich Bernhard auf und legte mir seine Hände auf die Schultern, um mir direkt ins Gesicht zu schauen.

»Du bist alles für mich.«

Er hob eine Hand und strich mir sanft über die Wange. »Alles, was ich mir je gewünscht habe. Spürst du nicht, dass wir zusammengehören? Dass ich … ohne dich … nicht mehr leben möchte?«

Unversehens presste ich meine Wange stärker gegen seine Hand. Bei seinen Worten breitete sich eine wohlige Wärme in mir aus. Trotzdem nagten auch weiterhin Zweifel an mir. Und die konnte ich einfach nicht für mich behalten.

»Aber was ist mit Marissa?«, fragte ich verzagt. »Deine Frau lebt und … du willst sie doch mit Sicherheit … ähm … zurückhaben. Da störe ich doch nur.«

Bernhard schüttelte den Kopf. »Ich erzähle dir gleich die ganze Geschichte mit Marissa. Aber du musst mir erst noch eine Frage beantworten …«

»Welche?«, flüsterte ich, als er nicht weitersprach.

Er schloss für einen Moment die Augen, so als ob er all seinen Mut zusammennehmen müsste.

»Liebst du mich, Steffi?«

Unsere Blicke trafen sich. An seinem gepeinigten Ausdruck sah ich, wie wichtig ihm meine Antwort war.

»Von ganzem Herzen, Bernhard. Ich liebe dich mehr, als ich in Worten ausdrücken kann.«

»Aber was ist mit Jonas? Liebst du ihn auch? Ihr wirkt so vertraut miteinander, und es ist offensichtlich, dass er dich will.«

Ich schüttelte den Kopf und sagte mit fester Stimme: »Bernhard, ich liebe niemanden – hörst du? – *niemanden* … außer dir. Und Jonas schon mal dreimal nicht. Selbst bevor ich dich kannte, bin ich lieber offiziell lesbisch geworden, als mit ihm zusammenzukommen. Und damals hatte ich noch Respekt vor ihm, dachte, dass wir Freunde wären. Jetzt wo ich weiß, was für ein … Waschlappen er ist und wie er dich hat leiden lassen, kann er mir den Buckel runterrutschen!«

»Steffi!« Mit einem tiefen Stöhnen zog Bernhard mich an seine Brust und küsste mich. Inniglich. Voller Begierde. Er hielt mich dabei so fest, als ob er Angst hätte, dass ich mich versehentlich in Luft auflösen könnte. Ich hatte es immer gewusst. Unter seiner harten Schale wohnte eine wunderschöne und sensible Seele.

Alles andere, das mich eben noch beschäftigt hatte, wurde in den Hintergrund gedrängt, schien unwichtig. Im Moment konzentrierte ich mich auf das Wesentliche: wie meine Finger schnellstmöglich seine Hemdknöpfe aufbekamen … und wie wunderbar vertraut sich Bernhards Hände auf meinem Körper anfühlten.

Es war weit nach Mitternacht. Ich lag nackt und warm in Bernhards Armen und wusste, dass das für mich, bis an mein Lebensende, der schönste Platz auf der Welt sein würde. Hier gehörte ich hin. Nur an seiner Seite war ich wunschlos glücklich und zufrieden. Liebevoll schmiegte ich mich an seine Brust.

»Seraphina, meine geliebte Seraphina!«, sagte Bernhard bewegt und unterbrach meine glückseligen Gedanken.

Hm. Schon wieder dieser Name. Und plötzlich fasste ich mir ein Herz. »Warum nennst du mich eigentlich immer so?«

Mein Verlobter lächelte sanft. »Weil du meine Seraphina, mein Engel, bist. Irgendwie habe ich von Anfang an gespürt, dass mit dir alles, mein ganzes Leben, wieder gut wird. Aber ich werde den Kosenamen nicht mehr benutzen, wenn er dir nicht gefällt.«

»Hast du schon mal jemand anderen so genannt?«

»Natürlich nicht«, antwortete er wie aus der Pistole geschossen.

Ich streichelte seinen Arm, der um meine Taille lag. »Ähm … also dann … geht das schon in Ordnung. Eigentlich gefällt mir Seraphina gar nicht schlecht.«

»Das ist schön«, meinte er lächelnd. »Hast du heute eigentlich schon etwas gegessen?«

Ich überlegte. »Nicht wirklich.«

»Das sollten wir ändern. Worauf hast du Appetit?«

Mit der flachen Hand fuhr ich über seine Brust. »Auf dich.« Ich wusste nicht, woran es lag, aber mit Bernhard konnte ich meine Sexualität freier ausleben als mit jedem anderen Mann vor ihm. Bei ihm konnte ich mich fallen lassen, weil ich darauf vertraute, dass er mich auffing.

Er legte seine Hand auf meine. »Später, Liebes«, sagte er verheißungsvoll. »Erst müssen deine Kraftreserven wieder aufgefüllt werden.«

Ich zog einen Schmollmund. »Wenn es unbedingt sein muss.«

»Ja, das muss es«, bekräftigte Bernhard und reichte mir meinen Bademantel.

Wenig später saßen wir uns am Küchentisch gegenüber und vertilgten jeder ein Käsebrot. Mit der Hand, die wir nicht zum Essen brauchten, hielten wir einander fest.

»Soll ich dir jetzt die Geschichte erzählen, die ich heute von Hanni erfahren habe?«

Ich nickte, während mein Bauch anfing zu kribbeln. »Fang bitte ganz am Anfang an. Wie habt ihr euch kennengelernt, Marissa und du?«

An seinem Blick erkannte ich, dass er auf diesen Teil sehr gut verzichten konnte. Trotzdem nickte er.

»Also gut. Ich habe Marissa bei einer Lesung kennengelernt«, erklärte Bernhard. »Mein Verlag hatte damals gerade mein erstes Buch veröffentlicht, und ich wurde von dem Verkaufserfolg buchstäblich überrollt. Ebenso wie von dem ganzen anderen Firlefanz, der dazugehört: Messen, Lesungen, Interviews. Das war nicht meine Welt. Ich wollte nur schreiben. Trotzdem hielt ich mich an die vereinbarten Termine. Und nach einer Lesung in Rosenheim stand eines Tages Marissa vor mir und wollte ein Autogramm.«

»Hast du es ihr gegeben?«

»Ja. Sogar mit einer ›Für die hübsche Marissa‹-Widmung, die ich besser weggelassen hätte. Denn eine Woche später stand Marissa mit einem Koffer in der Hand vor meinem Apartment.«

»Was? Wie hatte sie denn deine Adresse herausbekommen?«

Bernhard zuckte mit den Schultern. »Ich stand damals noch ganz normal im Münchner Telefonbuch.«

»Und was ist dann passiert?«, erkundigte ich mich. Unwillkürlich rutschte ich auf meinem Stuhl ein Stück nach vorn.

»Marissa hat mir eine haarsträubende Geschichte von einem Ex-Freund erzählt, der sie angeblich geschlagen hätte, und dann ist sie, weil ich Mitleid mit ihr hatte, bei mir eingezogen.«

»Sie ist *angeblich* geschlagen worden?«

»Hinterher war ich mir nicht mehr sicher, was an ihren Erzählungen stimmte und was sie dazuerfunden hatte«, meinte Bernhard traurig.

Verwundert blickte ich ihn an, aber ich wollte ihn nicht durch zusätzliche Fragen aus dem Konzept bringen. Er wischte einen Brotkrümel vom Tisch.

»Jedenfalls wohnte sie von da an bei mir und machte sich unentbehrlich. Sie kaufte ein, kochte, machte sauber und war sehr … anschmiegsam.«

»Aha«, sagte ich vielsagend.

»Steffi, ich war ein junger, ziemlich unerfahrener Mann. Ich wusste es damals nicht besser. Und als ich ihr eröffnen wollte, dass ich doch nicht richtig in sie verliebt sei und wir uns besser trennen sollten, hat sie mir gesagt, dass sie schwanger ist.«

»Klassisch«, sagte ich, um überhaupt etwas zu sagen. Im Grunde genommen war ich einfach nur geschockt.

»Und da habe ich dann das gemacht, was ich für das Anständigste hielt, und habe sie geheiratet.«

Bernhard nahm einen Schluck aus seinem Rotweinglas. »Marissas Familie habe ich erst auf der Hochzeit kennengelernt. Sie kam aus ziemlich zerrütteten Verhältnissen, aber damals dachte ich mir nichts dabei. Meine eigene Vita ließ schließlich auch zu wünschen übrig. Mein Vater hatte seine erste Ehefrau für meine Mutter verlassen und blieb dann gerade mal lang genug, um sie zu schwängern, bevor er zur nächsten weiterzog. Meine Mutter ist nie über diese Geschichte hinweggekommen und früh verstorben. Wahrscheinlich wollte ich auch deswegen das ›Richtige‹ in Bezug auf Marissa tun.«

Ich streichelte seine Hand. »Und wie lief es dann zwischen euch?«

»Während der Schwangerschaft ging es ihr gar nicht schlecht, aber mit der Geburt von Julian fingen die Schwierigkeiten an.«

»Was für Schwierigkeiten?«

»Hast du schon einmal etwas von einer Borderline-Persönlichkeitsstörung gehört?«, fragte mein Verlobter ernst.

Ich schüttelte den Kopf.

Er seufzte. »Es ist die Hölle. Für den betroffenen Patienten und für alle Familienangehörigen gleich mit. Es geht dabei um eine krankhafte emotionale Instabilität, mit manischen und depressiven Schüben.«

»Wie hat sich das bei ihr geäußert?«, fragte ich mitfühlend.

»In ihren depressiven Phasen hat sie das Bett nicht verlassen und konnte sich nicht um Julian kümmern. In ihrer Manie handelte sie impulsiv, ohne Rücksicht auf irgendwelche Konsequenzen.«

»Und wie sah das aus?«

Bernhard blickte sie mit großen Augen an. »Einmal rief mich Julians Kindergärtnerin an, um mich darüber zu informieren, dass mein Sohn nicht abgeholt worden war und sie schon seit über einer Stunde auf Marissa wartete. Als ich dann meiner Frau besorgt hinterhertelefonierte, um rauszufinden, ob sie in einen Unfall verwickelt war … hatte sie in Wirklichkeit irgendeinen Typen auf der Straße aufgerissen und war mit ihm zum ›Du-weißt-schon-was‹ in seine Wohnung gefahren.«

Mir blieb der Mund offen stehen. »Und du bist trotzdem mit ihr zusammengeblieben?«

»Als ich mich nach diesem Vorfall von ihr trennen wollte, hat sie sich das erste Mal geritzt.«

»Das *erste* Mal? Hat sie das öfter gemacht?«

Bernhard nickte. »Und so sind wir stattdessen aufs Land gezogen, weil ich dachte, dass sie hier weniger Möglichkeiten hätte, sich und andere … zu verletzen.«

»Ist dieser Plan aufgegangen?«, fragte ich, obwohl ich die Antwort auf diese Frage ja eigentlich schon kannte.

»Am Anfang ging es ihr hier besser. Sie kümmerte sich um Julian, lernte reiten und freundete sich sogar mit einigen Frauen aus dem Nachbardorf an. Dann ging wieder alles den Bach runter. Sie begann wie unter Zwang, diese kleinen Puppen zu fertigen. Und eines Nachmittags hörte ich, wie sie dem nichtsahnenden Hufschmied eine schnelle Nummer in der Stallgasse vorschlug. Daraufhin fragte ich dann Hanni, die über alles Bescheid wusste, ob sie mir nicht helfen konnte, auf Marissa aufzupassen.«

Wie schrecklich. So ähnlich musste dann wohl auch Marissas Affäre mit Jonas angefangen haben.

»Gibt es denn keine Medikamente oder sonstige Behandlungsmethoden?«, erkundigte ich mich hilflos.

»Wir haben alles ausprobiert. Waren bei gefühlt Hunderten von Ärzten. Aber Marissa hat alle Versuche, sich in einer Therapieeinrichtung helfen zu lassen, ein ums andere Mal abgebrochen. Und irgendwann habe ich dann auch keinen Sinn mehr darin gesehen, es wieder und wieder zu versuchen. Stattdessen bin ich dazu übergegangen, sie in den schlimmsten Phasen auf ihr Zimmer zu verbannen.«

Deshalb hatte Bernhard seine Frau also »eingesperrt«. Um sie vor sich selbst zu beschützen.

»War sie damit einverstanden?«

»In ihren ›helleren‹ Phasen, ja, aber wenn es dann schlimmer wurde und sie die ganze Nacht rumschrie, dass ich ein Sklaventreiber bin, nicht mehr. Einmal hat sie aus Wut auf allen Fotos ihre Augen mit den Fingernägeln ausgekratzt.«

Das erklärte wohl die merkwürdigen Bilder in Marissas Zimmer.

»Und was hat Julian dazu gesagt?«, erkundigte ich mich vorsichtig.

»Ich habe versucht, die Krankheit seiner Mutter weitgehend vor ihm zu verheimlichen, und ihn deshalb auch auf ein Internat geschickt. Aber in den Ferien hat er vieles natürlich trotzdem mitbekommen. Besonders die Vorwürfe seiner Mutter gegen mich.« Bernhards Gesicht verdunkelte sich, und ich drückte seine Hand.

»Und wie war es in der Zeit vor dem Unfall?«

Bernhard atmete tief durch. »Das war eine der fürchterlichsten Zeiten in meinem Leben. Alles lief aus dem Ruder. Ich hatte das Gefühl, dass Marissa heimlich Jonas anbaggerte, und konnte mich deshalb kaum auf meine Arbeit konzentrieren, weil ich Angst hatte, dass der Verlag etwas davon erfahren könnte. Julian erklärte mir, dass er nach dem Abi erst einmal allein auf Reisen gehen wolle, weil er die Schnauze von unserem luxuriösen, aber unharmonischen Familienleben gestrichen voll hätte. Außerdem setzte Hanni mir zu. Ich solle mich endlich scheiden lassen. So könne es nicht weitergehen. Marissa wäre ein Fall für die Anstalt und fertig.«

Ich streichelte erneut seine Hand. Worte waren hier wohl fehl am Platz.

»Weißt du, was das Schlimmste war, Steffi? Dass ich, in den Wochen nach dem Unfall, nichts als Erleichterung verspürte. Erleichterung darüber, dass dieser fast zwanzigjährige Zirkus endlich ein Ende hatte. Dass ich einmal durchatmen konnte, ohne mich permanent um die nächste Katastrophe kümmern zu müssen. Aber gleichzeitig fühlte ich mich so unendlich schuldig, weil ich so herzlos war. Als die Verleumdungskampagne gegen mich anfing, habe ich das als gerechte Strafe empfunden und wollte mich erst gar nicht wehren. Doch der Verlag und Hanni haben darauf bestanden.«

»Apropos Hanni. Warum hat sie mich so bösartig angelogen? Wieso hat sie mir ein Lügenmärchen nach dem anderen über dich aufgetischt?«

Bernhard schaute mich groß an. »Kannst du dir das nicht denken? Hanni hat totale Panik bekommen, als sie von unserer Verlobung hörte. Sie ist erzkatholisch und hätte nur über ihre Leiche zugelassen, dass ich dich heirate ... da doch meine vor Gott angetraute Ehefrau noch lebt! Sie hat dir diese Lügen erzählt, um uns auseinanderzubringen.«

Ich runzelte die Stirn. »Wie konnte sie nur so grausam sein ... Ich meine, es ist okay, wenn sie mich nicht mag, aber du bist immerhin ihr Bruder!«

»Deshalb hat sie es mir ja auch sofort nach deiner Abfahrt gebeichtet. Es tat ihr unglaublich leid, aber im Eifer des Gefechts sei ihr keine andere Strategie eingefallen. Es wäre eine Kurzschlusshandlung gewesen.«

»Na ja«, meinte ich, nicht von Frau Röslers ehrlicher Reue überzeugt. »Und woher wusste deine Schwester nun, dass Marissa noch lebt?«

»Weil sie die ganze Sache selbst arrangiert hat!«, sagte Bernhard trocken. »Sie hat Marissa dazu überredet und sich Julians Verschwiegenheit gesichert. Außerdem hat Hanni meine Frau, nachdem sie die falsche Spur mit dem zerbrochenen Reithelm für die Polizei gelegt hatte, in ein Therapiezentrum gefahren und sich das ganze Jahr über, in dem Marissa dort war, intensiv um sie gekümmert.«

Ich war fassungslos. »Es war deine eigene Schwester, die dich über zehn Jahre lang dermaßen gequält hat? Die gesehen hat, wie sehr du unter deiner Schreibblockade leidest, und dir trotzdem nichts gesagt hat? Wie kannst du ihr und letztendlich auch Julian das je verzeihen?«

»Heute Morgen habe ich genauso reagiert wie du jetzt, aber inzwischen denke ich anders darüber«, sagte Bernhard ernst.

Ich blickte ihn fragend an.

»Wir waren damals alle in dieser schrecklichen Situation gefangen. Ich fühlte mich für Marissa verantwortlich und konnte sie einfach nicht loslassen. Obwohl das wahrscheinlich besser gewesen wäre. Marissa hatte Angst vor einer erneuten Einweisung in eine Klinik. Sie wollte mich und die damit einhergehende Sicherheit nicht verlieren. Es war ein Teufelskreis, den meine Schwester mit ihrer Tat durchbrochen hat. Außerdem hat Hanni ihre Eigentumswohnung verkauft, um die verdammte Therapie zu bezahlen. Und Julian wollte natürlich nur seiner Mutter helfen und dachte, dass ich der Bösewicht in diesem Spiel war.«

»Aber warum musste Marissa überhaupt heimlich vor dir fliehen, wenn ihr euch nicht mehr geliebt habt? Hanni hätte sie doch auch überreden können, einfach die Scheidung einzureichen und dich zu verlassen.«

»Das hätte nicht funktioniert. Marissa und ich hatten inzwischen wohl so etwas wie eine Co-Abhängigkeit entwickelt. Wir konnten nicht miteinander, aber auch nicht ohneeinander. Aus falsch verstandenem Pflichtbewusstsein wäre ich – selbst wenn wir offiziell geschieden gewesen wären – bestimmt wieder in die Klinik gefahren, um Marissa zu besuchen. Dann hätte sie mir wie gehabt mit allem Möglichen gedroht … so lange, bis ich sie wieder aus der Klinik rausgeholt und alles wieder von vorne angefangen hätte. Nein, was Hanni gemacht hat, war schon irgendwie das einzig Richtige.«

»Und wo ist deine Schwester jetzt?«

»Bei einer Bekannten in Garmisch. Sie hat natürlich auch Schuldgefühle. Wegen der Schreibblockade und meiner langen Depression. Wegen der Lügen, die sie dir und wohl auch Julian über mich erzählt hat. Aber ganz ehrlich ... eigentlich bin ich ihr unendlich dankbar. Sie hat mir gesagt, dass es Marissa den Umständen entsprechend gutgeht und sie sogar einen neuen Partner gefunden hat.«

Ich machte ein skeptisches Gesicht. Meine Absolution würde Frau Rösler wahrscheinlich nicht so leicht bekommen.

Um mich abzulenken, fragte ich: »Verrätst du mir jetzt auch noch, warum du so Angst hattest, dass Marissas Tagebuch plötzlich wieder auftauchen könnte?«

»Ich habe die ganze Zeit über vermutet, dass sie Selbstmord begangen haben könnte und mir daran die Schuld gab«, antwortete Bernhard ernst.

»Und warum wolltest du nicht, dass sie ihre Gedichte veröffentlichte?«

»Weil ich gar nicht wusste, ob diese Gedichte überhaupt existieren.«

»Aber Jonas hat mir doch gesagt, dass du Marissas Gedichte ganz großartig gefunden hättest ...«

Bernhards Gesichtsausdruck hellte sich auf. »Tja. Da hat er bestimmt nachgeplappert, was Marissa ihm erzählt hat. Wie *großartig* ihre Gedichte sind, können wir erst mit Sicherheit sagen, wenn wir ihr Tagebuch gefunden haben. Aber jetzt können wir Marissa ja bei Gelegenheit einmal fragen, wo sie es versteckt hat.«

Hm. Bei Bernhards Worten fiel mir plötzlich wieder Frau Röslers amüsiertes Lächeln ein, als sie mich im Reitstall bei meiner Suche nach dem Tagebuch erwischt hat. Unwillkürlich sprang ich auf.

»Was hast du, Steffi?«

»Es ist nur so eine Idee. Aber komm doch bitte mal mit.«

Hand in Hand gingen wir durch den Eingangsbereich. Ich wusste, dass das Zimmer seiner Schwester ebenerdig dahinter lag, auch wenn ich es noch nie zuvor betreten hatte.

Bernhard blickte mich zweifelnd an, als ich die Tür öffnete und das Licht anmachte. Das Zimmer seiner Schwester war nicht besonders groß und picobello aufgeräumt.

»Du glaubst wirklich, dass Hanni das Tagebuch hier versteckt hat? Aber dann hätte sie mir das heute doch bestimmt gesagt.«

»Hast du sie denn danach gefragt? Sie könnte es einfach vergessen haben. Vielleicht weiß sie ja gar nicht, wie wichtig es für dich und dein neues Buch ist«, meinte ich und öffnete die oberste Schublade von Frau Röslers Schrank.

Statt einer Antwort knöpfte sich Bernhard ihren Schuhschrank vor und wühlte sich durch Hannis Gesundheitspumps.

Ich schichtete gerade ihre Strumpfhosen von der einen Seite der Schublade auf die andere um, als meine Finger etwas Hartes berührten.

»Bernhard! Schau mal! Ist es das vielleicht?«

Während mein Verlobter mir über die Schulter blickte, griff ich nach der rechteckigen Kladde, zog sie hervor und schlug die erste Seite auf.

In der mir schon bekannten, druckreifen Schrift stand dort: »Tagebuch von Marissa Löwenberg-Otto«.

Unendlich glücklich und erleichtert drückte ich ihm das Tagebuch in die Hand. Bernhard schlug die letzte Seite auf, und gemeinsam lasen wir die drei dort verzeichneten Einträge:

»22. Juli – Hanni meint, dass es das Beste für uns alle ist. Ein klarer Schnitt. Die Klinik sei auf solche ›Konditionen‹ wie meine spezialisiert. Geld wäre kein Problem. Und danach könnte ich zurückkommen oder ein ›neues‹ Leben anfangen. Ich weiß nicht, was ›richtig‹ ist. Ich bin so müde. Alles ist grau. Das Essen. Das Haus. Und ich. Bernhard arbeitet. Wie immer. Ich hasse das. Immer gehen seine Bücher vor. Selbst Julian braucht mich nicht mehr. Und Jonas ist eine einzige Enttäuschung. Ich habe das Gefühl, dass ich allen zur Last falle. Eine graue schwere Last. Vielleicht hat Hanni recht. Ein klarer Schnitt und fertig. Ich will nicht mehr ich sein. Jedenfalls nicht mehr das Ich, das ich jetzt bin. Dieses ewige Hin und Her macht mich kaputt.
26. Juli – es ist entschieden. Julian eingeweiht. Ich weiß, dass er mich nicht verrät. Er ist ein guter Junge. Wir haben die Stelle ausgemacht, an der mich Hanni nach dem ›Unfall‹ abholen wird. Ohne Pass. Ohne Gepäck. Ohne Bernhard. Ohne Julian. Es ist ein Abenteuer, sagt Hanni. Wenn auch nicht das ihre.
27. Juli – Bernhard und Jonas fahren gleich nach München. Danach geht es los. Ich habe Angst, aber ich freue mich auch. Irgendwie. Hanni hat geschworen, mein Tagebuch sicher zu verwahren. Ich kann es nicht mitnehmen. Aber verbrennen will ich es auch nicht. Es ist ein Relikt der Vergangenheit. Wie ich.«

Ich sah Bernhard an. »Vielleicht hat dir deine Schwester deshalb nicht das Tagebuch gegeben. Vielleicht fühlte sie sich durch ihren Schwur noch gebunden?«, spekulierte ich hilflos.

Bernhard zuckte mit den Schultern. »Im Grunde ist das egal. Marissa scheint es gutzugehen, also lassen wir die verdammte Vergangenheit ruhen.«

Achtlos warf er das Tagebuch auf das Bett seiner Schwester. »Ich wende mich lieber der Gegenwart und der Zukunft zu. Und das bist du, Seraphina. Niemand sonst. Du bist die erste und einzige Frau, die ich je geliebt habe. Und ich freue mich auf unser Leben.«

Bernhard nahm mich an der Hand und führte mich zurück in unser Schlafzimmer. Und als er mir später, viel später, sagte, dass ich für ihn die schönste Frau auf der ganzen Welt sei … habe ich ihm – dank meines neuen, fast Lily-würdigen Selbstvertrauens – noch nicht einmal widersprochen.

Epilog

Etwas mehr nach rechts!«, meinte Niklas, und sein Vater folgte seiner Anweisung aufs Wort. Die beiden versuchten schon seit geschlagenen zehn Minuten, das Brett, das man zur Verlängerung des Esstisches brauchte, an die richtige Stelle zu manövrieren, während Lily und ich grinsend mit der biederen weißen Tischdecke danebenstanden. Wir waren alle vier von meiner Mutter aus der Küche geschmissen und dazu verdonnert worden, den Tisch zu decken. Und das Ausziehen des Tisches war bitter notwendig, denn wir waren inzwischen eine ganz schön große Runde, wenn wir uns zum gemeinsamen Essen verabredeten.

Da waren zum einen Papa und seine Freundin Gisela, eine pensionierte Zahnärztin, die zusammen hier im Haus meiner Eltern wohnten. Meine Mutter war freiwillig zu ihrer Freundin Claudia gezogen, weil sie meinen Vater nicht zwingen wollte, sich von seinem heißgeliebten Bienenvolk und dem großen Garten zu trennen.

Auch Bernhards Schwester Hanni war oft bei unseren Familientreffen dabei, denn mein Mann und ich hatten uneingeschränkt Frieden mit ihr geschlossen. Ihm war das leichter gefallen als mir. Blut ist dicker als Wasser. Aber schließlich hatte auch ich – nachdem ich Marissas Bekanntschaft gemacht hatte – eingesehen, dass Hanni nur das Beste für Bernhard im Sinn gehabt hatte, als sie den »Unfall« seiner Ehefrau arrangierte. Heute Abend würde sie allerdings nicht mit von der Partie sein, weil sie inzwischen die kalten Monate des Jahres – es war gerade Anfang Dezember – nicht bei uns in Murnau, sondern auf Mallorca verbrachte.

»Endlich«, sagte Bernhard erleichtert, als das unhandliche Brett einrastete und er – einmal mehr – mit heilen Fingern davongekommen war. Ich lächelte ihm zu, während ich mit Lily die Tischdecke über unsere lange Tafel breitete und mich danach auf die Suche nach den »guten« Gläsern aus Kristall machte, die Gisela mal wieder woanders hingeräumt hatte.

Marissa und Alex konnten diesmal auch nicht kommen, sie hatten heute ihre alljährliche Inventur und zählten Vibratoren und Reizwäsche-Sets im »Ladies Paradise«. Ich war darüber nicht allzu traurig. Marissa konnte Bernhard gegenüber immer noch recht patzig sein. Ihr Therapeut, der sie auch weiterhin betreute, um sicherzustellen, dass ihre Stimmungsschwankungen auch zukünftig unter Kontrolle blieben, hatte uns ihr Verhalten zu erklären versucht, indem er folgenden Vergleich bemühte: »Wissen Sie, wenn ein Patient sich jahrelang eingebildet hat, Jesus zu sein, dann kann man ihm durch eine geeignete Therapie vermitteln, dass dies in der Realität nicht der Fall ist. Aber wahrscheinlich wird er trotzdem weiterhin seine Jesuslatschen tragen.« Er meinte damit, dass Marissa intellektuell verstanden hatte, dass Bernhard ihr mit seinem Verhalten helfen wollte, sie innerlich aber noch immer einen gewissen Groll ihm gegenüber hegte. Deshalb hatte sie auch Niklas in all den Jahren nicht darüber aufgeklärt, dass sein Vater keinesfalls der Bösewicht war, zu dem sie ihn in seiner Kindheit stilisiert hatte. Es war gar nicht so leicht gewesen, sie behördentechnisch wiederauferstehen zu lassen. Bernhard hatte seine Frau – wie vom Gesetz vorgesehen – ein Jahr nach dem Unglücksfall für tot erklären lassen, und nun war sie plötzlich wieder quicklebendig. Das hatte die Dame vom Einwohnermeldeamt schlichtweg überfordert. Offiziell hatte sich Marissa mit einer Kopfverletzung und einer daraus resultierenden Amnesie nach dem Unfall rausgeredet. In Wahrheit hatte Bernhards Schwester sie unter falschem Namen in die private Therapieeinrichtung eingecheckt und diese bar bezahlt. Die letzten neun Jahre hatte sich Marissa mit Alex' Hilfe dann einfach ohne Personalausweis und Führerschein durchgeschlagen. Nach einem aufwendigen Papierkrieg war aber alles wieder eingerenkt. Und Marissa hatte glücklicherweise ohne Probleme in eine Scheidung eingewilligt.

Genauso wie Jörg, von dem Lily inzwischen ebenfalls rechtskräftig geschieden war. Niklas hatte vorgeschlagen, den gleichen Anwalt mit beiden Scheidungen zu beauftragen und einen Mengenrabatt auszuhandeln. Aber dazu war es dann doch nicht gekommen. Mit ihrem Ex-Mann hat Lily übrigens nur noch als Kunde zu tun, wenn sie ihm mit Hilfe der erfolgreichen Agentur »Lamberts/Lenz« Schauspieler vermittelte. Aber auch das kam nicht allzu oft vor, da Lily hauptsächlich seriöse Filmschauspieler vertrat und Jörg, der sich inzwischen die Haare färbte und mit einer unbedarften Neunzehnjährigen zusammenlebte, ausschließlich Vorabendserien fürs Fernsehen drehte. Selbst Hitchcock, der ein wunderbares Dasein als verhätschelter »Agenturhund« führte, tat bei den wenigen Treffen so, als ob er Jörg noch nie gesehen hätte.

»Legt man Messer und Gabel nun rechts und links vom Teller hin, oder gehört beides doch zusammen auf die rechte Seite?«, fragte Niklas, der sich gerne mal einen Rüffel von meiner Mutter einhandelte, wenn er den Tisch nicht Knigge-konform eindeckte. Lily gab ihm einen Klaps auf den knackigen Allerwertesten. »Ich sage es dir noch ein allerletztes Mal, die Gabeln links, das Messer rechts. Vorspeisenbesteck außen und Hauptspeisebesteck innen«, imitierte sie den leicht genervten Ton unserer Mutter, den wir so gut aus unserer Kindheit kannten. Aber Lily wollte wohl selbst Ärger vermeiden, denn sie sprach so leise, dass meine Mutter in der Küche nichts davon mitbekommen würde. Außerdem mussten wir unserer Erzeugerin beide Respekt zollen ... seit sie mit Claudia zusammen war und, ab und an, einen Artikel für die Gemeindezeitung verfasste, war sie wesentlich entspannter.

Niklas hatte sich – sehr zu Bernhards Freude – mit seinem Vater ausgesprochen und vollständig versöhnt. Er besuchte uns mit Lily, wann immer er Zeit hatte. Was leider nicht sehr oft vorkam, denn er war der neue Star am deutschen Filmhimmel. Gerade drehte er mit dem »Lehrerkind« Til Schweiger. Ein Umstand, der meine Mutter aus irgendeinem Grund zutiefst befriedigte. Trotzdem hatte er seine politisch korrekten Ideale nicht verraten. Er schrieb auf seiner Fanpage einen vielbeachteten Blog mit dem Titel »Verdruss am Überfluss« und hielt weiterhin an seiner »Maximal-hundert-Besitztümer«-Regel fest, die offiziell auch Lily befolgte. Inoffiziell platzte ihr Kleiderschrank allerdings schon wieder aus allen Nähten. Sie verdiente schließlich mit ihrer Agentur ein Heidengeld. Doch Niklas schien bei ihr ein – sehr verliebtes – Auge zuzudrücken. Die beiden hatten sich inzwischen eine eigene, extrem energieeffiziente Wohnung in Schwabing zugelegt, in der Mia, Max und Paul gerngesehene Hausgäste waren. Aber nicht nur diese drei Freunde.

Lily hatte inzwischen zu ihrer alten Form zurückgefunden und gab großartige Partys, auf denen sich alles und jeder traf, der gerade in war. Nur um ihre oberflächlichen Freundinnen von früher machte sie einen großen Bogen. Lily lebte insgesamt bewusster, achtete mehr auf ehrliche Freundschaften, machte aber im Grunde genommen trotzdem Highlife. Niklas schien sich daran, zumindest bis jetzt, nicht zu stören.

»Glaubt ihr, dass man einen Montepulciano d'Abruzzo zu einem Linsen-Curry-Eintopf servieren kann?«, fragte mein Vater unschlüssig und hielt besagte Rotweinflasche zur allgemeinen Betrachtung hoch. Seit meine Mutter Niklas zuliebe vegetarisch kochte, war er mit seinem »Welchen-Wein-zu-welchem-Gericht«-Wissen etwas ins Schleudern gekommen. Doch Bernhard legte ihm beruhigend eine Hand auf die Schulter. »Aber natürlich kann man das! Passt doch bestimmt ganz vorzüglich.«

Mein Mann und ich führten ein vollkommen anderes Leben als Niklas und Lily. Doch weder Bernhard noch ich hätte mit irgendjemandem auf der Welt tauschen wollen. Wir genossen unsere harmonische Zweisamkeit, waren einander mehr als genug. Fast alles machten wir gemeinsam: schreiben, lektorieren, reiten, spazieren gehen. Manchmal, wenn wir, eng aneinandergekuschelt, abends vor dem Kamin saßen und jeder in einem Buch schmökerte, musste ich mich heimlich in den Arm kneifen, denn so richtig konnte ich mein Glück immer noch nicht fassen. Außerdem hatte ich das verrückte Gefühl, Bernhard jeden Tag noch ein kleines bisschen mehr zu lieben. Daran hatte unsere Hochzeit letztes Jahr, an der nur die engste Familie teilnahm, glücklicherweise auch nichts geändert. Anlässlich dieser Feierlichkeiten hatte sich auch die Sache mit dem Verlobungsring von Bernhards Mutter aufgeklärt. Marissa hatte dieses kostbare Stück nicht von ihm bekommen, weil sie »sich verloben« für altmodisch hielt. Wir waren da offenbar sehr unterschiedlich veranlagt.

Auch beruflich lief alles prima. Bernhard hatte den Thriller über den Unfalltod seiner Ex-Frau – natürlich verfremdet: Im Buch war der Schriftsteller tatsächlich ein Mörder – fertiggestellt, und das Buch stürmte seit ein paar Monaten sämtliche Bestsellerlisten. Jonas hatte sich mit seinen Bedenken gegen die zugrunde liegende Handlung des Thrillers nicht durchsetzen können. Ganz im Gegenteil: Als der Verlagsleiter spitzbekam, dass das Buch die Erinnerungen an den Verleumdungsprozess wachrufen und damit die Boulevardpresse auf den Plan rufen würde, hatte er frohlockt, denn der Thriller wäre damit bestimmt eine wahre Lizenz zum Gelddrucken. Und genauso kam es dann auch. Das Buch war in aller Munde, und als die Journalisten dann auch noch auf einer Pressekonferenz die totgeglaubte, von einer »Amnesie kurierte« Marissa präsentiert bekamen, setzte ein geradezu frenetischer Wirbel ein. In den Wochen danach mussten wir alle mit dem Presserummel und Blitzlichtgewitter leben. Aber dann geschah, was wohl immer in solchen Fällen passiert: Die Zeitungen fanden ein neues Fressen, und das Interesse an uns erlosch. Was übrig blieb, waren die tollen Kritiken zu dem Buch und der ungebremste Verkaufserfolg. Von dem auch Marissa prozentual profitierte, denn sie hatte Bernhard die Erlaubnis erteilt, gewisse Passagen aus ihrem Tagebuch zu verwenden. Ihre »Gedichte« blieben dagegen unveröffentlicht, denn über deren mangelnde literarische Qualität war sie sich mit Bernhard einig.

»Kinder! Bitte alle zu Tisch. Gleich serviert Helga ihre berühmte Tomatensuppe mit Gin«, rief Claudia durch die geschlossene Küchentür, weil Gisela keine durchs Haus wabernden Essensgerüche mochte. Unwillkürlich ging ein kollektives Stöhnen durch unsere kleine Gemeinschaft, während wir alle, wie verlangt, Platz nahmen: Hoffentlich hinterließ auch diesmal keiner einen verräterischen roten Fleck auf dem Tischtuch. So etwas konnte die Stimmung meiner Mutter nachhaltig trüben, selbst wenn sie nicht mehr hier wohnte.

»Scheiße«, raunte Niklas uns leise zu, »ich habe die Suppenlöffel vergessen.« Eilig stand er auf, um seinen Fauxpas zu korrigieren. Ein Familienessen mit so vielen verschiedenen Charakteren war manchmal ein ganz schön heikles Unterfangen.

Auch Jonas, der mit Bernhard gerade über einen Vertrag für sein nächstes Buch verhandelte, ging es privat gut. Er hatte sein Glück mit der energischen »Miss Gleichgeschlechtlich« Frau Reiser gefunden. Offenbar hatte doch mehr hinter der »kollegialen Hassliebe« der beiden gesteckt. Jedenfalls war es inzwischen nur noch Liebe, ganz ohne Hass. Auch wenn eindeutig Frau Reiser die Hosen in dieser Beziehung anhatte, doch das schien meinen früheren Chef nicht weiter zu stören. Er ließ sich offenbar ganz gerne von seiner Freundin unterbuttern. Frau Reiser hatte ihn auch optisch aufgemotzt: Jonas trug nun Kontaktlinsen und einen modischeren Haarschnitt. Damit sah er zwar noch mehr aus wie Jeff Bridges, aber mein Geschmack war er trotzdem nicht.

Natürlich hatte ich meine feste Lektorenstelle in München gekündigt und arbeitete seitdem wieder freiberuflich. Jonas hatte mich – nachdem der Verlagsleiter das Machtwort über die unveränderte Handlung gesprochen hatte – aber trotzdem das Lektorat für Bernhards Buch beenden lassen. Letztendlich war er wahrscheinlich hochgradig erleichtert darüber, dass seine Person nicht im Roman vorkam. Und an der überragenden Qualität von Bernhards Manuskript konnte sowieso niemand zweifeln. Dass ich auch sein neuestes Werk lektorieren würde, stand zumindest für meinen Mann völlig außer Frage. Es war eine seiner vertraglichen Mindestbedingungen, mit der er wahrscheinlich durchkam. Insgeheim betete ich nur, dass ich auch ausreichend Zeit dafür haben würde, denn Mia, Lilys vormalige WG-Freundin, und ich schrieben gerade selbst an einem Werk namens »Schwesterl(i)eben«, einem Sachbuch über das Glück, eine Schwester zu besitzen. Erst gestern hatten wir zusammen an der Einleitung gefeilt. Bisher hatten wir uns auf Folgendes geeinigt: *Die eigene Schwester zu lieben, zu hassen, sie zu bewundern und dann und wann doch mal heimlich zu sabotieren … das ist nun mal gelebtes Programm unter allen Geschwistern, wenn sie denn weiblicher Natur sind. Leider trifft uns auch schwesterliche Kritik viel härter als die von jedem anderen. Wie wichtig ist es da, zu verstehen, dass unterschiedliche Menschen auch unterschiedliche Lebensentwürfe brauchen, um glücklich zu werden.* Tja, so weit konnten wir das wohl stehenlassen.

Unter dem Tisch legte Bernhard seine Hand auf meinen Oberschenkel. Mist! Ich war schon wieder in meinen Gedanken abgeschweift. Dabei war die Suppe serviert, und jeder hielt – erwartungsvoll auf mich blickend – sein Rotweinglas hoch. Schnell griff ich auch nach meinem und ließ es gegen Bernhards klirren.

»Auf uns alle«, sagte mein Mann und blickte mir verliebt in die Augen.

»Auf uns alle«, tönte es allseits zurück.

»Auf dich, Schwesterherz«, rief Lily und zwinkerte mir zu.

Mit meinen Lieben zusammen zu sein, war vielleicht manchmal etwas heikel, aber meistens eben doch wunderschön. Prost!

Danke

Ich selbst bin immer völlig gerührt über die emotionalen Oscar-Dankesreden, wenn Schauspieler und Schauspielerinnen, die ansonsten eloquent in Talkshows plappern, auf einmal in abgehackten Sätzen stammeln und überwältigt anfangen zu heulen … aber ich weiß, dass es nicht allen so geht, deshalb fasse ich mich kurz.

Ich danke …

- meiner treuen Leserschaft!!! Ihr wisst, wer Ihr seid und wie viel Ihr mir bedeutet!
- Christine Albach für die liebe und engagierte Art, mit der sie mich und mein Buch »übernommen« hat!
- Eva Philippon für die gute Zusammenarbeit!
- meiner wunderbaren Agentin Conny Heindl!
- meiner einzigartigen Familie, die immer für mich da ist, wenn ich sie brauche. Ich liebe Euch!
- und natürlich der unglaublichen Julia Feldbaum. Ohne Dich würde es dieses Buch nicht geben!